W0305807

LA MALÉDICTION DE L'ANKOU

Le Doigt du Diable

★★

DES MÊMES AUTEURS

La Malédiction de l'Ankou, tome I : *Les Terres désertées*, Éditions Anne Carrière, 2010

ŒUVRES DE JEAN-PIERRE PAUMIER

Les Pitres selon Luc, Bénévent, 2004
Les Tablettes de Ninive, Bénévent, 2006
Les Cercles du pouvoir, Bénévent, 2008
Les Parfums de Phaselis, Bénévent, 2008

www.paumier-jeanpierre.izispot.com/
www.clubecrivains.com

ŒUVRES DE JEAN-MICHEL THIBAUX

Les Âmes brûlantes, Olivier Orban, 1983
Les Cités barbares, Olivier Orban, 1984
Programme MZ, J-C Lattès, 1985
Les Tentations de l'abbé Saunières, Olivier Orban, 1986
L'Or du diable, Olivier Orban, 1987
Le Bal des banquiers, Robert Laffont, 1988
Psywar, Olivier Orban, 1989
La Cantatrice, Olivier Orban, 1990
Les Sept Esprits de la révolte, Édition n°1, 1992
L'Enfant qui venait du froid, Presses de la Cité, 1993 (coécrit avec Claude Veillot)
Vercingétorix, Plon, 1994
La Bastide blanche, Presses de la Cité, 1995
Le Secret de Magali, Presses de la Cité, 1995
La Cour d'amour, Ramsay, 1996
La Fille de la garrigue, Presses de la Cité, 1997

(*Suite des œuvres de Jean-Michel Thibaux en page 6*)

ISBN : 978-2-8433-7566-8

© S.N. Éditions Anne Carrière, Paris, 2010

www.anne-carriere.fr

BIBLIOTHÈQUE DE ST ISMIER

Jean-Michel Thibaux

Jean-Pierre Paumier

Supprimé du fonds

LA MALÉDICTION DE L'ANKOU

Le Doigt du Diable

**

Éditions Anne Carrière

(*Suite des œuvres de Jean-Michel Thibaux*)

Pour comprendre l'Égypte antique, Pocket, 1997
La Sainte-Baume au fil des eaux, Edisud, 1997
Les Maîtres du jeu, Ramsay, 1998 (coécrit avec Claude Veillot)
Le Roman de Cléopâtre, Presses de la Cité, 1998
Provence inspirée, Edisud, 1998
Pour comprendre les Celtes et les Gaulois, Pocket, 1999
Le Mondial bleu, Autres temps, 1999
L'Homme qui habillait les mariés, Presses de la Cité, 1999
L'Effet mer, Éditions du conseil général du Var, 2000
La Gasparine, Presses de la Cité, 2000
Pour comprendre la Rome antique, Pocket, 2001
L'Or des collines, Presses de la Cité, 2001
La Princesse de lumière, tome I : *L'esclave de la Porte*, Anne Carrière, 2002
La Fille de Panama, Presses de la Cité, 2002
La Princesse de lumière, tome II : *La Sultane vénitienne*, Anne Carrière 2003
Tempête sur Panama, Presses de la Cité, 2003
Imperator, Plon, 2004
Le Chanteur de sérénades, Presses de la Cité, 2004
Le Secret de l'abbé Saunières, Plon, 2005
La Pyramide perdue, Presses de la Cité, 2005
La Pénitente, Presses de la Cité, 2005
L'Enfant du mistral, Presses de la Cité, 2006
Sous la griffe de Bouddha, Plon, 2006
La Cinquième Courtisane, Presses de la Cité, 2007
La Dernière Prophétie, Plon, 2008
La Danseuse sacrée, Presses de la Cité, 2008
L'Or du forgeron, Presses de la Cité, 2009

www.jean-michel-thibaux.com
www.clubecrivains.com
www.peuplesantiques.com

I

La mer de boue

Justin, Erwan, Lucien et leurs camarades avaient l'impression d'avoir toujours vécu dans ce merdier gluant qu'était devenue la plaine flamande. Il leur poussait des racines sous les semelles ; elles s'enfonçaient profondément dans la terre gorgée de l'eau du ciel et du sang des combattants. Ils parlaient souvent des copains décédés, des bons moments vécus et des franches rigolades partagées avec ces frères trop tôt disparus. On était en octobre. Les permissions passées en Bretagne n'étaient que des mirages entretenus par les lettres de leurs proches. Pour faciliter le tri et l'acheminement du courrier, cent cinquante-quatre secteurs postaux avaient été créés. Cependant, le courrier mettait un temps infini pour parvenir d'un point à un autre.

Justin guettait tous les jours l'arrivée du vaguemestre, bondissant de trou en trou, rampant sous les barbelés, prenant des risques insensés pour apporter un peu de réconfort aux soldats. Les lettres de Marie-Louise et les colis de Carla Lepenven, cette folle de Quintin qui le prenait pour son fils, abondaient ; il en recevait souvent deux ou trois en même temps, et il ne répondait maladroitement qu'à sa fiancée, usant de son français sommaire et de son vocabulaire restreint. Il regrettait à présent les jours passés à apprendre à tailler des pierres et à couper des arbres, les semaines perdues aux vendanges, à la cueillette des amandes et des cerises, au lieu de se rendre régulièrement à l'école. Il avait passé son enfance et son adolescence à se faire des ampoules aux mains pour gagner quelques sous et aider sa mère à améliorer le quotidien d'une vie misérable, après la mort de son père. Erwan l'aidait à corriger certains passages. Il était interdit de parler de la guerre. La censure veillait. Des lettres étaient ouvertes au hasard par les officiers des renseignements, et malheur à ceux qui évoquaient la dureté de l'armée, les hécatombes, les ordres stupides des généraux, ils risquaient des sanctions sévères. Ainsi, Justin racontait que tout allait bien, que la Belgique était un pays merveilleux où personne ne manquait de rien, et d'autres bêtises de ce genre. Il y avait des passages qu'il s'obligeait à composer sans l'aide du frère de Marie-Louise, des paragraphes où il déclarait son amour à la jeune fille, son désir de la serrer dans ses bras, de sentir ses cheveux, de goûter ses lèvres et sa peau. Il désespérait de ne pas pouvoir s'exprimer comme un poète et suait à la tâche. Il l'avouait. La plume pesait plus lourd que le fusil quand on ne possédait pas son certificat d'études.

– Tu t'en sors ? lui demanda Erwan, qui l'observait.

– Oui, répondit Justin en mordillant le porte-plume.

Une vague inspiration traversa son esprit. Il trempa la plume dans l'encrier. Ils étaient quatre autour de la table à écrire. Aucun ne voulait faire de tache sur sa feuille. Justin s'appliqua à aligner les lettres, à commencer ses phrases par des majuscules enjolivées de boucles. Il se mordait la langue, il calait malgré l'envie d'inventer des mots traduisant la passion que lui inspirait sa jeune fiancée. Parfois, la nuit, il se voyait lui pétrissant les seins, la prenant par les hanches, glissant au fond de son ventre en l'embrassant fougueusement. Il lui était impossible de traduire ses rêves. Erwan voyait à quel point Justin peinait. Il se pencha vers lui en bourrant sa pipe.

– Tu pourrais lui dire que ses yeux te rappellent le bleu du ciel de ta Provence, qu'ils brillent parmi les étoiles quand tu es de garde la nuit, que ses cheveux ont l'odeur du jasmin des belles courtisanes d'Orient et la couleur de l'ébène dont on sculpte les statues en Afrique, que la blancheur ivoirine de son corps est pareille à celle des déesses d'autrefois, que ses lèvres, fruits rouges faits pour des baisers interdits, ont marqué à jamais les tiennes du feu de la passion…

Justin regardait Erwan d'un air ahuri. Jamais il ne pourrait écrire ces choses-là. Marie-Louise devinerait aussitôt que cette prose n'était pas de lui.

– *Gast!* jura le sergent Chasteigne. Si c'est de ta sœur que tu parles, je veux bien lui écrire, moi.

Le sang de Justin ne fit qu'un tour. Il se leva d'un bond et empoigna le sous-off par le col de la vareuse.

– Fais pas le con, Justin. Il a dit ça pour rire, affirma Lucien en repoussant son bouillant ami du Sud.

– C'est ma fiancée ! *Gast!* Il n'a pas le droit !

Lucien éclata de rire. Justin, rouge de colère, riposta en breton :

– Ne te marre pas ! C'est vrai !

Cette réplique, dite avec l'accent provençal, et son air furibond provoquèrent un rire général dans la casemate où la section se reposait. Il y eut des commentaires graveleux accompagnés d'une tournée de gnôle. On rappela à Justin que le sergent Chasteigne était marié à une tigresse qui lui avait donné deux enfants, qu'il ne bandait plus depuis l'attaque aux gaz, que ce cinglé de Lienblac lui avait coupé les couilles avec sa baïonnette et qu'elles étaient à présent parmi les reliques à Lourdes, vu que Lienblac avait été envoyé là-bas en convalescence avec dix mille autres éclopés qui espéraient une apparition de la Vierge et une guérison miraculeuse.

Puis tout rentra dans l'ordre. Les parties de cartes et les éternelles discussions sur les femmes reprirent. On entendit de nouveau tomber la pluie d'octobre sur la maigre épaisseur de planches goudronnées qui les séparaient du ciel.

Justin cacheta sa lettre sur laquelle il déposa un baiser furtif. La missive recevrait très vite sa franchise militaire avant de suivre les voies tortueuses d'une poste filtrée par la censure. À l'idée qu'elle puisse être ouverte et lue par l'un de ces salopards chargés de maintenir la bonne image de l'armée, son poing se ferma. Il fourra la lettre dans la poche de sa capote et réalisa qu'il vivait comme un rat dans ce trou aménagé sous terre. On toussait, on crachait, on fumait. La casemate était un taudis où s'entassaient les pauvres soldats dans l'attente d'être hachés. L'odeur, il s'y était habitué. Elle indisposait les nouveaux.

Une ribambelle de bleus du 32e régiment avaient été incorporés dans la compagnie du capitaine Mariec. Ils attendaient leur baptême du feu, la gorge serrée et le regard inquiet. Deux de ces jeunots avaient été affectés à la section de Justin, Bernard Labbé et Christophe Tixier. Ces gentils garçons de Paimpol avaient été arrachés à la mer par le haut commandement, qui avait d'énormes besoins de chair fraîche. Bébert et Christo réparaient des filets et triaient du poisson, rêvant de pêches épiques au large des Kerguelen ou dans les eaux tumultueuses et glacées de Saint-Pierre-et-Miquelon. Aujourd'hui, ils s'angoissaient en découvrant l'océan de boue dans lequel les bancs de cadavres s'enfonçaient.

Les deux nouveaux ne quittaient jamais Justin, Erwan et Lucien. Au sein du 3e bataillon, le trio avait sa petite renommée. Il se disait que ces trois-là étaient chanceux et bénéficiaient des faveurs de l'Ankou. De plus, le caporal Justin Brignole avait été décoré de la croix de guerre, ce qui faisait de lui un soldat d'expérience, un brave, pour ne pas dire un héros. En tout cas, quelqu'un sur qui on pouvait compter en cas de coup dur.

– *Gast!* je n'ai pas digéré la ratatouille de porc, râla Lucien.

– Moi non plus, dit Justin.

À la mimique d'Erwan, on devinait qu'il se passait aussi des choses dans son ventre. Ça gargouillait dans tous les boyaux de la compagnie. Ils quittèrent la casemate, aussitôt suivis par Bébert et Christo. Direction la feuillée la plus proche, où la file d'attente se formait sous les gifles mouillées du vent du nord. Cette maudite pluie tombait depuis cinq jours. Tout le secteur de Boesinghe à Streenstraat était noyé par cette eau glaciale. Sous ce lavage continuel, la terre s'amollissait et rendait les cadavres avalés pendant l'été. La tranchée n'était pas très profonde, les renforts qui la bordaient offraient une maigre protection. Il fallait être très prudent et changer régulièrement de position lorsqu'on était de garde ou tireur d'élite. Dans les fermes occupées par les Allemands, il y avait la fine fleur des tireurs bavarois. À Steenstraat situé à deux kilomètres, derrière des myriades de mitrailleuses et de mortiers, les allemands avaient installé des batteries d'artillerie lourde. Cependant, le secteur demeurait calme. Il semblait que les états-majors des deux camps avaient décidé d'en découdre plus à l'est, vers la Somme, où l'enjeu final paraissait être Verdun. Une directive avait circulé au début du mois : « Il s'agit essentiellement de porter une masse de manœuvre sur le faisceau des lignes de communication de l'ennemi, que jalonnent Cambrai, Le Cateau-Cambrésis, Maubeuge. La route de Bapaume-Cambrai devra donc être l'axe de progression initiale… » Avec Erwan et Lucien, spécialistes en cartes au trésor, les copains de l'escouade avaient appliqué la directive sur une carte d'état-major, concluant que le 74e régiment breton n'était pas concerné par les opérations à venir. Mais, avec des chefs comme Pétain, Joffre et Nivelle, il ne fallait parier sur rien, et surtout pas sur des vacances en Belgique.

Justin profita d'une trouée dans le parapet crénelé de sacs de sable pour scruter le terrain. La pluie confirmait ses craintes. Un peu partout apparaissaient des morceaux de soldats. Des mains décharnées se dressaient au-dessus de l'humus noir et visqueux, des crânes émergeaient çà et là, des uniformes en lambeaux contenaient les squelettiques dépouilles qui surnageaient dans le chaotique paysage. Partout les spectres de leurs camarades et les fantômes de leurs ennemis resurgissaient comme pour le Jugement dernier. Justin réprima des frissons, se souvenant d'un zouave musulman sur le point de mourir lorsqu'il était en convalescence et qu'il aidait la belle infirmière, Pélagie de Kermadec. Le mourant ne cessait de répéter ces phrases terrifiantes. Elles s'étaient imprimées dans son esprit : « Le deuxième souffle de la Trompe sera l'appel vers le grand rassemblement. On lancera un appel : “ Hors de terre ” et voilà que les hommes, du premier au dernier, sont ressuscités. Ils déferleront de leurs tombes vers leur Seigneur comme une marée de sauterelles, courant le cou tendu. Oui, ce jour-là, la terre, sur ordre de son Seigneur, éjectera tout ce qu'elle contient, et les non-croyants diront : “ *Malheur à nous! Qui nous a ressuscités de là où nous dormions? Ceci est vraiment la promesse d'Allah que nous avaient annoncée les Messagers.* ” Oui, la terre se fendra pour laisser les hommes sortir en toute précipitation, Oui, Allah fera resurgir à la vie les habitants des tombes. »

Putain, c'était vrai, ils sortaient tous de leurs tombes provisoires.

La trouille passa. Il redescendit dans la tranchée et annonça calmement :

– On va bientôt être de corvée.

Erwan et Lucien comprirent et laissèrent échapper des soupirs d'exaspération.

– Quelle corvée? demanda Bébert.

– La corvée des fossoyeurs, dit Erwan.

Comme les deux bleus ne comprenaient pas, il leur expliqua que, régulièrement pendant la nuit, on récupérait les dépouilles des soldats, on tentait de les identifier puis on les enterrait décemment à l'arrière des lignes, là où ils ne risquaient pas d'être déterrés par des obus. Les jeunes hommes pâlirent.

– Et vous avez encore de la chance, les gars, continua cyniquement Lucien. Il commence à faire froid et ça ne sent pas trop la charogne.

Il avait raison. La puanteur ne venait pas de la plaine, mais des latrines. Justin ajouta son humour à celui de Lucien :

– Les toilettes du général Joffre. Marbre garanti. Eau pure. Papier doux et parfumé pour vos belles fesses, mes agneaux. À toi l'honneur, Erwan, tu m'as l'air mûr pour badigeonner le trône.

Erwan s'enferma dans l'infâme isoloir. Derrière la porte aux planches disjointes, Lucien et Justin entonnèrent le plus délicat des poèmes connus sur le sujet qui les occupait tous, lorsqu'ils s'accroupissaient au-dessus de la fosse. Leurs voix montèrent à l'unisson :

– Tout de même, Erwan, tu te sers bien de notre feuillée, en première ligne, tu la connais ! Faut que tu traverses une marre de pisse avant d'aborder sur les bouts de bois qui basculent, quand tu poses culotte, t'as le vent qui te chipe ton papier-cul et te balance des rafales de flotte dans ton froc, tout comme aux poilus. Et quand t'as trop bu d'eau de macchabée, t'as la chiasse comme nous, sans te vexer, tu salis les planches – c'est du rab – si t'as les boyaux désaxés.

– Quand je vous entends, j'ai encore plus mal au ventre, se plaignit Erwan.

Des éclats de rire lui répondirent.

– Au lieu de faire les pitres, rappliquez au Q.G. quand vous aurez vidé vos intestins ! beugla une voix.

Lucien, Justin et les bleus se raidirent, tandis que dans les chiottes Erwan se crispa. L'adjudant Tantor, originaire de Loudéac, nouvelle figure rougeaude du 3e bataillon, venait de débouler dans la tranchée tel un bouledogue cherchant à mordre. Il avait le nez cassé, un fin collier de barbe rousse et un œil plus haut que l'autre. Il était accompagné d'un officier de liaison de la brigade.

– Que se passe-t-il, mon adjudant ? demanda Justin.

– Ta section et celle d'Adech ont été désignées pour un coup de main sur la ferme Aristide.

Cette annonce les constipa. Erwan sortit précipitamment de la feuillée.

– Merde ! Pourquoi nous ?! lâcha Lucien.

– Parce que vous vous la coulez douce depuis quinze jours et que, sur le papier, vous êtes les meilleurs, répondit l'adjudant. Et toi, ne commence pas à discuter les ordres, sinon je vais t'envoyer illico cisailler du barbelé en avant-première de l'opération. Brignole, tu viens au Q.G. Adech y est déjà. Le colonel Chauvel va vous fournir les détails du plan.

Quelque chose ne tournait pas rond dans ce plan. Justin avait posé un maximum de questions au colonel et au capitaine Mariec. La plupart avaient été éludées avec tact. En gros, on demandait à une quarantaine d'hommes de s'emparer d'une position forte de cinq cents Boches deux heures après la tombée de la nuit.

Et quelle position, mazette !

La ferme Aristide formait une sorte de saillant dans le système de défense des Bavarois, qui avaient fortifié tous les abords de Streenstraat. Bien entendu, elle avait été maintes fois entamée par l'artillerie française, mais après chaque bombardement, les opiniâtres soldats du génie de Sa Majesté l'empereur Guillaume remontaient les murs, les renforçaient de poutrelles d'acier et de ce ciment teutonique qui, en durcissant, devenait plus dur que le granite des côtes d'Armor. À force de modifications, la ferme, composée de deux corps de bâtiment, ressemblait à une redoute ventrue entrecoupée d'étroites ouvertures d'où s'échappait un déluge de fer et de feu quand une vague de poilus tentait de prendre le village. Apparemment, ce genre d'initiative, qui se soldait par une hécatombe, avait été abandonné par les stratèges au profit du coup de main. Justin pensa : « au profit d'un sacrifice humain ». Il regarda du côté de l'unité du lieutenant Pontigny, unité d'artillerie légère composée de cinq canons de 37 sur roues. Aldech et les gars de sa section restaient tapis devant les canons ; ils avaient pour mission de contourner la ferme et de s'emparer d'une grange entourée de talus. Justin ne les enviait pas.

L'ombre ne mâchouillait pas encore l'horizon du côté d'Ypres. La pluie, inlassablement, continuait son travail de sape. Après avoir imbibé la capote soi-disant étanche, cette saleté d'eau froide s'insinuait à travers les coutures des uniformes, mouillait les tricots et les caleçons.

– On pèse dix kilos de trop avec cette putain de pluie ! gronda Erwan. Moi, je préférerais me battre nu comme nos ancêtres celtes.

– Ne dis pas de conneries, répondit Justin, tu crèverais d'une pneumonie avant d'atteindre les premiers barbelés.

– Tiens, ça commence, dit Lucien, qui n'avait pas l'air angoissé.

En effet, les opérateurs donnaient les trois coups. Le drame en trois actes : « attaque, massacre, repli » ou, selon la formule gagnante, « attaque, massacre, victoire » débutait toujours de la même manière. Pour tromper l'ennemi, les artilleurs arrosèrent les abords de l'Yser, qui était en crue. C'était un bombardement sans conséquence. Quelques 37 mm et des 58 crachaient méthodiquement leurs obus à intervalles réguliers. Des gerbes montaient çà et là. Des arbres guillotinés pour la troisième ou la dixième fois mouraient une fois de plus. Des fleurs aux pétales de boue et de débris humains se fanaient aussi vite qu'elles avaient éclos sous le ciel noir. Un observateur muni de jumelles remarqua que les Bavarois faisaient mouvement vers la rivière. Plusieurs compagnies munichoises rappliquaient et renforçaient la triple ligne de tranchées, interdisant toute progression vers le centre de la Belgique.

– Ces cochons d'Allemands se massent derrière l'Yser, dit Chasteigne à Justin.

Justin haussa les épaules. Ça ne changerait rien au problème. Les Boches n'avaient pas dégarni pour autant la ferme Aristide, dont on apercevait encore les contours dans la grisaille du crépuscule. Il y avait un enchevêtrement complexe de barbelés dans les champs alentour. Une tranchée trapézoïdale protégeait le corps de ferme. Justin jeta un œil sur les aiguilles de sa montre. Deux heures à attendre. Ils les passèrent à écouter siffler les obus et à évaluer les bangs des explosions. Justin compta ses hommes dans le noir; ils étaient tendus comme des ressorts. Puis il pensa à Marie-Louise qui devait lire ou écrire devant l'âtre; il aurait tant voulu embrasser une dernière fois sa jolie fiancée. Sa pomme d'Adam remua, il se força à ne pas pleurer.

Putain de guerre!

Erwan tapa sur le cadran de sa montre.

– Justin, il faut y aller.

Sur leur gauche, le groupe d'Adech, telle une meute de loups, s'était fondu dans la pénombre. C'était donc le moment fatidique. Avant de faire signe à ses hommes, Justin toucha instinctivement la pierre bleue dans sa poche. Il leva la main et grimpa sur la courte échelle plaquée contre la paroi de la tranchée. Il avait étudié par cœur la configuration du terrain, enregistré tous les détails de ce merdier, et il avait bien fait, car on n'y voyait absolument rien. Dans cette guerre, on avait réinventé le jeu de l'oie. Les cases étaient les trous, les entonnoirs et les boyaux menant à l'objectif. Chacun calculait sa progression après avoir lancé mentalement des dés. Justin avait particulièrement préparé Bébert et Christo à cette sortie : « Vous me collez au cul, leur avait-il dit. Quand je respire, vous respirez. Quand je pète, vous pétez. Quand j'enfonce ma gueule dans la boue comme une autruche, vous enfoncez la vôtre. Et si vous voyez que je prends un cadavre pour m'en faire un bouclier, vous en prenez un. Nous avons pour mission d'occuper la ferme et j'ai le devoir de vous ramener vivants ! »

Les deux Paimpolais pâlissants avaient grillé cigarette sur cigarette, bu un bidon de vin et deux gorgées d'eau-de-vie de betterave. Mais cela ne suffisait pas à les rendre courageux.

Justin se retrouva à découvert en même temps qu'Erwan. Il eut le temps d'apercevoir la grenade dans la main gauche de son ami, et cela lui rappela d'affreux souvenirs. Il était 22 h 30 quand une dizaine de comètes invisibles chuintèrent dans le ciel. À l'arrière, bien au chaud dans son Q.G., un général d'artillerie avait donné l'ordre de faire tousser les canons monstrueux montés sur rails. Les comètes se perdirent au loin, touchant le sol dans un fracas formidable. Les soldats de la section sentirent vibrer les ondes destructrices qui se propageaient. Une seconde série de projectiles géants suivit la même trajectoire, puis le silence retomba. Il n'y avait plus d'obus de 400 à gaspiller pour couvrir l'avancée discrète de deux sections envoyées à l'abattoir. À présent, la conclusion appartenait aux fusils, aux grenades, aux baïonnettes et aux couteaux de deux poignées d'hommes.

Justin et Erwan, toujours à l'unisson, sautèrent dans un vaste entonnoir. Une grappe de soldats les rejoignirent.

– Fusée éclairante ! signala quelqu'un.

Les poils se hérissèrent, les têtes se redressèrent. La fusée n'était pas pour eux.

– Adech, dit Justin en grimpant vers le bord.

À trois cents mètres à gauche, la section d'Adech s'était fait repérer, provoquant un enfer. Sous la fusée lumineuse, des balles traçantes convergèrent vers leurs frères d'armes. Deux bombes explosèrent, puis des mortiers se mirent à pilonner le quadrilatère où se terraient Adech et ses hommes.

– C'est fichu pour eux, lâcha Justin.

– Bordel, il faut annuler l'opération ! cria Lucien.

– Je n'ai pas l'intention de finir devant le peloton d'exécution, dit Justin. On continue.

– Qu'est-ce que tu veux gagner ? répliqua un gars de Coëtlogon qui s'appelait Loïc Boyer, mais qu'on surnommait le Teigneux. La Légion d'honneur ? T'as déjà la croix de guerre. Ça ne te suffit pas ?

– Je veux parvenir au moins à la première tranchée défensive et vous maintenir tous en vie. Là est mon honneur, dit Justin. Et tu vas m'aider, le Teigneux. Tu es fin tireur, tu descendras les servants des mitrailleuses en cas de coup dur.

Justin reprit son observation. La ferme était discernable. Au mépris du règlement ou parce qu'ils se sentaient nettement supérieurs, les Boches avaient allumé des feux à l'arrière des bâtiments. Les mitrailleuses et les mortiers cessèrent de tirer ; le chambard reprenait beaucoup plus loin, du côté de l'Yser. Peut-être qu'un autre coup de main avait été prévu là-bas pour prendre pied sur la rive droite de la rivière ?

Une aura malfaisante émanait de la ferme Aristide. Justin fit claquer ses doigts. Erwan et quatre soldats rampèrent jusqu'au trou suivant. Toute la section grignota peu à peu les mètres qui la séparaient de la zone ennemie et parvint à se faufiler sous les enroulements de barbelés. La tranchée trapézoïdale était à portée de grenades. C'était dingue : les sentinelles allemandes n'avaient pas décelé les mouvements de la section. Cuvaient-elles leur bière ou la position avait-elle été abandonnée ?

Lucien rejoignit Justin et Erwan en se tortillant comme un ver dans la boue.

– J'ai rappelé la consigne à tous les gars, chuchota-t-il.

– Merci, c'est bien.

Non, ce n'était pas bien du tout. La consigne du capitaine Mariec disait : « Au moment où vous lancerez l'assaut, interdiction de s'arrêter, de se soigner, de secourir un copain, de reculer. Vous prenez la position et vous la tenez ! »

Le groupe d'Adech n'avait même pas eu le temps d'appliquer la consigne ; il n'y avait aucune amorce de combat du côté de la grange que les camarades devaient prendre. Justin eut un sourire dérisoire. Vue de près, la ferme avait l'aspect d'un invincible dragon tapi dans l'obscurité d'une caverne. Le temps manquait pour recommander son âme à Dieu. Il se redressa et cria :

– En avant !

Et il s'élança en bondissant par-dessus les barbelés. Un soldat voulut être le premier à sauter dans la tranchée ennemie. On entendit aboyer des Boches qui donnaient l'alarme. Le soldat dépassa Justin. Une balle lui traversa le ventre.

« Bébert ! » cria la conscience de Justin. Bébert tomba à genoux. Respecter la consigne… Ne penser qu'à l'objectif final… Ne pas porter secours au frère blessé. Une seconde balle toucha le cou du bleu. Il était perdu. S'en tenir à la consigne. Devenir une machine à tuer. Justin se laissa tomber dans la faille bourrée d'Allemands et planta sa baïonnette dans l'épaule du fantassin qui avait ôté la vie à Bébert. Christo, fou de rage et ivre de peur, y ajouta la sienne. La section suivit, perça, cloua, coupa, tira à bout portant. Dans un corps à corps sans merci, les soldats roulaient dans le sang, s'étranglaient, massacraient des visages à coups de crosse en hurlant. Les Boches, peu nombreux, avaient été surpris dans leur sommeil. Un seul parvint à s'échapper, avant de tomber sous le feu de ses camarades retranchés dans la ferme.

Le coup de main était au tiers réussi. Justin comprit qu'on en resterait à ce tiers, à ce bout de tranchée idéalement placé pour se faire démolir. Ils étaient perdus pour la compagnie, pour le régiment, pour la Patrie. La section victorieuse serait citée. La belle affaire.

Bordel ! Le dragon s'était réveillé. Des traits incandescents partirent de la ferme et s'enfoncèrent dans les sacs de sable du parapet. Les tacatacs des mitrailleuses se propagèrent et mirent à vif les nerfs des pauvres troufions abandonnés. Heureusement, la tranchée était solide, conforme au label allemand, renforcée et profonde. La section se tassa contre les morts en attendant les ordres de Justin. Erwan embrassa un lieutenant boche qui perdait ses tripes et le retourna pour s'en faire un rempart. Les balles zézayaient, sifflaient, produisaient des bruits de toutes sortes en rencontrant des obstacles. Des grenades explosèrent à moins de vingt pas.

– Leurs grenadiers sont trop loin ! cria Lucien. Qu'est-ce qu'on fiche ici, Justin ?

– On se maintient le plus longtemps possible en vie, répondit son ami. Il faudra bien que le colonel Chauvel nous sorte de ce piège d'une manière ou d'une autre.

– Moi, je dis qu'on attend la mort, gronda le Teigneux.

– Toi, tu la fermes ou je te mets mon poing dans la gueule ! menaça Erwan.

Le Teigneux étouffa un juron. Les gars avaient la peur au ventre. Justin les compta. Il y avait trois blessés légers. En plus de Bébert, il manquait d'autres soldats. Ils avaient été abattus avant d'atteindre la tranchée ou s'étaient planqués. Restaient donc trente-deux hommes, un vrai miracle. Justin se demanda un peu tard pourquoi on l'avait mis à la tête d'une section. Il était simple caporal, pas sergent. C'était à Chasteigne de commander le groupe, mais le bougre s'était débrouillé pour se rendre indispensable auprès de l'adjudant Tantor. La responsabilité pesait lourd sur ses épaules. Il se mit à réfléchir.

À cet instant, une explosion terrible les secoua. Ces salopards de frisés utilisaient des lance-bombes. Le projectile creusa un trou et souleva des tonnes de terre à une quinzaine de mètres derrière eux. Un autre ébranla le sol. Puis encore un, plus proche. Les tirs se précisaient. La pluie de gravats et de boue retomba sur eux. L'ennemi avait décidé de les enterrer vivants.

– On va crever ! hurla un soldat en se redressant.

Erwan le plaqua aux jambes. L'homme lui donna un coup de talon au menton et s'échappa. S'agrippant aux planches de soutènement, il grimpa et partit en sprintant vers les lignes françaises. Les balles des mitrailleuses étaient bien plus rapides que lui ; elles le fauchèrent en criblant ses jambes et son dos.

Encore un homme de perdu. Justin rampa jusqu'à Christo, qui pleurait.

– Prends ton fusil, lui dit-il en lui donnant une tape amicale sur la nuque. On va s'en sortir.

– Vous croyez, mon caporal?

– Oui.

Justin fourra sa main dans la poche. La pierre bleue était chaude; elle palpitait comme un cœur entre ses doigts. Dès lors, il eut la conviction que le cours des évènements allait changer en leur faveur. Et le renversement de situation se produisit quelques minutes plus tard. Le premier, il entendit les sifflements des obus français. Des 75, des 105, des 120 et des 155 se mirent à tirer sans discontinuer. Le feu d'artifice se concentra sur la ferme. Puis il y eut des cris. Les Français attaquaient. Cinq vagues formidables dans leur élan se précipitaient dans la nuit éclairée par des fusées. La première déferlante arriva sur la section de Justin. Elle était menée par le capitaine Mariec.

– Debout! leur ordonna-t-il avant de repartir à l'assaut en lançant un « Vive la France! » qui galvanisa toute la troupe.

Derrière lui courait l'adjudant Tantor, tenant contre sa hanche un fusil anglais. Justin, Erwan, Lucien et Christo enjambèrent le parapet. Les Boches, qui avaient été surpris par cette initiative hardie, réagirent en ripostant avec leurs 77 et 220, mais leurs obus retombèrent sur la ferme. La section s'avança au sein de cet enfer, menée par le capitaine Mariec qui vidait le barillet de son revolver dans les meurtrières avant de le recharger avec une étonnante dextérité. Erwan jeta ses grenades à travers les ouvertures, déchiquetant les soldats ennemis. Lucien et Justin rejoignirent Tantor devant la porte d'entrée de la ferme et se battirent côte à côte, abattant sans états d'âme les Allemands qui tentaient de fuir. Leur travail de bouchers était facile, la plupart des Boches avaient abandonné leurs armes. Dans la panique, ils se piétinaient les uns les autres. À un moment, un de leurs officiers leva les bras et cria en français : « Nous nous rendons ! » Justin, écœuré par le massacre, hurla : « Cessez le feu ! Ils se rendent ! » Puis il donna un coup de crosse violent sur le ventre de Tantor qui continuait le sale boulot. Ce fut le signal de la reddition. Plus de cent prisonniers furent parqués dans la cour en attendant d'être acheminés vers les positions françaises, alors que le bataillon nettoyait les alentours et parvenait à s'emparer des batteries ennemies. La ferme Aristide était de nouveau belge, et Justin versa des larmes silencieuses.

L'aube était revenue et la pluie lavait toujours les blessures du paysage. Le coup de main avait réussi mais le moral était bas. La section d'Adech avait été anéantie aux trois quarts, Adech avait été mis en morceaux par un obus. On avait retrouvé les survivants hébétés et tremblants dans des trous. Justin en voulait à ses supérieurs ; lui-même avait perdu cinq hommes. Il ne put résister à la colère quand il aperçut le capitaine Mariec. Il l'apostropha :

– Vous nous avez utilisés comme appâts !

Le capitaine se raidit. Il calma d'un signe de la main l'adjudant Tantor qui voulait se ruer sur le caporal.

– Que voulez-vous que je vous réponde, caporal Brignole ? Que je n'ai fait qu'exécuter les ordres ? Devrais-je m'en prendre à mon tour au colonel Chauvel qui demanderait alors des comptes au général Joppé ?

– Et pourquoi pas à Dieu, tant que vous y êtes ? rétorqua cyniquement Justin.

– Caporal !

– Il est bien le seul à pouvoir ressusciter les pauvres gars morts pour la prise d'une ferme.

– Vous dépassez les limites ! tonna Mariec.

Justin comprit qu'il était allé trop loin. Il se mit au garde-à-vous. Tantor le fixait de son regard de travers. Ce bouledogue l'aurait volontiers tabassé à coups de crosse avant de l'envoyer devant le peloton d'exécution. Le capitaine Mariec se rapprocha de Justin et lui parla d'une voix ferme à l'oreille :

– Dieu a choisi son camp, et c'est celui de la France. Tous les jours je le prie d'atténuer nos souffrances, et tous les jours il accueille ses enfants tombés au combat. Je ne désire pas que ces enfants, qui sont nos frères, pourrissent en nourrissant les rats. Cette nuit, vous et vos hommes récupérerez les cadavres de nos camarades et vous les ramènerez à Boesinghe, où ils recevront une sépulture décente.

L'après-midi s'achevait. La pluie ne faiblissait pas. Le moral était toujours au plus bas. Erwan écrivait à son oncle Émile qui, dans sa dernière lettre, lui avait raconté l'extraordinaire histoire de son ami, le curé de Rennes-le-Château, Bérenger Saunière, devenu riche après la découverte d'un trésor qui n'était pas sans rapport avec celui des Templiers de Lanleff. Il lui avait aussi appris comment le curé aux ambitions démesurées s'était ruiné en s'associant avec un ordre mystérieux appelé le Prieuré de Sion. Pendant qu'Erwan rêvait de mettre la main sur des montagnes d'or, Lucien astiquait sa bombarde et Chasteigne tentait des réussites avec des cartes écornées qu'il retournait sur une caisse de grenades. Les autres se rongeaient les ongles, s'épouillaient, reprisaient des chaussettes, se pelotonnaient sous des toiles cirées. La section se reposait dans un semblant d'abri qui ressemblait à l'entrée d'une mine. À un moment, un soldat qui se grattait furieusement l'entrejambe se mit à maudire un gars de Guingamp qui avait refilé ses morpions à la moitié de la compagnie.

– C'est la faute aux putes ! lui répondit quelqu'un.

Les pensionnaires des bordels de Béthune n'étaient pas particulièrement saines et propres. Des tas de filles à cinq francs la passe étaient arrivées de Nantes, de Marseille, de Paris et même d'Italie. Le médecin ne savait plus où donner de la tête avec tous ces chancres et ces écoulements à soigner. Les soldats se fichaient d'attraper des saletés, pourvu que ces femmes leur donnent un peu de réconfort et une illusion d'amour. L'amour, Lucien y songea ; ils avaient tous besoin d'amour. Sa bombarde lâcha une gamme grinçante ; il fit un clin d'œil à Justin qui s'empara aussitôt de son fifre.

– *Adieu la vie, adieu l'amour*, dit simplement Lucien.

Justin acquiesça gravement et entama l'air triste d'une chanson qui avait beaucoup de succès parmi les poilus. Ils jouèrent une minute ou deux. Chasteigne abattit ses cartes et se mit à chanter de sa belle voix de basse.

Quand au bout d'huit jours le r'pos terminé
On va rejoindre les tranchées,
Notre place est si utile
Car tous les jours on fusille
Mais c'est bien fini, on en a assez
Personne ne veut plus marcher
Et le cœur bien gros, comm' dans un sanglot
On dit adieu au civ'lots
Même sans tambours, même sans trompettes
On s'en va là-haut en baissant la tête.

Certains versaient des larmes, se tordaient les doigts en écoutant la musique et le sergent qui leur saignaient le cœur. Le Teigneux aussi se mit à chanter, puis tous reprirent le refrain :

Adieu la vie, adieu l'amour
Adieu toutes les femmes
C'est bien fini, et pour toujours
De cette guerre infâme
C'est en Flandres sur le plateau
Qu'il faut laisser sa peau
Car nous sommes tous condamnés
Nous sommes les sacrifiés.

Le chant se propageait, gagnait les trous d'hommes, les tranchées de l'arrière, les lointaines batteries dans les villages. De proche en proche, on donnait de la voix et on offrait le meilleur de son cœur. *Adieu la vie, adieu l'amour*, plus fort que les chants de la Patrie, gagna les positions ennemies, et les gorges allemandes se serrèrent. Le chant apaisa les esprits, il s'acheva au crépuscule dans la morne grisaille bordée de deuil. La trêve avait été tacitement établie entre les deux factions. Le temps de la corvée des morts débuta quand l'adjudant Tantor pointa son museau sanguin dans l'abri où s'entassait la section. Il avait une pelle à la main, il la jeta aux pieds de Justin.

– Fini la musique, c'est l'heure des fossoyeurs, dit-il en provoquant un mouvement de colère parmi les hommes.

Tous étaient prêts à se jeter sur lui et à l'écharper. Chasteigne ramassa la pelle et dit :

– Je viens avec vous, les gars. Y a Adech qui m'attend là-bas. C'était un bon caporal. Il habitait le village voisin du mien.

On déplia ses jambes, on s'empara des outils de terrassement et des lampes. Les Allemands ne tiraient jamais lors de ces opérations de ramassage. Parfois leurs équipes travaillaient de concert avec celles des Français. La 8e section attendait l'arrivée de Justin et de ses soldats ; elle avait été désignée pour porter les brancards jusqu'aux camions et aux charrettes cantonnés à l'avant du pont de Boesinghe. Chasteigne partit avec deux poilus vers l'endroit où la section d'Adech s'était fait massacrer. Justin, Erwan, Lucien et Christo avancèrent à pas prudents en suivant la flamme d'une lampe qui jetait des lueurs orangées sur le sol détrempé.

Ce fut Erwan qui heurta le premier mort recroquevillé sur un croisillon de fer. Christo retrouva Bébert. Le bleu fut pris d'une crise de nerfs. Justin dut le gifler à plusieurs reprises pour le calmer ; il lui ordonna de se rendre à l'arrière chez le toubib. Les pioches et les pelles creusaient quelquefois autour d'anciennes dépouilles qu'il était difficile de rapporter entières. On recollait les morceaux comme on pouvait. Justin recueillait les plaques d'identité, les portefeuilles, tous les indices prouvant l'identité du défunt. Il griffonnait les noms et les matricules sur des étiquettes, qu'il attachait comme il le pouvait sur les corps pourris. C'était un travail harassant et horrible. Pourtant, ils s'y faisaient. On s'habituait à la puanteur, à la vision des macchabées difformes ou réduits à l'état de squelettes. Ils étaient les serviteurs de l'Ankou et les fossoyeurs de la Patrie. Ils étaient près de la ferme Aristide quand Erwan se mit à parler :

– Et dire qu'on devrait être à Laniscat ou à Lanleff pour trouver un trésor.

– On serait aussi riches que cet abbé du Sud, dit Lucien.

– Oui, tu as raison. Aussi riches que le curé de Rennes-le-Château. Je vous le dis, les amis. Avec des femmes – sauf toi, Justin –, des automobiles, des vins fins et des cigares. On aurait un château à Bourbriac ou un manoir sur la côte... Ouais, plus riches que ce drôle de curé qui s'est envoyé en l'air avec la cantatrice Emma Calvé.

– Qui c'est, ce curé ? demanda Justin en arrachant un crâne coincé entre deux poutrelles.

– Un fameux prêtre bambochard. Un ami de l'oncle Émile. Qui se ressemble s'assemble. Le curé et le druide entourés de jolies filles, ça, je peux bien l'imaginer. Ils correspondent tous les deux depuis des années au sujet des pierres levées, des énigmes inscrites dans les cryptes, des signes gravés dans les tombeaux. Je soupçonne mon oncle et son diable d'abbé Saunière d'appartenir à une société secrète appelée le Prieuré de Sion.

– Je n'en ai jamais entendu parler. À Signes, il y a des francs-maçons et des rose-croix.

– Tu aurais dû, pourtant. Il y a douze ans, l'oncle Émile et l'abbé Saunière ont exploré la Sainte-Baume où ils ont vécu deux mois chez les Dominicains qui avaient succédé aux Trappistes et aux Capucins de la grotte Sainte-Marie-Madeleine. Je ne vois pas quel rapport il peut y avoir entre cette montagne, nos menhirs bretons et les dolmens de l'Aude, mais il y en a sûrement un. Quand nous retournerons en perm, nous essaierons de tirer les vers du nez de l'oncle Émile.

Justin eut un sourire triste. Des souvenirs remontaient. Il se revit en compagnie de sa mère dans la procession qui menait à la grotte sacrée, sur le chemin des rois ombragé par des arbres centenaires, grimpant vers le Saint-Pilon où couraient tant de légendes.

– On mettra la main sur ce trésor, conclut-il en posant le crâne sur un brancard.

II

Le prêtre perdu

Le prêtre Bérenger Saunière avait longuement prié. Il considéra la lettre qu'il avait reçue le matin même ; il ne l'avait pas encore décachetée. Son vieux correspondant breton, Émile Le Bloas, homme d'une érudition phénoménale, mais celtisant et païen dans l'âme, avait donc répondu à ses attentes. Depuis de longues années, il entretenait une relation ambiguë avec ce druide que le bon abbé Boudet, de Rennes-les-Bains, lui avait recommandé. Boudet, le maître, détenteur d'une partie des clés de l'énigme, était mort six mois auparavant. Le prêtre soupira, se souvenant des soupers fins avec l'abbé, des réunions secrètes avec les éminents membres du Prieuré de Sion, de ses voyages à Paris et à Londres. Il pensa à Jean de Habsbourg, qui lui rendait régulièrement visite et l'assurait du concours des princes réformistes européens, mais hélas, Jean avait mystérieusement disparu en mer au sud de l'Argentine. Les uns après les autres, tous ceux qui l'appuyaient avaient été éliminés.

Bérenger était riche en ce temps-là. Après avoir découvert une petite partie du trésor de Rennes-le-Château, il avait dépensé des milliers de francs par jour, entretenant des maîtresses, se mesurant à la puissance des évêques et des cardinaux. Ces derniers, blessés dans leur orgueil, avaient fini par avoir sa peau. À présent, lui, Bérenger Saunière, que le pape avait sommé de livrer son secret, en était réduit à vivre d'expédients, comme les misérables de son temps ruinés par la guerre.

Rien n'était achevé. Il n'avait pas dit son dernier mot. Il serra le poing. Il pouvait encore devenir l'homme le plus puissant de l'Église ! Le fabuleux trésor dans son entier était à portée de sa main. Restait à déterminer l'endroit où il se trouvait. Peut-être que cette lettre lui montrerait le chemin à parcourir sous les dolmens et les menhirs du Razès. Il prit une profonde inspiration et décacheta l'enveloppe.

Cher Bérenger Saunière…

L'écriture d'Émile était d'une rare élégance. Elle empruntait ses majuscules au gothique et le secret de ses phrases au celtisme. Émile lui faisait part de ses dernières découvertes. Il révélait entre autres :

> *… Le secret des Blanchefort est lié au temple de Lanleff, aux implantations des menhirs sur ma commune de Plésidy et sur les anciennes terres de Léniscat. Il y a une similitude entre nos pierres levées et celles du Razès. La maison gauloise près du lieu-dit de l'Homme-Mort, au sud de Rennes-les-Bains, et les menhirs du Cugulhou, à l'est de ce même village, joueront un grand rôle dans vos prochaines recherches. Le point central, la pierre d'angle de ce secret me semble être le dolmen situé en face de Borde-Neuve, tout près d'une grande pierre carrée posée sur une roche. Ce dolmen, fermé à une extrémité, offre l'image d'une grotte. Au-dessus, vous trouverez une croix grecque gravée sur une roche de crête. Cette croix est exactement dans l'alignement du Doigt du Diable, non loin de chez moi. Commencez vos explorations à partir de cette croix et étudiez bien les plans ci-joints…*

Bérenger se mit à étudier les cartes du Razès que lui avait fait parvenir le druide. Elles étaient annotées, traversées de lignes qui aboutissaient au dolmen du Serbaïrou. Il se revit, des années plus tôt, marchant dans les éboulis avec sa servante Marie et rapportant des sacs pleins de pièces d'or celtes et wisigothes. Il se souvint des invocations au démon Asmodée en pénétrant au cœur du labyrinthe caché sous la montagne à deux têtes. Il se revit entre les cuisses blanches de sa maîtresse, Emma Calvé, la célèbre cantatrice qui avait charmé la reine d'Angleterre et conquis l'Amérique. Bérenger Saunière, amant merveilleux, guerrier redoutable, prêtre maudit… À cette époque, sa renommée et sa conduite scandaleuse avaient été rapportées au pape Léon XIII. Il désirait revivre ces moments-là, et plus encore. Émile Le Bloas était son dernier complice, sa dernière chance, son dernier recours en ce monde avant d'être précipité en enfer.

À 4 heures du matin, il s'écroula de fatigue sur les cartes, il n'avait eu aucune inspiration.

Après avoir prié pour la forme, Bérenger, le cœur lourd, fourra ses babioles dans le gros sac de cuir qu'il emportait partout avec lui. Il quitta l'étroite cellule de la dépendance du Carmel que la supérieure du couvent avait mise à la disposition des prêtres venus secourir les pauvres bougres ramenés du front. Il crachinait. La tour de Gavernie, autrefois tenue par les chevaliers de l'Hospital, se confondait avec le ciel bas. Des nuées s'accrochaient à ses créneaux qui dominaient les sept vallées, et ses gargouilles, qui crachaient jadis de la poix, déversaient aujourd'hui une eau froide sur les passants. La tour ne servait plus à rien, elle ne garantissait plus la sécurité des pèlerins se rendant à Compostelle. Pourtant, la guerre battait son plein. En témoignaient les milliers d'éclopés qui affluaient chaque jour à Lourdes. Saunière prit le parti de passer par la gare afin de gagner du temps.

Il aurait une fois de plus du pain sur la planche et quelques sous à gagner. Cette situation l'exaspérait. Lourdes était une ville assaillie, cernée et encombrée comme une vaste gare mexicaine pendant une débâcle. Telle était la vision du prêtre de Rennes-le-Château. Des milliers de personnes y chantaient des hymnes à la gloire des cieux, des centaines de véhicules et de chevaux bloquaient les rues, des trains y déversaient des régiments d'infirmières et de blessés, de médecins et d'amputés, de fidèles et d'aveugles, des sœurs du monde entier franchissaient les rails en soulevant le bas de leurs robes noires ou blanches avec grâce, reléguant les bourgeoises à des rôles de figurantes. L'impassibilité de leurs visages, que ne trahissait pas leur éternel sourire, avait quelque chose de surnaturel. Ces femmes semblaient hors du temps. Les trains vomissaient les voyageurs dans l'air humide. Tous prenaient le même chemin, pressés de gagner des indulgences, des remises de peine, de faire partie de l'heureux lot des miraculés.

Saunière déchanta vite. Il ne gagnerait pas de temps. Coincé par les pèlerins, il piétina, écrasa les papiers gras qui fourmillaient sur le sol, mêlés à des pansements et à des trognons de fruits. Pris dans la masse, il se laissa porter vers le grand hospice à la façade sévère, percée d'un double alignement de fenêtres en pierre de taille, qui attirait irrésistiblement les pèlerins. Le bâtiment appartenait aux sœurs de la Charité de Nevers, qui soignaient les malades les plus pauvres et éduquaient les enfants défavorisés. Les pèlerins s'y engouffraient, avides de retrouver les souvenirs de sainte Bernadette, qui y avait été accueillie comme externe dans la classe des indigentes de 1858 à 1860, puis comme pensionnaire jusqu'en 1866.

– Maman, c'est là qu'elle a fait sa première communion, dit une femme qui soutenait une vieille dame boiteuse.

Saunière enviait sainte Bernadette, dont le nom circulait de bouche en bouche, vers qui toutes les prières montaient. Elle était la gloire de Lourdes, l'étoile de la Chrétienté, l'amie de la Vierge. Pour quelle raison Dieu avait-il choisi cette insignifiante petite asthmatique pour prédire des miracles ? Pourquoi elle et pas lui ?

Il se torturait l'esprit quand, au bout de l'avenue de la gare, il rencontra une division entière de soldats, pour la plupart amputés, les autres aveugles et crachant le sang après les offensives allemandes aux gaz. Ils attendaient d'être transportés en civière jusqu'à la grotte sacrée des apparitions. C'était une immense mer bleu horizon, tachée de bandes blanches, pleine de gémissements, d'appels de détresse et de prières ardentes. Bérenger en eut la gorge serrée. Il était venu vendre des médailles bénites aux blessés, il n'en aurait jamais assez, comme il n'aurait jamais assez de courage pour affronter tous ces regards. À moins de renouer avec Dieu. Il douta…

« Seigneur, ayez pitié de moi », pensa-t-il en levant les yeux au ciel trop menaçant qui s'étendait au-dessus des toits de tuiles et des montagnes.

Fuir. Repartir à Rennes-le-Château et trouver le trésor maudit. Pendant quelques instants, les cartes envoyées par Émile Le Bloas s'imprimèrent dans son esprit et il eut la vision fugace d'une entrée sous le grand dolmen. Un labyrinthe s'étendait sous le Razès… Il ne pouvait plus fuir, bloqué par cette marée qui obéissait à de mystérieuses clochettes agitées par des sœurs infirmières dans le lointain. Des mains rongées par des gangrènes et des moignons suintants se tendaient vers lui.

– Bénissez-moi, mon père.

– Priez pour nous.

– Je veux voir… Il y a un prêtre ? Où est-il ?

– Pitié.

Les larmes aux yeux, Bérenger éprouvait une honte, une peur, une rage impuissante, de l'affliction. Il était paralysé devant ces moribonds et ces moitiés d'hommes qui attendaient de lui réconfort et miracle.

– Ne nous abandonnez pas, mon père.

– Je ne vous abandonne pas, mes fils, finit-il par dire d'une voix brisée par l'émotion en posant la main sur la tête d'un soldat qui n'avait plus de jambes.

Pris soudain de frénésie, il distribua des gestes d'apaisement, des paroles d'évangile, des bénédictions. En même temps il chutait dans l'horreur et sentait son âme s'élever. Il ne pensait plus au trésor, aux conseils du druide breton. Tel un saint, il avançait au milieu des compagnies. Porté par une foi folle, le regard illuminé, il traversa une place occupée par des trépanés avant d'être emporté par un torrent d'invalides béquillant fiévreusement vers le lieu saint. Il se mit à réciter les Évangiles au sein de ce troupeau d'êtres pathétiques.

– Où sommes-nous ? bégaya un aveugle.

– On arrive, on arrive, mon gars, répondit un homme qui devait être son père et qui le tirait vers l'avant par le ceinturon.

– La grotte, père, la grotte, c'est bien elle ? Père, tu crois que j'y verrai à nouveau ?

– Ça ira, ne te tourmente pas. N'est-ce pas que ça ira, monsieur le curé ?

L'homme qui tirait son fils quêtait un acquiescement, un réconfort. Pris au dépourvu, Bérenger se sentit brutalement ramené sur terre et douta à nouveau. Il ne crut pas un instant que ce garçon retrouverait la vue sur ce monde. Cependant, il répondit :

– Ecoutez les paroles de Job : « Quand je n'aurai plus de chair, je verrai Dieu. Je le verrai et il me sera favorable ; mes yeux le verront, et non ceux d'un autre, ma langue languit au-dedans de moi. » Que l'âme de votre fils se languisse de Dieu, et il verra.

– Et la Vierge, mon père, on dit qu'elle fait des miracles !

– Si un miracle doit se produire, alors tous ici repartiront guéris.

– *Kaoc'h ki du !* jura un soldat derrière eux. Tout ça, c'est des conneries.

Bérenger se retourna d'un bloc et eut un choc en découvrant le soldat qui se mit à tousser. Il avait l'air habité par le démon. Le feu de l'enfer brûlait dans ses pupilles étrécies. Et, comble de l'horreur, il tenait une baïonnette à la main et une pierre à aiguiser dans l'autre.

– Tu es breton ? lui demanda prudemment Bérenger.

– Oui, j'appartiens au 74e régiment. Et je le répète en français : Merde de chien noir ! Parce qu'on va tous crever dans la merde du front et qu'il n'y aura pas de miracle. Et c'est tant mieux ! S'ils retrouvaient leurs yeux, leurs jambes et leurs bras, on les renverrait aussitôt à la boucherie. Ce ne sont pas les lâches…

Le soldat toussa et cracha encore, puis il reprit d'une voix sourde et pleine de menaces :

– Ce ne sont pas les lâches qui sont tombés dans la boue. Les meilleurs ont été asphyxiés comme des poux quand les Boches ont balancé les gaz. J'y étais. *Gast!* Et j'ai failli crever dans les bras des infirmiers. Ouais, mon père, ceux qui n'avaient pas perdu leurs poumons et leurs yeux sont repartis au combat vers les mitrailleuses bavaroises qui les ont hachés! Mon père, essayez de trouver votre chemin en tâtant les barbelés et les cadavres, et vous comprendrez pourquoi il n'y aura jamais de miracle.

Le furieux fantassin se mit à aiguiser sa baïonnette d'un geste mécanique et précis. L'arme avait quelque chose de maléfique, elle hypnotisait Saunière; il eut la vision qu'elle pénétrait dans des chairs, les fouaillait et que ce maudit soldat y prenait du plaisir. La révolte le gagna, Bérenger demanda :

– Alors, pourquoi es-tu ici, mon fils, si tu n'as aucun espoir de voir la Vierge?

– Parce qu'on m'a mis d'office dans ce maudit train pour me récompenser doublement : la croix de guerre et Lourdes. Nom de Dieu, j'aurais préféré être chez moi à Bourbriac.

– Bourbriac en Bretagne?

– Oui, là où le purin prolifère.

– J'ai un ami là-bas, à Kervoaziou de Plésidy.

– Qui donc?

– Émile Le Bloas.

– Ah, les Le Bloas, une famille de pleutres. Deux neveux d'Émile font partie de ma compagnie. Vous ne gagnerez rien en fréquentant ces gens-là. Ce sont des corbeaux avides. Des chercheurs de trésors, des pilleurs de tombes.

– Quel est ton nom, mon fils?

– Arsène Lienblac.

Sur cette réponse, Arsène accéléra ses mouvements sur la baïonnette. Il la bichonnait, sa Rosalie, sa fiancée d'acier, sa preneuse de sang. Cette garce l'avait trahi une seule fois, quand il avait essayé d'embrocher le Midi, ce Justin Brignole qui détalait comme un lapin devant les gaz. Son regard se fit lointain et mauvais; il désirait avoir la peau de ce lâche qu'il apparentait toujours aux soldats du 15e corps.

Bérenger Saunière, qui ne le quittait pas des yeux, voyait brûler les flammes de l'enfer. Ce Lienblac était un démon réincarné. Il ne put s'empêcher de lui demander :

– Veux-tu que je te confesse, mon fils? Je vois du feu dans ton âme.

– Vous, me confesser, mon père?! Mais vous êtes le Diable!

Bérenger en fut choqué. Ce Lienblac avait vu clair en lui. « Je suis noir de péchés, pensa Bérenger. Et je vais brûler comme de l'amadou quand Dieu m'aura jugé. »

– Et ne vous en faites pas pour le feu, mon père, poursuivit Lienblac sur un ton ironique. Je m'en ferai un ami, oui, un grand ami. Quand ils me renverront sur le front, je l'utiliserai comme j'ai utilisé ma Rosalie. *Gast!* Vous m'avez montré le chemin, curé. Je vais devenir « l'Homme de feu » et tous me craindront.

Cette fois, il prit la tangente, rebroussant chemin. Lienblac savait à présent pourquoi il était venu à Lourdes. Le miracle s'était produit. Satan, par l'intermédiaire de ce prêtre, lui avait donné le pouvoir du feu.

Saunière était bouleversé. Il ne savait plus quoi faire. Machinalement, il suivit le lent flot des fidèles, des malades et des estropiés. Les ondes de cette foule qui grossissait sans cesse se heurtèrent aux bords de la grande esplanade de la grotte. Par-dessus les flots de têtes, les enfants, juchés sur les épaules de leurs parents, ouvraient de grands yeux sur la statue de la Vierge, blanche et couronnée, Immaculée Conception regardant cette mer du haut de sa niche creusée dans le roc. Bérenger l'aperçut à son tour et il se sentit fautif; il pensait toujours au trésor, à toutes ces pièces d'or, ces bijoux, ces couronnes, ces armes précieuses qu'il avait emportés à pleines brassées des années plus tôt, cet or avec lequel il avait pu faire bâtir la maison Béthanie, la tour Magdala, le jardin d'hiver, offrir des cadeaux somptueux à ses maîtresses, construire une route carrossable sur la commune de Rennes-le-Château... La Vierge lisait dans ses pensées. Son regard doux n'atténuait pas le feu qui le dévastait. Il brûlait de l'intérieur comme cet Arsène Lienblac qui venait de le quitter. Bérenger ne se fit aucune illusion : il retrouverait ce soldat en enfer.

Il y eut une clameur à l'apparition d'un évêque. Tous levèrent leurs croix, leurs chapelets, leurs mains vers la Dame du Ciel et son éminence entourée d'enfants de chœur et de prêtres. Des noms de saints furent prononcés. Ils renonçaient au péché, ne pensaient plus, laissaient leur âme en friche à la merci des cieux.

Pas Saunière.

Son âme ne lui appartenait plus. Il l'avait donnée à Asmodée, le démon de la luxure, gardien des trésors du temple de Salomon, au prince des enfers Amy commandant les anges déchus, à Anazarel qui connaît les trésors sous terre. Sa cupidité, sa soif de puissance l'avaient conduit à se lier avec les forces du mal.

La Vierge le contemplait d'un air sévère à présent. Bérenger était ici pour elle. Il désirait communier, recevoir le corps du Christ en toute quiétude et guérir d'un coup. Mais il n'en avait pas le courage.

Les cartes d'Émile Le Bloas s'imposèrent à sa conscience. Il devait rencontrer le druide breton ; il y avait urgence. Il se détourna de la Vierge et, de la manière la plus cynique, il se mit à bénir des soldats en leur proposant des médailles à deux sous. Ces ventes lui rapporteraient de quoi s'acheter des billets de train pour la Bretagne.

Ce soir, il écrirait au druide.

Saunière avait choisi son camp. Ce n'était plus celui de Dieu.

Les cartes d'Émile. Les Bleus s'imposèrent à sa conscience. Il devait rencontrer le dernier baron ; il y avait urgence. Il se détourna de la Vierge et, de la manière la plus cynique, il se mit à bénir des soldats en leur proposant des médailles à deux sous. Ces ventes lui rapporteraient de quoi s'acheter des billets de train pour la Bretagne.

Ce soir, il [illegible]

Saunière avait choisi son camp. Ce n'était plus celui de Dieu.

[illegible]

III

La fête des trépassés

Ce 1er novembre 1915 n'avait rien de commun avec tous ceux que Plésidy avait connus depuis que l'abbaye de Coatmalouen en avait sacralisé l'existence, en 1284. Sans doute même que le bourg n'en avait jamais vécu de pareils bien avant cette naissance légale, quand Plésidy s'appelait encore Ploe Seidi, la paroisse de Seidi, le père de Kadirieth qui vivait à la cour du roi Arthur. Quand les prêtres n'en avaient pas encore fait la fête des morts, à la différence près que, à cette époque, on ne les fêtait pas, on leur rendait hommage.

Depuis la nuit des temps, depuis que des hommes venus d'on ne sait où s'étaient installés sur les landes, rien n'est plus ancré dans les âmes aux pays de l'Argoat et de l'Armor que le goût du culte et de la familiarité avec la mort. Comme l'a écrit un grand lettré et poète breton, Anatole Le Braz : « Toute la conscience de ce peuple est orientée vers les choses de la mort; il n'y a pas de sujet qui le capture davantage ni qui lui soit plus familier. » Mais, en ces années de guerre, trop c'était trop.

Dans les temps reculés, la mort n'avait pas cet aspect grandiloquent que les prêtres solennisaient à outrance depuis que les papes avaient pris en main les affaires de Dieu. Il fut un temps où l'Ankou avait le temps de plaisanter avec ceux qu'il allait faire passer de l'autre côté et d'expliquer à chacun que ce qui l'attendait dans un nouveau monde éthéré n'était pas si mal. Depuis un an, le valet de la Mort ne savait plus où donner de la tête, ses petits, ses Bretons mouraient par wagons entiers dans la boue sale d'une contrée lointaine, pour des raisons qu'il ne comprenait pas. Il ne suivait plus le rythme, il avait peur de laisser passer une âme dans l'au-delà sans son assistance. L'Ankou était surmené.

Cette fête des trépassés avait un goût de fiel et d'absence. Nul jeune homme n'était présent en ce jour de deuil, on ne croisait dans les rues du bourg que des vieillards. Même ceux qui ne l'étaient pas encore en avaient l'apparence, le dos voûté sous la bruine, ils s'en allaient bras dessus bras dessous vers l'église à petits pas fatigués. Un signe ne trompait pas : le bistrot était vide. Pire : il était fermé. Tous s'en allaient écouter le sermon de Thaddée. Les croyants et les impies avaient conclu une trêve en mémoire de leurs jeunes tués par les Boches. Plésidy comptait ses morts.

Léon Le Bloas soutenait Célestine en la tenant par la taille en un geste d'une infinie tendresse. Entre le jour de juin où elle avait fiancé Marie-Louise avec Justin et ce jour de novembre, ses cheveux étaient devenus aussi gris que le gris qui dominait cette journée humide et venteuse. En montant les marches qui menaient vers l'église, elle se remémorait l'arrivée du facteur qui, en pleine fête de fiançailles, lui avait tendu une lettre du ministère de la Guerre lui annonçant en quatre lignes la mort de deux de ses enfants. Elle avait refusé catégoriquement d'annoncer la nouvelle à tous ces gens heureux, réunis en l'honneur de ceux qui s'étaient promis un avenir resplendissant. Elle et son mari avaient gardé pour eux le chagrin et laissé aux autres la joie. Ce n'est que le lendemain qu'elle avait appris aux autres qu'ils avaient perdu des frères, des cousins ou des amis. Émile et Jules Le Bloas n'étaient plus, et personne ne savait à quel endroit ils reposaient. À l'intérieur de ce malheur, cette horreur de survivre à ses enfants, c'était cette incertitude qui lui pesait le plus. En traversant le cimetière, elle regarda les tombes : jamais elle ne pourrait venir se recueillir sur une pierre, s'agenouiller et prier sur la dépouille de ses fils, leur parler, leur raconter les petits bonheurs de la vie qu'ils ne pouvaient plus voir. Ne pas savoir était abominable. Combien de nuits sans sommeil ? Combien de cauchemars avaient hanté les nuits où elle avait dormi grâce aux herbes infusées par Émile, son beau-frère, en l'honneur duquel elle avait donné à l'un de ses fils le même prénom ? Célestine ne s'en souvenait pas. Elle leva le menton – personne ne devait savoir sa souffrance –, allongea le pas puis tourna la tête et regarda son mari.

Léon, à son habitude, avait le visage fermé. Personne n'avait la possibilité de mesurer la profondeur de son chagrin. Et pourtant… En quelques mois de guerre, il avait perdu une de ses principales raisons de vivre : ses chevaux réquisitionnés par des militaires obtus et malpolis. Puis deux de ses fils. Mais Léon avait la même apparence que les menhirs de sa terre. Vu de l'extérieur, rien ne semblait l'ébranler, mais Célestine savait que, derrière le masque de pierre, l'homme était un véritable Celte, c'est-à-dire un homme dur au combat et tendre avec les siens, seul le temps pouvait l'éroder, rien d'autre. Elle trouva l'énergie de lui faire un petit sourire et il y répondit.

En entrant dans l'église, pour la célébration des *Gousperou an Anaon*, les « vêpres des morts », les hommes et les femmes se séparèrent comme deux bras d'une même rivière pour rejoindre leurs bancs. À droite les hommes, à gauche les femmes. L'intérieur de l'église fut bientôt noir de monde, au sens littéral du terme car tous, hommes et femmes, étaient vêtus de noir. Gris était le ciel, grises étaient les pierres de l'église, noirs étaient les habits des occupants du lieu venus honorer leurs morts. Ainsi pensa Marie-Louise qui s'était installée auprès de sa mère. Elle jeta un coup d'œil discret de l'autre côté de la travée, du côté des hommes. La jeune fille eut un hoquet de surprise : à la droite de son père, son oncle était debout, lui, l'athée absolu, le sceptique parmi les sceptiques, qui refusait catégoriquement d'assister à une cérémonie religieuse monothéiste. Elle vit que les deux hommes se parlaient.

Léon regardait son frère avec un sourire moqueur et, profitant du brouhaha provoqué par ceux qui s'installaient, la bouche en coin, il chuchota à son aîné :

– Que fais-tu là, *diskonter* ? Tu t'es converti aux âneries de Thaddée?

– Je pourrais te rétorquer la même chose, mon frère. Il n'est pas dans tes habitudes d'éviter le bistrot pour te rendre à la messe.

Léon eut un petit rire triste.

– Il est fermé aujourd'hui. Alors…

– Moi, je suis venu en souvenir de mes neveux, et pour ta femme qui croit dur comme fer en un paradis trop beau pour être vrai. Je ne suis pas ici pour faire plaisir à Thaddée, qui est au moins autant rempli de doutes que Germain l'est de pinard.

Petit à petit, le brouhaha devint murmure, et les deux hommes cessèrent de discuter et s'assirent au moment même où l'assemblée se levait. Léon entendit son frère maugréer : « Ils ne savent pas ce qu'ils veulent », mais il suivit le mouvement avec un temps de retard. Le curé de Plésidy, le père Thaddée, venait de faire son entrée pour célébrer la messe des morts. Dehors, la nuit était tombée. Certains curés moins instruits que Thaddée respectaient sans s'en douter cette coutume celtique de célébrer les morts à la tombée de la nuit, car les Anciens disent que c'est la nuit, où la frontière s'efface entre le monde des vivants et le monde surnaturel, que les esprits errent sur la terre et que les hommes peuvent pénétrer dans le royaume des ombres. Dans le pays breton, tout se mélange encore, les prêtres et les druides, les elfes et les sorcières, les bonnes sœurs et les fées.

Tandis que le prêtre se livrait à ses rites mystérieux et marmonnait des mots latins, l'esprit d'Émile se mit à vagabonder dans les méandres du temps pour se remémorer les croyances ancestrales du peuple des pierres levées et son monde de l'au-delà. Les légendes décrivaient abondamment un univers intermédiaire dans lequel attendent les âmes des trépassés qui sont encore liées à la terre des vivants. L'attachement à l'ancien monde, qu'ils ne pouvaient rompre de suite, amenait souvent le maintien dans cet état transitoire de ces défunts qu'on appelait *anaons*. C'étaient les âmes errantes, que l'on pouvait croiser il y a encore peu de temps sur les sentiers des monts d'Arrée, dans les landes et les tourbières. Les âmes se manifestaient aux hommes pour implorer leur aide ou pour accomplir une vengeance. Émile en croisait encore de temps à autre et leur portait secours, car il était de ceux qui connaissaient le Mot. À l'époque du roi Arthur, les âmes des morts étaient transportées de nuit à l'îlot de Tevennec, au-dessus de la ville d'Ys, au large de la baie des Trépassés, *Bwe an anaon*. De là partaient les barques chargées de défunts. Dans sa rêverie, Émile eut un petit sourire : il avait rencontré de nombreux pêcheurs qui lui avaient juré avoir vu passer, au crépuscule, le vaisseau des âmes, *lesir an anaon*, qui se dirigeait droit vers l'île druidique de Sein, avant de disparaître sous forme de feux follets dans les entrailles de la Terre.

Le cantique entonné par quatre cents poitrines ramena Émile dans l'édifice.

A-vremañ betek ar marv
Meulomp Jezuz hag e anv
Ra vo karet e peb amzer
Hag adoret war an aoter
Va Jezuz, dre ho pasion,
Skuilhit grasoù en hor c'halon
'Vit ma c'hellimp 'pad hor buhez
Ho servijañ gant karantez

À partir de maintenant, et jusqu'à la mort, louons Jésus et son nom. Qu'il soit aimé en tout temps et adoré sur l'autel.

Mon Jésus, par votre passion, versez des grâces dans notre cœur, pour que nous puissions toute notre vie vous servir avec amour.

Soudain, Émile se leva et dit à son frère, suffisamment fort pour que l'acoustique de l'église amène ses paroles à ceux qui venaient de cesser de chanter :

– Mes neveux sont morts et bien d'autres avec eux, et Jésus n'a pas levé son auguste petit doigt pour eux. Il les a laissés crever dans la boue comme des animaux… Je dis des bêtises, nous, les Bretons, n'avons jamais laissé nos bêtes pourrir dans la boue. Je vous laisse écouter ces belles paroles bien creuses, et je t'attends dehors, mon frère.

Dans un silence presque absolu, le bâton à la pierre bleue du *diskonter*, qui frappait les dalles de pierre au rythme de son pas, résonna dans la nef comme le marteau de Vulcain frappant son enclume céleste. Personne n'osa tourner le col pour suivre le départ solennel du savant homme ; l'autel, cette version moderne du dolmen, était soudainement devenu magnétique et aspirait les regards.

Dehors, rompant avec la tradition qui voulait qu'un Breton ne pisse jamais seul, Émile urina longuement contre le mur de l'église.

Émile avait écouté encore une bonne demi-heure les chants bretons qui faisaient résonner les murs de l'église ; il trouva beaux, voire élégants, certains d'entre eux qui ne parlaient ni de Marie ni de son fils, mais du pays breton et de la vaillance de ses habitants. Puis, à un moment, le silence se fit dans l'édifice et le bedeau Marcel, dit le Chenu, ouvrit toutes grandes les portes et le *diskonter* entendit Thaddée prononcer les paroles libératrices : *Ite missa est.* Doucement un ruisseau de fidèles s'écoula entre les battants, puis le ruisseau devint rivière et Émile agrippa dans la foule le bras de Marie-Louise qui précédait sa mère de quelques pas.

– Alors, ma nièce, nos morts sont-ils satisfaits ?

La jeune fille connaissait trop bien son oncle pour lui en vouloir de sa réflexion malvenue et entamer un débat sans fin sur les religions, aussi c'est avec un petit sourire triste qu'elle hocha la tête, puis dit, en se retournant vers sa mère :

– C'était un beau service, hein mam ?

– Da, oui, da... Mais c'est bien triste que tes frères n'aient pas été là pour s'en apercevoir.

Ni Émile ni sa nièce ne surent si Célestine parlait des vivants ou de ses deux fils morts, l'humour macabre fait partie des traditions. Ils firent silence. Sur la place, ils attendirent Léon, les époux Le Floc'h, Théo et Léontine, ainsi que leur fille Léonie. Puis tous les sept s'installèrent dans le tombereau à ridelles tiré par Marquise, la seule jument rescapée de la réquisition pour cause d'ancienneté. De tout son cheptel, il ne restait à Léon que cinq chevaux, tous les autres, des bretons, magnifiques animaux aux paturons larges, au port majestueux, forts comme les éléphants d'Hannibal et faits pour parcourir la terre de l'Argoat par tous les temps, tous les autres, ces animaux que Léon avait tant choyés servaient maintenant à tracter des canons semeurs de mort dans la gadoue du front. Triste destin pour la plus noble conquête de l'homme.

Quelquefois, il arrivait à Célestine de retrouver son mari perdu dans des pensées qu'elle soupçonnait moroses, assis par terre au milieu de l'écurie presque vide. Quand cela se produisait, elle s'asseyait sur le pavement à côté de lui et restait silencieuse jusqu'à ce qu'enfin il lui pose « *la* » question, toujours la même :

– Tu crois que nous reverrons Arthur, Lancelot, Guenièvre et tous les autres ?

Alors, Célestine promettait que ses animaux, qui portaient tous des noms célèbres de rois, de princes, de princesses ou de chevaliers, seraient bientôt de retour et qu'ils feraient la fête. La veille, cela s'était produit, elle avait trouvé son Léon assis par terre, mais, pour la première fois, il n'avait pas posé sa sempiternelle question, il lui avait dit :

– Tu sais, ma Célestine, je ne crois plus que nous reverrons nos bêtes. Si elles ne sont pas emportées par les obus des Boches, les militaires ne nous les rendront jamais, elles sont trop belles. Aussi belles que l'étaient nos deux fils que nous ne reverrons plus jamais. Je me sens si vieux, ma femme… si vieux et fatigué.

Célestine avait alors empoigné son mari aux épaules et l'avait secoué comme Justin, son futur gendre, devait secouer les branches des amandiers de son pays du Sud pour en faire tomber les fruits, et elle lui avait parlé si bas qu'il avait plus deviné qu'entendu les mots qui sortaient de sa bouche.

– Écoute-moi bien, Léon l'éleveur. Si je me suis mariée avec toi, c'est parce que tu es fort, aussi fort que tes chevaux. Pour nos fils, il n'y a plus rien à faire, sinon honorer leur mémoire en leur montrant ce que valent leurs parents. Et si Dieu existe, *gast*, et si nos enfants sont à ses côtés dans son paradis, nous allons leur montrer à tous, Dieu compris, que le père Léon n'est ni vieux ni fini et que sa Célestine est prête à lui botter le cul pour le faire avancer. Tu vas aller à la foire de Guingamp et te démerder à trouver des beaux poulains, et tu vas tout recommencer, mon mari. Tu as bien entendu, *gast ar c'hast* ?

Plus que le discours ou les promesses de coups de pied aux fesses, c'étaient les grossièretés jaillissantes, toutes vibrantes d'une colère quasi divine qui avaient botté le cul du père Léon. Il s'était relevé d'un bond, avait pris sa femme dans ses bras puis lui avait déposé un baiser sur le front en disant :

– Tu as raison, ma Célestine, comme toujours. Tu vas voir que ton vieux est prêt à étonner encore bien du monde. Je te le promets.

Ils avaient rejoint la maison, enlacés comme des amoureux de fraîche date.

Dans la longue descente qui menait à la gare, nom pompeux donné à un endroit qui n'existait pas encore, Léon serra le frein pour éviter à la vieille jument de se laisser emporter par le poids de sa charge. À l'arrière, les femmes papotaient de tout et de rien, passant de l'homélie de Thaddée à la bruine froide qui commençait à transpercer leurs capotes, pour arriver sans préavis à la prochaine cérémonie de l'ossuaire, qui consistait à vider tous les trois ans dans la fosse commune le trop-plein de crânes et de tibias entassés dans l'édicule ajouré comme une dentelle précieuse. En lui donnant un léger coup de coude dans les côtes, Émile fit remarquer à son cadet que la vie reprenait le dessus puisque les femmes reparlaient des morts avec sérénité. Puis il ajouta d'un ton un peu plus solennel :

– Rien, tu entends, frère, rien ne peut abattre notre pays ni ceux qui l'habitent. Nous sommes ancrés de manière aussi profonde à notre terre que le sont les chênes de la forêt primaire.

– Hon, hon, avait répondu Léon alors qu'ils arrivaient au village.

Une dizaine de personnes étaient réunies dans la vaste cuisine de la vieille demeure des Le Bloas, pour vanter les mérites des défunts. Tradition antique qui veut que l'on parle à haute voix de ceux qui ne sont plus pour persuader les dieux qu'ils avaient été des braves dans leur vie terrestre et ainsi aider les âmes des morts à passer dans l'au-delà. Émile adorait l'ironie de cette pratique qui consistait à soûler les dieux de paroles pour que, enfin lassés du verbiage, les gardiens du monde des ombres finissent par ouvrir en grand les portes de leur domaine, car ces dieux-là aiment qu'on les séduise. Alors, les âmes des héros avaient enfin le droit de pénétrer dans ce paradis en attendant de renaître car, pour les Celtes, la mort n'est que provisoire.

Célestine, pour respecter la tradition, avait recouvert la longue table d'une belle nappe blanche où elle avait déposé, à l'une des extrémités, des crêpes de blé noir, du cidre et du lait ribot pour rassasier les trépassés qui, cette nuit-là, ont le privilège de pouvoir revenir dans leur ancienne demeure. Le feu brûlait dans l'âtre, et brûlerait jusqu'au lendemain pour réchauffer les âmes ; avant d'aller se coucher, Marie-Louise ou sa mère déposerait dans la cheminée une grosse bûche *kef an anaon*, la bûche des âmes. En attendant de procéder à cette cérémonie païenne et pour restaurer les convives, Marie-Louise apporta sur la table la part des vivants pour partager le repas des morts : des crêpes, du cidre et du lait ribot. Quand tous furent rassasiés, Émile entonna un chant dont personne ne savait l'âge, mais qui, selon certains, avait été une plainte écossaise avant de devenir un chant breton.

Morse ! Morse ! ne zizroio !
Astennet eo bet war an douar yen,
Ha beteg an deiz, deiz braz ar varn,
Ne welimp mui hor zoudard braz !

War ribl ar ster, an noz o tond,
War ribl ar ster, 'z eus ur plahig
War ribl ar ster, e kouez daelou,
Abaoe m'out aet pell da viken !

- Labousig noz, lavar din-me !
Labousig noz, ha goût a rit,
Labousig noz, 'pelec'h m'int aet ?
Lavar din-me soudarded va bro !

An avel goañv a gan du-hont,
An avel goañv a gan er mor,
An avel goañv, avel kañvuz,
A gan du-hont, kanenn ar maro!

Jamais! jamais il ne reviendra!
Il est allongé sur la terre froide!
Et jusqu'au jour, le grand jour du Jugement,
Nous ne verrons plus notre grand soldat!

Sur les berges du fleuve, à la tombée de la nuit,
Sur les rives du fleuve, il y a une fille,
Sur les rives du fleuve, il coule des larmes,
Depuis que tu es parti, loin, pour toujours!

Petit oiseau de nuit, dis-moi!
Petit oiseau de nuit, le sais-tu?
Petit oiseau de nuit, où sont-ils allés?
Dis-moi, les soldats de mon pays!

Le vent d'hiver chante là-bas!
Le vent d'hiver chante sur la mer!
Le vent d'hiver, vent de deuil!
Chante là-bas le chant de mort!

La grande pièce sombre fut soudain envahie d'ombres tournoyantes sans qu'aucun de ceux qui écoutaient la mélodie ne puisse savoir si les volutes éthérées n'étaient que des langues de fumée sorties de la cheminée et rendues dansantes par le mouvement des flammes ou si les fils de Célestine étaient sortis du royaume des ombres et venus dire bonjour. Un silence de tombeau régnait dans la pièce. Même le balancier de la grosse horloge achetée à la foire de Guingamp battait en sourdine. Célestine et Léon regardaient Émile. Le *diskonter* semblait troublé et ne parlait pas. Puis, soudain, dans le silence, on entendit trois coups légers frappés à la porte. Les cœurs s'emballèrent et le temps se figea. Au bout d'une éternité, Léon alla ouvrir. Sur le seuil de pierre se tenait la poule blanche de Léonie venue s'inviter à la veillée.

Dans l'assistance, quelqu'un dit :

– L'âme de la vieille Ernestine Le Provost est dans cette bête !

IV

Le feu

La routine. Attaques. Contre-attaques. Trous d'hommes. Relèves. Et, avec les relèves, venaient les envies. Demain, 8 novembre, ce serait quartier libre pour la section de Brignole qui allait être nommé – il le savait de source sûre – caporal-chef lors de la revue du 18 novembre.

– Si vous voulez aller aux filles, il va falloir vous récurer jusqu'au trognon, les gars… et surtout vous débarrasser de toute la vermine qui court dans vos poils, dit Chasteigne en croquant une pomme.

La pomme, c'était la promesse du péché. Les poux et les morpions étaient apparus après la faute d'Adam. Depuis une semaine, il n'était question que de se rendre dans l'un des bordels de Béthune ou dans l'une de ces auberges à stupre qui poussaient comme des champignons le long de la frontière française. Les soldats ne discutaient que de cul et des fameux arrivages de prostituées dans les différents établissements ouverts aux bidasses et aux sous-offs. On parlait de deux cent cinquante nouvelles pensionnaires de toutes nationalités, dont des Italiennes et des Espagnoles poussées par la misère dans ce merdier.

Erwan et Lucien en avaient une forte envie. Leurs nuits étaient peuplées de créatures avenantes aux bouches goulues. Plus de la moitié des soldats de la compagnie étaient encore puceaux. Erwan et Justin en faisaient partie. Pas Lucien. Lors d'un voyage à Brest avec l'oncle Émile, deux ans plus tôt, il avait gagné son statut de mâle dans une infâme gargote à marins tenue par un maquereau libanais. Une grosse dondon d'origine incertaine avait fait sauter son prépuce comme un bouchon de champagne. L'affaire n'avait pas duré une minute, mais aujourd'hui, en regard des copains, il était un « homme ».

– Pour la vermine et les poux, il y a une solution, dit Justin.

– Dis voir, railla le Teigneux.

– Si vous ne craignez pas le froid, je vais vous montrer.

– Montre, s'empressa d'exiger Erwan, qui voulait en finir avec son état de puceau.

– Suivez-moi au canal.

En plus d'Erwan, Lucien, Chasteigne, Christo et le Teigneux, ils furent dix à le suivre. Sortir de la tranchée ne fut pas une mince affaire, elle s'écroulait de tous côtés. Le secteur était devenu impraticable pour les véhicules ; beaucoup d'hommes s'étaient noyés dans la boue des entonnoirs lors des derniers combats. En vingt jours, la pluie avait inondé la Belgique. Les installations ne tenaient plus, les convois s'enlisaient sur les routes, on avait attelé les roulantes à des bœufs. Jamais le pain n'avait été aussi moisi.

L'équipe emprunta des pontons et des caillebotis submergés ; ils marchèrent ensuite en s'enfonçant dans la boue jusqu'aux genoux. Le danger venait des barbelés invisibles et des queues-de-cochon qui les soutenaient. Il était facile de s'empaler sur ces ferrailles aux pointes acérées et de choper une gangrène gazeuse. La plaine des Flandres n'était que le prolongement de la mer du Nord. On s'attendait à voir des harengs, des bars, des soles et même des U-boats dans cette flotte marron qui s'étendait à l'infini. Ce rigolo d'Erwan avait comparé Ypres au Mont-Saint-Michel. Mais, à la différence du bijou gothique posé sur l'Océan, les marées qui battaient les murs d'Ypres étaient hérissées de baïonnettes et de casques à pointe.

Le groupe pataugeait et pestait. Certains regrettaient d'avoir suivi le Provençal bretonnant. Ils étaient trempés et transis de froid. Il y eut des éternuements, des « *gast!* » et des « merde ! » Ils atteignirent la Maison-du-Passeur où ils en avaient tant bavé, lors de l'attaque aux gaz. Justin réprimait des frissons en passant par là. La face démoniaque d'Arsène Lienblac lui revenait toujours en mémoire et il entendait le zip-zip de la pierre à aiguiser sur la lame de Rosalie. Il espérait que ce salaud ne réintégrerait pas le 74e.

Finalement, ils arrivèrent à l'écluse dont les portes de fer avaient été tordues par des obus de gros calibre. Le canal aux eaux sales débordait. Le complexe, rattaché à un réseau de tranchées qui s'étendait jusqu'à Boesinghe, avait été fortifié. Deux canons de 75, quatre mortiers de 60, une mitrailleuse et une unité de lance-bombes tenaient cette position stratégique où veillaient en permanence deux officiers de renseignement. Les servants des engins de mort étaient à l'abri dans des casemates bétonnées. Une sentinelle s'étonna de voir arriver ces bouseux.

– Où allez-vous ? Nom de Dieu !

– À la chasse aux poux, répondit Erwan.

– Vous vous foutez de ma gueule ?

– Non !

– Bande de cinglés, vous voulez vous faire allumer par les Boches ?

– Y a pas de risque, avec cette pluie. Leurs observateurs sont comme les nôtres, ils n'y voient goutte, ricana le Teigneux.

– Ils sont planqués derrière l'Yser au fond de leurs abris et je suis sûr qu'ils pensent aux mêmes choses que nous, ajouta Lucien.

– Et vous pensez à quoi ?

– Aux filles. C'est pour elles qu'on vient tuer nos poux. Alors, Justin, qu'est-ce qu'on fait à présent ?

Justin ne répondit pas. Il s'avança vers l'escalier qui descendait au fond de l'écluse, enleva sa capote, puis se déchaussa devant ses camarades interloqués. Ainsi paré, il commença à descendre les marches, entrant dans l'eau.

– Mais qu'est-ce que tu fais ? demanda Chasteigne.

– Je vais prendre un bain. Tout est une question de souffle. Si vous avez de bons poumons, vous ressortirez de l'eau comme au jour de votre baptême.

Justin prit son temps. Il s'immergea très lentement pour contraindre la vermine à remonter le long de ses jambes, de son ventre, de son torse. Elle grouilla bientôt autour de son cou. Il prit sa respiration. Il claquait des dents. Les puces escaladèrent son visage et rencontrèrent les poux dans ses cheveux. Justin disparut dans l'eau. Ses camarades virent la vermine flotter à la surface. Le courant l'emporta.

– *Gast !* Il va se noyer, dit le Teigneux qui venait de retirer ses brodequins.

Ils rirent en le voyant réapparaître. Tour à tour, ils se livrèrent à ce rituel d'hommes des cavernes. Puis ils retournèrent en courant vers leur position pour lutter contre le froid. À peine arrivé et changé, Christo fut pris d'une fièvre de cheval. Le bleu n'irait pas à Béthune. Le toubib le bourra de médicaments et le consigna sur sa paillasse où l'attendaient les punaises et autres parasites.

Justin avait d'abord refusé d'accompagner la bande de gais lurons à la ville. Erwan avait insisté :

– Tu auras l'air de quoi, le soir de tes noces, si tu ne sais pas t'y prendre avec ma sœur ?

Lucien s'y mit à son tour :

– Tu es le chef de la section, tu dois montrer l'exemple. Tous les garçons passent par là avant le mariage. L'oncle Émile te le dirait. Crois-moi, un peu d'expérience te fera le plus grand bien, et ma cousine t'aimera encore plus si tu la fais monter au ciel.

– Elle en redemandera, renchérit Chasteigne.

– Fermez-la ! gueula Justin, alors que les volontaires pour les parties de jambes en l'air se pomponnaient devant leurs morceaux de miroir.

Justin les contempla, ces héros qui s'arrachaient les poils du nez et des oreilles, s'épointaient les moustaches, lustraient leurs barbes, se rasaient avec une précision chirurgicale. Il était gêné, en colère, inquiet. Sa connaissance des femmes se limitait aux quelques baisers qu'il avait échangés avec Marie-Louise et à l'égarement de ses mains sur le corps généreux de sa fiancée. À cette expérience de proximité, il pouvait ajouter la lecture de quelques revues osées circulant dans les tranchées, qui poussaient les hommes à se masturber discrètement dans les feuillées ou sous les couvertures.

Il y avait aussi pour mémoire les racontars des copains qui s'étaient livrés à des exploits sexuels dans les bouges et décrivaient des positions pour la plupart interdites par la Sainte Église.

Lucien, ce malin, lui jeta une bouteille de parfum bon marché. Il l'attrapa au vol, huma l'effluve sucré qui s'en dégageait et finit par craquer :

– C'est bon, je viens avec vous.

Il éprouvait déjà du remords, mais il les suivit hors de l'abri. La pluie faiblissait ; il offrit son visage à ce crachin qui n'apaisa pas ses brûlures intérieures.

– Nom de Dieu ! jura-t-il en pensant à la nuit à venir.

Le camion cahotait sur la route nationale transformée en écumoire. Ils croisèrent une division d'infanterie qui s'acheminait vers le front avec des canons flambant neufs, des ambulances qui assuraient les va-et-vient entre les secondes lignes et les trains sanitaires, mille cavaliers, pareils aux cavaliers de l'Apocalypse, conduits par un colonel monté sur un grand cheval noir. Ces mouvements d'hommes et de matériel les laissaient indifférents ; ils avaient d'autres objectifs en tête. Cette nuit, ils ne ramperaient pas sous les barbelés, mais sous les dentelles.

Le trafic s'intensifia. Le camion s'arrêta parmi les dizaines de véhicules qui stationnaient à la périphérie de la ville. Béthune était une fourmilière. À tout moment, elle pouvait se transformer en poudrière. Les territoriaux maintenaient l'ordre. Les fauteurs de troubles étaient immédiatement enfermés. Et il y avait du boulot pour assurer la sécurité des honnêtes citoyens. Les camions vidaient leur trop-plein de boucs en rut par centaines.

Justin, Erwan, Lucien et la bande se retrouvèrent dans le flot bruyant qui sentait la savonnette et l'eau de Cologne. Les troupiers étaient propres comme au premier jour de la guerre. Certains titubaient, braillaient des chansons paillardes. On trouvait des bars dans toutes les rues, sur toutes les places.

– Par là, montra Chasteigne, qui connaissait mieux la ville que Justin.

Ce bon père de famille se permettait quelques escapades. Il n'éprouvait aucun remords. Expliquant qu'on ne trompait pas sa femme en forniquant avec des gueuses, il ajoutait toujours : « Une pipe à trois francs, c'est une transaction commerciale, pas un échange amoureux. »

Il conduisit ses compagnons jusqu'à une ruelle où se succédaient les établissements louches et les putains décaties. Ces dernières proposaient des gâteries frelatées pour des sommes modiques. Chasteigne ordonna aux hommes d'ignorer leurs avances.

– C'est la chtouille et la vérole assurées, inutile de baver devant ces rebuts. Vous allez avoir cent fois mieux à vous mettre sous la dent.

Le Renard bleu était un lieu où Chasteigne avait ses entrées. Il s'engouffra sous un porche où luisait une lanterne bleue. Le marteau en bronze avait la forme d'un renard ; il l'actionna à deux reprises. Quinze rebutantes secondes passèrent pendant lesquelles les nuques s'affaissèrent. Ils avaient hâte d'être aspirés dans ce conduit du vice et d'échapper aux regards goguenards des autres soldats qui déambulaient dans la nuit.

Le judas de métal noir s'ouvrit. Un œil inquisiteur et maquillé les dévisagea. Le judas se referma d'un claquement sec tandis qu'on tirait les verrous. Justin eut l'impression d'être devant l'entrée d'une prison. Et c'en était peut-être une pour les femmes qui avaient été acculées à vendre leurs charmes dans un bordel. La porte s'ouvrit, et de la chaleur, de la lumière, des rires et des odeurs vinrent à leur rencontre. Une femme de très grande taille les accueillit.

– Ravie de vous revoir, sergent, dit la géante en reluquant Chasteigne.

Elle avait un fort accent allemand, des seins comme des obus de 120 et un cul plus gros qu'une mine marine.

– Bonsoir, madame Greta, répondit Chasteigne en lui baisant la main comme s'il s'agissait de la reine d'Angleterre.

– Mais je vois que vous m'avez amené du joli monde, susurra-t-elle en mettant des *f* à la place des *v*. Ce sont vos amis ?

– Oui, nous sommes tous de la même compagnie. Ce sont des braves !

– Ah ! Entrez donc, messieurs les braves.

Elle les compta, estima la recette – elle ne ferait pas fortune. Au passage, elle remarqua que le caporal mignon à croquer portait la croix de guerre. À travers la fumée, elle leur désigna des tables dans la vaste salle aux murs tendus de velours, sur lesquels étaient accrochés des tableaux pornographiques. Il y avait un trio d'aviateurs, des types du génie et une flopée de poilus du 80ᵉ régiment d'infanterie et de la 7ᵉ division d'artillerie. Justin ne put s'empêcher d'associer ces derniers à son amie infirmière, Pélagie de Kermadec, dont le père, Louis-Joseph de Kermadec, appartenait à cette division. Il se sentit honteux en pensant à la courageuse jeune fille consolant les mourants.

Par contre, il n'y avait pas d'Anglais. C'était une chance. Quand les bidasses de Sa Gracieuse Majesté se pointaient quelque part, ça finissait toujours en bagarre générale.

Le Teigneux fut le premier à disparaître. Une imposante femme rousse en dessous noirs se plaça devant lui. Ses petits yeux verts rapprochés et vides d'expression ne semblaient pas le voir. Cependant, sa voix et ses mains étaient chaudes. Les mains surtout, comme si tout le vice et la vie s'y étaient concentrés.

– Je suis heureuse de te revoir, Alfred, lui dit-elle en lui prenant les paumes pour les plaquer sur sa généreuse poitrine. Viens, ne perdons pas de temps.

Le Teigneux reluquait une autre fille. Lui, si habile avec sa langue de vipère, ne pipa mot. Il se laissa entraîner à l'étage dans un parfum de violette, comme un toutou docile, sans même prendre le temps de se rincer le gosier.

La géante revint accompagnée de vieux serveurs miteux qui portaient des plateaux chargés de verres et de bouteilles de mousseux bon marché.

– Nous avons de nouvelles pensionnaires venant de Lyon, de Vérone et de Milan, dit-elle en faisant un large geste du bras qui engloba toutes les créatures à moitié déshabillées qui prenaient des poses cochonnes pour aguicher les soldats. Il y en a pour tous les goûts, messieurs les braves. Vous en redemanderez, vous verrez.

Les *f* à la place des *v* les mettaient mal à l'aise. Ils avaient l'impression d'entendre les prisonniers boches lors des interrogatoires. Toutefois, à la vue de tant de chairs étalées, ils oublièrent l'accent munichois de la tenancière qui s'était plantée face à Justin.

– Pour toi, mon beau caporal médaillé, j'ai du frais et du frétillant.

Elle lui caressa le menton. Chasteigne s'approcha d'elle et lui dit :

– Le caporal a besoin d'une femme d'expérience, vous comprenez ?

– Mais je comprends, fit-elle en souriant et en clignant de l'œil.

Le joli caporal était donc puceau comme une bonne moitié des amis du sergent. Elle s'en serait bien occupée elle-même, mais elle tenait un rang qui lui interdisait de pratiquer le métier qu'elle avait exercé pendant trente ans sur les bords du Rhin.

– Le caporal aura ce qu'il a de mieux. Ma nouvelle recrue s'appelle Coralie. C'est elle, là-bas.

Coralie était blonde, en gaine parme. Ses seins blancs débordaient. Elle leva sa coupe en direction des soldats. Ils gloussèrent comme des dindons et se donnèrent des coups de coude dans les côtes.

– Tu as de la chance, Justin, elle est vraiment belle, dit Erwan.

– Elle me fait penser à quelqu'un, ajouta sournoisement Lucien qui était déjà en chasse d'une brune à la peau mate.

Un sentiment de honte envahit le Provençal, puis une excitation énorme : la fille ressemblait à Marie-Louise, mais en plus fragile, avec un cou gracieux sous le chignon qui la grandissait, et des attaches très fines. Les seins ronds aux pointes roses – il s'en aperçut – étaient hors du bonnet, et un collier de perles d'ambre roulait de l'un à l'autre chaque fois qu'elle esquissait un mouvement du buste.

Lucien et Erwan le poussèrent.

– Mais vas-y donc, elle t'attend.

Il y alla d'un pas malaisé. C'était pire que de sortir d'une tranchée et d'éviter tous les pièges à la con disséminés par les Boches. La géante le précéda tandis que les copains s'égaillaient dans les coins d'ombre où les attendaient les tentatrices. Elle prit le menton de Coralie et le pinça entre le pouce et l'index en exerçant une pression latérale pour l'obliger à tourner la tête. Cette façon de faire déplut à Justin.

– Regardez, caporal. N'a-t-elle pas un profil de reine ? Approchez-vous d'elle… Plus près… encore plus près. Il faut qu'elle sente votre souffle sur elle.

Justin ne put résister à l'ordre de ce mauvais ange d'outre-Rhin. Il découvrit le parfum suave qui se dégageait de cette chair offerte. Cette senteur l'enveloppa et le pénétra. C'était une odeur capricieuse et entêtante qui se mêlait à celle, plus âcre et boisée, de la fumée des cigares et des cigarettes. La fille restait immobile, seules ses lèvres s'ouvraient pour esquisser un baiser dans le vide.

Justin ne savait plus que faire ; il perdait tous ses points de repère. La bonne morale chrétienne enseignée par sa mère disparut en quelques instants. Son membre durcissait. Son imagination se mit à divaguer, hors de toute mesure, sa tête était pleine de son accouplement avec Coralie, qu'il confondait avec Marie-Louise. Il était si près d'elle qu'il voyait ses veines battre sous la blancheur de sa peau.

– Allons, soldat, du courage, dit la Teutonne en lui prenant la main pour la poser sur ce cou de cygne.

Greta faisait son boulot à merveille, chacun trouvait chaussure à son pied. L'affaire roulait. Elle s'effaça ; il y avait d'autres puceaux à dessaler. Enhardi par ce départ, Justin suivit de l'index le tracé bleu d'une veine qui se perdait dans les boucles dorées qui s'échappaient du chignon. Il frôla la porcelaine de la délicate oreille au lobe piqué d'une feuille d'or à demi enroulée sur une perle noire. Comme dans un rêve, il retira les barrettes de corne incrustée de lamelles d'argent qui maintenaient les cheveux. Aussitôt, une cascade d'or fit écran entre son regard avide et le visage angélique.

Le temps de quelques battements de cœur, il la contempla sans frémir. Elle écarta ses cheveux et le fixa droit dans les yeux. Il ne broncha pas. Il avait vaincu sa peur des femmes, comme au moment ultime de l'assaut, quand on saute le parapet et qu'on évite les premières balles. Il avait les prunelles luisantes de désir et Coralie s'en aperçut. Il était mûr pour devenir un homme. Elle eut un sourire canaille ; il le lui rendit, mais le sien était carnassier. Il mit la main dans sa poche à la recherche de sa pierre bleue. Le talisman était brûlant. Son ventre aussi.

Sans mot dire, Coralie se leva. Ses doigts de magicienne s'enroulèrent aux siens. Une pression qu'il ressentit comme une décharge électrique. Elle l'emmena à l'étage d'où parvenaient des gémissements et des cris. Elle était pareille à un félin. À chaque pas, les globes de ses fesses, que rien ne cachait, montaient et descendaient en frottant la soie parme du corset bordé de dentelle rouge.

Pendant un bref instant, il pensa à la trahison. Ce n'était pas Marie-Louise qu'il suivait. Le désir broya ce remords de paille. Il longea un couloir, vit Erwan disparaître en compagnie d'une brune Italienne, atteignit une chambre où dominait le rouge, comme son sang bouillant auquel il obéissait.

La porte se referma sans bruit. Coralie se déroba, se mit à genoux sur le lit et prit une pose lascive en cambrant les reins.

– Quel est ton prénom ?

– Justin.

– Tu n’es pas breton?

– Non, provençal, je viens d’un petit village appelé Signes.

– Et moi de Paris, de Montparnasse.

Elle mentait. Elle était née à Coulommiers dans une ferme. À quatorze ans, elle en avait eu assez de traire les vaches et elle s’était mis en tête qu’elle pouvait réussir à Paris. Après des débuts difficiles dans un atelier de repassage et de ravaudage où elle avait perdu sa virginité sur un tas de linge sale dans un réduit obscur, elle avait été séduite par un bellâtre. Par amour, elle avait fait la putain sur les trottoirs de Montparnasse avant d’être revendue. Par désespoir, mais toujours avec l’intention de s’enrichir et d’ouvrir une boutique dans la capitale, elle touchait son pourcentage en se vendant aux soldats du front. Des gars comme Justin, c’était une bénédiction. Elle devinait la bonté et la grandeur d’âme chez ce garçon ; elle percevait sa passion à fleur de peau, sa puissance mal contenue. Elle l’imagina en pâtre dans les collines du Midi et elle eut le désir de le posséder, sentiment qu’elle éprouvait rarement.

– Alors, Justin, est-ce que je te plais?

– Oui, arracha-t-il de sa gorge.

Ses yeux se posèrent sur ses seins. Elle se mit à toucher les pointes qui durcirent aussitôt, puis elle défit les lacets de son corset qui s’ouvrait par-devant. Elle commença à caresser son ventre tout en roulant des hanches. La lumière fauve des lampes à pétrole peignit ses mamelons, sa chair offerte, ses jambes galbées, polies dans un ivoire sans défaut.

La bouche de Justin s’assécha. Le désir le poussa à prendre des initiatives. Elle était nue face à lui. Rien ne l'empêchait de contempler cette nuque fragile, ce visage d'ange, la bouche pleine et boudeuse qui s'ouvrait et appelait des baisers, ses yeux bleus pailletés d'or, si innocents en apparence.

Coralie était là pour donner du plaisir. Et pourquoi se priver ? Ce Justin était bel homme. Ses lèvres sensuelles et chaudes lui baisèrent le front et les paupières, puis descendirent le long d'une joue. Ils s'embrassèrent goulûment. À son tour, elle lui donna des petits baisers mouillés dans le cou et guida sa main tâtonnante entre ses jambes. Les doigts tremblants de Justin caressèrent le duvet, s'insinuèrent dans la fente humide. Il était trop inexpérimenté pour accomplir les bons gestes. Elle prit l'initiative de contrôler les doigts malhabiles.

– Doucement... comme ça..., lui glissa-t-elle à l'oreille. Mets ton doigt sur ce petit renflement. Oui, le petit bouton, frotte-le sans trop appuyer.

Il devait tout découvrir, tout apprendre et ne pas se fier à ce qu'il avait lu dans les revues licencieuses et entendu sur le sujet brûlant du sexe. Leurs dents s'entrechoquèrent, leurs souffles et leurs salives se mêlèrent. Elle s'attaqua aux boutons de la vareuse. Ses doigts les firent sauter un à un. Elle enleva la chemise, souleva le tricot, lécha le torse. Ses ongles s'égarèrent dans la pilosité de la poitrine, puis s'incrustèrent dans les muscles, en redessinèrent les contours avant d'aller griffer le ventre.

Dessous, il y avait d'autres boutons à défaire. Coralie s'y attaqua. Justin se tendit et attendit. La main de la belle fourragea dans le caleçon et se posa sur sa verge, l'emprisonna, la ploya, puis la fit coulisser. C'était doux et délicieusement intolérable. Justin ferma les yeux et résista aux vagues de feu qui déferlaient dans son bas-ventre. Des pensées bouillonnantes, contradictoires, confuses l'assaillirent. Le plaisir montait, implacable. La bouche remplaça les mains. Elle faillit l'achever en trois succions. Oui, il avait tout à apprendre. Et Coralie, qui ressemblait tant à Marie-Louise, lui livra tous ses secrets jusqu'au moment où ses cuisses s'ouvrirent sur sa chair dressée.

Justin avait payé. Cher. Il avait dit au revoir. Dur moment. Puis il s'était éclipsé du *Renard bleu* comme un voleur, abandonnant ses camarades à la beuverie. La demie de 9 heures sonna à une horloge encore debout. Un chapelet d'obus tomba dans la banlieue nord de la ville. Les Allemands testaient les défenses. Il se préparait une offensive mais on ignorait quand. Le sol trembla un peu sous ses pieds ; cette sensation le laissa indifférent. Ses pas l'avaient conduit automatiquement vers le sud, au centre sanitaire où il avait vu tant de misère quand il était en convalescence. L'ambiance lui parut pire. Il noya sa honte et ses états d'âme, il les étouffa au milieu des pauvres gars troués et coupés en morceaux. Les infirmiers réparaient sur place, les brancardiers remplissaient les trains d'éclopés. Il était dans l'enfer de Dante. Des feux éclairaient le paysage bordé de tours de guet et de blockhaus, des projecteurs perçaient la nuit et le crachin, balayant des milliers de blessés allongés sur les civières. Son estomac se souleva : il flottait une odeur de rata au chou-rave et de charogne imbibée de médicaments. Reprenant une vieille habitude, Justin se rendit au poste opératoire qui s'était agrandi en enfantant de nouveaux bâtiments de bois. Et il la vit, l'héroïne, la pure, l'altière Pélagie de Kermadec dans son uniforme d'infirmière, accroupie près d'un homme qui avait perdu la moitié de son visage et ses bras. Elle lui glissait des mots de réconfort. Les derniers. Elle lui ferma les yeux et poussa un long soupir en écho de celui qu'il avait exhalé.

– Mademoiselle Pélagie.

– Justin ! s'étonna-t-elle. Que faites-vous ici ?

– Je... Je passais.

– Qu'est-ce qui ne va pas ?

Pélagie avait un don pour sonder les âmes en peine. Elle s'empara de sa main. Il versa des larmes froides. Tout le dégoûtait. Cette guerre. Ces charniers. Les mutilés. La misère du pays. Les bordels. Le plaisir pris avec Coralie. Il ne désirait qu'une seule chose : rejoindre Marie-Louise. Pélagie ne lui posa pas de questions. Elle avait tout deviné. Elle le berça longtemps dans ses bras.

Justin avait eu la chance de monter dans une ambulance qui se rendait à Boesinghe. Il était 3 heures du matin. Après avoir quitté le bourg et passé le pont, il retrouva la mélasse, le canevas des barbelés et des tranchées, les appels des sentinelles, les aboiements des chiens de reconnaissance, le tonnerre incongru d'un canon qui s'acharnait contre une cible invisible. Dès qu'il dégringola dans l'abri où la relève reprenait des forces, l'adjudant Tantor, qui ne dormait jamais, lui tomba sur le râble et aboya :

– Tu montes aux trous d'hommes et tu me ramènes illico ce salopard qui fout le bordel.

– Qui ?

– Un copain à toi, il paraît. Il est arrivé ce soir. Fonce !

Se rendre dans les trous d'hommes. C'était la cerise sur le gâteau de cette foutue nuit. Il atteignit la première tranchée où les fantassins tendus guettaient le long des parapets. Les mitrailleurs avaient les doigts crispés sur leurs Hotchkiss et étaient prêts à lâcher leurs 450 coups/minute.

– Brignole ! Arrête ce connard ! lui cria quelqu'un qu'il ne reconnut pas, alors qu'il roulait sur lui-même, se redressait et se mettait à courir à demi courbé.

Il s'arrêta soudain, hypnotisé par ce qu'il voyait. Des traits de feu balayaient la nuit. Ces langues mortelles cherchaient à brûler l'ennemi. Une mitrailleuse allemande se mit à tirer. Elle attira le dragon qui crachait le feu. Justin eut le temps de voir griller les servants avant de plonger derrière un amoncellement de parpaings. Il les entendit hurler.

– Tu vas tous nous faire tuer ! cria un soldat posté à quelques mètres devant lui.

Ces paroles ne s'adressaient pas à lui, mais au fou qui jouait avec le feu. Un long ricanement diabolique répondit à ce désir désespéré. Il y eut un chuintement suivi d'une explosion, et ce fut de nouveau l'enfer. Des flammes liquides enveloppèrent les barbelés, vaporisèrent l'eau de la boue, frappèrent des sacs de sable, s'insinuèrent dans des ouvertures, mais il n'y avait plus de Boches à cramer. Faute de carburant, le grondement cessa. Le feu s'éteignit en un flop lugubre. À cet instant, Justin fonça. Il aperçut les hommes horrifiés qui se tenaient à distance d'un démon. C'était un *flammenwerferapparat*, un Français, un porteur de lance-flammes Schilt. On maudissait les types qui se portaient volontaires pour utiliser ces engins de mort composés d'un réservoir de 80 litres de pétrole, d'un tuyau flexible et d'une lance d'arrosage.

– Puteborgne ! Lienblac !

Il n'avait pas juré « *gast !* » Il avait retrouvé son accent provençal face à son plus mortel ennemi.

– Tiens, fit le cracheur de feu, le Midi est toujours vivant. T'as de la chance, mon réservoir est vide. J'aurais bien essayé ma nouvelle arme sur toi. Tu dois mieux brûler que les Boches, vu que t'as tété de l'huile d'olive quand t'étais gosse.

– Bordel, mais qu'est-ce que tu fais en commando Schilt ?

– Une vocation soudaine. Figure-toi que j'ai eu une révélation à Lourdes, grâce à un prêtre qui avait l'âme plus rouge que les braises de l'enfer. J'ai demandé à servir d'appui dans la compagnie, juste pour semer la terreur du côté allemand. Remarque qu'on peut toujours s'arranger en ce qui te concerne, continua Lienblac en tirant sa baïonnette.

Elle était plus effilée et tranchante que jamais. Malgré la nuit, elle scintillait d'une lueur maléfique.

– Ma Rosalie est pure, tu sais. Je l'ai trempée dans l'eau bénite de la basilique de Lourdes, dit-il d'une voix sourde.

Il la fit jouer entre ses mains ; elle émettait une vibration qui mettait à vif les nerfs de tous les hommes.

– Rengaine ta Rosalie, intima calmement Justin. Je dois te ramener en arrière. C'est un ordre, Lienblac.

Justin arma son fusil ; il avait le doigt sur la détente. Sa détermination ne laissait aucun doute sur ses intentions. Lienblac cessa immédiatement son jeu et rangea sa lame. Puis il sangla son réservoir vide sur le dos, roula méticuleusement le tuyau, vérifia les attaches de ses grenades d'allumage et, la lance à l'épaule, attendit le bon vouloir du Midi.

– Passe devant, lui dit Justin.

Lienblac salua les hommes avant de quitter l'excavation. Les soldats le regardèrent partir avec soulagement.

Certains firent un signe de croix. Il avait l'air d'un monstre, d'un inquisiteur du nouvel âge barbare qui se levait sur l'humanité. Il pensait être né pour purifier la terre. Il marchait lourdement vers la première ligne, le fusil du caporal pointé dans son dos. Les soldats de la première ligne s'écartèrent sur son passage. Quand il se présenta à l'adjudant Tantor, Justin écarquilla les yeux. L'adjudant posa une main paternelle sur l'épaule de Lienblac; il souriait amicalement. Justin comprit que son monde n'appartenait plus à celui de la chevalerie d'antan et que l'honneur des soldats était perdu à jamais.

– Félicitations, Lienblac, dit Tantor. Vous avez accompli un excellent travail devant. On a senti vos grillades de porc jusqu'ici. Vous méritez doublement la croix de guerre. Le colonel Chauvin vous la remettra personnellement lors de la revue du 18.

Justin contint sa rage et ses larmes. Il les aurait volontiers descendus tous les deux. Il entendit des rires venant de l'abri. La joyeuse bande était revenue de sa virée à Béthune. La fête était décidément bien finie; Lienblac, le démon de feu, était de retour.

Certains firent un signe de croix. Il avait l'air d'un monstre, d'un inquisiteur du nouvel âge barbare qui se levait sur l'humanité. Il pensait être né pour purifier la terre. Il marchait lourdement vers la première ligne, le fusil du caporal pointé dans son dos. Les soldats de la première ligne s'écartèrent sur son passage. Quand il se présenta à l'adjudant Tantor, Justin écarquilla les yeux. L'adjudant posa une main paternelle sur l'épaule de Lenblac; il souriait amicalement. Justin comprit que son monde n'appartenait plus à celui de la chevalerie d'antan et que l'honneur des soldats était perdu à jamais.

— Félicitations, Lenblac, dit Tantor. Vous avez accompli un excellent travail devant. On a senti vos grillades de porc jusqu'ici. Vous méritez doublement la croix de guerre. Le colonel Chauvin vous la remettra personnellement lors de la revue du 18.

Justin contint sa rage et ses larmes. Il les aurait volontiers descendus tous les deux. Il entendit des tirs venant de l'arrière. La joyeuse bande était revenue de sa virée à Béthune. La fête était décidément bien finie. Lenblac, le démon de feu, était de retour.

V

Le codex de Daniel

Émile Le Bloas pénétra dans la boutique du charcutier, suivi de près par un vent de noroît qui glaçait les sangs. L'expert en fabrication de saucisses eut à peine le temps de poser sa grosse main rougeaude sur la pile de papier d'emballage pour l'empêcher de s'éparpiller dans la boutique, que déjà le *diskonter* avait fermé la porte et fait revenir le calme dans le local propre et bien tenu.

– *Demad, charkuter*. Quel sale temps !

– *Gast*, que veux-tu y faire, *diskonter*, novembre, c'est la période des coups de vent, et tu es bien placé pour le savoir. Mais quand même, tu as raison, je préfère être dans ma boutique que sur un chalutier au large d'Ouessant.

Le gros homme rougeaud et jovial semblait satisfait de sa réplique, et Émile haussa les épaules sans répondre. Il ne tenait pas particulièrement à entamer une conversation avec cet homme au demeurant sympathique, mais à la cervelle aussi vide que les cervelles d'agneau exposées en vitrine sur leurs coupelles blanches. Émile n'avait jamais résolu l'énigme de la transmission de l'intelligence dans les filiations. Tout particulièrement dans cet endroit. Ainsi, comment cet homme, si fruste et marié à une femme à peine mieux pourvue de jugeote que son époux, avait-il pu engendrer Alban, à l'intelligence si vive qu'Émile avait décidé d'en faire son élève et probablement son successeur? À l'école, Alban désespérait le curé de Bourbriac qui avait de plus en plus de mal à suivre le rythme d'apprentissage de son élève. Cet adolescent était bon dans presque toutes les matières enseignées par le curé, à la taille large et l'esprit étriqué.

Autant Émile s'entendait parfaitement avec le prêtre de Plésidy, autant les chamailleries abondaient avec celui de Bourbriac au sujet du protégé du *diskonter*. Heureusement, au milieu de ces altercations, le charcutier prenait toujours le parti d'Émile, non par l'analyse des débats, mais par conviction : le charcutier détestait cordialement les ecclésiastiques et les considérait comme responsables de la disparition de tout ce qui avait fait la beauté et le mystère de l'Argoat. Ce qui n'était pas totalement faux dans la mesure où, depuis onze siècles, les prêtres s'étaient acharnés à faire disparaître les traces de l'ancienne civilisation celtique et à transformer les dieux de la nature en mythes absurdes dans le meilleur des cas. Dans l'étroit escalier qui le menait à la chambre de son élève, Émile pensa qu'à défaut d'intelligence pure, le père avait fait don à l'enfant d'un solide bon sens terrien. Le reste venait sans aucun doute de plus lointains ancêtres. De plus, Émile devait reconnaître que, si le charcutier n'était pas bien malin, il l'était suffisamment pour accepter que son fils le soit plus que lui et le laisser suivre ses enseignements. Mais impossible de savoir si le gros homme acceptait que son fils devienne un érudit par fierté parentale ou parce qu'il considérait que seules les valeurs druidiques avaient de la consistance.

Comme à son habitude, le gamin était penché sur son petit bureau bien rangé, installé face à la fenêtre, le nez dans un livre, quand Émile pénétra dans la chambre. Un large sourire éclaira le visage du garçon en voyant entrer son mentor. Alban vouait à Émile une confiance totale. En premier lieu parce que cet homme l'avait toujours défendu contre ses enseignants, qui le considéraient comme un gosse rêveur posant bien trop de questions pour son âge et le destinaient d'emblée à la succession de son paternel et à la fabrication de saucisses et autres pieds de porc.

Depuis deux ans, pour des raisons qui échappaient à l'enfant, Émile avait fait pression sur le directeur de l'établissement religieux pour lui faire sauter une classe chaque année et, curieusement, l'abbé avait obéi au *diskonter*, au plus grand profit d'Alban qui ne s'ennuyait plus en classe et étonnait son entourage par ses progrès spectaculaires. Le gamin avait également une admiration émerveillée envers l'homme d'une érudition surprenante qui avait pratiquement réponse à tout. Émile savait soigner les gens, reconnaître les plantes, prévoir le temps, raconter l'histoire des ancêtres, et tant d'autres choses encore. Mais, surtout, Émile l'avait pris comme apprenti dans une confrérie qui existait depuis deux ou trois millénaires sans que plus personne ou presque ne soit au courant de son existence pérenne. Pour rien au monde Alban n'aurait voulu décevoir l'homme sage, alors, plutôt que d'aller jouer aux billes avec des copains qui ne l'attendaient plus, il apprenait, sans relâche.

– Bonjour, *diskonter*, je n'attendais pas votre visite aujourd'hui.

Émile avait la mauvaise habitude de ne pas répondre directement aux questions qu'on lui posait, ce qui agaçait bon nombre de ses interlocuteurs. Pas Alban, qui en avait pris l'habitude, aussi ne fut-il pas surpris que son mentor ne dérogeât pas à la règle.

– Que lis-tu, apprenti ?

– *Les Mémoires du corsaire Duguay-Trouin.*

Émile eut un petit rire de gorge : ainsi, son élève prenait le temps de rêver entre deux études d'ouvrages sérieux. Il en fut satisfait : le rêve est une pratique indispensable à ceux de la confrérie. Bien plus, le rêve est un moyen d'entrer en communication avec les esprits de la lande, et Alban avait pu s'en rendre compte peu auparavant dans le tumulus de Gavrinis.

– Quelle drôle d'idée… Bien, laisse là ton livre et viens avec moi, nous allons à Plésidy rencontrer le curé. Il a quelque chose à nous montrer.

Sans un mot, le garçon rangea soigneusement le livre sur l'étagère au-dessus de son lit et emboîta le pas au *diskonter.* Sur le chemin de Plésidy, dans la voiture découverte qui oscillait sur le chemin sous les coups de boutoir du vent glacé, comme une barque danse sur l'Océan furieux, Émile fit part à l'enfant de la curieuse lettre qu'il venait de recevoir d'un singulier curé de ses amis : l'abbé Saunière, sorte de moine guerrier, plus aventurier que prêtre et grand coureur de jupons devant l'Eternel et sans aucun doute voué aux enfers de sa propre religion. C'était d'ailleurs ce qui avait séduit Émile chez cet homme, ce mélange de foi et de paillardise, ajouté à ce besoin quasi obsessionnel de fouiller le passé, surtout celui des Templiers et de leur trésor.

– Mon ami Saunière me prédit sa visite, dès qu'il aura réuni suffisamment d'argent pour arriver jusqu'à nous, ce qui risque de prendre un certain temps. Tu le rencontreras, c'est un étrange abbé qui s'est forgé une doctrine particulière. Pour le moment, il demande que nous l'aidions dans sa quête du trésor des Templiers, certainement enfoui dans les environs de Rennes-le-Château, en Provence, et je le soupçonne d'en avoir déjà mis au jour des fragments. Du moins, c'est ce que laissent supposer ses écrits.

Les yeux du garçon brillèrent à l'évocation du trésor des Templiers, mais il refréna toutes les questions qui lui venaient à l'esprit pour simplement demander en quoi Émile pouvait l'aider.

– Quand les moines guerriers ont quitté Saint-Jean-d'Acre en 1291 sur le *Faucon du Temple*, les écrits disent qu'ils emportèrent un coffre avec eux. Les gens simples ont pensé qu'il s'agissait de leur trésor, mais les initiés savent qu'en fait le coffret contenait, sous forme de renseignements ésotériques, les clés permettant de retrouver les différentes caches celées aux profanes. *A priori*, Saunière aurait mis la main sur l'une des clés, mais il buterait sur l'emplacement exact, faussé sur une carte dessinée par l'abbé Boudet et destinée à perdre les chercheurs.

– Et en quoi pouvons-nous lui être utiles ? Quelle est la relation entre ce lieu si éloigné de nous, une carte de Provence falsifiée et l'Argoat ?

Un coup de noroît plus fort que les autres fit voler la longue cape noire du *diskonter*. Elle claqua au vent comme un drapeau et Émile eut toutes les peines du monde à conserver son équilibre et à rétablir sa dignité. Quand il y parvint, il regarda Alban avec des yeux étrécis et perçants. La couleur de la mer infinie était dans ses prunelles. Le garçon frissonna, certain que ce qu'il allait entendre relevait d'un secret millénaire.

– Parce que je crois connaître une des clés mystérieuses qui permet d'apporter les corrections à la carte de l'abbé Boudet. Elle se trouve au temple de Lanleff. Vois-tu, mon garçon, tout le monde se pose des questions sur ce monument qui, au gré des époques et des croyances, est passé du statut de temple à celui d'église, de chapelle ou de baptistère. Pour certains, il a été érigé par une famille fortunée, d'autres pensent que c'est Hugues de Payne qui aurait donné l'ordre de sa construction grâce à des donations de la part de Pierre de Garnache et Garcire de Machecoul, des grands seigneurs du pays de Retz qui soutenaient les Templiers.

– Et vous n'êtes pas d'accord?

Émile haussa les épaules et fit la moue.

– Peu importe qui a donné l'argent pour faire bâtir ce monument. Ce qui est sûr, c'est qu'il a été érigé d'après les plans des grand maîtres du Temple et qu'il est la réplique, ou presque, du Saint-Sépulcre de Jérusalem, même si Marteville et Varin, dans leurs écrits de 1854, traitent le temple de Lanleff de réplique grossière, tout en admettant, je te cite un extrait de leur mémoire : « *On peut remarquer que le monument de Lanleff présente absolument la même forme et la même disposition, que l'on ne peut pas méconnaître.* »

Alban avait les yeux ronds. Comment son maître pouvait-il avoir une telle mémoire pour citer avec aisance des passages de textes inconnus de tous? Il fit l'effort de ne pas le demander et attendit la suite. Émile garda un moment le silence, puis reprit son monologue en passant devant la cabane miséreuse de la sorcière Inna.

– Le temple de Lanleff, mon garçon, est une construction faite par les Templiers pour servir de mémorandum à ceux qui doivent connaître les emplacements des trésors du Temple.

– Vous dites « les trésors », il y en a plusieurs ?

Émile regarda Alban, l'air mécontent et déçu.

– Alban, tu dois réfléchir avant de parler. Mets-toi à la place du grand maître du Temple, devant gérer une fortune fabuleuse qui attise les convoitises des rois et des princes de l'Église. Qu'aurais-tu fait à sa place ?

– Excusez-moi, *diskonter*, je n'avais pas réfléchi. Bien sûr, je n'aurais pas tout gardé au même endroit, je l'aurais réparti dans des emplacements secrets, éloignés les uns des autres.

Émile retrouva son sourire et donna une tape amicale à son élève.

– Eh oui, petit, on ne met pas tous ses œufs dans le même panier. Et pour que ceux qui doivent savoir sachent, eh bien on élève des constructions qui parlent. Car ainsi, même si la chaîne de transmission du savoir est interrompue par un meurtre commis par un roi ou un prince de l'Église, un initié reprendra sans peine le flambeau.

– Vous êtes un de ceux-là ?!

Émile partit d'un grand éclat de rire. Ils étaient à la hauteur de la maison de la crêpière quand il réussit à reprendre la parole.

– Enfin, mon enfant, imagines-tu que je vivrais entre le Garzmeur et Plésidy si je savais où se trouve un tel trésor ?

Alban ne se démonta pas, il regarda avec circonspection son mentor : les yeux bleus qui le soupesaient riaient trop. Alors il répondit avec un sourire en coin et l'aplomb que donne la jeunesse :

– Je vous en crois bien capable.

Émile observa son élève avec une attention soutenue mais ne répondit pas à la provocation. Au lieu de cela, il demanda au garçon s'il connaissait la légende de la sorcière de Lanleff. Devant les joues gonflées du garçon qui émettait un chapelet d'imitations de pets pour exprimer son ignorance, Émile, avec la voix qu'il employait pour déclamer les histoires effrayantes au moment des veillées, se mit à raconter l'aventure de la sorcière de Lanleff.

– Il y a de cela fort longtemps, au début du XIIIe siècle, vivait à Lanleff une sorcière connue dans toute la région pour lancer des sortilèges contre ceux qu'elle n'aimait pas. Elle transformait en boucs les hommes qui tentaient de la courtiser, car elle était fort belle. Elle transformait en oies les femmes bavardes qui médisaient sur elle et en porcelets les enfants qui se moquaient de ses cheveux roux. Bref, c'était une personne peu fréquentable. Personne ne l'aimait, mais tous avaicnt unc pcur bleue de lui déplaire, aussi chacun la saluait bien bas en la croisant. Un jour de grand vent comme aujourd'hui, apparut à Lanleff un homme d'une grande beauté, aux cheveux et aux yeux aussi noirs qu'une nuit sans lune. Il disait venir d'un lointain pays de l'Est et connaître mille magies, et il le prouva en soignant des boiteux, en redonnant la vue à ceux qui l'avaient perdue sans savoir où ils l'avaient égarée. Comme tu peux t'en douter, mon jeune ami, ce qui devait arriver arriva. La sorcière de Lanleff semblait être le négatif de l'homme. Elle faisait le mal, lui faisait le bien. Et comme tu le sais, car tu l'as appris dans les livres, les contraires s'attirent. Une nuit, une de celles où la lune est pleine et où les spectres dansent sur la lande, l'homme noir culbuta la sorcière. Elle eut tant et tant de plaisir qu'épuisée, elle finit par s'endormir au milieu des genêts et ne s'éveilla que lorsque le soleil s'installa à son zénith. L'homme avait disparu et personne ne le revit jamais, du moins sous sa forme humaine, car, tu t'en doutes, Alban, cet homme qui avait pris l'apparence d'un merveilleux prince de l'Orient était en fait le Diable. À peine fut-il parti rejoindre les enfers que ceux qui avaient été soignés entrèrent de nouveau en souffrance. Les boiteux se remirent à clopiner et les anciens aveugles à se cogner aux meubles. De son côté, la sorcière était inconsolable et tomba dans les pires extrémités envers ses semblables. Sa méchanceté enfla en même temps que son ventre, car, tu t'en doutes, garçon, le Diable engrosse les femmes en une seule nuit. Vint le jour où la sorcière accoucha, seule dans sa cabane. La parturiente eut juste le temps de couper le cordon qui relie la femme à son enfant que le Diable vint la visiter pour lui réclamer son fils. Elle pleura, supplia, mais ce Diable-là n'était pas un bon diable et il resta insensible au chagrin de la femme que, d'ailleurs, il n'appréciait que modérément. Elle finit quand même par obtenir du père de l'enfant, qui, je te le rappelle, reste le Malin, une contrepartie : quinze pièces d'or en échange du nourrisson, qu'elle devrait aller chercher à la fontaine sacrée qui jouxte l'enceinte extérieure du temple. Il fut convenu qu'elle en prendrait livraison le vendredi saint, quand tous les villageois seraient à la messe. Le jour dit, la sorcière se présenta devant la fontaine, et son amant d'une nuit apparut au travers de la pierre qui surplombe la source. Je pense qu'ils ont dû se parler, mais que se sont-ils dit? Nul ne le saura jamais. Toujours est-il que le Diable lança, depuis les enfers, quinze magnifiques et brillantes pièces de l'or le plus pur, qui scintillèrent un instant dans le soleil avant d'atterrir dans les mains de la sorcière qui hurla de douleur. Vois-tu, Alban, ce ne devait pas être une sorcière bien maligne pour oublier que tout ce qui sort des enfers est brûlant. Quatorze pièces tombèrent de ses mains et arrivèrent sur la margelle de pierre où elles laissèrent leur trace en faisant fondre la pierre. D'ailleurs, encore de nos jours, si tu jettes un peu d'eau sur la margelle, tu verras apparaître les quatorze empreintes. La sorcière dut attendre une journée complète avant de pouvoir s'emparer de son trésor. Et la quinzième pièce? Qu'est-elle devenue? Eh bien, mon garçon, d'après l'histoire, elle est restée incrustée dans la paume de la sorcière. Toute sa vie. Elle n'a jamais réussi à s'en débarrasser. J'ai même entendu raconter qu'après sa mort, un de ceux qui la portèrent en terre essaya de s'en emparer. Il n'y parvint pas, comme si ce petit cercle d'or faisait partie du cadavre de la femme, comme si cette pièce était devenue l'alliance qu'avait offerte le Diable à son épouse d'une nuit.

Jusqu'à la place de l'église, Émile et Alban demeurèrent rêveurs, puis le *diskonter* demanda au garçon ce qu'il pensait de l'histoire. Alban resta silencieux jusqu'à ce qu'ils arrivent devant la maison du curé. C'est en descendant de voiture qu'à la grande satisfaction d'Émile l'élève répondit au maître :

– Si j'en crois vos enseignements, toute légende a son fondement. Et comme tout ce que vous me dites a une justification destinée à me faire réfléchir... En conséquence, si je voulais donner une indication à quelqu'un sur un lieu où se trouvent des pièces d'or... Eh bien, j'inventerais une fable semblable. Ainsi, les croyants resteraient à l'écart de la fontaine par peur du Malin ou d'un quelconque démon, et seuls des initiés comprendraient le message. Ai-je raison?

Émile eut un geste vague en disant : « C'est possible. » Puis il ajouta :

– Ne pensons plus à Lanleff, apprenti, maintenant c'est l'heure du curé.

Le père Thaddée les attendait dans sa salle à manger qui sentait toujours aussi bon la cire et le propre. Sur la table étaient disposés trois verres et une bouteille de chouchen, l'hydromel des Bretons et boisson des dieux païens par tradition. Avant de servir, le prêtre demanda si l'enfant avait le droit de boire. En réponse, Émile montra son index horizontalement et Alban fit la grimace, il appréciait le goût doucereux du breuvage.

– Alors, Thaddée, qu'as-tu à nous montrer?

Le curé tapota deux feuillets posés sur la table.

– Avant tout, Émile, est-il vrai que tu as reçu un courrier de ce mécréant de Saunière? Je sais bien que vous avez entretenu des relations épistolaires, mais je pensais que tu avais mis un terme à ces échanges. Cet homme est dangereux, Émile. Sa quête est celle du mal. Il n'aime que l'argent.

Émile aimait l'homme, pas le prêtre qui, à son goût, tombait trop souvent dans les clichés répandus par son Église qui vouait aux gémonies ceux qui ne se pliaient pas à ses règles. Ce qui était très exactement le cas de Saunière, qui fricotait tout autant avec les pouvoirs de Dieu qu'avec les représentants du pouvoir de l'argent. Émile ne comptait plus les soirées passées à discuter du bien-fondé de ces pouvoirs qui, depuis la nuit des temps, empoisonnaient la vie des petites gens. Pour le *diskonter*, l'emprise de la croyance en un dieu unique, qu'il soit éthéré ou palpable, ne menait qu'à la ruine de l'esprit. Invariablement Émile finissait toujours par rappeler au prêtre que le Vatican était une des plus vieilles banques du monde et le pape son directeur général.

– Je vois que notre gentille postière et femme du maire n'a pas su tenir sa langue. Méfie-toi de cette femme, Thaddée, c'est une salope à langue de pute. Oui, Saunière m'a écrit pour me demander mon aide. Et sache, curé, que je la lui donnerai si je le peux. D'ailleurs, tous autant que nous sommes autour de cette table, ne cherchons-nous pas la même chose ? Lui cherche son trésor dans son pays de Provence, et nous, nous le chassons dans le pays d'Argoat. Et puis, si ma mémoire est bonne, tu en veux ta part, non ?

Thaddée haussa les épaules tout en protestant que, pour lui, ce n'était pas la même chose et que l'argent qu'il toucherait servirait uniquement aux restaurations nécessaires des chapelles menaçant ruine. Imperturbable, Émile continua.

– Dans ce cas, rien ne change, tous les trésors, depuis la création de ton Église, ont été convoités par elle. Le pape Clément a-t-il levé le petit doigt pour empêcher que les Templiers soient transformés en rôtis ? Que nenni, *gast*. Jusqu'au dernier moment, il a espéré mettre la main sur sa part du gâteau promis par Philippe le Bel. Moi, je sais que tu es honnête, Thaddée, mais je sais également que ce n'est pas le cas de ceux qui te gouvernent. Saunière n'est pas un ami, mais je respecte son courage et son entêtement, même si je trouve qu'il fait souvent preuve d'un enfantillage hors du commun. Bon, alors, tu nous les montres ces feuillets, oui ou non ?

Thaddée eut un petit sourire, jamais il ne ferait entrer Émile dans le chemin qui mène vers le Seigneur. Il songea que c'était bien dommage, car il aurait aimé continuer de converser avec cet homme durant leur séjour commun au purgatoire pour passer le temps. Jamais non plus ils n'auraient le même paradis, pour autant que saint Pierre ait l'amabilité de le laisser entrer, lui, Thaddée, homme de foi et de doutes. Sans répondre, il tendit les feuillets à celui qu'il considérait comme un ami. Émile les repoussa vers Alban en lui intimant de les lire à voix haute. L'enfant se redressa sur sa chaise, conscient de sa nouvelle importance.

Très Saint-Père,

Suivant vos directives très éclairées, j'ai quitté la ville de Montpellier pour me rendre dans la région éloignée de la petite Bretagne, afin d'y continuer la mission que, dans votre grande bonté, vous m'avez confiée.

L'an de grâce 1244 restera dans les annales de l'Histoire comme étant celui où notre très bon pape Innocent IV, dans sa grande clairvoyance, a su éradiquer dans le sud du pays franc les fausses croyances colportées par des hérétiques prêchant la fausse foi pour laisser grandes ouvertes les portes au Malin. Je suis fier d'avoir modestement contribué à extraire des têtes déraisonnables le ferment des enseignements de Satan.

Après avoir quitté la ville de Montpellier, enfin délivrée des hérétiques, et démantelé sur votre ordre le tribunal de l'Inquisition, je me suis rendu dans la cité de Carcassonne où j'ai pu constater l'efficacité de votre délégué Ferrié, à qui de nombreuses victoires sur le Malin ont valu le juste titre de « marteau des hérétiques ». Me rendant ensuite dans l'Albigeois, puis dans la belle ville de Toulouse, j'ai pu constater que la vraie foi du Christ était établie de façon profonde et durable. Continuant sur votre ordre mon périple, je suis remonté vers le nord en me détournant de la ville de Bordeaux, toujours détenue par l'Anglais, pour arriver à Auray, belle bourgade qui m'a aimablement accueilli et qui se trouve entièrement dévouée à Votre Sainteté. Là, on m'a conseillé de me faire accompagner par un guide pour affronter les dangers du voyage qu'il me restait à accomplir et également me permettre de comprendre et converser avec les habitants de cette région arriérée, qui pratiquent une langue qu'eux seuls savent comprendre. J'ai donc été accompagné par un jeune moine du nom d'Erwan, originaire de la grande île d'Eire, ce qui m'a permis d'arriver sans encombre à l'abbaye de Saint-Jacques qui dépend de la ville de Laniscat.

Je puis vous dire, Très Saint-Père, qu'une fois de plus votre jugement est éclairé par le Saint-Esprit, car la tâche à accomplir est immense. Cette région tout entière est aux mains d'une secte dangereuse qui pratique des rituels diaboliques et enseigne aux âmes simples que seule la nature doit être respectée et que la croyance en un Dieu unique et miséricordieux est une absurdité. Ses prêtres, qui se font appeler Druides, ce qui signifie dans leur langue barbare « ceux qui sont sages », professent un enseignement dangereux où une infinité de déités s'occupent des hommes, des bêtes et même des plantations. Pire, ils refusent la volonté de Dieu en guérissant les enfants que Notre Seigneur, dans sa grande sagesse, voulait rappeler à lui.

Comme vous le voyez, Saint-Père, la lourde mission que vous avez bien voulu me confier demandera de ma part une abnégation sans faille, une grande humilité, et la volonté farouche de rester éloigné des enseignements fallacieux de ces druides et surtout de les combattre sans pitié.

J'espère, Très Saint-Père, continuer d'être digne de votre confiance en réussissant à éradiquer l'hérésie qui continue d'exister dans cette région, malgré tous les efforts de nos gens d'Église.

Votre dévoué serviteur,

Daniel d'Ollioules,
délégué de notre bien-aimé pape Innocent IV
et prêtre de la Sainte Inquisition.

Laniscat, an de grâce 1244, le vingt et un juin.

Alban cessa sa lecture et Émile ricana.

– Éradiquer les druides, ce Daniel ne doutait de rien… Mais dis-moi, Thaddée, tu ne nous as pas fait venir pour écouter ce récit que je connais déjà puisque Erwan me l'a donné à lire l'année dernière [1].

Le prêtre fit non de la tête tout en affichant une mine de conspirateur.

– Je ne voulais que te rafraîchir la mémoire. Je t'ai fait venir ici pour que tu entendes la suite, car, vois-tu, j'ai trouvé une autre lettre de notre ami Daniel qui, j'en suis certain, t'intéressera autant que moi. Pendant qu'Alban fait sa lecture, je vais nous servir une deuxième tournée de ce nectar.

– On dirait que le vin de messe te fait prendre de mauvaises habitudes, curé. Allez, apprenti, régale-nous aussi de cette deuxième tournée de lecture.

Très Saint-Père

Dans votre grande mansuétude, vous pardonnerez, j'en suis certain, le long silence que j'ai dû tenir depuis ma précédente missive.

Bien des déboires me sont arrivés à cause de ces prêtres impies qui tiennent le bas peuple dans l'ignorance de la parole de Notre Seigneur. Pensez donc, Très Saint-Père, que ces druides préfèrent soigner les corps plutôt que les âmes. Et que les gueux qui les entourent leur portent plus d'attention qu'aux gens de votre Église, qui pourtant font tout pour leur ouvrir le chemin de l'éternité.

Enfin, je crois avoir fait quelques progrès pour leur faire gagner l'amour du Christ en leur faisant respecter les jours maigres.

À mon grand étonnement, j'ai été aidé en cela par un de leurs prêtres qui prétend que sauter un repas est bénéfique à la santé du corps sous le prétexte qu'abondance nuit. Comme

1. Voir, des mêmes auteurs, *La Malédiction de l'Ankou*, tome I, Éditions Anne Carrière, 2010.

vous le remarquez, Très Saint-Père, Dieu, dans Son infinie sagesse, emploie des chemins détournés pour nous aider dans notre immense tâche.

Suivant vos conseils éclairés, je me suis rendu au temple de Lanleff érigé sous les ordres de nos vaillants moines guerriers de l'ordre du Temple, et je puis vous affirmer, Très Saint-Père, que l'édifice, non content d'être la réplique du grand temple de Saint-Jean-d'Acre, est prêt à recevoir les reliques que vous m'avez dit vouloir confier à la confrérie des moines guerriers. Je pense humblement être en mesure d'écarter les curieux de certain lieu à l'aide d'une histoire que les gueux de l'endroit avaleront comme pain bénit, dans leur insondable naïveté.

À votre demande, j'ai également visité la commanderie de l'île de Gavrinis, nommée par ceux du continent île aux Chèvres, et en ce lieu également, les pauvres chevaliers du Christ et du Temple de Salomon ont préparé une cache propre à abriter toutes les reliques qu'il vous semblera nécessaire de soustraire à la concupiscence du vulgaire.

Pour en terminer avec ce rapport, sachez, Très Saint-Père, qu'il m'a été répété par ce druide dont j'ai déjà mentionné l'existence, qu'il se trouverait dans les environs de Laniscat une ferme qui aurait existé avant la naissance de Notre Seigneur Jésus-Christ et dont la richesse légendaire se transmet de génération en génération dans cette confrérie des druides. Pour ne pas ennuyer Votre Sainteté avec des détails indignes de son précieux temps, je dirais simplement que ces confidences m'ont été faites par un druide pris de boisson.

Pour le grand bien de notre Église, je vais enquêter sur la véracité de cette histoire.

J'espère, Très Saint-Père, que vous saurez garder votre confiance à l'humble serviteur de votre Église qui fait tout ce qui est en son pouvoir pour en être digne.

Daniel d'Ollioules,
délégué de notre bien-aimé pape Innocent IV
et prêtre de la Sainte Inquisition.

Laniscat, an de grâce 1245, le douze septembre.

– Alors, qu'en dis-tu, *diskonter* ? Cette lettre ne donne-t-elle pas du crédit à notre affaire de Laniscat ?

Avant qu'Émile n'ouvre la bouche, Alban reposa le document devant lui et prit la parole.

– C'est extraordinaire, mon maître vient de me raconter l'histoire de la sorcière de Lanleff et ce Daniel dit dans sa lettre au pape qu'il a inventé une fable pour tenir écartés de la fontaine les habitants trop curieux. C'est…

Émile, levant la main, simula une taloche pour faire taire le gamin.

– Ce n'est pas à toi, morveux, que Thaddée a posé la question et sa question ne portait pas sur Lanleff, mais sur Laniscat. Cela étant dit, tu as raison, la coïncidence est remarquable. Pour en revenir à ce qui nous occupe, tu as raison, Thaddée, notre ami Daniel semble confirmer qu'en cet endroit il existait une propriété riche et puissante, et que donc il est possible que le propriétaire du lieu ait caché ses sous en voyant arriver l'envahisseur romain. Si nous allions faire un tour à Laniscat demain pour traîner autour du calvaire dont nous a parlé Yves ?

Thaddée regardait le plafond en faisant la moue, il semblait perdu dans des songes aériens. Fugitivement, il se rappela l'histoire que lui avait rapportée Yves, après son naufrage et sa survie miraculeuse ; et la façon dont il était devenu propriétaire d'une belle montre et d'une pièce d'or. Mais ses pensées vagabondaient. Ce qui venait se superposer au trésor de Laniscat, c'était maintenant celui des Templiers. Avec toutes ces histoires, Daniel, Émile et Saunière s'étaient associés pour lui tourneboulement la cervelle.

– Hé, curé, tu m'écoutes ? Tu veux venir avec nous demain fouiner à Laniscat ?

Le prêtre balbutia des excuses, puis sembla revenir dans le monde réel.

– Mais demain, c'est samedi…

Émile haussa un sourcil, surpris.

– Et alors, tu fais shabbat maintenant ?

– Non, mais j'ai des devoirs. Demain c'est la confession, entre autres.

– *Gast*, j'avais oublié ! Demain, tu entendras toutes les saloperies qu'a faites la postière durant la semaine ; tu lui pardonneras au nom de Jésus pour qu'elle puisse recommencer dès lundi à lire des lettres qui ne lui sont pas destinées… Je ne t'envie pas, curé, il doit te falloir une sacrée dose d'indifférence pour supporter toutes les turpitudes dc l'âmc humaine… Turpitudes dont ta cervelle est le réceptacle comme le fumier va à la fosse.

Thaddée haussa les épaules sans répondre. Émile ne comprendrait jamais que, pour bien des gens simples, confesser ses fautes, c'était se libérer de grandes douleurs. Mais le *diskonter* avait presque raison : il était vrai qu'à force d'entendre ces histoires le plus souvent mesquines et itératives, il devenait insensible à la médiocrité de ses ouailles et oubliait petit à petit le pardon. Il pensa à Saunière et eut un frisson. Il ne voulait pas devenir comme lui. Il chassa Lanleff et ses Templiers de sa tête. Il noya dans sa fontaine l'histoire de sa sorcière et ses pièces d'or. Il voulait rester berger, pas devenir loup.

– Non, Émile, je te remercie de ton invitation, mais pour le moment je reste l'obligé des croyants. De toute façon, je te fais confiance, tu es un homme de grande probité. Tu ne cacheras rien. Va, mon ami, tu as ma bénédiction, dont tu te fiches, je le sais… Mais va t'en savoir, ça peut servir, peut-être que tes dieux et le mien ne sont qu'un.

À peine installé dans la voiture, Émile tança vertement son apprenti.

– Alban, ne me fais plus jamais cela. Ne parle jamais plus à ma place, Laniscat est une chose, Lanleff en est une autre. Tu n'avais pas à en parler… Tu as mis la cervelle de ce pauvre prêtre à l'envers. Le trésor de Laniscat est un trésor pour les profanes, celui des Templiers relève du sacré. Et pas forcément catholique. Promets-moi de ne plus me faire de coups pareils, apprenti. Laisse-moi juger de ce qui peut être dit et de ce qui ne doit pas l'être.

Alban avait baissé le nez dès qu'il s'était assis sur la banquette à deux places. Il savait que son professeur serait mécontent, il l'avait su à l'instant où il avait pris la parole. Il se sentit petit, jeune, bien trop jeune, son maître l'avait traité de morveux et il avait bien raison. Il se mit à pleurer. D'un vrai chagrin d'avoir déçu Émile. Puis il sentit un bras pesant autour de ses épaules.

– Ne pleure pas, petit, c'est ma faute, je t'en demande trop. Tu es tellement vif et intelligent que je finis par oublier ton âge. Allez, mouche-toi et sèche tes yeux, nous allons à Kervoaziou voir qui veut nous accompagner demain dans notre promenade. Tu te demandes pourquoi je souhaite ne pas être seul dans notre balade ?

Alban renifla avant de répondre.

– Non, je sais pourquoi. Parce qu'en étant nombreux, nous attirerons moins l'attention.

Émile hocha fièrement la tête.

– Je suis fier de toi, Alban, tu mérites l'attention que je te porte... Et puis aussi, sache que je t'aime beaucoup.

Le garçon n'en revenait pas. C'était bien la première fois que son mentor lui faisait de tels compliments. Il se sentit beaucoup mieux.

Le temps était beau pour une journée de novembre. Il ne pleuvait pas et le vent était un peu tombé en ce début d'après-midi, mais continuait de chasser de gros nuages lourds, d'un gris sale. La lande était triste, même quand un froid soleil lui donnait quelques couleurs.

Debout sur un rocher, Émile scrutait le paysage limité d'un côté par une basse colline et, de l'autre, par la forêt primaire. Marie-Louise ne put s'empêcher de penser à l'Ankou en regardant son oncle attifé de son éternel manteau noir qui lui tombait aux chevilles, son chapeau noir à larges bords et son long bâton qui, vu de sa place, pouvait passer pour la faux du valet de la Mort. Ils se trouvaient tout près du calvaire qui marquait la croisée de deux chemins. Celui qui allait d'est en ouest reliait le village de Laniscat à l'ancienne abbaye de Bon-Repos. Le calvaire, vieux point de repère celtique, avait été taillé dans un menhir et indiquait très précisément la moitié du chemin menant du village à l'abbaye. À 11 heures, ils avaient cassé la croûte sous sa surveillance et gratté la terre alentour trois heures durant, sans rien trouver et sans provoquer la curiosité des villageois : ils n'avaient vu personne, n'avaient croisé personne, pas même un chien ou un chat. Laniscat semblait être un village abandonné, spectral : les hommes jeunes étaient à la guerre, les femmes, les vieux et les enfants restaient bien calfeutrés dans les maisons aux cheminées grises qui crachaient des traits de fumées grises, horizontaux sous le ciel bas, taches de gris sous traits de gris sale sur nuages gris sale.

Quant aux animaux, ils étaient bien moins stupides que ces humains qui battaient la lande : ils se tenaient au chaud, serrés les uns aux autres dans les étables. C'était l'époque des terres désertées.

Émile descendit de son perchoir et appela ses compagnons.

– Nous ne trouverons plus rien aujourd'hui, rentrons. Regardez, même Marquise piaffe d'impatience à l'idée de retrouver son écurie.

Marie-Louise proposa un quatre-heures avant de partir, histoire de terminer le pâté et le jambon, et tous de nouveau s'installèrent au pied de la croix de pierre qui avait été en d'autres temps un doigt de granite gris indiquant la demeure des dieux.

Émile s'adossa au socle, au côté de sa nièce, Léonie et Alban face à eux, la poule blanche de Léonie au milieu. Tout le village se moquait de l'amour quasi maternel que la jeune fille portait au gallinacé. La poule, qui avait été élevée comme un enfant par la mère de Germain le poivrot, avait adopté la jeune fille à la mort de la vieille Ernestine. Depuis, la poule blanche suivait Léonie comme son ombre, ou son âme. Tout le village souriait au passage de Léonie et de sa poule, pas Émile. Le *diskonter* savait que les âmes des morts sans repos se réfugient souvent dans le corps d'un animal en attendant mieux.

Ils avaient terminé de manger et Émile donna l'ordre du départ. Tous les quatre se mirent debout et Léonie s'aperçut que la poule avait disparu. Quatre voix appelèrent à l'unisson :

– Poule Blanche, Poule Blanche…

Comme par magie, l'animal sortit en se dandinant de derrière le socle carré de la croix puis s'approcha de Léonie et laissa tomber à ses pieds une pièce, un statère qui devait bien avoir près de deux millénaires.

– Cot ? fit la poule blanche en regardant Léonie d'un seul œil, la tête penchée.

VI

Le sacrilège

Bérenger Saunière avait le cœur amer. Il était plus pauvre qu'auparavant. La vente des médailles à Lourdes s'était révélée médiocre. L'argent récolté au jour le jour avait à peine suffi à le nourrir. Il avait fait ses comptes : il lui restait juste de quoi prendre un billet de train en troisième classe jusqu'à Rennes. Non ! Mille fois non ! Il ne voulait pas ressembler à un vagabond en se présentant à Émile Le Bloas. Qu'en penserait le druide ? Pas du bien, sans doute. En ces temps troublés, personne ne faisait confiance aux misérables. Il était le célèbre curé de Rennes-le-Château, le découvreur de trésor, l'homme qui avait vécu comme un prince occitan. Il apparaîtrait aux Bretons en grand seigneur. Il pouvait s'en donner les moyens. À condition de commettre un nouveau sacrilège. Il avait eu le temps de prendre sa décision. Tout était planifié dans sa tête.

Il avait pris la patache de nuit qui remontait les vallées et desservait les villages jusqu'à la frontière espagnole. Il la quitta à Couiza à la pointe du jour, devant le château des ducs de Joyeuse, et poussa une sorte de rugissement en contemplant le Razès. C'était son territoire, son terrain de chasse. Bérenger retrouvait ses marques de fauve.

Parce qu'il aimait l'aube, parce qu'il aimait voir se dégrader la nuit sous la poussée des incendies, il entama sa marche au pas cadencé, le cœur vaillant. Une demi-heure plus tard, il peinait et geignait dans la montée. À plusieurs reprises il s'arrêta dans les virages et regarda vers l'est où les flammes errantes croissaient, se regroupaient et donnaient naissance au soleil. Alors, il reprit courage. Bélial le Tentateur et les créatures des ténèbres s'enfuyaient. Bérenger salua le soleil qui allait réchauffer la terre. Il reprit son ascension. Des troupeaux occupaient les pentes des montagnes. Il entendit la *borromba* des béliers, les *esquelhas* et les *clapas* des moutons et des brebis. Quand les bêtes surgissaient et l'entouraient, il découvrait les talismans accrochés à leur cou, la pierre de foudre et les médailles. Parfois, il lui semblait que le vent d'autan lui murmurait des reproches, que les voix des blessés de Lourdes, unies en un long et pathétique chuchotement, le jugeaient sans appel. Il n'avait pas été digne avec les soldats, il n'avait pas joué son rôle de curé, il avait essayé de leur soutirer des sous par tous les moyens. Maudit prêtre qu'il était ! À un moment, il perçut l'incantation d'un berger qui était agenouillé en direction du ruisseau des Couleurs :

« Je me suis tourné vers les confins, j'ai vu trois ermites qui portaient des mauvaises pierres pour détruire le pays ; j'ai vu aussi trois démons qui dévoraient nos animaux sur le Razès. Dites-moi, mon frère Jésus, ne pourriez-vous pas les conjurer ? »

Courbé sur le chemin, son sac de voyage lui sciant l'épaule, Bérenger écouta. Les hommes avaient peur. Ils le virent et se signèrent. Peut-être était-ce contre lui que les bergers invoquaient Jésus ? Il tendit l'oreille. La voix s'était tue. Dans le lointain, les troupeaux de moutons fuyaient en coulées douces vers la vallée. Il avait eu des visions, il s'était trompé sur la réalité des choses, son esprit travaillait trop. Personne n'avait fait appel à Jésus. Bientôt, il serait riche grâce aux enseignements du druide Le Bloas et de l'abbé Boudet.

Redressant la tête, il évalua la distance qui le séparait du village. Il n'avait plus la force et l'énergie d'antan. Devant lui, la route de terre et de gravier qu'il avait fait agrandir à ses frais n'était qu'un ruban blême qui dansait et se tordait, qui diminuait et se perdait vers la tour Magdala et le château des Hautpoul. Au-dessus de lui, le ciel n'était plus qu'un piège blanc et bleu où le soleil montant triomphait.

« L'œil de Dieu », se dit-il. « Un denier d'or », souffla son mauvais génie. Il écouta ce dernier, il avait toujours été de bon conseil. Ragaillardi par la perspective de redevenir riche, il atteignit le sommet d'une seule traite. Quel bonheur de se retrouver au pays, de pouvoir mettre un nom sur chaque porte, d'entendre les « bonjour, monsieur le curé », « nous sommes heureux de vous revoir » et de bénir les femmes aux larges robes noires qui se rendaient à la rivière pour laver le linge et les vieux paysans qui essartaient leurs bouts de terre en chiquant !

Rennes-le-Château était au sommet d'une montagne, au centre de cent chemins étroits serpentant entre les roches nues, posé comme un trophée au-dessus d'un paysage sauvage. Le cœur battant, il se rendit à l'église, son église, qu'il avait fait consacrer le dimanche de la Pentecôte 1897. Son chef-d'œuvre. Il y avait dissimulé une partie de son secret en redessinant le chemin de croix, en faisant réaliser une grande fresque selon des détails très précis. Seuls Boudet et Le Bloas auraient été capables de comprendre le sens caché du message inscrit dans cette Maison de Dieu. Mais Boudet était mort dans d'atroces souffrances et Le Bloas vivait à six cents lieues d'ici, consacrant toute son énergie à la recherche d'un autre trésor. Bien que remplacé par un prêtre qui venait dire la messe une fois par semaine, Bérenger estimait toujours être le chef légal de la paroisse. Il poussa la lourde porte et marqua un temps d'arrêt devant le diabolique bénitier représentant le démon Asmodée, le gardien du Temple de Salomon, surmonté des quatre anges. Asmodée le contempla de son œil exorbité, la mains aux ongles acérés crispée sur sa jambe, prête à frapper le prêtre félon qui n'avait pas pleinement consommé le péché selon le pacte qu'ils avaient passé. Le visage affreux prit vie. Pendant quelques instants, Bérenger entendit de lointains gémissements et des rires à prendre la fuite. L'enfer se manifestait. Mais Bérenger appartenait à une race d'hommes qui ne rompait pas, qui ne tournait jamais le dos à l'adversaire. En l'occurrence, il considérait Asmodée comme un allié. Il jeta son sac de voyage aux pieds du démon.

– C'est toi qui m'as trahi, lui murmura-t-il. Toi qui m'as égaré sous la montagne. Où est le reste du trésor ? Où sont cachés les objets sacrés du Temple ?... Sois-en sûr, je les trouverai !

Il plongea sa main dans le bénitier, se signa puis s'avança dans la nef où il n'avait plus le droit de dire la messe depuis quatre ans. Les évêques jaloux, aiguillonnés par les agents du pape, l'avaient fait traduire devant le tribunal de l'Officialité en l'accusant de trafic de messes, dépenses exagérées et non justifiées, et de désobéissance à l'évêque qui avait en charge les paroisses de l'Aude.

La sentence du tribunal était gravée en lettres de feu dans sa mémoire. Il se rappelait l'humiliation, la chute qui avait suivi, l'abandon de ses « amis » du Prieuré de Sion. Il se mit à trembler de rage devant le maître-autel en pensant à ceux qui l'avaient injustement puni en ces termes :

« Attendu que le présent, Bérenger Saunière, a eu la prétention de rendre des comptes et que la commission nommée par Mgr l'Évêque pour les recevoir a pu constater qu'on ne trouve pas que les 200 000 francs environ de dépenses qu'il avait réunis aient été dépensés puisqu'il ne justifie que pour 36 000 francs environ de dépenses, que si le prêtre Bérenger Saunière a pu dépenser utilement une partie des fonds perçus de l'église et au calvaire, il a dépensé le reste à des constructions très coûteuses sans aucune utilité ni aucun rapport avec le but qu'il devait poursuivre ;

« Attendu que, des dires du prêtre Bérenger Saunière et du procès-verbal de la commission, il résulte que les constructions qui représenteraient les sommes dépensées ne sont pas même sa propriété puisqu'elles ont été édifiées sur un terrain qu'il affirme ne pas lui appartenir ;

« Attendu qu'en cela il a compromis pour toujours la destination des sommes qu'il avait sollicitées et reçues ;

« Attendu que de tout ce qui précède il ressort que le prêtre Bérenger Saunière est coupable de dilapidation et de détournement des fonds dont il était le dépositaire ;

« De l'avis de MM. les assesseurs de l'Officialité,

« le Saint Nom de Dieu invoqué,

« condamnons le prêtre Bérenger Saunière à une suspense *a divini* d'une durée de trois mois à partir du jour de la notification de la présente sentence, laquelle suspense d'ailleurs continuera jusqu'à ce qu'il ait opéré entre les mains de qui de droit et selon les formes canoniques la restitution des biens par lui détournés.

« Cette sentence étant portée par contumace est sans appel. Fait et jugé à Carcassonne, au siège de l'Officialité le 5 décembre 1911. »

Bérenger eut un rire malsain. Pendant un moment, il ressembla à Asmodée.

– Messieurs de l'Officialité, messeigneurs, Votre Sainteté qui régnez à Rome, ce n'est pas deux cent mille francs or que j'ai dépensés, mais deux millions cinq cent mille ! Vous ne pouvez même pas vous faire une idée de ce que je vais bientôt dépenser. Comptez par dizaines de millions, car je vais reconstruire Babylone. Et n'espérez rien de moi en retour. Vous ne percevrez jamais un centime en héritage.

Son monologue s'égara sous la voûte. Il perdit son souffle quand son regard croisa celui, souffrant, du Christ. Bérenger sentit alors l'immense poids de ses péchés. Le gouffre du désespoir s'ouvrit sous lui ; une distance considérable, infranchissable, le séparait de la rédemption. Il brûlerait en enfer pour l'éternité, comme le soldat breton qu'il avait rencontré à Lourdes. Pris d'un remords atroce, il se jeta les bras en croix sur les dalles noires et blanches. Il était entre les mains de Dieu comme un pion sur l'échiquier. Il voulut se reprendre, inverser le cours du temps, redevenir le jeune abbé enthousiaste sortant du séminaire Saint-Sulpice, et il clama sa foi :

Je bénis le Christ venu libérer sa créature
Et je le supplie :
Jésus, mon Sauveur et mon frère, exauce-moi
Toi, la vie éternelle auprès du Père,
Tu es entré dans notre vie mortelle :

Recrée-moi par le mystère de la naissance.
Sans perdre la divinité, tu as revêtu mon humanité :
Donne-moi de communier à la vie divine.
Tu es venu illuminer le monde :
Que ta parole soit la clarté de mes pas.
Tu as pris chair de la Vierge Marie
Pour habiter chez les hommes :
Fais de mon cœur ta demeure à jamais.

Il demeura là, étendu. Une heure passa. Il pleura jusqu'à l'assèchement de son âme. Les motifs d'un vitrail flamboyèrent sur son corps. Asmodée veillait toujours dans son dos, le guettant, monstre avide de péchés, plus tentateur que jamais. Le démon était le véritable maître de ces lieux. Bérenger écouta sa mauvaise conscience : le voyage en Bretagne devait être accompli. Il se redressa et il ressembla dès lors à l'un de ces géants antiques prêts à défier l'Olympe.

Il se détourna une fois de plus du Christ sans se signer.

Bérenger n'avait que quelques pas à faire pour rentrer chez lui, dans cette belle demeure bourgeoise qu'il s'était fait construire par son complice, l'architecte Elie Bot. Elle ne lui plaisait plus à présent, il désirait quelque chose de plus grand, de plus noble, un château avec des tours et un donjon, ou un palais oriental doté d'un harem.

Marie se précipita dans ses bras dès qu'il passa le seuil de la maison Béthanie.

– Tu es revenu ! Oh, Bérenger, je me suis fait tant de souci.

Il demeura inerte. Il l'avait aimée autrefois ; il s'était lassé d'elle ; il l'avait même rejetée parce qu'il estimait qu'elle nuisait à son statut social. Marie Denarnaud n'était qu'une petite paysanne qui travaillait pour quatre sous à la chapellerie d'Espéraza avant d'entrer dans sa vie. Il avait rapidement succombé aux charmes des femmes du monde avant de s'enticher de la célèbre cantatrice Emma Calvé, pour qui il avait dépensé plus d'un million de francs.

Il la contemplait sans la voir. Il n'avait même plus souvenir de la jolie fleur de seize ans, envoyée par l'abbé Boudet trente ans plus tôt. Marie lui avait tout donné, son pucelage, sa jeunesse, sa gaieté, son énergie. Elle ne représentait plus rien; il ne comprenait pas qu'elle puisse encore l'aimer après tout ce temps et toutes ces trahisons.

Marie ne voyait que lui, ne se rappelait plus qu'il existait un autre homme au monde. Elle frissonna de désir : il y avait si longtemps qu'ils n'avaient pas fait l'amour ! Si longtemps...

« Bérenger ! Bérenger ! Mon amour ! » pensa-t-elle très fort alors qu'il dénouait les bras qui le retenaient.

Elle prit le sac de voyage qu'il avait laissé choir et le suivit jusqu'à la chambre où il s'affala sur le lit à baldaquin. Il avait le regard fixe, tourné vers les profondeurs de son esprit tumultueux. Elle le dévora des yeux. Dans ses nuits de solitude, c'était lui qu'elle étreignait, qu'elle enlaçait, qu'elle couvrait de baisers, qu'elle appelait de toute son ardeur de femme passionnée. Elle accumulait des rêves ardents sur sa frustration. Il était là, allongé et inaccessible. Elle avait utilisé de nouveau la magie pour le récupérer. Noué en lacs d'amour, un ruban rouge enserrait son bras nu, un peu plus bas que le coude. Elle avait acheté le ruban le premier vendredi de lune chez la mercière de Couiza, avait fait un nœud en récitant le

Notre Père jusqu'à « *in tentationem* » et avait remplacé par « *sed libera nos a malo* » par « *ludealedei-ludeo* ». Elle avait recommencé l'opération chaque jour en augmentant d'un Pater jusqu'à neuf, faisant chaque fois un nœud. Maintenant, il ne restait plus qu'à déposer un baiser sur son front pour que leur amour soit total. Ça avait marché à deux reprises autrefois, ça devait encore réussir aujourd'hui. Elle s'assit sur le bord du lit, puis, s'enhardissant, elle lui baisa le front.

Aucune réaction.

La bouche, elle devait l'embrasser sur la bouche.

Elle essaya. Il la repoussa.

– Mais qu'est-ce qui te prend ?

– Bérenger, tu ne m'aimes plus !

– Je n'ai pas la tête à ça ! Marie, nous devons retourner à la tombe d'Hautpoul, lui avoua-t-il soudain.

– La tombe de la Dame ? demanda-t-elle en pâlissant.

Des souvenirs affreux affluèrent à son esprit. Bérenger avait donc renoué avec son passé et les membres de ce maudit Prieuré de Sion, supposa-t-elle.

– Oui.

– Mais pourquoi ?

– Tu le sais bien. Nous avons caché de l'or dans le cercueil.

– Non ! s'écria-t-elle. Je ne veux plus offenser les morts. De l'or, toujours de l'or ! Pour en faire quoi ? Pour entretenir une nouvelle catin ? Pour faire le beau à Paris en compagnie des théâtreuses ? Tu étais l'homme le plus riche de l'Aude et…

– Je dois me rendre en Bretagne et j'ai besoin d'argent. Je n'ai rien gagné à Lourdes. Tu comprends ?

Non, elle ne comprenait pas. Elle était abasourdie par la peur qui déferlait du passé.

– Émile Le Bloas, l'ami de l'abbé Boudet, va m'aider à trouver le véritable trésor du Temple.

Le trésor. Ce mot la révulsait. Elle avait eu des bijoux magnifiques, des pierres précieuses entre les mains après être descendue sous terre et avoir affronté de terribles ennemis avec Bérenger. L'or maléfique de Rennes-le-Château, l'or ensorcelé par la faute duquel elle et son amant brûleraient en enfer jusqu'à la fin des temps, elle ne voulait plus en entendre parler. Quand le souterrain de la Pierre aux Quatre Carrés menant à la salle aux Pommes Bleues s'était effondré, elle avait remercié le Seigneur. Et voilà que tout recommençait... Il lui parlait, elle n'entendait rien. Puis il eut ces paroles et elle l'écouta :

– Tu te souviens de ce que je t'avais dit quand j'ai découvert le secret d'Asmodée : Tu es mon égale, tu es la première femme que j'ai aimée, tu es la première dans cette maison. Tu es mon héritière. Je ne veux pas que tu vendes nos biens après ma mort. Je ne veux pas que nos ennemis de l'évêché s'en emparent. Aide-moi, Marie.

La peur à fleur de peau, Marie suivait Bérenger dans le cimetière tant de fois profané. Bérenger avait déplacé des squelettes, entassé des crânes, brouillé les pistes comme il disait, et elle l'avait aidé dans ces tâches infâmes. Les spectres les guettaient. Serrant les dents, la fidèle servante glissait de tombe en tombe. Elle luttait contre les palpitations douloureuses de son cœur. Avait-elle récité assez de neuvaines pour se prémunir contre la vengeance des défunts? Avait-elle convaincu la Sainte Vierge que Bérenger n'était pas fautif, qu'il avait perdu la raison, qu'il était contraint d'agir ainsi par ses amis du Prieuré de Sion? Elle avait l'impression que les cadavres entendaient leurs pas crisser sur le gravier et qu'ils s'apprêtaient à surgir de terre pour les dépecer.

Le prêtre marchait résolument dans l'allée. Il ne craignait pas les âmes errantes. Il se rendit directement à la vieille sépulture où reposait la Dame, Marie de Negre d'Ables, épouse d'un Blanchefort descendant du grand maître des Templiers.

– Nous y voilà, dit-il en posant son sac contenant les outils.

Marie se signa en contemplant la pierre grise sous laquelle dormait le fantôme de la marquise. L'épitaphe avait disparu, de même que le nom. Lors de leur première visite, Bérenger avait martelé les lettres à coups de burin.

– Il ne faut pas, Bérenger. Retournons à la maison, murmura-t-elle.

– Tais-toi !

Elle se tut. Un brouillard montait le long des flancs de la colline. Peu à peu, les habitations, le château en ruine, la tour Magdala et l'église s'effacèrent. Le cimetière était dans le cocon des nuées. Seuls quelques croix rouillées, un ange aux ailes brisées, une vierge sans tête restèrent visibles, flottant à quelques mètres d'eux.

Craquant une allumette, Bérenger enflamma la mèche de la lampe à pétrole, qu'il tendit à Marie. Elle s'en empara d'une main tremblante et la tint au-dessus de la stèle.

« Les morts... On va réveiller les morts », pensa-t-elle.

Bérenger était calme et déterminé. Il plaça le tranchant du burin dans l'épaisseur qui scellait la dalle funéraire. Le marteau s'abattit, faisant retentir une note aiguë. C'en était trop, Mairie défaillit, recula.

– La lampe ! Éclaire-moi !

Elle se reprit.

– Ce ne sera pas long, dit-il pour la rassurer.

Le mortier ne valait rien. Les gars de la mairie avaient réparé la tombe à la va-vite quand, des années plus tôt, on avait su qu'elle avait été profanée. À chaque coup, des portions entières éclataient. Il eut un sourire machiavélique.

– C'est bon.

Dans l'action, il avait retrouvé la force exceptionnelle de sa jeunesse. Il exerça une pression latérale sur l'un des coins de la lourde dalle. Un raclement se fit entendre. Il banda tous ses muscles et fit pivoter la pierre. Le bruit enflait, effroyable pour Marie qui balbutiait le Notre Père en jetant des regards affolés sur le trou béant que Bérenger venait de démasquer.

– La lampe !

À cet ordre, son bras s'avança au-dessus de la fosse et elle découvrit le cercueil déposé dans le fond. Rien n'avait changé. La grande croix d'argent sertie sur le couvercle n'avait pas été volée ; elle réfléchissait la lumière qu'elle recevait de la lampe. Comme par le passé lorsqu'ils ouvraient des tombes, de crainte d'être empoisonnée par les lourds effluves qui se dégageaient du caveau, Marie se boucha le nez avec son châle. Elle vit avec stupeur Bérenger prendre appui sur les rebords et se laisser glisser à l'intérieur.

Lorsque ses pieds touchèrent le cercueil, la poitrine du prêtre se serra au point de l'étouffer. Mais rien ne pouvait l'arrêter, il avait dépassé l'état de péché mortel et l'idée de devenir riche et puissant le transcendait. Il se pencha sur le couvercle et tâta les jointures. Ces imbéciles de la mairie n'avaient pas jugé bon de le reclouer. Il s'adossa à la paroi humide, puis s'accroupissant, il inséra ses doigts sous la jointure, qu'il souleva d'un coup. Il s'était préparé mentalement à revoir la Dame. Pourtant, ce fut un choc. La morte le regardait de ses immenses yeux vides. Il y avait longtemps que les chairs du visage s'étaient dispersées, laissant apparaître les os, à peine voilés par la longue chevelure blanche. Vaincue par les ans et la pourriture, sa robe rouge et or de marquise avait l'apparence d'un sac miteux jeté sur le squelette. Bérenger la retrouvait telle qu'il l'avait laissée, avec son chapelet enroulé sur les ossements des mains, l'anneau de mariage brillant entre les grains nacrés. Il manquait le collier portant le talisman de bronze ; il l'avait dérobé lors de sa première visite et remis à l'abbé Boudet.

La morte ne lui avait pas sauté à la gorge ; il la souleva légèrement et trouva ce qu'il cherchait : la bourse contenant les cinquante pièces de vingt francs or qu'il avait cachée en pensant à un possible revers de fortune. Avec cet argent, il pourrait prendre l'apparence d'un homme nanti et traiter en position de force avec le druide Émile Le Bloas.

Il avait compté et recompté les pièces d'or ; il les avait caressées sous le regard accusateur de Marie. Rien n'égalait la beauté de ces monnaies frappées d'un génie ailé, sur la tranche desquelles on pouvait lire ces mots magnifiques : DIEU PROTÈGE LA FRANCE.

À présent, la bourse était bien au chaud sous le coussin du lit où Bérenger avait posé sa tête. Il sombra dans un rêve merveilleux qui l'entraîna dans une Bretagne où Émile Le Bloas n'était autre que Merlin l'Enchanteur. Il était au centre d'un cercle de pierres, entouré d'une forêt de chênes peuplée d'oiseaux aux chants merveilleux. Il se vit jeune et beau, habillé comme un prince, et il les vit soudain franchir le cercle de pierres, belles jeunes filles blondes, et il sentit son désir monter quand d'une voix rauque elles s'adressèrent à Lilith, tout en le contemplant avec avidité :

« Lilith, grande amie, toi, génitrice de toute luxure, toi qui apportes les plaisirs à tous, toi à qui l'on doit le soleil de nos nuits et de nos jours de tristesse, toi qui répartis la jouissance sur tout et tous, toi qui nous accordes le repos lorsque nous t'avons honorée, toi qui réveilles nos désirs quand ils sont assoupis et dissipes notre peine en allégeant le fardeau de notre vie, toi qui contiens l'éternel chaos de la volupté, le vent, la pluie et la tempête de nos émois, qui déchaînes nos sens et obscurcis notre esprit au point de nous faire oublier nos chagrins pour nous rendre la plénitude de la joie, toi, fidèle gardienne de toute joie, de tout bonheur dans notre cœur, notre corps et notre esprit, toi vers qui nous nous envolons lorsque la jouissance nous étreint et qui sais nous ramener apaisés à notre point de départ, avec raison nous te nommons notre grande amie. Tu es notre source de force, tu es notre éternelle jeunesse. Fais que les femmes soient désirables, ne connaissent ni la crainte de la grossesse, ni la culpabilité en se donnant aux hommes. Fais que les hommes n'épuisent jamais leur force et que leur virilité offre avec générosité et abondance la rosée que la femme est en droit d'attendre. Lilith, notre bienveillante amie, accorde-nous les joies de la jouissance aussi souvent que nous le pourrons, protège notre couche, donne-nous celui qui saura combler notre plaisir. Toujours nous te rendrons grâce de tes bienfaits. Daigne apparaître dans ta splendide nudité, avec ton éblouissante sensualité. Si tu refuses de te montrer, que tes caresses soient assez précises pour nous prouver ta présence, nous nous refugions sous ton ombre protectrice, dans la joie et la luxure. »

À cet instant, l'une des jeunes filles s'avança vers lui. Il devinait ses formes pleines sous les voiles transparents de sa robe et il comprit qu'elle serait sa dernière maîtresse quand elle se cambra et clama :

« Lilith, ma grande amie, fais que cet homme, Bérenger Saunière, soit mien. »

VII

Le partage

En arrivant au presbytère en cette froide après-midi d'un jeudi au ciel tourmenté, à peine Émile eut-il salué Thaddée qu'il lui dit :

– Je te conseille d'étaler une nappe sur ta belle table cirée, curé, et envoie ta bonne balayer l'église. Et ferme ta porte derrière ses grosses fesses. Je ne tiens pas à ce que tout Plésidy soit au courant de ce que nous allons dire ici.

Autour de la table encaustiquée du curé, ils étaient cinq : le curé, Émile, Alban l'apprenti, Marie-Louise et Léonie. Tous avaient trouvé correct de faire participer la jeune fille à cette réunion qui n'avait de secret que le nom. Léonie aurait droit à quelque chose, car il fallait bien reconnaître que c'était sa poule qui avait mis la patte sur le filon de Laniscat. Émile ne se faisait guère d'illusions : si l'une des jeunes filles parlait, dans quelques semaines, au mieux, tout l'Argoat serait au courant qu'un trésor avait été découvert par des habitants de Plésidy. Cinq personnes, dont deux jeunes femmes, pour garder un secret, c'était beaucoup trop.

Pendant qu'Alban racontait par le menu à Thaddée cette journée qui pouvait leur ouvrir les portes d'une vie nouvelle, Émile concoctait un plan pour éviter que les informations ne se propagent trop vite. Tout en écoutant d'une oreille distraite son apprenti, il entrevoyait quelques solutions possibles. Émile eut un sourire indulgent en entendant Alban s'enflammer en racontant son histoire :

– Il commençait à se faire tard, et nous avions décidé de partir, quand soudain nous avons vu la poule de Léonie arriver porteuse dans son bec d'une de ces pièces d'or que nous avions vainement cherchées. Oui, mon père, la poule blanche, sans doute guidée par quelque esprit qui nous veut du bien, a découvert seule le trésor de Laniscat.

Thaddée leva les bras au ciel et laissa échapper un gros soupir d'impatience.

– Sois gentil, Alban, épargne-moi la métaphysique et le guidage d'un gallinacé par un fantôme bienveillant. Cette bestiole idiote a eu plus de chance que vous autres, un point c'est tout. Quand cesserez-vous, tous autant que vous êtes, de mélanger le mysticisme et le rationnel ?

Émile remarqua que Léonie paraissait outrée. Les bras croisés sur la poitrine, la bouche pincée et le regard mauvais, elle ne supportait pas ceux qui ne voulaient pas croire à l'intelligence de son peu banal animal de compagnie. Émile vint à son secours, il ne tenait pas à ce que les membres de cette société secrète de carnaval commencent leur première réunion en se disputant comme des chiffonniers de la capitale.

– Sois gentil, curé. Que tu appartiennes à ceux qui n'acceptent pas que les animaux soient pourvus d'intelligence et d'âme te regarde, mais je te rappelle quand même que c'est grâce à cette poule que tu dis stupide, que tu pourras remettre en état tes succursales du Bon Dieu. Un peu de compassion animalière ne saurait te nuire, Thaddée. Je suis même d'avis qu'une image insérée dans un vitrail de la chapelle Saint-Michel, ou une autre à ta guise, représente ta bienfaitrice.

Toutes les têtes se tournèrent vers le *diskonter*, et Thaddée, les yeux exorbités, balbutia :

– Tu plaisantes, *diskiant diskonter* !

– Traite-moi tant que tu veux de soigneur fou, mais non, je ne plaisante pas, Thaddée. C'est une de mes conditions pour que tu touches ta part.

Thaddée partit d'un grand éclat de rire, puis se calma.

– *Tu mon da zod*, Émile, mais ton idée est tellement folle elle aussi qu'elle m'amuse et j'accepte le marché. Il y aura une image de la poule blanche picorant des pièces d'or dans l'une des chapelles restaurées, je suis convaincu que Notre Seigneur a de l'humour. Bon, Alban, tu la finis ton histoire ?

Se souvenant des menaces d'Émile sur ses paroles lancées à tort et à travers, l'interpellé jeta un regard discret à son mentor pour savoir s'il devait continuer ou si le *diskonter* avait une autre folie à sortir, mais ce dernier fit un clin d'œil à son élève, et Alban reprit son récit.

– Quand Léonie a vu la pièce dans le bec de la poule, elle lui a demandé de nous montrer où elle avait trouvé la chose. Tout comme Léon demande à sa chienne Noisette de le conduire à un terrier de garenne. Eh bien, croyez-moi ou non, mon père, Poule Blanche s'est dirigée vers le nid qu'elle s'était creusé à dix pas derrière le calvaire, entre les grosses racines d'un chêne. Un trou profond, je dirais trente centimètres, elle avait dû drôlement gratter la terre. Et, au fond du trou, il y avait, placé là comme un bouchon sur un goulot de bouteille, le col brisé d'une sorte d'urne en terre cuite. Vous imaginez la surprise, un fond de nid de poule rempli de pièces d'or et d'argent ! « Notre poule aux œufs d'or », a dit le *diskonter*. Voilà, mon père, comment cela s'est passé. Après, nous avons tenté de sortir l'urne de son trou, mais elle s'est brisée et nous n'avons pu extraire que des morceaux, puis nous avons retiré les pièces par poignées, certaines étaient brillantes comme si elles venaient d'être fondues, celles en or. D'autres étaient plus ternes ou carrément noircies, celles en argent ou en électrum. Quand nous avons été certains qu'il ne restait plus rien, nous avons rebouché le trou et aplati la terre, et nous sommes rentrés sans presque nous parler. Personne ne peut se douter qu'à cet endroit se trouvait le trésor de Laniscat.

Les yeux de Thaddée se mirent à briller quand il demanda à voir les pièces. Émile se pencha et prit un petit coffret de bois dans la sacoche appuyée contre ses pieds, le posa sur la table puis, après en avoir rabattu le couvercle, il le renversa sans plus de discernements que s'il s'agissait d'une boîte de clous. Un tas de monnaies se répandit sur la nappe blanche. À peu près circulaires, plus ou moins brillantes, les pièces, des statères, hypnotisaient les adhérents de la société informelle et nouvellement créée. Certaines étaient entaillées d'encoches en V, comme si elles avaient été concaves à l'origine puis redressées sans précaution à coups de massette. Thaddée ne put résister et il plongea la main dans le tas, referma le poing, puis le rouvrit à vingt centimètres de ses yeux luisants d'excitation. Émile regardait le curé avec une lueur d'amusement dans le regard.

– La convoitise, c'est un péché mortel ou véniel chez les chrétiens ?

Thaddée l'ignora, trop absorbé par la contemplation de cet argent qui avait circulé de main en main deux mille ans plus tôt. Émile, qui semblait suivre le cheminement des pensées du prêtre, s'adressa à lui à nouveau :

– Tu te rends compte, Thaddée, que si ça se trouve, Jésus lui-même a payé l'affection de Marie-Madeleine avec l'une de ces pièces ?

Cette fois, Thaddée releva la tête en direction du *diskonter*, l'air sévère et l'index accusateur.

– Ne blasphème pas Émile, tu n'en as pas le droit. Même si tu ne reconnais pas Jésus-Christ comme ton Seigneur, respecte au moins l'homme intègre qu'il était.

– Ne te fâche pas, l'ami, je voulais simplement vérifier que tu étais encore parmi nous. Tu parais tellement... comment dire ?... emporté par un tourbillon de fantasmes...

Thaddée se calma d'un coup et afficha un sourire ravi. Il n'avait gardé entre ses doigts qu'une pièce d'or brillante, paraissant neuve. Il la montra à ses amis : le minuscule relief représentait un cavalier tenant haut, par-dessus son casque emplumé, une lance pointée vers un ennemi invisible, et semblait se protéger en levant un bouclier de métal ou de bois de forme ovoïde. Le cheval, ciselé avec un grand soin, paraissait voler au-dessus d'un ennemi terrassé. Alban, plus que les autres, écarquillait les yeux. Il murmura :

– C'est beau !

Thaddée acquiesça de la tête et retourna le statère. L'autre face était plus difficile à interpréter ; à première vue, on pensait distinguer le profil d'un bonhomme joufflu et chevelu étirant les lèvres pour souffler sur une sorte de petit moulin d'enfant.

– C'est Éole ? demanda Alban.

Émile eut un petit rire.

– Non, mon jeune ami, Éole est un dieu grec qui enferme les vents dans une outre qu'il ouvre suivant la volonté de Zeus. Je pencherais plutôt pour la représentation de Taranis, dieu du Tonnerre, que les Romains assimilaient à Jupiter. Regardez, ce n'est pas un moulin qui est évoqué ici, mais une roue à quatre rayons, or Taranis est pratiquement toujours associé à ce symbole solaire. Qu'en dis-tu, Thaddée ?

– Va pour Taranis.

Visiblement, le prêtre n'était pas prêt à entrer dans une discussion théologique, il avait des préoccupations bien plus terre à terre et se fichait éperdument de savoir si c'était Taranis ou Jules César qui figurait sur ces pièces. Ce fut d'une voix presque chevrotante qu'il osa aborder le sujet qui le préoccupait :

– Comment allons-nous procéder, Émile ?

Sourire aux lèvres, le *diskonter* s'amusa quelques instants avec les nerfs du curé.

– Procéder à quoi, Thaddée ?

Assurément, le curé n'était pas à l'aise et se tortillait dans sa soutane. C'était bien la première et sans doute la dernière fois qu'il avait à poser une question concernant le partage d'un trésor. Ce n'était pas le genre de sujet que l'on aborde au grand séminaire. Quelques anciennes lectures de *L'Île au trésor*, de Stevenson, lui revenaient en mémoire, où des pirates s'entre-tuaient quand il s'agissait de procéder au partage du butin. Mais personne n'avait de jambe de bois, il n'y avait pas de Long John Silver dans le presbytère, et Alban n'était pas Jim Hawkins. Il se secoua, haussa les épaules et regarda Émile dans les yeux. Son malaise était passé, il n'était plus sous l'emprise de la fièvre de l'or, et ce fut cette fois d'une voix assurée qu'il demanda :

– Je veux dire, comment penses-tu procéder, d'une part pour affecter ce qui revient à chacun, et d'autre part pour transformer ces monnaies en bon papier échangeable contre du ciment et des ardoises ?

Émile ne répondit pas directement au prêtre.

– En premier lieu, je propose que celui d'entre nous qui parlerait de ces statères que je vais conserver quelque part se voie spolié de sa part. C'est le premier point. Êtes-vous d'accord ?

Tous acquiescèrent avec le sérieux d'une assemblée de cardinaux écoutant le pape.

– Bien. Par ailleurs, il est hors de question que quiconque se mette à dépenser de l'argent à tort et à travers. Toi, Thaddée, tu ne devras pas faire effectuer tes travaux avant la fin de la guerre. Ici, tout le monde est plus ou moins ruiné et chacun se demanderait d'où tu sors cet argent... Et puis on ne sait jamais, si les Boches arrivent jusque chez nous, ils seraient bien capables de démolir tes chapelles, et tes réparations n'auraient servi à rien. Après la guerre, tout le monde sera tellement joyeux que personne ne te demandera rien, pas même l'évêché. Déjà que, avec l'argent que t'a remis ce pourri de notaire, tu fais jaser, alors soit prudent...

Thaddée eut un petit geste nerveux de la main. Visiblement, il était pressé de restaurer ses chapelles. Il laissa planer un long silence avant d'approuver de la tête, confirmant qu'il se rangeait aux arguments du *diskonter*.

– Bien, Émile, je me range à ton avis d'homme sage, mais tu n'as toujours pas répondu à ma question : comment allons-nous partager ce magot ? Et comment vas-tu faire pour le transformer en monnaie de notre époque ?

– Voilà ce que je propose et qui me semble juste. Si l'on considère que ceux qui sont à l'origine de l'affaire sont au nombre de 7, chiffre sacré s'il en est, et que sur cette table se trouvent réunis 972 statères, pour à peu près à parts égales, un tiers de pièces en or, un autre d'argent et le troisième d'électrum, il revient à chacun 138 monnaies, et 46 de chaque valeur.

Thaddée, qui comptait sur ses doigts, en marmonnant, les membres du clan, semblait suivre le raisonnement d'Émile :

– Toi, Erwan, Lucien, Justin, Marie-Louise, Yves et moi. Sept. C'est juste.

Alban et Léonie, le visage un peu penché vers l'avant dans une attitude figée, attendaient la suite.

– En ce qui me concerne, je divise ma part en trois : une pour Léonie et sa poule, cela me semble honnête, une pour Alban, qui n'y touchera que lorsqu'il sera devenu un homme, et la dernière pour toi, Thaddée… À une condition. Je veux être sur un vitrail au côté de Poule Blanche.

Thaddée avait les yeux exorbités et la mâchoire pendante en regardant le *diskonter* qui continua, imperturbable :

– De cette façon, je pourrai te surveiller quand tu diras ta messe. Et puis, je trouve ça tellement amusant qu'un prêtre catholique dise l'office sur un dolmen retaillé de la vieille religion, surveillé par les images d'une poule aux œufs d'or et d'un mécréant de la Confrérie, que je ne peux pas résister. Ferme la bouche, curé, je n'ai pas terminé.

Comme si Émile avait pris les commandes de son cerveau, Thaddée referma si violemment la mâchoire que tous purent entendre ses dents claquer.

– Pour en terminer avec moi, je demanderai simplement à chacun de vous, pour ma peine, trois pièces, une de chaque métal. Cela vous paraît-il juste ?

Thaddée regarda Émile avec une sorte de tristesse mêlée de regrets. Quand il parla, sa voix était douce, comme celle qu'il employait pour confesser les agonisants.

– Tu es fou, Émile, complètement. Mais tu es généreux aussi, je prierai pour toi... à tout hasard... Mais je me demande bien comment mes ouailles prendront mon fou rire quand je célébrerai la messe sous ton image. Et pourquoi ne veux-tu pas prendre ce qui devrait te revenir ?

– Parce que mes richesses sont ailleurs.

Puis le *diskonter* se retourna vers les trois jeunes gens.

– Et vous, gamins, êtes-vous d'accord sur tout ce que je viens de dire ?

Léonie fit un beau sourire à cet homme si étrangement vêtu qu'il ressemblait à un épouvantail et qui venait de lui donner 46 statères en métal précieux. Elle n'avait aucune idée de la valeur que cela représentait ; énormément, sans doute, mais pour elle, la plus grande valeur qu'elle accordait à la chose, c'était la valeur de la générosité du *diskonter*. Fugitivement, elle regretta qu'Émile soit aussi vieux, cinquante et un ans de sagesse comparés à ses vingt-deux années de petite vie d'écervelée, elle aurait aimé le récompenser à sa manière. Une autre vision se superposa à celle, vaguement érotique qu'elle venait d'avoir : le visage viril d'Yves, celui pour qui son cœur battait toujours par intermittence. Léonie eut honte de sa nature volcanique, de ses envies inassouvies, elle se détesta en face de cet homme à la fois si sage et si fou. Elle ne fit que lui dire : « Merci, *diskonter* » avec une toute petite voix de toute petite fille. Émile eut soudain un étrange regard qui transperça la jeune fille. Elle se sentit nue et se mit à rougir jusqu'aux oreilles, et la couleur s'accentua quand il lui répondit :

– De rien, la belle, de rien. Un jour prochain, peut-être que je te demanderai un service en retour.

Émile se mit à ramasser les pièces éparpillées sur la nappe et les rangea dans le coffret sans plus d'attention que s'il s'agissait de mettre des grains de café dans une boîte. Quand il eut terminé et déposé le coffret dans sa sacoche de cuir, il s'adressa à l'ecclésiastique qui avait regardé disparaître les statères avec du chagrin dans les yeux et des pensées schizophréniques : une partie de sa cervelle lui montrait un curé adulé par ses fidèles, loué par eux dans une chapelle Saint-Yves – celle qu'il préférait – toute parée d'or, de statues précieuses et de tableaux de prix : Thaddée, le bienfaiteur de la commune de Plésidy, salué comme un cardinal par tous les villageois. Une autre partie, plus sombre, le faisait s'entrevoir dans un lieu qu'il ne connaissait pas, mais qu'il avait souvent vu sur des réclames du supplément du *Petit Journal illustré* : Hyères, la ville de luxure du sud de la France, là où se côtoyaient les princes et les têtes couronnées avant cette saloperie de guerre. En cet endroit, il était Thaddée l'aventurier, entouré de jolies filles et de barons qui le saluaient bien bas et lui proposaient des havanes aussi gros que des manches de serpettes. Il se secoua subitement pour échapper à ces visions qui lui révélaient un subconscient aussi sombre que les antichambres du purgatoire. À haute voix, avec une mine éperdue, il s'exclama devant les membres de l'étrange assemblée :

– *Vade retro, Satanas.*

Seul Émile sembla comprendre le trouble du prêtre.

– Tu comprends, curé, pourquoi moi, qui sais des trésors bien plus importants que celui-ci, je ne veux pas y toucher ? Malgré tous tes beaux sermons, tu restes un homme, Thaddée, un petit bonhomme fragile. Et je crois, moi, que ton Diable est bien plus malin que ton Dieu. C'est d'ailleurs comme cela que tu l'appelles, non ? Le Malin.

Thaddée se calma d'un coup.

– Tu as raison, Émile, je te laisse la charge de ce trésor, tu es bien plus fort que moi. Mais dis-moi, comment vas-tu t'y prendre pour transformer l'or en papier ? Ne me dis pas que tu es aussi un alchimiste à l'envers ?

Émile ne daigna pas gratifier le prêtre du moindre sourire. Pour lui, les alchimistes étaient pour la majorité des charlatans et il ne voulait surtout pas être confondu avec cette peuplade de faux chercheurs, toujours prompts à se glorifier de découvertes fumeuses. À peine trois d'entre eux avaient le respect d'Émile, mais ceux-là avaient été avant tout des chimistes avant l'heure. La réflexion de Thaddée l'amena à penser qu'il devrait bientôt mettre en garde son jeune protégé contre ce genre de personnages et il le nota quelque part dans son extraordinaire mémoire. Il toisa le prêtre.

– Non, Thaddée, je ne suis pas un expert en confitures, comme ce Nostradamus que ton Vatican craint tant ; pas même cousin de Nicolas Flamel, célèbre pour avoir été suffisamment stupide d'enrichir sa paroisse avec de l'or qui ne lui appartenait pas. Cela ne peut t'arriver à toi, curé, l'or t'appartient. Mais prends bien garde à ce que l'on ne dise pas de toi dans le futur que tu as fabriqué de l'or pour restaurer tes maisons de Dieu, tes supérieurs seraient capables de t'en demander des tonnes, comme Salomon à la reine de Saba. Non, je vais simplement faire appel à celui que tu n'aimes pas, car ce genre de monnaie n'est pas si facile à vendre qu'on le croit. Saunière a des filières et je ne veux pas savoir lesquelles, mais il en a. Je vais donc lui confier la négociation, tout en gardant les statères par-devers moi, évidemment. Oh, bien sûr, il nous escroquera un peu au passage, mais n'ayez crainte, je veillerai à ce que cela reste raisonnable. Dès demain, une lettre partira, mais pas de Plésidy, ton amie postière serait bien capable de l'ouvrir. Sur ces bonnes paroles, je crois qu'il est temps d'aller vaquer chacun à nos affaires.

La nuit était presque tombée et les conspirateurs s'égaillèrent dans le bourg. Émile, lui, entraîna son apprenti vers le bistrot situé en face de la maison du curé. Celui-là était moins fréquenté que celui de la place de l'église, car il faisait également épicerie et les poivrots n'aimaient pas que les commères qui venaient faire leurs achats en ce lieu puissent rapporter leurs beuveries à leurs épouses. Émile et Alban s'installèrent devant une des deux fenêtres qui donnaient sur la rue. Le maître et l'élève burent chacun une bolée d'un cidre à peine consommable et bien trop piquant – un cidre pour les Parisiens, pensa le *diskonter* – tout en surveillant la rue déserte. Un méchant crachin porté par le vent d'ouest se mit à tomber, faisant luire les ardoises des toits d'un noir glacé. Enfin, Émile vit passer la silhouette de la bonne du curé qui marchait d'un pas pressé vers le presbytère ; le dos courbé, les épaules voûtées et la tête basse, elle semblait à elle seule porter tous les péchés du monde sous cette pluie froide comme la mort. Émile attendit un peu, le temps que la bonne disparaisse dans la maison du curé, puis il empoigna sa sacoche de cuir et salua la compagnie qui se limitait à deux buveurs invétérés qui se fichaient du qu'en-dira-t-on. Un des deux hommes ressemblait vaguement à Germain, en moins poivrot.

Dehors, le *diskonter* et son élève rasèrent les murs. Pas un seul volet n'était ouvert, chacun se calfeutrait chez lui, probablement le dos à la cheminée et les mains réchauffées par un bol de soupe. Ils traversèrent le cimetière et arrivèrent à la porte latérale de l'église. Émile vérifia que personne ne pouvait les voir.

– Je vais entrer là-dedans cinq minutes. Toi, tu restes ici, et si tu aperçois quelqu'un, donne un grand coup de pied dans la porte et fiche le camp.

Alban ne posa pas de questions et hocha la tête. Émile passa de la noirceur du dehors à celle de l'église. À grandes enjambées, il contourna une travée de bancs, remonta vers la nef, gravit les trois marches qui menaient à l'autel et passa derrière. Seul le lumignon à pétrole enchâssé dans le tabernacle rougeoyait pour signaler que Dieu habitait éventuellement en ce lieu. Il n'y avait aucune autre lumière, pas de bougies, elles étaient éteintes en semaine dès la tombée du jour, par souci d'économie. Derrière l'autel, qui avait été en d'autres temps un dolmen, Émile se mit à genoux, la tête et les épaules enfoncées sous la table de pierre. Il souleva une dalle de granite grise du sol entre les montants de l'autel. Sous la plaque se trouvait une cavité peu profonde et il y déposa le coffret renfermant le trésor de Laniscat, puis remit tout en place.

Alban fut étonné de voir ressortir Émile, secoué par des hoquets qu'il tentait de réprimer.

– Vous pleurez ou vous riez, *diskonter* ?

– Je ris, mon garçon, je ris.
– Et pourquoi donc ?
– Cela ne te regarde pas.

En fait, Émile était joyeux en pensant que chaque fois que Thaddée dirait sa messe, c'est-à-dire plusieurs fois par jour, sans le savoir il aurait les pieds à moins de cinquante centimètres de ce trésor qui le faisait tant baver.

La fine pluie froide tombait toujours quand ils arrivèrent à la hauteur de la bifurcation de la gare. Là, ils se séparèrent, Alban prenant la direction de Bourbriac et Émile celle du Garzmeur. Chacun avait encore une bonne demi-heure de marche avant de pouvoir se mettre au sec.

Émile était trempé comme une soupe en arrivant chez lui. Il prit le temps de faire un bon feu et de se changer, puis il mit à réchauffer une daube de lièvre dans la marmite suspendue dans l'âtre. En attendant que la bonne odeur de la viande se répande dans la maison, il s'installa sur la grande table et se mit à écrire.

Le 17 novembre 1915

Cher ami,

Des circonstances peu banales, mais qui vous plairont sans aucun doute, me font vous demander votre aide. Sans vous dévoiler de détails qui n'ont pas grande importance, il se trouve que je suis en possession d'un peu plus de 900 statères de trois métaux différents. Je ne vous ferai pas l'affront de vous expliquer ce que sont des statères, connaissant votre grande érudition sur le sujet. Vous comprendrez mon désarroi quant à la possession de ces objets dont je ne sais que faire et qu'il me plairait de transformer en matière moins noble mais plus aisée à transporter.

Il va sans dire que si cette opération vous causait des frais, je m'engage à vous dédommager de votre peine, à la condition que tout cela reste raisonnable.

Pour ce qui est de mon précédent courrier, avez-vous eu le temps de vérifier les informations que je vous ai fournies ?

J'attends de vos nouvelles avec impatience.

Votre dévoué,

Émile Le Bloas

Émile relut la missive et en fut satisfait. En cette période troublée, même si un militaire borné, pour une raison inconnue, ouvrait la lettre, il n'y comprendrait pas grand-chose. Heureux de sa journée, le *diskonter* attaqua son dîner avec le sentiment du devoir accompli.

VIII

Le démon des bois

On ne voyait que ses yeux brillant dans la neige. Il était resté tapi plus d'une heure entre deux touffes de genêts, guettant les moindres mouvements sur la terre immaculée. Il y avait des tumulus sur les hauteurs de Plésidy, non loin de la rivière qui coulait en contrebas. C'était l'un de ses terrains de chasse favoris.

Germain tremblait un peu. Le manteau rapiécé offert par Émile Le Bloas et les deux chandails ne suffisaient pas à repousser le froid de l'hiver précoce. Il n'avait jamais neigé avant Noël, du moins il ne s'en souvenait pas. Sa crasse épaisse sous le tricot n'empêchait pas les doigts glacés de décembre de courir sur sa peau.

Noël… Il pensa aux veillées d'autrefois avec sa mère qui priait devant l'âtre où mijotait le ragoût, et lui qui buvait de la vinasse en attendant la naissance de Jésus et en rêvant d'étrangler la poule blanche qui picorait les miettes sous la table. Il fut un temps où sa mère se rendait à la messe de minuit, puis un temps où ses jambes endolories et variqueuses ne lui permettaient plus d'effectuer le parcours jusqu'au village. Alors, elle s'imaginait devant le Christ en plongeant son regard dans les braises du foyer. Foutue vieille. Qu'est-ce qu'elle baragouinait déjà ? Il se mit à sonder la bouillasse de ses souvenirs qui fermentaient dans son crâne épais.

La vieille Ernestine, cette salope qui l'avait déshérité. Il la voyait pendue à son crucifix de bois noir sur le mur de la salle à manger, le chapelet entortillé entre ses doigts déformés, le livre de messe à portée de main, et tout un attirail de médailles bénites, d'images de la Vierge et des saints dans le giron de sa jupe noire. Il entendait crépiter le feu, caqueter la poule et couler les murmures de la bouche desséchée de cette femme qui l'avait mis au monde sans tendresse.

Gast! Qu'est-ce qu'elle racontait donc à Dieu? Il chercha, chercha encore tout en observant le terrain. Des bribes d'une prière remontèrent à la surface de sa mémoire.

« ... Dieu... à ce fils de roi... qu'il fasse droit au malheureux... Il délivrera le pauvre qui appelle et le malheureux sans recours. Il a le souci du faible et du pauvre, du pauvre dont il sauve la vie... »

– Conneries ! gronda Germain.

Lui, Germain Le Provost, était le plus pauvre de la région, plus démuni que la sorcière Inna dans sa masure, et personne dans ce ciel pourri ne se souciait de le secourir. Au contraire. La neige se mit à tomber plus dru. Il oublia Noël et cala son regard sur les ouvertures à la base des pierres plates, du schiste, il en connaissait le poids, il en avait fendu quelques-unes sur les rochers contre lesquels il avait monté sa cabane. Sa face envahie de barbe se plissa. Ça portait peut-être malheur de chasser dans le coin, vu que les tumulus étaient d'anciennes tombes. Mais pas pour tout le monde. Il avait cru comprendre que l'Émile et son nouvel apprenti, Alban, le fils du charcutier de Bourbriac, s'intéressaient de très près aux sépultures, aux dolmens et aux menhirs. Comme cette chienne d'Inna et sa chèvre noire. Cependant, contrairement à la sorcière et à la bête du Diable qui commerçaient avec les morts, le druide et son novice cherchaient autre chose. Mais quoi ? Germain considéra le long tumulus enrobé de flocons. Il n'y avait que des morceaux de silex et de poteries dans les chambres funéraires.

Germain avait fouiné dans ces couloirs aboutissant à de grossières salles basses avec l'espoir de ramasser une babiole de valeur qu'il aurait pu revendre au curé Thaddée. Il n'avait jamais rien vu briller sous les pierres qu'il retournait. Il ne cherchait pas de trésor mais de quoi se payer une bonbonne de *gwin ru*, du gros rouge arrachant la gorge et faisant des trous dans l'estomac. L'alcool lui manquait. À l'idée de boire du vin parfumé au phénol, sa tête tourna et il faillit manquer sa proie.

Bondissant comme un fauve, il écrasa sa grosse main sur la tête du lapin qui avait eu l'imprudence de quitter l'abri. Bonne prise. L'animal n'avait pas encore perdu sa graisse. Il sourit en tordant le cou de sa proie. Chaque fois qu'il cassait les vertèbres d'un gibier, il pensait à celles du notaire Simon, cette ordure qui lui avait volé son bien. Il ne se passait pas un jour sans qu'il prononçât un arrêt de mort à l'intention du maître véreux de Bourbriac.

« Je vais te crever, Simon, et je t'écorcherai la peau comme ce lapin ! » clama-t-il en rangeant la dépouille dans sa besace où gisait déjà une poule volée dans une ferme. Ce soir, il allait faire bombance dans sa cabane.

La neige n'avait pas tenu à Bourbriac. Les rues avaient retrouvé leurs teintes de plomb, d'ardoise et de granite. Des notes de couleurs vives égayaient cependant le bourg. Des affiches de la « Journée du poilu » avaient été apposées sur les portes de la mairie, des églises, des écoles, de la poste et sur les vitrines des commerces. Elles fleurissaient dans toutes les villes et les villages de France.

À Bourbriac, on ne pouvait pas manquer de voir la petite fille et le petit garçon peints qui quêtaient pour améliorer le sort des soldats. Les affiches cernaient la place du marché. Le charcutier en avait placé une dans un cadre au-dessus des saucissons, des jambons et des pièces de porc. Il était fier de participer à l'élan patriotique en cette belle journée du 25 décembre, d'autant plus fier que son fils Alban, sous l'instigation d'Émile Le Bloas et du curé Thaddée, s'était proposé de diriger l'opération sur la commune.

Quand son fils se présenta à la boutique, entouré de deux garçons et de deux fillettes, le charcutier fit sonner sa caisse, rafla une poignée de pièces de cinq francs et les introduisit une à une dans la fente de la boîte qu'on lui présentait.

– Merci, papa, dit Alban en sortant du magasin.

Les enfants étaient heureux. Tout le monde avait donné des sous. Même les plus pingres. Une veuve leur avait offert la bague en or de son mari, et le forgeron s'était délesté d'un gros billet. Rayonnants, les enfants conduits par Alban se dirigeaient vers l'église afin de déposer leur petit trésor au presbytère. Les prêtres des trois paroisses les plus importantes avaient la garde des dons récoltés. Le 26, ils les remettraient solennellement au maire. L'argent partirait pour Paris avant d'atteindre les tranchées sous la forme de paquets de cigarettes, de tablettes de chocolat, de charcuterie et de friandises diverses.

Les enfants riaient, sautaient, se sentaient utiles. Les garçons songeaient déjà à des batailles dantesques à Verdun, les filles se voyaient en infirmières sur le front. Alban les avait répartis en cinq groupes pour couvrir l'ensemble du territoire dont il avait la charge. Une petite fille, Gertrude, qui avait la bouche en cœur, les joues roses et le regard effronté, s'écria :

– On a oublié le notaire !

– Oui, le notaire, reprit un garçon. C'est l'homme le plus riche de Bourbriac.

– Le vieux Kerzaoc dit que le notaire possède des cercueils remplis de louis et de napoléons d'or, renchérit un autre gosse.

Tant d'histoires circulaient sur le plus puissant personnage de la commune ! Et des pas belles. Dans les déserts des pays lointains, il y avait des hyènes et des chacals. À Bourbriac, il y avait maître Simon. Alban se sentit mal à l'aise. Il avait fait volontairement un crochet pour éviter l'étude du notable. Émile l'avait mis en garde contre ce mauvais Breton venant de Paris, ce pilleur d'héritages qui se délectait, lors des enterrements, en convertissant les biens des défunts en gros billets de banque et en actions boursières. Il avait une mentalité de financier du Second Empire, si bien décrite dans les romans de Zola qu'Alban avait lus. « Ces livres t'en apprendront beaucoup sur la nature humaine », lui avait dit Émile.

– Il n'est pas connu pour sa générosité, rétorqua finalement Alban sur un ton ferme.

– Allons-y quand même. Qu'est-ce qu'on risque? lança Gertrude, dont le regard conquérant était tourné vers la maison bourgeoise où rutilait la plaque du notaire.

Cette plaque brillait en effet comme l'or à vingt carats. La petite fille n'en fit qu'à sa tête, entraînant Alban et les trois autres gamins sur les traces de ses sabots. Elle frappa résolument à la porte faite pour résister à des coups de bélier. Le battant s'entrebâilla. Le visage jaune pâle du clerc de notaire se montra.

– *Demad*, monsieur, dirent les enfants.

– Bonjour, leur répondit-il sèchement en français.

Charles de Laermor avait l'air d'un moine. Sa calvitie précoce accentuait cette ressemblance avec les religieux dessinés dans les livres pieux. Mais son regard n'avait pas la bienveillance doucereuse des reclus vivant dans l'amour de Dieu. Il s'apparentait plutôt à ceux des pères de la Sainte Inquisition espagnole. Il brûlait d'une flamme de convoitise, d'un feu ardent de prédateur. Il se posa en une caresse vicieuse sur Gertrude; Charles aurait croqué cette petite fille avec satisfaction. Il ramena très vite ses yeux fiévreux sur Alban qui le toisait sans complaisance. Il détestait l'adolescent qui fricotait avec Émile le druide.

– Que puis-je pour vous?

– Nous quêtons pour la Journée du poilu, dit Alban sans conviction.

– La belle affaire que voilà! On utilise des gosses pour lever des impôts à présent.

– Charles! Que se passe-t-il?

La voix du notaire parvint jusqu'à eux. Elle avait tinté comme un marteau sur l'enclume. Simon avait des intonations métalliques. Des francs or tapissaient son gosier.

– Rien d'intéressant, maître. Ce sont des enfants qui mendient pour les poilus.

– Eh bien, donnez-leur une piécette, mon cher. Je ne voudrais pas qu'on nous accuse de pactiser avec l'ennemi.

Charles maugréa en fourrageant dans la poche de son veston. Il en sortit un ridicule porte-monnaie, même pas digne d'une pauvre paysanne confectionnant des balais de genêts. D'une torsion des doigts sur les tétons de cuivre, il l'ouvrit, fouilla et trouva la plus petite pièce mise en circulation : le 1 centime type Dupuis.

Il n'aurait pas trouvé mieux. La pièce datait de 1898 et on ne distinguait même plus les traits de bronze de la face féminine de la IIIe République. À la vue de cette misérable obole, Gertrude fit la moue. Quand la porte se referma, l'un des garçonnets cracha sur la plaque. Alban ne le réprimanda pas. Il jugulait sa colère et son dégoût. Simon et Laermor faisaient bien partie de ces êtres malfaisants qui déshonoraient la Bretagne. Ils méritaient d'être immolés sur la pierre d'un dolmen...

Cette pensée l'effraya.

Les enfants, conduits par le jeune intrigant Alban, repartaient vers l'église. Maître Simon laissa retomber le rideau brodé et retourna s'asseoir derrière l'immense bureau Empire aux têtes de sphinx. Il avait vu les affiches de la Journée du poilu; il y en avait partout, même dans les coins les plus reculés du terroir. Les politicards connaissaient leur boulot. Organiser une quête à la Noël, mêler Dieu et la Patrie était adroit. Les gens étaient particulièrement généreux pendant cette période. Combien de millions cette opération allait-elle rapporter et quelle était réellement la destination de ces fonds? Le notaire doutait que les poilus bénéficient de la totalité de la manne récoltée par les enfants de France.

En ce qui concernait les affiches, maître Simon avait ses préférences. Il en avait quelques-unes empilées sur un dossier sanglé barré d'un « CONFIDENTIEL » au crayon rouge. Elles étaient d'une autre nature. Il en prit trois et les étala devant lui. Sur la première, on voyait un soldat à l'assaut, la main levée vers le ciel, criant : « On les aura ! » Sous le fusil qu'il brandissait était imprimé :

2e EMPRUNT
DE
LA DÉFENSE NATIONALE
Souscrivez

La seconde, surmontée du drapeau bleu-blanc-rouge, frappé des mots « Honneur » et « Patrie » était encore plus claire à ses yeux professionnels. Le texte se déroulait ainsi :

FRANÇAIS
Souscrivez au
Deuxième Emprunt
de la
Défense nationale
Vous hâterez la Victoire
Et vous aurez
fait votre devoir envers la
Patrie.

Maître Simon paraissait ébahi. Un sourire de contentement montrant deux de ses dents en or venait parfaire le bonheur de son visage rougeaud de noceur quand son regard se posa sur la troisième affiche, sa préférée. Cette dernière, couronnée d'un coq, se voulait attractive et précise. Elle annonçait le futur emprunt que l'État lancerait en 1916. Il l'avait reçue par le biais du canal officiel des notaires relié au ministère des Finances. Ce privilège, il le devait à sa trépidante activité dans ce domaine : il était l'un des plus gros clients des emprunts bretons.

DEUXIÈME EMPRUNT
de la
DÉFENSE NATIONALE

Pour hâter la Victoire, souscrivez à l'Emprunt. La France compte que chaque Français fera son devoir, que chacun, dans la mesure de ses ressources, apportera sa contribution à la Défense nationale.
La nouvelle rente française à 5 % exempte d'impôts, garantie contre toute conversion avant le 1er janvier 1931, est émise à 88 Fr 75 payable en quatre termes :
15 francs en souscrivant ; 23 Fr 75 le 16 décembre 1916 ;
25 francs le 16 février 1917 ; 25 francs le 16 avril 1917.
Les souscripteurs qui se libèrent en une seule fois ont droit au coupon venant à échéance le 16 novembre 1916. Ce qui fait ressortir : le prix d'émission à 87 Fr 50, le rendement net à 5 Fr 70 %. La souscription ouverte le 5 octobre sera close au plus tard le 29 octobre 1916.
La Banque de France admettra cette rente en garantie d'escompte et d'avances.

C'était astucieux d'associer les francs et les pourcentages. Les financiers du Ministère avaient l'art d'appâter. Il y avait tant de pognon à gagner sur le dos de cette guerre que maître Simon en eut le vertige en essayant de chiffrer les gains. Son sourire était à présent celui d'un grand carnassier. On pouvait souscrire dans les trésoreries générales, les perceptions, les banques, les bureaux de poste, aux caisses d'épargne, chez les agents de change et, comble du bonheur, chez les notaires.

Maître Simon avait la rapacité des boursicoteurs et des financiers du Second Empire, l'envergure d'un

Rothschild de province, la mentalité d'un marchand d'esclaves. Il était entouré de dossiers résumant la vie des hommes et des femmes qu'il exploitait sur une dizaine de communes. Il se retournait sur son passé et il regardait d'un œil satisfait la longue période qui s'était écoulée depuis le temps où son grand-père avait fondé l'étude et assuré un début de fortune en ruinant définitivement la noblesse bretonne que la Révolution avait spoliée. Un chemin glorieux pavé d'or et d'ossements. Il ricana : l'Ankou travaillait pour lui.

Il caressa amoureusement les affiches des emprunts et se félicita des progrès accomplis par le génie militaire. On mourait de plus en plus vite sur le front grâce à la formidable puissance des canons, à l'apparition des gaz, aux bombardements aériens, à l'arrivée des chars. Dans son esprit de vampire, cette phénoménale tuerie s'auréolait des gerbes des lance-flammes. Seigneur que c'était beau et digne d'une tragédie de Sophocle.

Plus il y avait de morts et plus les gens de son espèce s'enrichissaient. Il s'approcha d'une vitrine contenant une collection éclectique d'objets récupérés lors des passations d'héritages. Il en avait dérobé certains quand il s'avérait qu'il n'y avait pas de successeur ; d'autres lui avaient été offerts par les personnes incrédules qu'il avait manipulées jusqu'au tombeau. Des pièces de monnaies romaines et celtes brillaient sur leurs présentoirs, des statuettes antiques et des bijoux barbares côtoyaient des bronzes de facture récente. Il y avait une vierge en argent du XVIIe siècle tenant entre ses bras un jésus d'ivoire ; il détourna son regard coupable. Toutes ses pensées du moment étaient tournées vers la guerre ; il désirait ardemment que ce conflit dure des années. Cela semblait bien parti. Les Anglais s'apprêtaient à porter leurs effectifs à un million d'hommes. Les États-Unis étaient sur le point de déclarer la guerre à l'Allemagne. Partout, de la mer de Chine jusqu'au golfe de Guinée, de la Mandchourie à la Picardie, des dizaines d'escadres et des centaines de divisions s'affrontaient. Des royaumes, des empires et des républiques allaient disparaître. Tout serait à prendre pour quelques poignées de roubles ou de kopecks. Il se voyait déjà propriétaire d'un palais en Turquie, avec un harem bien pourvu de jeunes pouliches. Il soupira. Être pragmatique avant tout et procéder dans l'ordre. Il regarda machinalement le dossier de la famille Le Provost placé au sommet d'une pile branlante. L'affaire était en cours de règlement. Une peccadille en regard des fortunes et des biens à piller. Il eut un petit rire aigrelet en pensant à Germain Le Provost réduit à l'état de bête sauvage dans sa tanière.

La pluie avait remplacé la neige. Germain pesta. Sa cabane, faite de matériaux de récupération et de branchages, manquait d'étanchéité. L'eau du ciel gouttait sur sa paillasse grouillant de vermine. Il avait passé une mauvaise nuit. À midi, il avait fini les restes du lapin et dévoré des patates cuites sous la cendre d'un feu produisant une épouvantable fumée. Il toussa, lâcha une série de *gast* contre le monde entier et tous les saints de l'univers. Si au moins il avait du pinard pour noyer son chagrin et ses rancœurs ! Il rêvait d'un bassin de vin dans lequel il pataugerait comme un canard. Ouais, du vin et des filles, des garces grasses à souhait avec des nichons comme des obus.

– *Gast !* Il me faut des sous. Je vais emprunter trente francs à Émile, dit-il à haute voix.

Quittant la cabane, il prit le chemin de Plésidy, puis il se ravisa. Emprunter à Émile le druide, donneur de leçons, impliquait des garanties. Germain n'en avait aucune à offrir. Il ne travaillait pas et n'avait aucune intention de devenir le tâcheron d'un de ces sales cons d'éleveurs de porcs ou de planteurs de choux. Ses mains avaient perdu l'habitude des tâches répétitives. Il avait autrefois gardé des vaches, fauché du blé, ramassé des pommes. C'était si loin, tout ça. Émile Le Bloas pouvait exiger de lui toutes sortes de choses. Il s'imaginait mal devenir l'esclave de cet enchanteur. Alors, comment trouver de quoi se payer une bonbonne de vin algérien ?

Il marchait pesamment sous la pluie tout en faisant travailler ses méninges oxydées. Les rouages rouillés de sa caboche abîmée par l'alcool tournaient à vide. Ils se mirent à broyer du noir et à ressasser le passé. Il maudit sa mère tout en ayant peur d'elle. La dernière fois qu'il l'avait vue, c'était dans la crypte de l'église de Bourbriac. Elle lui était apparue sous la forme d'une truie sentant le soufre. Elle était en enfer, la vieille, et c'était bien fait pour elle. Il marmonnait dans sa barbe quand il aperçut les trois fillettes qui sortaient d'une ferme et se dirigeaient vers une autre. Elles tenaient des boîtes entre leurs mains et elles paraissaient joyeuses malgré la pluie froide qui les transperçait. Leur manège lui parut bizarre. Il les suivit en se dissimulant derrière les talus bordant le chemin.

Soudain, l'un des rouages dans son crâne claqua et une étincelle jaillit. Il se souvint des affiches qui pullulaient sur les portes. La Journée du poilu.

« Elles quêtent ! » s'exclama-t-il mentalement en apercevant une grosse femme qui glissait une pièce dans la fente d'une des boîtes. Ce geste l'intéressa au plus haut point. Combien de fois avait-il été répété ? Il y avait vraisemblablement pas mal de sous dans ces coffrets.

Les gosses avaient terminé leur tournée ; elles reprirent la route de Bourbriac. Une sacrée trotte. Germain poursuivit sa traque. Un plan fumeux s'élaborait lentement derrière son front épais. Il se fit encore plus discret en pénétrant dans le bourg. Quand il vit qu'elles entraient dans l'église, il marqua le pas sur la place du Marché, tournant comme une bête affamée sous le crachin et grognant tout bas des obscénités chaque fois que son regard accrochait la plaque du notaire. Les trois fillettes ressortirent en riant. Un autre groupe de gamins apparut ; ils portaient fièrement les boîtes contre leurs poitrines. Eux aussi entrèrent dans l'église puis réapparurent les mains vides.

Les yeux de Germain s'étrécirent. L'argent des poilus était conservé dans cette putain d'église. Il contempla l'édifice. L'effrayante maison de Dieu où se promenaient les fantômes des fous, des épileptiques, des malades nerveux, de sa mère et de Briac n'était pas le lieu qu'il affectionnait.

– Bordel ! lâcha-t-il.

Il y avait de l'oseille là-dedans, de quoi s'acheter des hectolitres de vin. Il rôda un moment autour du bloc monolithique dont la flèche crevait la grisaille. La peur refluait. Quand il parvint pour la troisième fois devant le porche nord où les douze apôtres en terre cuite attendaient le Messie, il se figea, les jambes écartées. Les douze larbins polychromes le contemplaient.

– Vous ne m'impressionnez pas ! fanfaronna-t-il.

Il n'en menait cependant pas large. Il courba la tête et s'engouffra sous le porche. À l'intérieur, il reprit son souffle, contourna le bénitier dans lequel son ingrate de mère plongeait tous les jours ses doigts et se retrouva dans la nef, le nez levé vers le transept. Il cherchait les anges perdus sur les tailloirs des quatre grandes arcades. Hum, fit-il. Il n'y avait pas d'anges vengeurs; le Christ n'avait pas convoqué les légionnaires du Ciel pour le châtier. La punition viendrait plus tard, se dit-il, lors du grand *festnoz* du Jugement dernier.

Un craquement se fit entendre du côté de la chapelle Saint-Laurent. Il sursauta et chercha l'intrus. Il ne vit rien, pas même les spectres des nobles barons Guillaume de Goeslin et de Barbe Taillard de Kerdaniel, dont le blason usé ne signifiait plus rien aux yeux des fidèles. Il le constata bel et bien : il n'y avait personne en cette après-midi de Noël. Les croyants digéraient les hosties des petites messes de la semaine, de la messe de minuit et de la grande messe du matin. Les plus riches avaient dû se gaver de charcutailles, de boudin, d'oie et de dinde, se rincer le gosier au champagne et s'enivrer avec des vins élevés dans des fûts de chêne et étiquetés « grand cru ». Des bourgognes, des bordeaux, des saint-émilion, des sauternes... Ces noms magiques le firent saliver. Son foie était en manque de toxines; sa vessie était à sec; son sang se désespérait de charrier de l'eau rougie.

Il lui fallait un litron. C'était urgent. Il jeta son œil avide sur les troncs bourrés de piécettes. De vrais petits coffres-forts. Il n'avait aucun moyen de les ouvrir. L'argent des quêtes pour les soldats était sûrement par là. Il s'avança sur la pointe des pieds vers la dépendance où les prêtres conservaient leurs habits de lumière et les bricoles nécessaires à leurs rituels.

Des voix lui parvinrent. Il se plaqua contre le mur.

– L'opération s'est bien déroulée. Nos poilus seront contents, dit une voix chevrotante qu'il attribua au prêtre de Bourbriac, Calixte.

– Dommage que nous n'en récoltions pas autant lors de nos messes, dit un autre homme.

Germain eut une moue de dégoût. Celui-là, c'était l'abbé Bustel, de Saint-Adrien. Un ivrogne qui frayait avec une veuve de sa paroisse.

– N'ayez pas de regrets, Luc, c'est pour la bonne cause. N'oubliez pas que la France est la fille aînée de l'Église et que ses enfants meurent par milliers chaque jour sur le front. Demain nous ferons les comptes avec monsieur le maire et ses adjoints.

Le pouls de Germain s'accéléra. Cette dernière voix était celle du père Thaddée, patron de l'église Saint-Pierre, à Plésidy, et ami d'Émile Le Bloas. Il prit le risque de guigner. Il vit les tas de pièces sur la table en noyer massif où était posés les livres de messe. Il y avait même des billets de banque et, à part, dans un mouchoir brodé, des bagues, deux bracelets en argent et un collier en or alourdi d'une pierre précieuse verte. Des jurons coururent dans sa cervelle. Ce n'était pas le moment de se faire repérer. Il se retira dans l'ombre.

S'il voulait rafler le pactole, il devait se cacher dans l'église jusqu'à la fermeture. Il savait où se planquer. Il se rendit dans le coin de l'édifice où se trouvait le catafalque en bois entourant le tombeau de saint Briac. L'endroit était lugubre et sentait le moisi. Un gisant en albâtre représentait le saint en bure de moine avec, à ses pieds, un chien couché, symbole de fidélité. Germain entra dans le catafalque et s'allongea derrière le gisant. Lui n'avait rien du chien fidèle, mais tout du loup galeux, vicieux et affamé.

L'attente était interminable. Il y avait des allées et venues continuelles. Des femmes venaient quémander des grâces à la Vierge, s'entretenir avec les saints, se prosterner devant l'autel. Certaines pleuraient en priant, d'autres se frappaient le front contre le sol comme des musulmanes. L'une d'elles vint s'agenouiller devant le catafalque et supplia saint Briac d'épargner son fiancé à la guerre. Germain l'écouta. Elle avait une voix très douce :

« Je viens vers toi, Briac, et je te prie de protéger Justin. Je dis, au nom de Dieu, sois son abri, son rempart sur la terre des vivants. Sois attentif à mes appels. Sans mon Justin, je serais réduite à rien. Rends-le-moi sain et sauf, que je rende grâce à ton nom. Sauve mon fiancé, mes frères, mes cousins et tous les fils de Bretagne ; autour de moi, les justes feront cercle pour le bien que tu m'as fait... »

Germain reconnut Marie-Louise Le Bloas, la fiancée du Provençal décoré de la croix de guerre. Germain grinça des dents au souvenir de ce grand merdeux de caporal qui lui avait mis une sacrée raclée.

Marie-Louise était partie depuis longtemps. Germain avait les membres ankylosés, les os moulus, le cerveau anesthésié. La lumière blafarde qui s'infiltrait à travers les vitraux et les fenêtres fleurdelisées s'amenuisa. La nuit tomba d'un coup. Le père Calixte fit cliqueter les grosses clés en se rendant de porte en porte. Il verrouilla l'église et s'en alla par le portillon du presbytère. Il habitait une petite maison en périphérie du cimetière. Il ne reviendrait pas avant 5 h 30. Mais Germain attendit encore longtemps. Le village s'endormit.

Il eut du mal à se mettre debout. Il avait des fourmis partout et un gros creux à l'estomac, annonciateur de la trouille qu'il contenait depuis que les ténèbres avaient pris possession de la nef. Minuit sonna. C'était l'heure de la parade des spectres. Germain craignit de se retrouver face à sa mère, cette momie flasque qui dépensait son bel argent en jouant aux cartes avec le Diable. Il alla droit au presbytère en baissant la tête pour éviter de croiser les regards du Christ, de la Vierge et des saints statufiés dans leurs chapelles.

– *Gast!* fit-il en heurtant une chaise.

Il n'y voyait rien. Avec une audace dans laquelle il ne se reconnaissait pas, il s'empara d'un cierge fiché dans une herse, l'alluma avec la flamme du tabernacle qui témoignait de la présence du Seigneur dans l'Eucharistie et entreprit de fouiller la pièce. Le magot était réparti dans trois paniers de quête rangés sur l'étagère d'un placard. Germain s'en réjouit. Il ne s'embarrassa pas de préjugés. Il fourra les bijoux dans sa poche; il prit l'argent à pleines mains, l'entassa sur une nappe d'autel dont il rabattit les quatre coins pour les nouer. Ce baluchon plein de pognon pesait au moins quatre kilos; la récolte des enfants dépassait ses espérances.

Sortir de l'église par la fenêtre fut une formalité. Cependant, Germain maugréa. Il ne pleuvait plus. Une demi-lune froide éclairait le bourg silencieux. Les sinistres reflets de ses rayons luisaient sur les toits d'ardoise. Le baluchon blanc qu'il tenait à la main était repérable à plus de deux cents pas à la ronde. Il trotta comme un rat le long du mur, s'enfonça dans une rue et gagna la campagne.

Il avait réussi; il jubilait. À cet instant, une chèvre bêla. Une sueur glacée coula dans son cou. Des chèvres, il n'y en avait guère dans le coin. En fait, il n'en connaissait qu'une : celle d'Inna la sorcière. Il aborda un talus, grimpa à toute vitesse, puis sauta dans la boue d'un champ de patates. S'arrachant de la terre collante à grandes enjambées, il s'échappa, poursuivi par les rayons de la lune et le rire machiavélique de la chèvre.

Inna avait vu Germain sortir par la fenêtre du presbytère. Cette rencontre n'était pas fortuite. Dieu l'avait voulue. Inna était venue à Bourbriac à la demande d'une femme jalouse en affaires. Cette dernière avait fait appel à ses services pour jeter un sort sur une rivale. Les deux ennemies, brodeuses de leur état, dont le savoir-faire était reconnu jusqu'à Guingamp, se disputaient une clientèle bourgeoise et aisée.

Germain avait fait un mauvais coup. Cet ivrogne était une plaie pour la région. Il effrayait les jeunes filles par ses envies ; il volait, jurait, salissait tout ce qu'il touchait. Qu'avait-il pu dérober dans l'église ? Ce sacrilège la révulsait. Inna pensa à conjurer le bonhomme ; à le couper de la boisson. Elle connaissait au moins trois recettes : « Faire boire au buveur une dilution de bouse de vache dans de l'eau-de-vie de marc » ; « Faire boire au malade du vin blanc dans lequel on a noyé une anguille » ; « Dérober au cimetière, quand la lune est pleine, un os de mort, le brûler, le calciner, le réduire en une poudre et mélanger cette poudre à la boisson de celui ou celle qu'on veut déprendre de la boisson ».

Un os… Elle en avait à foison dans sa cabane ; elle les prenait dans les ossuaires. Elle suivit Germain jusqu'au moment où il disparut dans le bocage. Elle traça un cercle magique autour de la lune. Sa réflexion l'avait conduite à prendre une décision plus radicale. Couper Germain de la boisson ne suffisait pas. Le couper de la vie lui parut une juste sentence.

IX

L'*Au revoir*

Yves regardait la mer. À neuf milles de là, au sud-est, devait se trouver, si tout allait bien, la côte et le cap de la Hève. Le jeune homme se trouvait dans la timonerie vieillotte de l'*Au revoir*, un navire curieux au passé chargé, dont il était le cinquième officier et, pour l'heure, chef de quart en ce petit matin du 26 février 1916.

Depuis qu'il avait quitté Kervoaziou à la fin de sa première permission, huit mois ou mille ans plus tôt, suivant la façon dont il regardait les choses, rien de ce qui devait se passer n'était arrivé. Cela avait commencé par une déconvenue en arrivant à Brest. À peine avait-il déposé son sac à la capitainerie où personne ne l'attendait qu'il avait compris que l'organisation militaire laissait à désirer. Normalement, suivant sa feuille de route, Yves devait s'embarquer sur le *Kléber*, un superbe cuirassé de 7 552 tonnes de déplacement et de 131 mètres de long. Un costaud, un dur, pas comme le *Bouvet*, ce bateau à l'équilibre instable qui reposait maintenant par soixante mètres de fond dans le détroit des Dardanelles et dont il était l'un des rares rescapés du naufrage. Seulement voilà, bien qu'arrivé deux jours plus tôt que sa date d'embarquement prévue, le *Kléber* ne l'avait pas attendu et était parti en quête d'aventures vers des lointaines mers du Sud.

Yves avait tourné comme un dauphin autour d'une étrave dans tous les bistrots de Brest durant dix longs jours, et personne dans les bureaux de l'amirauté n'avait su quoi faire de ce second maître au dossier déjà prestigieux et à la poitrine ornée de la croix de guerre. En repensant à ces dix jours, le jeune homme n'était pas particulièrement fier de lui, mais pas non plus bourrelé de remords. Les sermons de Thaddée n'avaient plus de prise sur lui depuis qu'il avait été entraîné contre son gré de l'état de fils d'éleveur et futur éleveur à celui de marin de la Royale, fils d'éleveur ruiné par les réquisitions militaires. Il avait trop vu de saloperies, contemplé trop de morts mutilés aux tripes répandues sur des ponts éventrés par les obus. Il avait croisé trop de rescapés éclopés dont la vie, si elle s'éternisait, n'était plus qu'une succession de douleurs et de regards méprisants pour ces survivants douteux, pas mêmes capables de donner en une seule fois, mais seulement par petits bouts, leur vie pour la patrie. Yves s'était réveillé un beau matin en s'apercevant qu'il ne croyait plus vraiment au Dieu du curé de Plésidy. Sa vision s'était rapprochée de celle de son oncle Émile, plutôt enclin à considérer que si des entités supérieures existaient quelque part, là-haut dans les étoiles, elles devaient être sacrément occupées à des choses importantes pour laisser faire autant de conneries aux hommes.

L'inaction et la déception l'avaient entraîné, comme tous les marins en attente d'affectation et un peu déprimés, de bistrot en bordel.

Yves donna l'ordre au barreur de prendre un cap plus

au nord, puis se replongea dans son passé récent tout en surveillant le compas.

Un soir de septembre, en redescendant de la chambre de Marthe, une des rares putains consciencieuses, pensionnaire de *La Sirène*, Yves avait fait la connaissance d'un jeune lieutenant, Pierre de Berthois, fils d'une lignée de militaires qui comptait en outre quelques cardinaux dans ses rangs. L'homme était avenant et, bien que de bonne famille, cela ne l'avait pas empêché d'accompagner Yves dans sa beuverie vespérale. C'était grâce à ce jeune homme, sensible à la détresse de l'ex-éleveur de chevaux, qui fréquentait assidûment le même bistrot et la même putain, qu'Yves avait repris le service actif. Deux jours plus tard, il avait appris qu'un amiral parisien avait décidé de le nommer au tableau d'avancement et l'avait carrément promu maître principal. Deux gueules de bois plus tard, soit deux soirées de fête célébrées en l'honneur d'un coup de piston inattendu, Pierre de Berthois lui avait fait connaître au salon du mess des officiers supérieurs le lieutenant de vaisseau Rivet, commandant de l'*Au revoir*, qui leur avait raconté l'histoire peu banale de ce navire.

Yves gardait un bon souvenir de cette première rencontre avec l'officier plutôt sympathique et peu guindé. Après avoir rappelé au jeune maître principal aux galons tout neufs qu'en 1896 l'État français avait voté une loi approuvant la convention entre l'État et la compagnie du chemin de fer du Nord, il s'était longuement étendu sur le passé de son navire, dont Yves avait conservé en mémoire les principales péripéties. Le commandant Rivet avait versé à ses deux invités un vieux cognac et relaté les aventures de son bâtiment avec pratiquement la même voix et les mêmes intonations qu'avait son oncle Émile quand il racontait les histoires à empêcher de dormir, les soirs de veillée.

– Voyez-vous, jeunes gens, cette convention a pour objet le transport par voie maritime des dépêches et colis entre la France et l'Angleterre. Elle dit en substance que le service devra être quotidien et assuré par un paquebot à vapeur entre Calais et Douvres, ce qui représente la plus courte liaison maritime. Et que les paquebots de cette ligne devront battre pavillon français ainsi qu'un pavillon postal. La convention stipule que les navires devront obligatoirement être construits en France. Et ajoute que les chaudières des navires devront être conçues de manière à pouvoir brûler du charbon français ! En outre, ils devront être capables d'effectuer la traversée à une vitesse de quinze nœuds. Cette convention, comme vous le constatez, maître principal Le Bloas, a bel et bien été rédigée par des politiques. J'en veux pour preuve que le ministre de la Marine fait savoir qu'il n'y aura pas lieu de prévoir un rôle en cas de mobilisation, ces navires ne pouvant, à son sens, recevoir de l'artillerie, leur vitesse étant jugée insuffisante ! Enfin, je vous passe encore plein de détails de cet acabit, peu flatteurs pour les princes qui nous gouvernent. Pour faire court, sachez que mon navire a été mis en chantier par la société London Chatam and Dover Railway Company et lancé le 20 janvier 1896 sous le nom de *le Calais* et a assuré le service postal en transportant des passagers jusqu'en 1911. Et c'est à partir de cette date que tout se complique. En 1912, il est racheté en sous-main par un prête-nom de la compagnie Hambourg America. Il reçoit son nouveau nom d'*Au revoir* et se trouve affecté au port de Boulogne, où il assure le service de transbordement pour les voyageurs transatlantiques. Contrairement à ce que l'on aurait pu penser, les autorités françaises lui accordent son acte de francisation à Boulogne le 15 avril 1912, sur la foi de documents faisant apparaître un propriétaire unique du nom de M. Hattemer. Ni l'hypothèque de 150000 francs détenue par la compagnie allemande, ni le fait que l'équipage français soit commandé par un capitaine allemand n'ont éveillé la méfiance de notre belle administration. Vous me suivez toujours, jeunes gens ?

Yves et Pierre avaient hoché la tête de concert tandis que le commandant Rivet avait avalé une copieuse gorgée de cognac. Puis l'officier avait repris son monologue.

– Quand les Boches nous ont déclaré la guerre, le navire a d'abord été désarmé, puis, le 9 septembre 1914, l'*Au revoir* fut inscrit sur la liste des bâtiments de guerre français et réquisitionné pour servir de bâtiment central aux sous-marins de la 2e escadrille de la Manche. Mon vieux camarade, le commandant Lemercier, qui était le responsable de cette escadrille, a alors découvert à bord des documents qui démontraient de façon certaine que le propriétaire du navire était bien la Hambourg America Line, en conséquence de quoi le navire a été confisqué et une enquête ouverte, qui a rapidement prouvé que le sieur Hattemer n'était pas extrêmement rigoureux dans ses manœuvres. Le plus ennuyeux a été que l'acte de francisation a été proprement annulé, sous le motif que ce navire allemand avait arboré un pavillon français obtenu frauduleusement. Ah, paperasse, paperasse… Enfin, le 27 décembre 1915, l'état-major ordonne l'installation de 2 canons de 47 munis de fourches spéciales pour le tir contre les aéroplanes, et l'*Au revoir* reçoit ses installations pour effectuer des dragages. Voici comment, messieurs, je me suis retrouvé à commander un navire anglais racheté par les Allemands, devenu dragueur de mines français.

Un instant de silence avait plané autour de la table, puis le lieutenant de vaisseau Rivet s'était raclé la gorge avant de demander à Pierre de Berthois si Yves était au courant de la situation. Le jeune lieutenant avait hoché la tête négativement et Yves se souvenait parfaitement qu'en cet instant il avait dû ressembler à Œdipe cherchant la réponse à l'interrogation du Sphinx. Alors, Rivet lui avait expliqué la raison de sa présence en ce lieu.

– Mon cher neveu par alliance, le lieutenant de Berthois, ici présent, a eu la malencontreuse idée d'engrosser une jeune femme charmante et a souhaité être affecté au ministère pour surveiller plus à son aise l'accroissement du tour de taille de la belle. Or, vous le savez, notre commandement n'accepte ce genre de transfert qu'à la réserve que celui qui le demande propose son successeur... Et... il m'a dit beaucoup de bien de vous... N'ayez crainte, dès le retour du *Kléber* des eaux chaudes de sa cure, vous pourrez le rejoindre... En trouvant votre successeur, bien sûr.

La ficelle était tellement grosse, le visage de Berthois tellement crispé et le commandant Rivet tellement sympathique qu'Yves n'avait hésité que quelques instants, le temps que son camarade de beuverie ne puisse s'empêcher de demander d'une voix de gamin : « Alors ? » Alors, il avait accepté et s'était retrouvé chef de quart sur ce navire étrange à deux roues à aubes en guise de propulsion. Il ne se plaignait pas de son choix, car la fonction primant sur le grade, il était considéré à bord comme un officier à part entière et bénéficiait ainsi de tous les avantages dus à son rang. C'est-à-dire qu'il avait le droit à une minuscule cabine pourvue d'un bureau lilliputien pour lui tout seul. Le vieux navire n'était pas à proprement parler une pure merveille, mais ses 85 mètres de long et ses 10 mètres de large en faisaient un bateau relativement stable. Et, grâce à ses six chaudières francisées, alimentées au charbon français, qui faisaient pirouetter les roues à aubes comme deux moulins fous brassant l'Océan, le navire filait quand même ses dix-neuf nœuds, par mer calme, vent nul et chaudières chauffées à blanc en limite d'explosion. C'est du moins ce qui avait été enregistré lors des essais ; en ce 26 février 1916, l'*Au revoir* se contentait des neuf nœuds de croisière réglementaires.

Yves, sur le siège surélevé, était en retrait de l'homme de barre et du veilleur qui scrutait une mer calme, d'un bleu profond, indiquant qu'ils traversaient un courant froid. Soudain, le veilleur désigna sur bâbord, à une distance d'un peu plus d'un demi-mille, une trace qui ne laissait aucun doute : un sous-marin croisait la route de l'*Au revoir*. Yves ordonna le branle-bas et envoya chercher le commandant, qui ne tarda pas à rejoindre la passerelle, rapidement rejoint par le premier maître pilote. Le commandant Rivet donna l'ordre de pousser les machines au maximum et de mettre la barre à bâbord toute, pour partir à la chasse du Boche qui venait d'émerger, laissant voir son kiosque. L'*Au revoir* fonça sur sa cible.

C'était la première rencontre d'Yves avec ce genre d'engins, dont les Boches commençaient à avoir une belle collection. Le jeune maître principal trouvait ces choses oblongues d'une sournoiserie sans nom, bien dignes d'un peuple qui ne respectait rien, surtout pas ses engagements. Pourtant, il devait bien reconnaître que ces appareils étaient d'une redoutable efficacité grâce à leur essence même d'engins traîtres. Il était tellement occupé à étudier la perfide machine que, malgré ses jumelles puissantes, ce ne fut pas lui, mais le premier maître pilote Rugani, qui pointa du doigt le sillage de la torpille envoyée par le submersible et signala, en bafouillant légèrement d'effroi, le long tube de fer qui avançait vers eux. Yves, rendu inquiet par sa première expérience de survivant du « fameux *Bouvet* », coulé par une autre sorte d'engin sournois, une mine, regarda du coin de l'œil le commandant Rivet. Il était d'un calme stupéfiant, comme si cette sorte de situation lui était familière. Il ordonna, après une rapide estimation de la route de son navire et de celle de la torpille, de mettre la barre tout droit et de monter en vitesse maximum.

Yves eut une pensée pour les pauvres gars qui devaient en ce moment même enfourner du charbon dans les six machines surchauffées dans une ambiance digne de l'*Enfer* de Dante. Le silence se fit dans la timonerie, épais comme la fumée noire qui s'échappait de la haute cheminée. Après quelques secondes, des vibrations démentes, dues aux rotations forcenées des roues qui labouraient l'Océan, commencèrent à faire craquer les tôles d'acier de la coque. Yves, les mâchoires crispées, tout comme ses compagnons, suivait fixement le sillage maintenant parfaitement visible de l'engin de mort qui se rapprochait d'eux. Rivet donna l'ordre d'ouvrir le feu. Le temps de compter jusqu'à dix, le grondement du canon de 47 se fit entendre. Yves pensa que le bruit de ce canon modeste n'avait rien à voir avec le tonnerre de fin du monde qu'il avait entendu durant la bataille des Dardanelles, quand, au plus fort du combat, tous les marins du *Bouvet* qui ne se bouchaient pas les oreilles avaient de bonnes chances de devenir sourds. Évidemment, c'était un « boum » sonore et guilleret, mais un « boum » qui ressemblait à un pet de nonne comparé aux flatulences des 305 et 274 – dignes du trou de balle de Zeus – qui secouaient Yves jusqu'à la moelle quand il courait en zigzag sur les ponts défoncés du cuirassé *Bouvet* ; lequel oscillait avec une lenteur majestueuse sous les obus turcs, comme un pendule de Foucault. Il n'empêche que le canon de 47, servi par des artilleurs aussi précis que des horlogers helvètes, tira une première fois en réalisant un beau coup au but. Touché au centre du kiosque, le sous-marin boche préféra disparaître dans son élément et retourner se cacher, comme le sournois qu'il était, dans les profondeurs. Le deuxième obus, tiré par le dragueur de mines, ne fit que soulever une gerbe d'eau à l'emplacement exact où se trouvait le submersible quelques secondes plus tôt. Dans la timonerie, les têtes suivaient le sillage de la torpille qui continua sa trajectoire vers une destination inconnue en passant à soixante mètres derrière la poupe de l'*Au revoir*. Les respirations retenues s'échappèrent toutes en même temps, comme pour souffler les bougies d'un énorme gâteau d'anniversaire.

Ne voulant pas lâcher sa proie, le commandant Rivet ordonna la chasse et l'*Au revoir* décrivit une spirale grandissante autour de l'endroit où le submersible avait disparu. Ils tournèrent ainsi trois bonnes heures sans rien découvrir, pas même une tache d'huile ou un quelconque morceau de quelque chose qui aurait prouvé que l'engin avait bel et bien été touché. La mer protégeait son enfant de ferraille.

Yves fut relevé de son poste par le lieutenant Rouzic, un gars du Vannetais à l'embonpoint et à la calvitie précoces, et se dirigea vers sa cabine pour prendre un peu de repos. Allongé sur sa couchette sans trouver le sommeil, il se mit à penser à Léonie. À leur rencontre dans la grange, à la façon dont elle l'avait provoqué, en attente d'une étreinte qu'il ne lui avait pas donnée. S'enfonçant petit à petit dans la somnolence, il se mit à s'imaginer lui ôtant son corsage, découvrant des seins laiteux aux pointes dardées. Puis, sombrant dans le sommeil, Marthe se substitua à Léonie et lui apparut complètement nue, superbe et provocante. Son subconscient n'imaginait plus mais se souvenait. Il se réveilla juste à temps pour aller casser la croûte sans avoir à nettoyer son couchage.

Yves effectua son quart de nuit dans une ambiance tendue; tous se demandaient si le sous-marin n'allait pas profiter de la noirceur du ciel couvert pour tenter une seconde fois sa chance. Vers 4 heures du matin, les yeux aussi rouges que ceux d'un lapin albinos à force d'avoir scruté la mer qui devenait de plus en plus forte sous un vent de suroît, le jeune maître principal regagna sa cabine et s'endormit comme une masse. Ni Léonie ni Marthe ne vinrent troubler son sommeil. Ses rêves lui parlaient de chevaux. Ceux de son père, magnifiques et puissants animaux qui faisaient la réputation de sa région et qui auraient dû devenir les siens, si ces salauds de militaires, dont il faisait maintenant partie, n'avaient eu la fâcheuse idée de les réquisitionner pour tirer des canons.

Yves dormit huit heures d'affilée, luxe extraordinaire sur un navire, et se réveilla en pleine forme. Il prit un copieux petit déjeuner puis monta en sifflotant sur la passerelle bien avant l'heure de son quart. Il était heureux de servir sur cet *Au revoir* et sous les ordres du lieutenant de vaisseau Rivet, dont tous disaient, dans une plaisanterie éculée, que c'était un homme qui savait maintenir un équipage soudé. En arrivant dans la timonerie, il salua son commandant qui lui demanda s'il avait bien dormi. Un peu rougissant à cause de la remarque ironique, Yves s'approcha de la table à cartes et jeta un coup d'œil par-dessus l'épaule du quartier-maître qui traçait la route. Ils se trouvaient à 4,5 milles dans le nord-ouest du cap de la Hève et faisaient route au sud à huit nœuds. Yves remarqua que tous les visages étaient tendus et il en comprit rapidement la raison. La rencontre de la veille laissait supposer que le submersible qu'ils n'avaient pas repéré avait pu revenir sur les lieux pour mouiller des mines, et le dragueur faisait son travail à haut risque. Yves frissonna, il n'avait pas de bons souvenirs de sa dernière entrevue avec les mines et, comme ses collègues, il se mit à scruter l'eau avec une attention soutenue. La mer était devenue grosse et un fort vent venant du sud balayait les crêtes des vagues en chassant des embruns. Il n'était pas aisé de repérer les saloperies qu'avait pu laisser le Boche derriere lui.

Yves, instinctivement, sortit de sa poche la montre léguée par son homonyme et regarda l'heure : 11 h 12. Ce geste, il se le rappelait, il l'avait fait juste avant que le *Bouvet* ne touche la mine qui l'avait entraîné par le fond en moins d'une minute. Pour conjurer le sort, il ouvrit le petit capot arrière de sa montre et toucha le statère d'or, devenu amulette contre l'avis de Thaddée. Yves adressa une prière muette aux mânes du pauvre cuistot qui lui avait remis la pièce antique en lui assurant, juste avant de mourir, que c'était un efficace porte-bonheur.

L'Ankou semblait les avoir oubliés, car rien ne se passa durant l'heure qui suivit. Les officiers partirent déjeuner rapidement et Yves resta sur la passerelle, continuant de regarder la mer à s'en faire sortir les yeux des orbites.

À 13 h 15, le commandant et deux officiers vinrent rejoindre le chef de quart. Trois quarts d'heure plus tard, les trois officiers et le jeune maître principal sortirent pour se rendre sur le pont supérieur derrière la haute cheminée. Dix mètres au-dessus de l'eau, ils pouvaient voir l'horizon sur près de trois cent soixante degrés, en exceptant l'angle mort produit par la haute cheminée. La main dans la poche, Yves caressait le boîtier poli de sa montre quand le commandant Rivet, d'un doigt qui ne tremblait pas, désigna un endroit de l'Océan. Tous purent voir une torpille qui se dirigeait vers l'arrière du dragueur de mines et se figèrent de surprise. Le sous-marin n'avait pas mouillé de mines, il avait attendu patiemment sa proie et lui avait envoyé un engin de mort réglé presque en surface. Personne n'avait rien remarqué de suspect, ni aperçu une quelconque trace de sous-marin. Yves jeta un rapide coup d'œil à son oignon. 14 h 10. L'Ankou le rattrapait.

Entrant dans la timonerie, le commandant Rivet cria un ordre bref à l'homme de barre :

– En route toute, barre à droite toute.

L'homme de barre obtempéra. Durant quelques longues secondes, tous ceux qui étaient sur la passerelle et suivaient le sillage de la torpille crurent qu'une nouvelle fois l'*Au revoir* allait pouvoir échapper au colossal doigt de fer. C'est au moment où ils pensaient que la torpille passerait sur l'arrière que l'explosion se produisit, à dix mètres de la poupe, en ouvrant une énorme brèche dans le poste des équipages arrière. Yves vit partir à la mer deux corps tournoyant, il ne put reconnaître les poupées désarticulées qui touchèrent l'eau avec la force de deux boulets de canon et disparurent, avalées par l'Océan. Il était 14 h 13. Le dragueur de mines prit de la gîte par l'arrière, huit à dix degrés, estima Yves, ce qui eut pour effet de mettre hors d'eau le gouvernail avant. Sans gouvernail arrière, emporté par la déflagration, l'*Au revoir* devenait ingouvernable, et tous ceux qui étaient tombés à l'eau y resteraient. Yves serra sa montre dans son poing et jura tous les jurons bretons qu'il connaissait, puis rejoignit son commandant dans la timonerie. Le calme régnait, Rivet donnait des ordres d'une voix calme, comme si tout ce qui arrivait était dans la normalité. Un lieutenant passa la tête par l'une des fenêtres et annonça que le quartier-maître Mazenc avait été tué par l'explosion, et que ceux qui avaient été projetés à la mer étaient le quartier-maître de manœuvre Delahaye et le chauffeur Le Prêtre, qu'il y avait quelques blessés mais sans gravité. C'était presque un miracle. Rivet donna l'ordre de continuer d'alimenter les chaudières au maximum, ce qui leur faisait mettre le cap vers la terre de France, et de tirer des coups de canon régulièrement pour attirer l'attention des navires croisant à proximité. Enfin, après avoir réparé la T.S.F. qui, suivant la loi de l'ennui maximum, était tombée en panne juste avant l'impact, le radio put enfin lancer un appel à tous les navires : « Venons d'être torpillés. »

Ce fut l'*Abeille 11* qui arriva la première sur place et lança des câbles de remorquage, tandis qu'un torpilleur tentait de retrouver des survivants. Yves était fort occupé par les manœuvres délicates et, tout en surveillant la tension des aussières tendues entre les deux navires, il caressait son porte-bonheur du pouce et commençait à croire que l'*Au revoir* rentrerait au port. Amoché, certes, mais flottant. Partout sur les ponts, les hommes s'affairaient, mettant en place toutes les pompes réquisitionnées, tentant de colmater avec des bâches l'énorme trou de la poupe, mais sans grand succès. Le navire se remplissait inexorablement. À 16 h 55, le lieutenant de vaisseau Rivet consigna sur le livre de bord : « *Ai ordonné le largage des remorques et l'évacuation de l'équipage.* » Puis il mit sous son bras le livre de bord et attendit.

À 17 h 10, les hommes quittèrent le bord sans précipitation et dans une dignité silencieuse. Yves remarqua que certains pleuraient comme des gosses. Il fut parmi les cinq derniers officiers à quitter l'*Au revoir*. Seul Rivet attendit le dernier instant, encore dix longues minutes, comme un homme qui attend un miracle – qui ne vint pas. Voyant que c'était la fin, il descendit, les yeux rougis de chagrin, par une échelle de coupée dans un canot qui l'emmena sur l'*Abeille 11*. Yves, qui tenait sa montre, adressait un dernier adieu à l'*Au revoir* quand il s'enfonça brusquement dans la mer, coulé par treize mètres de fond à deux kilomètres et demi de la côte, au nord du phare de la Hève. Il était très exactement 17 h 25. Seuls ses mâts, balises dérisoires, émergeaient encore à quelques mètres au-dessus des flots pour témoigner qu'en ce lieu, un vaillant navire avait sombré. L'équipage de l'*Abeille 11* mouilla une bouée sur l'endroit, puis le bateau qui avait tout tenté pour sauver l'un des siens prit le chemin de la terre.

Yves songea que deux embarquements lui avaient valu deux naufrages. Un instant, le doute s'empara de lui et il regarda son amulette en se demandant si cette pièce n'était pas plutôt un porte-malheur, puis il haussa les épaules. Son oncle Émile lui avait dit un jour : « Il n'existe ni chance ni malchance, chaque homme par ses propres décisions écrit son avenir et les dieux sont indifférents à ce qui nous arrive. » À cette phrase s'ajouta celle du curé Thaddée : « Dieu a donné son libre arbitre à chacun de ses enfants. » Les deux hommes étaient au moins d'accord sur un point : si Yves ne voulait pas faire naufrage, il n'avait qu'à rester à terre.

les chaules. Son oncle Émile lui avait dit un jour : « Il n'existe ni chance ni malchance, chaque homme par ses propres décisions écrit son avenir et les dieux sont indifférents à ce qui nous arrive. » À cette phrase s'ajouta celle du curé Thaddée : « Dieu a donné son libre arbitre à chacun de ses enfants. » Les deux hommes étaient au moins d'accord sur un point : si Yves ne voulait pas faire naufrage, il n'avait qu'à rester à terre.

X

La traque

Germain avait fui avec la peur au ventre, oubliant pour un moment son envie de pinard. Il avait marché longtemps, en chassant les flocons de neige virevoltants qui avaient remplacé la pluie et lui entraient dans les yeux. Il maudissant le Seigneur de lui envoyer cette neige qui fondait dans son col et s'insinuait dans ses vêtements troués, les alourdissant à chaque pas. Il gardait dans les oreilles les bêlements moqueurs de la chèvre d'Inna qui le faisaient frissonner tout autant que l'humidité glaciale qui coulait entre ses épaules. Germain avait eu peur, et maudit la sorcière et le monde entier. La cervelle hallucinée, il imaginait que tout l'Argoat devait savoir, tandis qu'il s'enfuyait, qu'il avait dérobé la collecte de Noël à l'intention des soldats. Il entendait le pas des gendarmes lancés à sa poursuite et les voix des bigotes qui le maudissaient. Et Germain avait eu soif, tellement soif, une soif pathétique, inhumaine, à sa connaissance aucun être humain n'avait eu aussi soif que lui depuis la création de l'univers. Trois heures durant, il avait piétiné la neige, glissant, trébuchant, l'estomac noué par la peur et le besoin d'alcool; chaque fibre de son corps réclamait sa dose avec une virulence croissante. Germain avait marché, malade comme un chien, pire qu'un chien, puis s'était effondré dans une grange abandonnée à l'entrée de Lanrivain, son baluchon plein d'argent sous son ventre affamé et grondant, il avait pressé le magot sur son estomac, tel un pansement.

À l'abri de la neige qui tombait paresseusement et clairsemée, Germain s'était endormi comme une masse, recroquevillé telle une momie maya, et avait rêvé d'une trinité démente.

Les trois divinités qui le jugeaient, du haut d'une estrade qui ressemblait curieusement à un immense dolmen, n'avaient rien à voir avec les images pieuses distribuées aux enfants sages des patronages. Le plus grand des trois, c'était l'Ankou qui le pointait de son index osseux et le regardait avec des orbites creuses desquelles s'échappaient en grappes grouillantes des buzucs, vers rouges et gras utilisés pour la pêche. Les buzucs dansaient un ballet envoûtant autour des yeux noirs, sans pupille. L'Ankou coassait : « Tu es sur ma liste, Germain, fils d'Ernestine. N'entends-tu pas le grincement des roues de ma charrette ? Tu vas bientôt rejoindre ta mère dans les enfers pour danser avec elle un *an dro* éternel. » Et Germain voyait sa mère nue, les chairs flasques, qui se trémoussait de façon obscène, ses seins démesurément longs et pendants tournaient comme des ailes de moulin à vent, tandis qu'elle faisait claquer ses sabots sur l'estrade : Toc, toc toc, toc toc, toc, toc… au rythme halluciné d'un sonneur fou qui soufflait dans son grand biniou rouge sang, grand comme un aérostat. « Non, pas un *an dro* ! » hurlait Germain dans son songe, il ne voulait pas danser, la danse est l'expression des sentiments et Germain ne voulait plus avoir de sentiments.

Le second personnage, presque aussi grand et décharné que l'Ankou, était Émile, le représentant des dieux anciens, épouvantail de noir vêtu gratifié d'un corbeau obèse sur l'épaule, animal annonciateur de mort; celui-ci avait un bec jaune paille marqué d'un triskell noir. Émile parlait à l'Ankou comme s'ils étaient copains de régiment depuis la création du monde : « Attends encore un peu, valet de la Mort, tu nous emmerdes; n'as-tu pas assez de travail comme ça avec toutes tes âmes à charrier depuis les tranchées jusqu'au Walhalla? Souffle un peu, valet de la Mort, ta maîtresse a l'éternité devant elle mais pas nous. Laisse-nous nous occuper de cet enfant perdu. Nous avons encore à faire avec lui avant que tu ne l'emmènes passer la porte du monde obscur. Laisse-nous nous occuper de lui, ami. »

« Oui, laisse-nous nous occuper de cet enfant de salope », enchérissait la sorcière Inna d'une voix de roue de brouette mal graissée, tandis que sa chèvre donnait des coups de corne amicaux aux côtes saillantes de l'Ankou. Puis la chèvre s'était mise à danser aux côtés de la vieille. « Oui, oui, écoute-les, Ankou, avait hurlé Germain, ils sont de bon conseil ! »

Dans le rêve de Germain, l'Ankou avait adressé un geste vulgaire à ses deux amis avant de dire : « Par tous les os de tous les morts du pays breton, par le Temps qui court et jamais ne se rattrape lui-même, je veux bien oublier de venir vous chercher quand viendra votre tour, si tous deux vous arrivez à secourir cette épave, ce moins qu'humain, cette abjecte vermine. » En disant ces mots, l'Ankou avait préparé un monstrueux glaviot et craché sur le poivrot. Inna, tout en dansant, avait pissé sur lui une urine froide, puis les divinités folles avaient trinqué à la santé de Germain avec des crânes débordants d'hydromel, sous les yeux du pochard en manque.

Germain s'était réveillé en sursaut et avait passé la main sur son visage : il était humide. Sa veste et son pantalon étaient trempés. Alors, il s'était levé d'un bond et s'était enfui droit devant lui, son baluchon serré contre sa poitrine. Il avait couru un demi-kilomètre, laissant traîner derrière lui des odeurs d'urine et de bile, une angoisse insensée lui taraudant le cœur. Puis le miracle qu'il n'attendait plus s'était produit : à la sortie de Lanrivain, dans la courbe brusque que faisait la rue, il y avait une épicerie. Germain était entré dans la boutique, avait acheté une miche et cinq litres d'un méchant picrate à une vieille effrayée, et avait continué de courir jusqu'au tumulus de Saint-Antoine, était entré, courbé, dans l'étroit boyau en se cognant la tête aux dalles plafonnières et, dans la chambre mortuaire, il avait bu les cinq litres et s'était évanoui. Personne n'était venu le visiter dans son coma éthylique.

Tout cela s'était passé deux mois plus tôt. Germain ne savait plus très exactement depuis combien de jours il avait établi son campement sous le Doigt du Diable, dans le chaos de Toul Goulic, mais ce rêve était présent dans sa mémoire. Non, pas présent : écrit en lettres de sang dans sa cervelle avinée. Germain supposait qu'on était à la fin du mois de février, car il pleuvait moins et la bise était glaciale. Mais il avait bien aménagé sa cachette et l'endroit était plus confortable que la cabane qu'il avait occupée précédemment dans le bois, près de la rivière. Le toit qu'il avait au-dessus de la tête était un énorme bloc de granite long de plus de dix mètres, pointé horizontalement comme un index vers l'autre versant du Blavet, rivière enfouie dans ces gorges du Diable sous des tas de rochers difformes amoncelés comme de titanesques patates sur leur claie. Le Doigt du Diable pointait vers le couchant. Un des murs de la cabane était la roche sur laquelle s'était posé le « doigt » quand, dans une convulsion monstrueuse, Gaïa avait joué aux quilles avec des boules de granite pesant des dizaines de tonnes. À l'aide de branchages, Germain avait fermé les deux autres côtés et s'était aménagé un lit de paille tout au fond de cette demi-grotte naturelle. C'était presque confortable. Sa peur était latente mais, grâce à l'argent de son larcin, il avait les moyens de la soigner, de la noyer dans des litres de vin à l'arrière-goût d'éthanol qui le faisait s'enfoncer dans un sommeil sans rêves, sans crainte de rencontrer à nouveau les trois déités folles. Germain sombrait dans la folie.

Émile chantait un vieux refrain en préparant sa soupe, un vieux chant écrit par un barde mort depuis si longtemps qu'on avait oublié son nom. Dehors, la pénombre gagnait la lande et le vent de cette première semaine de mars l'accompagnait d'un souffle puissant. Le *diskonter* fredonnait d'une belle voix grave :

Barzh an Arvor, lavar din-me,
Kaer eo da vro'vel ar Mene
Vel ar Mene(z) da houloudeiz,
Hanter kuzet dindan ar glizh.

Mar'd eo ken kaer ho meneziou,
Da vintin gand ar glizennou,
Kaeroc'h ar mor alaouret holl,
D'an arbadaez pa guzh an heol.

Tud an Arvor ne glevont ket,
Kan dudius al laboused,
Sut ar voualc'h, kan an eostig,
Hini a drask, ar boc'h-ruzig.

Barde de l'Arvor, dis-moi,
Est-il beau ton pays, comme le Méné,
Comme le Méné au lever du soleil,
À demi caché sous la rosée ?

Si vos montagnes sont aussi belles,
Le matin avec la rosée,
Plus belle est la mer toute dorée
Au crépuscule, quand se couche le soleil !

Les gens de l'Arvor n'entendent pas
Le chant charmant des oiseaux,
Le sifflement du merle, le chant du rossignol,
Celui de la grive, du rouge-gorge !

Avant d'avoir pu entamer le quatrième couplet parlant d'hirondelles qui se lamentent, un bêlement effrayant, semblable à l'appel d'une âme en détresse, s'était fait entendre par-dessus le souffle du vent et on avait frappé à sa porte. Point n'était besoin de demander qui venait de toquer. Émile savait qu'Inna la sorcière était derrière la porte, elle et son animal de compagnie qu'elle avait appelé Gwenhwyfar, ce qui en gaélique signifie « esprit blanc », plus connu sous le nom de Guenièvre, femme d'Arthur, roi de Camelot. Émile n'avait jamais réussi à percer le mystère qui entourait le nom de l'animal : Inna avait-elle fait preuve d'humour en donnant à une chèvre le patronyme d'une reine celte, ou croyait-elle réellement en la réincarnation d'un esprit dans le corps de sa chèvre ? Jamais Inna n'avait répondu à cette question, mais la sorcière ne répondait qu'aux questions qui l'arrangeaient.

Émile n'avait pas d'affinité particulière avec cette vieille femme qui pratiquait une magie souvent noire, que le *diskonter* taxait de superstitieuse, mais il était suffisamment généreux pour ne pas laisser une octogénaire lanterner dans les froides bourrasques vespérales et attraper un rhume sur le pas de sa porte. Inna, sa chèvre et le vent entrèrent ensemble dans la cuisine.

– *Nozvezh mad*, Émile le *diskonter*, nous te saluons.

– *Degemer mad, Inna ar gwrah.*

À dessein, Émile avait employé l'antique qualificatif qui n'avait pas la même connotation péjorative que *sorcéréz*.

– Que me vaut cette visite à l'heure de mon repas, vieille femme ? Ta chèvre et toi demandez l'aumône de l'assiette du pauvre ?

– Arrête de te moquer, Émile, druide de mes fesses, ou je te transforme en cochon que tu es. Je viens te parler de Germain... Mais je le ferais volontiers en partageant ton repas, qui sent bon d'ailleurs.

Émile ne put s'empêcher de sourire et invita la vieille à s'asseoir à sa table, puis s'en alla quérir un bol dans le vaisselier. En revenant vers la table, il aperçut la bique, couchée comme un chien sous le plateau de chêne, aux pieds d'Inna.

– J'espère que ta chèvre ne va pas se mettre à chier sous ma table.

– N'aie aucune crainte à ce sujet, imbécile, les chèvres ne font leurs crottes que debout. Sers-nous donc ta soupe au lieu de dire des bêtises. Inutile de te demander si tu es au courant du dernier méfait de Germain, tu le sais forcément, toi qui sais tout sur tout le monde, pareil à une commère de Plésidy.

Émile hocha affirmativement la tête. Il savait. Le *diskonter* et la sorcière mangèrent en silence, du moins relativement, car Inna aspirait le breuvage au bout de sa cuillère en faisant entendre un vilain bruit de succion, indice signalant qu'elle avalait autant d'air que de potage. Tout en mangeant, Émile détaillait le visage incroyablement ridé de la sorcière, le nez crochu, la bouche édentée, les pommettes saillantes, les longs cheveux blancs ébouriffés qui n'avaient pas dû rencontrer un peigne depuis Napoléon III. Son aspect squelettique, ses haillons noirs auraient pu la faire passer pour l'épouse de l'Ankou, s'il avait pris femme. Émile avait entendu dire par les plus anciens de la région que cette mégère avait été l'une des plus belles femmes de l'Argoat. Une rousse magnifique, des plus courtisées, qui un temps avait partagé le lit de l'immortel comte de Saint-Germain. Ainsi était la légende d'Inna, sorcière à Plésidy, et la seule chose que voulait bien croire Émile, c'est que cette femme avait pu être très belle. Pour l'heure, le temps avait rempli son office et transformé la belle rousse en harpie efflanquée. Un rot sonore et sans doute libérateur fit sursauter Émile, le sortant de son voyage onirique. Sans s'excuser de sa grossièreté, la vieille reprit le cours de son monologue.

– Je te disais donc, *diskonter*, que notre poivrot, cette fois, est allé trop loin. Voler les pauvres gars qui donnent leur vie pour que notre Bretagne continue d'exister est une vilenie que nos dieux ne peuvent supporter. J'étais là, dans le noir, quand cette *Kaoc'h ki du* s'est enfuie, et j'ai invoqué Luna, qui m'a répondu. Germain doit payer son forfait de la plus dure manière.

Émile haussa les sourcils, un peu surpris, car il n'était pas dans les habitudes d'Inna de pratiquer la magie sans avoir reçu de commande, la gratuité de ses œuvres n'étant pas de mise. Émile était dans les affres du doute et, un instant, il redouta qu'Inna ne prépare une de ses potions à base de digitale ou autre plante tueuse. La sorcière reprit :

– La déesse Luna m'a demandé de faire cesser Germain de boire.

Cette fois, Émile ne put s'empêcher d'éclater de rire, sous le regard mauvais de la vieille.

– Luna aurait pu te demander de faire cesser les marées de l'Océan, ou de stopper sa propre course, cela aurait été plus facile à accomplir. Germain boit pour exister comme toi tu respires pour vivre.

Inna tapa violemment du plat de la main sur la table, ce qui réveilla Gwenhwyfar qui donna un brutal coup de tête sous le plateau, faisant danser la gigue aux bols et aux couverts.

– Cesse, *diskonter*, ne plaisante pas avec les esprits de l'univers, n'oublie jamais qu'ils sont à l'écoute. Toi qui pourtant sais des choses que peu connaissent, tu te comportes devant moi et tes dieux comme ces mécréants bolchéviques qui crachent sur les divinités. Que le Diable les emporte, ceux-là ! Luna m'a demandé de faire en sorte que Germain cesse de boire, et il cessera. Je sais préparer les potions qui accomplissent ce miracle. Et toi, *diskonter*, tu vas m'aider, car c'est la volonté de la déesse.

Un peu abasourdi par les propos de la sorcière, Émile demanda de quelle façon il allait aider à accomplir ce miracle.

– Germain a confiance en toi, il t'écoutera. Il nous faudra l'amener chez toi et le garder ici durant sept jours et sept nuits au plus fort de la pleine lune, le temps que mes potions fassent leur œuvre.

– Je vais garder Germain dans ma maison durant sept jours ?

– *Da* oui, *da, gast*, et moi avec, et Gwenhwyfar avec moi. C'est la volonté de Luna et ton devoir de *diskonter*.

Émile se leva, il avait besoin de bouger. La colère le submergeait car il avait horreur de la contrainte, de toutes les contraintes, mais il savait aussi qu'il était très dangereux de contrarier cette vieille peau qui traînait dans sa besace plus de plantes maléfiques que n'en contenait une officine d'apothicaire. Il opta pour l'ouverture de négociations.

– S'il n'y a pas d'autre moyen… J'ai deux lits au grenier. Germain et toi, vous vous y installerez. Mais ta chèvre devra se contenter de la paille de l'étable. Elle y sera bien, seules les deux vaches des Dorner l'occupent.

– Je veux Gwenhwyfar avec moi.

Émile s'était appuyé des poings sur le plateau de la longue table, toisant la vieille de toute sa hauteur.

– Alors tu devras dormir dans l'étable.

Le *diskonter* et la sorcière s'affrontaient du regard, chacun soupesant la puissance de l'autre. Inna lut la détermination dans les yeux bleus d'Émile, elle savait qu'il était dangereux d'aller trop loin avec le *diskonter* qui traînait dans sa sacoche de cuir autant de remèdes que de potions dangereuses. Elle émit un rire grinçant qui ressemblait aux croassements des corbeaux dans le froid de l'hiver.

– Tope là, *diskonter*. Ma fille et moi, nous dormirons dans l'étable, mais Germain devra avoir un lit. Un lit solide fait d'un bon bois de chêne, et nous devrons l'attacher dessus, car il sera fou durant les sept jours où il sera sous l'emprise de la déesse… et de mes potions.

Émile retint un soupir de soulagement, au moins il n'aurait pas à supporter les odeurs de la sorcière et de sa chèvre, juste la puanteur de l'ivrogne. Puis il demanda comment ils allaient s'y prendre pour, dans un premier temps, retrouver Germain qui avait disparu une nouvelle fois, puis le ramener au Garzmeur sans son assentiment.

– J'ai vu par où il est parti : vers le sud, par la route de Lanrivain. Nous suivrons son chemin. Un âne comme Germain ne doit pas passer inaperçu quand il traverse un village.

Émile pensa que la vieille avait raison. Avec tout l'argent dont il disposait maintenant, le poivrot ne devait pas se priver. Il n'y avait qu'à retrouver les fournisseurs de pinard sur la route qui descendait vers le sud et traquer Germain d'épicerie en bistrot.

Émile avait emprunté un attelage à son frère Léon et Marquise tirait un vieux tombereau à ridelles menaçant ruine, aussi grinçant que celui de l'Ankou et qui avait vu son plateau chargé du meilleur et du pire, du grain au fumier. En suivant la route de Lanrivain, à chaque village traversé, le Helloc, Magoar, Kerien, les vieillards derrière leur fenêtre s'étaient signés en regardant passer l'attelage méphistophélique sous le ciel bas chargé de lourds nuages gris sale, pressés de rejoindre le Vannetais. Le vent violent faisait voler le long manteau noir d'Émile et gonflait les hardes noires de la sorcière comme le vent gonfle les voiles des thoniers de Concarneau. Dans le tombereau était installée Gwenhwyfar, dieu cornu qui observait d'un œil noir les rares villageois assez fous pour rester devant leur porte. « *Ma doué*, protège-nous, c'est l'équipage de Cernunnos, dieu des Ténèbres qui nous visite », murmuraient les vieilles en voyant passer le couple et le démon sortis tout droit des enfers.

Ils eurent beaucoup de mal à trouver des passants acceptant de les renseigner sans claquer des dents. Vers le milieu de l'après-midi, Émile arrêta Marquise dans le virage de la rue principale de Lanrivain. Désignant à Inna l'épicerie dans la courbe, il descendit du siège en disant :

– Si Germain est passé par cette route, il s'est forcément arrêté chez ce fournisseur de Bacchus. Regarde la réclame pour le vin Mariani.

Derrière une des vitres, une affiche représentait un Pierrot la Lune en costume blanc qui chantait en s'accompagnant à la guitare. Le texte proclamait : « Toute ma vie, ô Mariani, je chanterai ton vin béni. »

La femme qui tenait le commerce sursauta en voyant entrer dans sa boutique celui qui aurait pu être le valet de la Mort, elle ne fut rassurée qu'en entendant la voix agréable d'Émile, lui demandant poliment si elle avait vu chez elle un poivrot du nom de Germain. Il lui en fit la description. La commerçante et les deux clientes présentes dans la boutique se le rappelaient, et comment ! L'épicière fit taire ses clientes qui commençaient à caqueter comme des poules.

– Oui, *gast*, je me souviens de celui-ci, *hate*, on aurait dit un fou. Il m'a acheté cinq bouteilles de vin et une miche de pain noir. Je m'en souviens bien, *hate*, car il a pris son argent dans un baluchon en beau drap, comme ceux qu'on voit chez le curé. *Gast*, il m'a fait peur, *hate*.

Une des clientes, une femme entre deux âges, enchérit :

– Oui-da, j'étais là moi aussi et je m'en souviens de votre bonhomme, même que le Germain m'a dit qu'il l'avait vu prendre la route de…

La femme se mit à gratter furieusement la verrue velue qui ornait son menton.

– Il vous a dit son nom ?

– Qui ça ?

Émile perdait patience et il prit sur lui pour rester calme en s'adressant à la femme avec la même voix mielleuse qu'il utilisait pour parler à ses malades en fin de vie.

– L'homme qui a acheté le vin, il vous a dit son nom ?

La femme cessa de se gratter.

– Ben non, Germain, c'est mon mari.

– Félicitations, votre mari porte un joli prénom qui appelle sur lui les bénédictions de saint Pinard, le patron des poilus. Et alors, votre mari a dit qu'il était parti dans quelle direction ?

La femme délaissa sa verrue pour se gratter l'occiput et fit pleuvoir sur son gilet noir une neige de pellicules grisâtres. Enfin, comme une pythonisse en transe, elle regarda Émile pour lui répondre :

– Votre bonhomme a pris la direction du trou du Diable.

Après avoir atteint Saint-Antoine, village animé ainsi qu'un cimetière abandonné, ils prirent à gauche le chemin défoncé menant vers Toul Goulic. Émile connaissait bien l'endroit fréquenté par les adeptes des traditions anciennes et chargé d'une magie arthurienne. En ces lieux où les Titans s'étaient affrontés en se jetant à la tête des cailloux pesant plusieurs tonnes, des générations de druides étaient venues faire des incantations aux divinités de la Terre. Jules César en personne et ses légions avaient campé sur les hauteurs du monstrueux chaos, puis décampé à la tombée de la nuit, la frousse dans les entrailles, poursuivis par les korrigans, les elfes et les dragons. Bien plus tard, les vétérans de César avaient raconté dans les tavernes de Rome comment l'armée la plus puissante du monde connu avait été mise en déroute par des monstres hideux, dirigés par des semi-humains vêtus de tuniques blanches, qui attiraient la foudre avec leurs longs bâtons pour la diriger sur les hommes qui, disaient-ils, avaient profané ces lieux sacrés. Plus tard, dans ce même lieu, Lancelot avait cocufié Arthur en y troussant vaillamment Guenièvre sur une dalle de granite gris, et un nombre impressionnant de chevaliers y avaient perdu la vie en tentant de tuer le dragon blanc saxon de la prophétie de Merlin, décrite au chapitre 42 de l'*Historia Brittonum* de Nennius.

Émile et Inna connaissaient comme l'intérieur de leurs musettes le chaos du trou du Diable. Attaquant la descente raide et dangereuse menant vers la rivière couverte, Émile ne tarda pas à repérer le feu allumé par Germain et, quelques minutes plus tard, le poivrot, encore à peu près lucide, vit arriver vers son repaire le trio infernal.

Dans la pénombre du sous-bois de chênes rabougris, à l'heure ou le soleil enfle au-dessus de l'horizon et transforme les ombres en longs serpents noirs, Germain vit arriver l'Ankou, un korrigan femelle difforme et Cernunnos, le dieu cornu. Il se plaqua les paumes sur les yeux, il ne voulait pas regarder sa mort en face, il était certain que son heure était venue, mais il ne tenait pas à savoir de quelle façon il allait mourir : de la faux de l'Ankou ? Le crâne défoncé par la masse de fer du korrigan ? Éventré par le dieu cornu ? Il ne voulait pas le savoir. Il préférait en avoir la surprise. Un long moment passa, seulement troublé par le bruit du vent dans les branches tordues des chênes rabougris, et le poivrot sentait toujours son cœur battre et couler le pinard dans ses veines, alors il regarda les trois ombres et la plus haute, celle qui lui faisait le plus peur, dit :

– *Nozvezh mad, Germain an mezvier.*

Germain reconnut avec soulagement la voix qui venait de lui souhaiter le bonsoir et le traiter d'ivrogne. Puis ses boyaux se tortillèrent en reconnaissant Inna et sa chèvre ; il faisait confiance à Émile, mais avait une trouille bleue de la vieille jeteuse de sorts et du rire démoniaque de la bique qui résonnait encore à ses oreilles depuis sa fuite sous la lune de Bourbriac. D'une voix râpeuse d'avoir trop peu parlé, Germain demanda au *diskonter* ce qu'il voulait.

– Accorde-nous l'hospitalité pour la nuit. Nous avons apporté des provisions et du bon vin, laisse-nous dormir sous le Doigt du Diable en ta compagnie, nous repartirons tôt demain matin.

Le poivrot craignait trop Émile ; surtout, il craignait trop la vieille et sa chèvre pour refuser. Ils dînèrent autour de feu, dans le silence nocturne, de charcuteries, de viande froide et de pain et burent dans les timbales de voyage qu'avait apportées Émile. Germain ne remarqua pas l'étrange goût du vin Mariani que le *diskonter* lui avait fait boire. Il supposa que c'était là le goût d'un vin de prix. Une heure plus tard, il sombra dans un profond sommeil sans rêves, emporté par une dose massive du soporifique concocté par le *diskonter*, à base de pavot somnifère et de valériane, qu'il utilisait dans les cas de chirurgie lourde. Germain ne se réveilla pas une seule fois durant le trajet du retour, malgré les cahots qui secouaient le tombereau et le froid qui pénétrait ses hardes.

Les sept jours qui suivirent furent un véritable enfer pour Germain, mais plus encore pour Émile, qui devait supporter les vociférations de dément du poivrot subissant les effets sans conteste magiques des potions d'Inna. C'étaient des mélanges tellement puants, fabriqués avec des ingrédients dignes de ceux employés par les sorcières médiévales, qu'absorbait le pauvre type que le *diskonter* en arrivait à plaindre Germain ligoté sur le lit de bois. Chaque jour, le pauvre bougre devenu loque humaine pissait et déféquait sur et sous lui, entre deux longs hurlements de loup-garou, et chaque jour Inna récupérait les excréments pour en faire Dieu sait quel usage qu'Émile refusait de connaître. Chaque matin, quand elle faisait ingérer ses horribles potions à Germain, elle agitait au-dessus de sa tête son collier de pierres bleues recelant des âmes sacrées, tout en psalmodiant des incantations en gaélique ancien qu'avaient récité avant elle des générations d'initiés. Chaque soir, représentants d'un monde oublié, ils dînaient tous les deux, lui et la sorcière, avec au-dessus de leurs têtes les cris et les imprécations de Germain qui souffrait le martyre, sans doute aiguillonné par mille démons aux fourches acérées. Aux cris du dément s'ajoutaient les bruits des pieds du lit qui semblaient danser une sarabande folle, tel un bal de mille diables en sabots. Chaque soir, Émile s'endormait avec le sentiment d'avoir déménagé dans une scierie ou une usine métallurgique en pleine effervescence.

Le huitième matin, Émile s'éveilla avec l'impression d'un manque étrange, et il mit un bon moment à comprendre que c'était l'absence de cris qui créait l'ambiance creuse de la maison. Alors, avant même de prendre son café, il sortit dans la courette inondée d'un froid soleil encore bas dans le ciel, et tout *diskonter* qu'il était, tout sage et tout savant qu'il se revendiquait, tout persuadé qu'il était que rien ne pouvait plus l'impressionner, il resta stupéfait par la scène que lui offrait le petit matin. Germain caressait Gwenhwyfar entre les cornes et discutait calmement avec Inna. Quand il fut proche d'eux, Inna fixa Émile avec un air victorieux dans le regard.

– Écoute ce que veut te dire Germain.

L'homme dépenaillé, d'une maigreur squelettique, leva la tête vers le *diskonter*. Son visage ruisselait de larmes.

– J'ai vu Luna, elle m'a parlé, elle m'a dit que j'étais son enfant, elle m'a pardonné. À toi aussi, *diskonter*, je te demande pardon pour tout le mal que j'ai fait.

Émile haussa ses maigres épaules et sourit à Germain.

– Même le Diable a mon pardon, Germain. Et tu ne m'as rien fait de bien méchant, et ceux à qui tu as fait du mal l'oublieront sans doute si tu te comportes maintenant en homme sage. Que comptes-tu faire pour que tous te considèrent comme l'un des leurs ?

Germain se boucha du pouce les narines l'une après l'autre en soufflant, produisant un bruit de soufflet. Deux filets de morve atterrirent à ses pieds. Puis, d'un revers de manche, il épongea son nez puis ses yeux.

– Je vais d'abord rendre l'argent, ce qu'il en reste, à Thaddée. Tu m'accompagneras, *diskonter* ?

Émile hocha la tête.

– Puis, pour réparer ma faute, j'irai voir le maire pour qu'il m'inscrive comme volontaire. Je veux aller au front, je veux me comporter en homme. Je veux être un brave Breton et défendre mon pays. Je ne veux plus que les gens aient peur quand je passe dans la rue, je veux que les enfants disent quand ils me croisent : « Regardez, voilà le brave Germain qui se bat pour nous. »

Émile regarda Inna, il n'était pas certain que la vieille n'ait pas manigancé une suite à la rédemption du poivrot, mais il devait admettre que cette résurrection était aussi spectaculaire que celle de Lazare, racontée dans ses prêches par son ami Thaddée. La vieille harpie eut un sourire qui aurait pu presque passer pour angélique, si ses yeux n'avaient pas eu cette couleur d'enfer. Émile se demanda un court instant si la sorcière ne voyait pas l'avenir, mais il était de toute façon trop tard pour changer le destin. Alors il promit à Germain que, l'après-midi même, ils iraient tous les deux rendre visite au curé et au maire de Plésidy.

XI

La sainte et la putain

Depuis un mois, Yves se morfondait, plus personne ne semblait s'occuper de sa vie militaire. Les officiers du défunt *Au revoir* étaient recasés au compte-gouttes sur d'autres navires avec une réticence affichée, un peu comme si les marins de ce pauvre chasseur de mines portaient la poisse. Les commandants de bord ne paraissaient pas pressés de voir embarquer les réscapés sur leurs bateaux respectifs, et d'ailleurs la plupart des cuirassés et autres gros navires étaient dans des mers lointaines ; seuls les petits bateaux faisaient des ronds dans l'eau au large de Brest et en mer du Nord pour chasser l'U-boat, les torpilles et autres saloperies de mines. Et les équipages de ces bateaux étaient déjà pourvus. Yves tournait en rond. Certes, les matelots le saluaient avec déférence, certes presque tout le monde savait que le lieutenant de vaisseau Rivet et ses cinq premiers officiers, dont Yves faisait partie, avaient été cités à l'ordre de l'armée pour « avoir fait preuve des plus belles qualités de sang-froid et d'énergie, et pour avoir fait tout ce qui était humainement possible pour sauver le bâtiment ». Certes, Yves n'allait pas tarder à recevoir une autre promotion, ce qui expliquait cette déférence à son endroit, car quand, dans l'armée, un homme a de l'avancement à la vitesse de l'éclair, c'est quelqu'un qu'il faut fréquenter, car soit il connaît du « monde », soit il a de la chance, et, dans les deux cas, son sillage est protecteur. Mais malgré toutes ces bonnes nouvelles, Yves s'emmerdait. Il pouvait faire ce que bon lui semblait ou presque, entrer et sortir de la base à toute heure de la journée, la marine s'en fichait.

Le jeune homme n'avait que deux dérivatifs à ses journées moroses : le commandant Rivet, avec lequel il discutait de marine et de politique, et qui, tout comme Yves, était très heureux d'avoir reçu les félicitations officielles de l'armée, mais qui l'aurait été plus encore s'il avait reçu un nouveau commandement. Le deuxième dérivatif d'Yves s'appelait Marthe, putain de son état mais consciencieuse et œuvrant avec vaillance à *La Sirène*, bordel de bon niveau réservé aux officiers. Mais ce dérivatif commençait à coûter fort cher au jeune marin, qui se demandait si la solution la plus rentable n'aurait pas été d'épouser la putain. Marthe était gentille, attentionnée, et puis surtout elle avait appris à Yves des choses qui ne se pratiquaient pas dans l'Argoat, et il lui arrivait certains jours de spleen de se demander si, à l'occasion, il n'irait pas se confesser auprès de Thaddée, rien que pour l'entendre suffoquer d'indignation derrière le treillis du confessionnal. Dans ces moments-là – cela lui arrivait le plus souvent quand il prenait un petit remontant dans le salon de velours cramoisi de *La Sirène*, après avoir consommé la chair laiteuse de Marthe –, il ricanait tout seul, au grand étonnement de la fille de joie. Elle ne pouvait pas savoir qu'Yves s'imaginait agenouillé sur le prie-Dieu de l'édicule et disant au père Thaddée : « Pardonnez-moi, mon père, car j'ai péché. Oh oui, *gast*, j'ai bougrement péché, je suis devenu un *sac'h kaoc'h*, oui, mon père, un sac à merde. J'ai pratiqué avec cette catin, celle qui est à mes côtés, tout ce qu'il est humainement possible de faire, j'ai usé de tous ses accès. Oui, mon père, même de celui tellement interdit que Dieu, dans son juste courroux, a transformé une population complète en statues de sel après avoir réduit sa ville en cendres ; à coups de canons de 305, sans doute. Mais comme vous le voyez mon père, je bouge encore, Dieu s'en fout maintenant, Thaddée, de tous tes interdits. Et d'ailleurs, je crois que ton Dieu se fout de nous. Depuis que je suis sorti de Plésidy, j'ai vu tellement de saloperies que je me dis que ton Dieu, Thaddée, doit être en permission pour la durée de la guerre. Tiens, à propos, je vais sans doute y aller moi aussi, en permission ; si je venais avec Marthe la putain, est-ce que tu consentirais à nous marier et à bénir notre union ? Ah ça, ça t'en boucherait un coin, hein, curé ? »

C'était le genre de pensées qu'Yves ressassait dans ses délires moroses post-coïtaux. Depuis son second naufrage, il se sentait glisser doucement vers ce cynisme très à la mode chez les officiers supérieurs de l'armée française. Il était pratiquement prêt à faire carrière, pas encore au point de prendre la responsabilité d'envoyer des hommes à la boucherie, mais il commençait à se faire légèrement peur. Le jeune homme gentil et poli, un peu candide, s'en était allé avec les morts et les éclopés de cette guerre sordide pour faire place à un homme blasé bien avant l'âge mûr. Il pensait demander conseil à son oncle Émile, le vieux sage fourbe et rusé, pour se remettre d'aplomb, se refaire une santé morale. Il se trouvait dans cet état légèrement dépressif quand, au matin du 25 mars 1916, le vaguemestre lui apporta une lettre de celui auquel il pensait justement.

Yves prenait un cognac au mess en compagnie de Rivet, qui venait de lui apprendre avec un plaisir visible que, dans les jours qui avaient suivi leur torpillage, un scaphandrier avait plongé sur le navire afin de procéder à un examen de l'épave, avec pour objectif de renflouer le matériel militaire. C'est ainsi que les deux canons de 47, la T.S.F. et les antennes avaient été récupérés sur le bâtiment. De plus, la veille, le 24 mars, le vice-amiral Biard, commandant la place du Havre s'était vu remettre la direction des travaux de renflouement de l'*Au revoir*, la commande des travaux ayant été passée à l'entreprise qui avait procédé avec succès à celui du *Dinorah* et de l'*Amiral Ganteaume*. Yves avait partagé avec l'officier l'espoir que les travaux seraient menés à bien. Ils trinquaient au succès de l'entreprise quand le planton de service les salua et tendit une lettre à Yves en disant : « Excusez le dérangement, maître principal, la lettre date, mais je viens de la recevoir seulement et j'ai pensé que vous seriez heureux de l'avoir de suite. » Yves remercia le matelot et, s'excusant auprès de Rivet, il l'ouvrit et se mit à lire. Il remarqua qu'en effet la lettre datait, elle avait eu le temps de faire le tour de la France à dos d'homme avant de lui parvenir, car elle était datée du 20 novembre 1915.

Le Garzmeur, 20 novembre 1915

Mon cher neveu,

Juste ces mots pour te dire que ton ami, le cuistot de Laniscat qui a fait de toi son héritier, ne t'avait pas menti. Ce que nous cherchions, nous l'avons trouvé, ou plus justement Poule Blanche l'a trouvé. Tu es maintenant l'heureux propriétaire de 135 très beaux statères qui, j'en suis certain, t'aideront à faire ton trou dans la vie, aussi sûrement qu'ils ont fait leur trou dans la terre.

Il serait judicieux que tu puisses dès que possible me rendre une petite visite de façon à ce que je te mette au courant des affaires de Plésidy.

Ton oncle affectionné.

Émile Le Bloas

Yves était tellement tétanisé par cette nouvelle imprévue que Rivet lui demanda si tout allait bien.

– Oh oui, commandant, tout va bien, mon oncle m'apprend qu'il me fait don d'une partie de ses collections.

– Ah donc, vous avez un oncle riche ? Un oncle des Amériques ? Vous avez bien de la chance…

Yves agita les mains avec virulence en signe de dénégation, il ne voulait pas que cet homme pour qui il avait une réelle affection respectueuse le prenne pour l'un de ces fils de famille qui encombraient les antichambres du ministère de la Guerre, et plus précisément celles des amiraux parisiens qui n'avaient vu la mer que dans les suppléments illustrés des journaux.

– Non, commandant, pas riche, mais généreux ! Puis-je vous demander un service ?

Lorsqu'il avait débarqué à la gare de Guingamp en ce 28 mars, Yves avait été surpris par l'intensité des bourrasques du vent qui chassaient les énormes nuages noirs porteurs de grain. La veille au soir, quand il avait quitté Brest, l'air était presque doux et les oiseaux célébraient l'arrivée du printemps en interprétant des symphonies joyeuses. Dans l'Argoat, c'était encore l'hiver. Yves jeta un coup d'œil au travers des vitres poussiéreuses de la salle d'attente de la gare. Une soudaine rafale de pluie tambourinant sur la vitre le surprit. Il recula d'un demi-pas, mais l'image déformée qu'il avait pu voir ne laissait aucun doute : il était attendu. La haute silhouette noire qui se tenait droite, indifférente à l'averse, était reconnaissable entre mille. Son oncle était là. Rivet lui avait rendu en fait plus d'un service : non seulement il s'était débrouillé pour lui faire obtenir une permission de sept jours à laquelle il n'avait pas droit, mais de surcroît il avait fait parvenir à Émile par courrier spécial un billet l'informant de l'arrivée de son neveu, comme si Yves était devenu un personnage important de la marine française se rendant en visite chez le préfet.

Yves remonta le col de sa vareuse qui protégeait son uniforme tout neuf de lieutenant et brava les tourbillons de pluie mêlés de neige fondue. Émile lui donna l'accolade et l'entraîna vers la voiture, munie d'une capote, qu'il avait empruntée à son frère. Marquise fit entendre un hennissement de bienvenue. La vieille jument avait reconnu le « petit maître », comme il avait été surnommé dans une précédente vie. Yves prit le temps de lui caresser le front avant de monter et apprécia qu'Émile l'ait équipée d'une couverture caoutchoutée pour le voyage.

Sur le chemin de Plésidy, Émile lui narra par le menu les épisodes de la découverte et du partage du trésor, puis lui rapporta les potins de la commune. Tout en écoutant son oncle, Yves regardait les flots gonflés du Trieux en songeant qu'il était peut-être devenu soudainement riche, mais curieusement cette idée le laissait indifférent ou presque, comme l'eau est indifférente aux rochers qui dérangent son cours et continue néanmoins sa route. Il comprenait la position de son oncle qui ne souhaitait pas bénéficier de la distribution sortie de la corne d'abondance. Bien sûr, il garderait cet argent, mais il n'avait aucune idée de ce qu'il allait en faire. Il était décidé à rester dans la Royale après la guerre – Rivet lui avait assuré que cela ne poserait aucun problème –, et ce corps d'armée soignait ses officiers. Il était nourri, et bien; il était logé, pas trop mal; il toucherait une solde confortable, maintenant qu'il était lieutenant, alors à quoi lui servirait cet argent? À s'acheter plus souvent les faveurs de Marthe? Il n'en serait que plus rapidement lassé. À se marier avec Léonie et à lui acheter une petite ferme? Yves s'aperçut qu'il n'en avait aucune envie. Il aimait bien Léonie, mais pas au point de lui aliéner sa vie. Yves en arriva à la conclusion que tout avoir sans rien posséder était une forme de liberté extrêmement jouissive. Émile qui, comme à son habitude, paraissait lire dans les pensées, lui demanda s'il avait l'intention de demander Léonie en mariage.

– Non, mon oncle, elle est gentille et sans doute agréable, mais je ne crois pas qu'il soit dans mes intentions de me marier rapidement.

Émile secoua la tête en se massant le menton. Il semblait approuver. Puis, aussi soudainement qu'il avait été sérieux, il se mit à rire et dit à son neveu :

– Parle-moi des putains brestoises.

Yves se mit à rire lui aussi. Son oncle avait gardé cette faculté de discernement qui lui permettait d'imaginer ce qu'on ne lui disait pas. Alors, sans pudeur, il raconta ses aventures avec Marthe, ses fantasmes et ses idées bizarres de confessions pour faire peur à Thaddée. Il confia ses doutes et ses peurs, raconta son aversion pour certains de ses comportements et son envie de rester dans la marine. Émile était heureux de ces aveux et, au bas de la montée sévère qui menait vers Plésidy, quand la route quitte la vallée du Trieux, il prit son neveu aux épaules et, le secouant affectueusement, il lâcha dans un sourire :

– Te voici devenu un vrai homme, mon neveu. Un de ceux qui doutent et se posent sans cesse des questions. Erwan et toi avez ce sens qui nous vient des ancêtres et qui fait que les beaux discours des curés et des hommes politiques ne rentrent pas dans nos cervelles comme le couteau entre dans le beurre... Thaddée dit qu'ici-bas chacun porte sa croix, eh bien c'est la tienne de croix : la lucidité, cette maîtresse exigeante qui fait douter en permanence. Tu devras encore parcourir beaucoup de chemin pour la maîtriser afin qu'elle te laisse tranquille.

Marquise commençait à fatiguer, elle s'était mise au pas, et sa couverture ruisselait de pluie. Yves réfléchissait.

– Et toi, mon oncle, tu l'as maîtrisée ?

Émile haussa ses épaules osseuses.

– Oh moi, je fais avec... mais parlons d'autre chose. J'aimerais bien récupérer la maison de l'Ernestine Le Provost, qui est tombée entre les mains de ce notaire véreux de Bourbriac. J'aimerais lui jouer un bon tour.

– Tu veux que je te donne ma part du trésor ? Si tu veux...

Émile eut un geste agacé.

– *Chomit peoh, penn-sod !* Si j'avais voulu faire de la sorte, je me serais gardé ma part.

Yves, qui venait d'être traité d'imbécile et intimé au silence, n'insista pas, son oncle était vraiment irrité ; pour preuve, il avait mélangé le français et le breton, le tout dans une tournure de phrase peu élégante. Ils étaient à la moitié de la longue montée et Émile guida Marquise vers un renfoncement du talus. Il arrêta l'attelage, serra le frein. La jument remercia le *diskonter* en secouant l'encolure tout en s'ébrouant bruyamment. Émile prit une longue inspiration en levant l'index comme un maître d'école affligé s'adressant à un élève médiocre.

– Mon neveu, sache qu'en ces temps de modernisme outrancier ceux qui font des affaires ne dépensent jamais d'argent. C'est le cas de ce salaud de notaire qui a acheté la maison qui aurait pu revenir à ce poivrot de Germain avec l'argent de pauvres gens qu'il a donné au père Thaddée. Nous allons faire comme lui.

Yves ne voyait pas bien la logique de la chose. Avant l'arrivée des Boches en terre de France, quand son père et lui achetaient des chevaux, c'était avec leur propre argent. De l'argent bien gagné grâce à l'élevage et tout le travail que cela représentait. Le père n'avait jamais rien dû à personne, et là, son oncle se proposait d'acheter une maison avec de l'argent pris à de pauvre gens ? Il trouvait cela étrange et un peu malsain.

– Pourquoi demander de l'argent à des pauvres pour acheter une maison ?

Émile soupira.

– Décidément, il faut toujours tout expliquer à vous autres, les jeunes. Nous n'allons pas prendre de l'argent à des pauvres, nous allons faire acheter une maison par des riches qui la laisseront à la disposition de Germain, ce qui fera rager Simon. Sache que si un Le Bloas proposait d'acheter quelque chose à maître Simon, notaire pourri à Bourbriac, il nous le vendrait plus cher qu'à n'importe quel autre acheteur. Donc j'ai trouvé un homme de paille... Une femme de paille... Madame la colonelle de Kermadec. Nous irons déjeuner chez elle après-demain et tu viendras avec moi en tant qu'officier et chaperon, car trop de bruits circulent sur nos relations ces jours-ci, et vois-tu, mon neveu, les colonels ont toujours avec eux un pistolet d'ordonnance...

Yves partit d'un grand éclat de rire. Émile était vraiment tordu, tordu et imprévisible. Comment ce grand échalas habillé comme un épouvantail avait-il su plaire à une aristocrate mariée à un colonel?

Sur un ton vexé, tout en faisant repartir Marquise, Émile s'adressa à son neveu :

– Et alors? Je ne vois pas ce qu'il y a de drôle dans cette affaire, toutes les femmes du canton affirment que je suis plutôt bel homme.

Durant la journée qui suivit, Yves eut droit au défilé habituel des voisins qui venaient l'admirer dans son beau costume, et cette fois on pouvait lui donner du « monsieur l'officier » ou du « lieutenant ». C'était vrai. Puis vint le moment que le jeune homme redoutait : la visite de Léonie, qui arriva en début d'après-midi accompagnée de Poule Blanche et qui, profitant d'un moment de solitude dans la cuisine, lui demanda s'il avait réfléchi à leur avenir commun. Avec beaucoup de précautions oratoires, Yves lui expliqua ses doutes et lui demanda de patienter encore. Léonie ne versa pas une larme, elle se leva dignement et, avant de sortir, elle lança à Yves d'une voix calme :

– Si, avant ton départ, tu ne m'as pas dit oui, sache que le premier étranger qui passera dans le village aura mon pucelage.

Ayant dit ces mots, elle franchit le seuil, sa poule blanche sur les talons. En les regardant partir, toutes deux tortillant de l'arrière-train de concert, la seule pensée d'Yves était nimbée de surprise : il était persuadé que Léonie n'était plus vierge depuis bien longtemps.

Mme de Kermadec avait mis les petits plats dans les grands pour recevoir ses invités, et personne n'aurait pu imaginer, en voyant l'étalage de vaisselle de prix ou les plats fins qui mijotaient en cuisine, qu'à quelques centaines de kilomètres de Guingamp des hommes s'étripaient et crevaient en gémissant dans la boue. Qui pouvait croire, en voyant la jolie quadragénaire pomponnée qui s'affairait à donner des ordres à la domesticité, que son valeureux époux, le colonel Louis-Joseph de Kermadec, commandant d'un régiment breton s'époumonait à ce moment précis pour donner du courage à ses hommes qui n'en manquaient pas, mais dont le seul souhait en cet instant était justement de se trouver ailleurs – et pourquoi pas dans le salon du colonel ? C'est ce à quoi pensa Yves en faisant un baisemain protocolaire à son hôtesse, geste qu'il avait eu maintes fois l'occasion de répéter depuis qu'il fréquentait le mess des sous-officiers puis celui des officiers. Tout est relatif, avait-il lu dans une revue qui traînait sur un guéridon du fumoir où il rejoignait Rivet pour parler politique. Tout doit s'analyser d'un point de vue relatif, c'est ce qu'affirmait le titre de *La Revue scientifique*, qui tentait d'expliciter une théorie étrange d'un certain Albert Einstein, un juif allemand vivant à Berlin. Pour le moment, Yves était assez d'accord avec le titre, à défaut de l'être avec la monographie : pendant que lui, en tenue d'apparat, gratifiait d'une mondanité désuète une charmante personne qui trompait son mari en couchant avec son oncle et allait les régaler d'un excellent repas, ses frères de sang et ses frères d'armes tentaient de survivre en évitant les torpilles ou en rampant dans la boue pour casser du Boche. Peut-être que ce juif avait eu sa révélation en pensant à la même chose que lui, de l'autre côté de la frontière.

Mme de Kermadec minaudait devant Émile qui, pour une fois, s'était habillé avec une certaine élégance. Il ne ressemblait plus à un épouvantail, mais à l'Ankou revêtu de ses habits du dimanche. Il avait emprunté le costume traditionnel de son frère Léon, bien plus costaud et moins grand que lui, ce qui faisait ressembler son gilet noir à un parapluie fermé pointé vers le ciel. Quant au pantalon serré à la taille par une ceinture, il évoquait un soufflet d'accordéon s'arrêtant dix centimètres au-dessus des souliers. Mme Cunégonde de Kermadec semblait ne pas se soucier de ces détails et faisait les yeux doux à son amant. Yves avait bien du mal à garder son sérieux en imaginant les ébats du *diskonter* avec cette bourgeoise grand teint, mais on lui avait enseigné qu'en physique, les contraires s'attirent, peut-être était-ce pareil pour le genre humain ?

Quand l'hôtesse les fit pénétrer dans la magnifique salle à manger meublée comme un château, une jeune femme, presque une jeune fille, se tenait immobile debout devant la longue table. Le cœur d'Yves manqua un battement.

– Ma fille, Pélagie.

Yves vit devant lui Marthe, mais pas la putain de Brest, la sainte, celles des vitraux des églises, la sœur de Marie-Madeleine et de Lazare. Celle qui, selon saint Jean, fut témoin de la résurrection de son frère. Celle qui dirigeait la maison de Béthanie, avec charité et hospitalité envers les pauvres. Celle enfin qu'il avait vue sur une photographie, en compagnie de son colonel de père et qu'il avait trouvée jolie avec ses yeux convergents. Mais le cliché ne lui rendait pas justice. Pélagie n'était certes pas une belle femme au sens où les esthètes épris de beauté grecque l'entendent, mais il émanait d'elle une sorte de magnétisme qui la transcendait. Son visage lisse évoquait à Yves une peinture de Botticelli, *Le Printemps*, dont il avait admiré une reproduction. Elle transpirait la sainteté par tous les pores de la peau, quand lui transpirait l'angoisse de déplaire. Il se souvint juste à temps qu'on ne pratique pas le baisemain avec les jeunes filles et les saintes, aussi se contenta-t-il de balbutier un vague « Mademoiselle ». La voix, divine, le caressa tandis que son œil droit le regardait et que l'autre semblait dirigé vers son oncle.

– Monsieur Le Bloas, charmée de faire votre connaissance.

Un instant dérouté par l'absence de précision du regard, Yves prit le parti de croire que la sainte venait de s'adresser à lui, et il entama une conversation mondaine tandis qu'Émile, toujours aussi direct, avait commencé de parler argent avec Cunégonde.

Comme les deux convives s'y étaient attendus, le repas fut succulent et le maître d'hôtel discret, ce qui, ajouté au long retour drapé de la nappe, permit à Émile de caresser coquinement la cuisse de Mme de Kermadec du bout de son soulier. Bien avant le dessert, la « friandise », comme Émile la surnommait, accepta de servir de banquier et de prête-nom pour jouer un bon tour à maître Simon, notaire véreux à Bourbriac.

Après le repas, les convives s'installèrent dans le fumoir du colonel pour y déguster un vieux cognac et un cigare pour les hommes, un brandy et une cigarette pour les dames. Mme de Kermadec parla de ses soucis domestiques et de l'absence de son mari, et Pélagie de ses journées au front. Yves l'écoutait avec un intérêt non feint tout en tétant le tube de tabac qui répandait une odeur agréable mais transformait peu à peu la pièce en fumoir à harengs. Il avait déjà eu l'occasion de fumer le cigare, mais jamais d'une telle qualité ; il admira la bague rouge et dorée qui l'ornait. Un havane Hoyo de Monterrey (maison fondée en 1885). Quand les dames eurent terminé leur cigarette, Cunégonde invita les hommes à se promener dans le parc en faisant remarquer que c'était la première journée ensoleillée depuis bien longtemps. Le parc de la vaste demeure, située à la périphérie de la ville, n'était pas de dimensions extraordinaires, mais il était entretenu avec soin et disposait d'une grande roseraie abritée sous une serre. Cunégonde et Émile s'y engouffrèrent tandis que Pélagie et Yves continuaient de parcourir l'allée gravillonnée. Avec naturel, Pélagie passa son bras sous celui du jeune lieutenant.

– Mère apprécie beaucoup votre oncle, qui est un homme d'une culture époustouflante.

Yves essaya de trouver une phrase neutre pour répondre.

– Je pense que la réciproque est vraie : votre mère est une femme charmante, à l'esprit vif.

– Père, qui se considère plus français que breton, dit toujours, comme tous les amis qu'il fréquente, que les gens de l'Argoat sont des ploucs, épithète donnée aux habitants de Plougastel, mais je ne le crois pas. À la guerre, j'ai croisé beaucoup de jeunes gens qui ne l'étaient pas. Je suis convaincue que si l'on donnait à tous les jeunes Bretons de notre génération l'éducation qui devrait leur revenir, on y trouverait autant de gens bien que partout ailleurs. Il n'y a qu'à parler avec votre oncle... et avec vous, pour voir combien j'ai raison.

Yves se sentit flatté. Ce compliment venant d'une sainte l'honorait bien plus que ceux qu'il avait reçus de ses supérieurs, qui vantaient souvent son esprit vif et sa belle érudition, mais ajoutaient souvent... « pour un Breton ».

– Mademoiselle Pélagie, comment supportez-vous toutes ces horreurs ? Je veux dire les souffrances de ces pauvres gars que vous voyez passer dans vos hôpitaux de campagne ? Comment faites-vous pour croire encore en la bonté des hommes ? Comment d'aussi jolies mains que les vôtres peuvent-elles tenir un bras ou une jambe que l'on ampute, panser des plaies horribles et remettre des entrailles à leur place ? Comment votre âme peut-elle rester aussi pure alors que vous assistez des mourants qui maudissent Dieu et les hommes ?

– Je ne crois pas en ce Dieu des églises catholiques qui ressemble trop à un comptable, mais je crois en la parole du Christ qui nous encourage à nous aimer les uns les autres, et je crois aussi qu'il existe un Architecte cosmique qui a construit tout ce qui nous entoure et qui a des desseins cachés, ce Dieu de bonté que Jésus appelait Père. J'ai foi en l'homme, je suis certaine que ce que nous vivons n'est qu'un moment de folie qui ne se reproduira plus jamais. Une fois que tous les dirigeants auront pris conscience du mal qu'ils engendrent, ils se réuniront et feront cesser cette guerre absurde.

C'était un discours surprenant, d'une grande naïveté ou d'une intense bonté, pensa Yves, mais c'était bien là le discours d'une sainte, même si elle nommait Dieu l'Architecte. Et il le lui dit :

– Mademoiselle Pélagie, vous êtes une sainte.

– C'est me faire beaucoup d'honneur, monsieur le lieutenant, je ne suis qu'une jeune femme moderne qui est certaine que les hommes arriveront bientôt à acquérir la sagesse et la générosité qui leur ouvriront les portes d'un monde meilleur, comme il est dit dans les Écritures.

Yves était perplexe, mais il n'osa pas le dire. Il n'osa pas contrarier cette jeune femme qui respirait la bonté et la grandeur d'âme, alors il garda ses réflexions pour lui. Au fil de leur promenade, il sentait croître son attirance pour cette femme, non pas une attirance purement physique, mais une attirance intellectuelle, sublimée. D'ailleurs, comment peut-on tomber amoureux puis coucher avec une sainte? C'était hors de propos... Quoiquc, quand elle se faisait un peu plus lourde à son bras, que sa hanche touchait la sienne et que son sein petit mais ferme frottait son biceps, il sentait descendre le long de sa colonne vertébrale des sensations bien peu intellectuelles qu'il reconnaissait parfaitement. Marthe la putain, Marthe la sainte... Pélagie, qui? Sainte? Putain? Il eut envie de la revoir et lui en demanda la permission. La réponse était ambiguë, mais Yves s'en contenta.

– Je serais heureuse de pouvoir reparler avec vous quand cette guerre ne sera plus qu'un lointain souvenir.

Dans la roseraie, Émile tenait des propos bien moins philosophiques, à tel point qu'il avait dû bâillonner de sa main Mme de Kermadec pour éviter l'arrivée intempestive de domestiques croyant à une attaque des Walkyries. Enfin, Cunégonde se calma, puis se rajusta tout en affirmant, comme le font souvent les femmes amoureuses d'un nouvel amant, qu'Émile lui avait révélé sa féminité et le plaisir qui va avec. Le *diskonter* eut un peu peur de cette affirmation qui risquait de devoir lui faire rembourser des intérêts disproportionnés à son emprunt. Il trouvait la « friandise » agréable, mais n'avait nullement l'intention de fréquenter trop souvent la bonbonnière. C'était l'expression qu'il employait pour qualifier sa conquête et sa demeure, car, en vieux breton, *kermadec* pouvait se traduire par « maison de la friandise » ou « du bonbon ».

XII

L'assaut

24 mai 1916. Pendant des mois, la 87e division territoriale, dont faisait partie le 74e régiment breton d'infanterie, avait défendu avec opiniâtreté son secteur. Le 27 mars, après avoir triomphé de toutes les attaques, la division était citée à l'ordre de l'Armée : « La 87e D.T. a pris part à toutes les opérations qui se sont déroulées en Belgique depuis le mois d'octobre 1914. Par sa ferme attitude au feu, au cours de violents combats, aussi bien que par son endurance dans un service de tranchées très pénible, s'est montrée l'égale des troupes les plus solides.

« Chargée, sous le commandement du général Joppé, pendant les plus mauvais mois de l'hiver, de la défense d'un secteur que les intempéries, le terrain marécageux, les bombardements répétés et intenses de l'ennemi rendaient particulièrement difficile, a donné des preuves constantes du superbe esprit de devoir et de dévouement qui l'anime tout entière. »

Ça leur faisait une belle jambe d'être glorifié dans une dizaine de lignes reproduites dans des journaux que personne ne lirait. Ils étaient crevés, exaspérés, et cependant ils continuaient à exécuter les ordres. Justin, Erwan, Lucien et les camarades avaient vu du pays ces derniers temps. On les avait embarqués à Bergues pour Calais, où ils avaient été chargés de défendre une partie du front de mer sous les ordres du général Ditte, gouverneur de Calais. Puis le régiment s'était replié à Dunkerque avant de revenir à Calais. Ditte et l'état-major avaient alors imaginé un autre avenir pour les Bretons. Un avenir où ça cognait dur. À marche forcée, ils étaient retournés à leur position d'origine, Streensstraat-Hetsas-Boesinghe, avec pour mission de tenir coûte que coûte la rive ouest du canal.

Les Bretons du 74e étaient de retour. Ce n'était pas la meilleure des nouvelles. Ces chiens de Celtes ne lâchaient jamais le morceau. Hitler[1] fut contrarié dès qu'il entendit la bombarde et le fifre jouer des marches à la gloire de la France. Il était de garde, il n'avait pas de plis à porter, l'estafette qu'il était rongeait son frein en haïssant la terre entière. On se serait cru revenu au temps de Napoléon, quand la Garde impériale s'apprêtait à entrer en ligne. De plus, ces mangeurs de grenouilles et ces buveurs de gros rouge chantaient. C'était démoralisant. S'il avait eu en point de mire l'un de ces musiciens, il lui aurait flanqué une balle explosive dans la bouche, mais les bleus se dissimulaient derrière le canal dans des tranchées profondes, protégées par des redoutes, des batteries de canons et des nids de mitrailleuses entourées de montagnes de sacs de terre et de murs de ciment.

1. Adolf Hitler et Rudolf Hess, tous deux dans la même unité, participèrent aux batailles d'Ypres en 1915 (voir *La Malédiction de l'Ankou*, tome 1).

Sa haine des Français et son envie de faire un carton le poussèrent à ramper hors du réduit dans lequel il était de garde avec ce stupide intellectuel de Rudolf Hess. Il ne distingua pas grand-chose dans le paysage bouleversé, traversé par des écharpes de brume. Pas le moindre uniforme français, pas le moindre éclat d'acier d'une arme, hormis ceux des baïonnettes qui émergeaient du sol plein de cadavres.

Ces maudits chantaient à tue-tête. Il retourna dans sa cache qui prolongeait une grosse tranchée pleine de *sturmtruppen*, braves parmi les braves, bavarois jusqu'au bout des ongles, qui attendaient l'ordre de l'assaut depuis trois jours. La position sentait le chou, la saucisse, la bière, la pisse et la merde. Ces odeurs ne l'atteignaient plus.

– Alors, pas de camembert à trouer ? persifla Hess.

– Tu devrais t'en rendre compte par toi-même au lieu de te planquer toute la journée.

– Je préfère rester vivant. Il y aura de grandes choses à accomplir quand nous aurons gagné la guerre.

– Parce que tu comptes accomplir de grandes choses ?

– Oui, il faudra nommer des hauts fonctionnaires pour gouverner les pays conquis, et je compte en faire partie. Et toi ?

– Moi...

Adolf contempla le faciès de Cro-Magnon de son compagnon d'infortune. Rudolf Hess avait tout du primate qui essaie de faire du feu en frottant des pierres de silex. Cet ultranationaliste était une brute stupide qui, malgré ses diplômes, ne comprenait pas que les postes importants allaient être octroyés à la noblesse allemande. Que pouvait-il espérer ? Il n'entrait dans aucun des critères de la race aryenne.

– Moi, finit par répéter Hitler, je ne resterai pas toute ma vie estafette, j'entrerai dans la Garde impériale, lâcha-t-il.

– Tu es bien vu par les supérieurs, c'est possible, répondit Hess en souriant.

Hitler ne tint pas compte de l'air railleur de son camarade. En fait, il ne savait pas ce qu'il allait devenir dans ce monde remodelé à la prussienne par les castes militaires. Garde impérial ? Un bel uniforme. Des avantages et l'assurance d'être adulé par les femmes et de côtoyer cette noblesse qu'il exécrait. Une finalité quasiment irréalisable.

Il n'avait pas le physique de l'emploi. Il lui manquait au moins douze centimètres de hauteur, du bleu dans les yeux et de l'or dans les cheveux. Il soupira. S'il pouvait au moins deviner ce qui se tramait derrière l'écran fumeux de son destin ! Il était comme un volcan en sommeil, d'où s'échappaient parfois des volutes de soufre.

Garde impérial. Il pensait appartenir intellectuellement à cette élite depuis qu'il s'était procuré illégalement une baïonnette du corps de la Garde montée de l'empereur. Ses supérieurs fermaient les yeux sur la présence de cet objet car il était bon soldat. Elle pendait à sa ceinture à la place de la baïonnette réglementaire à dents de scie des troupes d'occupation en Belgique. Il la retira de sa gaine, la fit tourner, admiratif, examina l'insigne sur la poignée, puis la devise : *Suum cuique* (À chacun le sien). Il n'avait jamais eu l'occasion de s'en servir, elle était vierge, il sentait cependant qu'elle réclamait son dû de sang et il fit tout bas la promesse de la contenter.

– Tu pourrais être puni pour la possession de cette arme, lui dit Hess en contemplant l'objet. C'est bon pour la parade, ce truc, et ça fait moins de dégâts que la lame à dents de scie.

Hess déglutit. Il avait eu l'occasion de scier un Français blessé lors d'un coup de main à l'écluse, et il avait su dès lors qu'il n'était pas fait pour le travail de boucher. Il était né pour tuer les gens en masse par des discours politiques. Un jour, il mettrait son talent d'orateur au service des idées ultranationalistes, et ses mots seraient plus efficaces que les baïonnettes, les balles, les obus et les gaz.

– Elle tuera son homme le moment venu, répondit Hitler en rangeant la lame impériale. Tu entends ces chiens de Bretons ?

– Et comment ! Il paraît qu'il y a la section de la compagnie de « la main du Diable » en face.

– Non, elle est à Calais.

– Elle est revenue avec le 74e régiment. Ces Bretons ont fait du dégât à Calais. Il y a ce démon Schilt avec eux. Ce type a grillé un nombre considérable de camarades avec son *flammenwerferapparat* sur le front de mer. Personne n'a pu le descendre jusqu'à présent.

– Seul un héros wagnérien le pourra ! s'exclama Adolf en songeant à un face-à-face titanesque.

Une force surnaturelle s'empara de lui. Il se mit à crier :

– Soldats ! Ne vous laissez pas impressionner par leurs chants ! Camarades ! Souvenez-vous de la Bavière !

Il avait l'air d'un exalté, d'un mystique, d'un prédicateur s'adressant à des chevaliers teutoniques. Il était inspiré par les dieux du Rhin et il lui sembla voir les walkyries quittant la sombre forêt hercynienne pour voler au secours de l'armée allemande. Alors, il entama le chant des tranchées à la gloire des Bavarois :

Debout, camarades, la pioche en main!
Il nous faut creuser la tranchée
Et y ajouter ensemble un solide abri
Pour que le Prussien y soit bien en sécurité
Même dans la guerre de positions, le Bavarois montre sa valeur :
C'est lui qu'on réclame sur tous les fronts
C'est lui qu'on réclame sur tous les fronts!

Ce *bis* entraîna Hess à chanter de sa voix rauque, puis un caporal et un lieutenant ajoutèrent leurs timbres. Le quatuor continua avec un enthousiasme communicatif :

Les vaillants Bavarois doivent danser au fifre :
Et tandis que le Prussien flâne comme un gros loir
Le Bavarois trime et creuse les tranchées;
Après quoi on le mène encore à l'exercice
Sous prétexte de discipline et d'entraînement...

Hitler chantait, Hess chantait, tous chantèrent. La rive est du canal était en folie. Ils étreignaient leurs armes comme des crucifix; l'un d'eux lança une grenade et ce fut l'explosion. Deux mille voix entonnèrent :

Le Français redoute fort le Bavarois
Et se garde bien de l'attaquer
Mais quand il se trouve en face de l'insolent Prussien
Il faut voir comme il le fait danser!
Le Prussien est obligé de lâcher sa tranchée
Ah! Si on y avait laissé le Bavarois!

Les Bretons s'étaient tus. Lucien et Justin avaient rangé leurs instruments et repris leurs fusils. Ils écoutaient les barbares.

– Ce n'est pas un chant d'amour et d'allégresse, expliqua Chasteigne, qui comprenait l'allemand.

– Ils ont l'air remontés. Il va y avoir du grabuge. Foutre de casques pointus! On va devoir remettre ça, râla le Teigneux en glissant les huit cartouches dans le chargeur, plus une autre dans l'auget et la dernière dans la chambre.

Il avait hérité d'un modèle spécial 1886 D, dont les balles de 12,8 grammes à bout pointu en laiton étaient propulsées par une charge de 3 grammes de poudre BN3FD. L'arme paraissait plus efficace que les modèles courants, et il faisait quelques envieux parmi les gars de la compagnie. Toutefois, il y avait mieux que le fusil Lebel 1886 D : il y avait l'arme Lienblac.

– On s'en fout des casques à pointe, railla Lucien. On a le dragon de feu avec nous. La bête va griller tous les Siegfried, les Odin, les Wolfgang. Regardez-le, mes amis, ne ressemble-t-il pas à ce Nidhöggr ?

Lucien désigna Lienblac du menton. Un soir, Erwan, qui connaissait beaucoup d'histoires sur la mythologie celte et nordique, leur avait parlé de Nidhöggr, le dragon qui frappe obscurément et vit au royaume des morts en suçant les cadavres des trépassés. La légende racontait qu'il reviendrait dans le monde renouvelé après l'Apocalypse. La légende n'en était plus une. Le représentant de Nidhögrr était bien revenu sur terre.

Lienblac se tenait toujours à l'écart de ses camarades de section. Il avait l'habitude de prendre ses quartiers entre deux Rimailho qui crachaient de temps à autre un obus. Les servants de ces canons courts de 155 le toléraient. Tous les gars de la compagnie le rejetaient ; par sa présence, il attentait à l'honneur du régiment.

Mais comment avait-on pu hériter d'un Schilt ? Qui avait eu l'idée scabreuse, parmi les galonnards, de faire d'Arsène Lienblac un porteur de lance-flammes ? Ces engins cracheurs de feu n'avaient pas bonne réputation, ils étaient dangereux. La brigade des sapeurs-pompiers de Paris avait testé des lance-flammes à la butte de Vauquois. On avait sélectionné les meilleurs pour cette opération qui devait marquer à jamais les Boches de terreur. Cinquante braves. Vingt d'entre eux étaient morts brûlés, victimes de leur propre matériel utilisé contre un objectif élevé et des vents contraires.

Toujours était-il que 70 compagnies Schilt avaient été formées et que Lienblac, lui, avait été bien plus efficace que les pompiers de Paris. Il avait au moins cent Boches rôtis à son actif. Assis sur un matelas d'obus de 155, il bichonnait le réservoir avec un chiffon. Il caressait le cylindre contenant les 35 litres de pétrole ; il avait abandonné l'engin de 80 litres, trop lourd à porter sur le champ de bataille. Il était impeccable dans son uniforme sur lequel la croix de guerre pendait en permanence. Il rutilait. Les guetteurs allemands, du haut de leurs saucisses accrochées à des câbles, ne devaient voir que lui. Lienblac se fichait des ballons d'observation et des avions de reconnaissance qui sillonnaient le ciel dégagé. Il attendait son heure, le regard fixé sur le canal. Elle arriverait bientôt, il le savait d'instinct.

– L'Ankou le protège, dit Lucien.

– Non, c'est le Diable qui l'a à la bonne, répliqua le Teigneux.

– Et pourquoi pas la Vierge de Lourdes ? Il a été envoyé là-bas. Il se prend pour un ange de la légion du Christ depuis. « Un envoyé du ciel chargé de purifier la terre de ses vermines », renchérit Lucien.

– Peu importe avec qui il a passé un pacte, conclut Justin. On l'a maintenant sur le dos et on va devoir ouvrir l'œil, il pourrait nous prendre pour des vermines.

Ils se turent, suivant du regard les paresseuses saucisses qu'un vent léger venant des Pays-Bas poussait vers leurs lignes. Des triplans aux croix noires volaient à haute altitude. Toutes ces cibles étaient cependant hors de portée des canons antiaériens de 105 et des mitrailleuses revolvers. Un camion portant un 75 monté sur un axe s'avança sur la route et tira une dizaine de projectiles qui tachèrent le ciel en explosant. Ils ne firent aucun dégât. Le ballet des aéronefs se poursuivit.

– C'est un jour à gaz, constata le sergent.

Chasteigne n'était pas du genre pessimiste. Il s'en tenait toujours à la réalité des faits. Ils frissonnèrent à l'idée de voir apparaître les nappes jaunâtres. Dans les milieux des renseignements, on parlait de nouveaux gaz bien plus meurtriers que ceux utilisés en 1915 ; les chimistes allemands auraient mis au point un composé de chlore et d'oxyde de carbone appelé le phosgène. Tout était prêt pour parer à l'éventualité d'une telle attaque. Des masques à cartouche avaient été distribués, des fûts contenant une solution de bicarbonate de soude avaient été déposés devant les abris et les casemates afin d'arroser des toiles spéciales étanches prévues pour stopper les gaz. Mais ils n'étaient pas rassurés pour autant.

– *Gast!* Toutes ces saucisses et ces avions ! Ils préparent un sale coup, dit Erwan.

– Y a des chiens ! s'écria le jeune Christo.

Ils entendirent aboyer les chiens ennemis le long du canal. La présence des canidés de reconnaissance confirma leurs doutes. Les *sturmtruppen* n'allaient pas tarder à bondir hors des tranchées, franchir le canal, s'emparer des ponts et régler le sort des pauvres gars accroupis dans les petits postes.

– Deux volontaires ! gueula Tantor, qui revenait du Q.G.

Les hommes perdirent plusieurs centimètres en rentrant le cou et en se tassant sur leurs arrière-trains. Tantor marcha entre les files tout en promenant sa tête de dogue au-dessus des casques.

– J'ai besoin de deux volontaires pour dire aux gars des petits postes de rappliquer.

C'était une noble mission. Il s'agissait de sauver des vies avant la grande distribution des clés du cimetière.

– Moi ! dit Christo.

– J'y vais aussi, ajouta le Teigneux.

– On les couvre, je sors.

– Je t'accompagne.

Les deux dernières voix étaient celles de Justin et d'Erwan. Lucien ne se proposa pas. Il avait une mauvaise intuition. Justin donna deux tablettes de chocolat à Christo et au Teigneux. Le matin même, il avait reçu un colis bien garni de Carla Le Penven, « sa mère adoptive », qui le prenait toujours pour son fils Nicolas, mort un an plus tôt. Ils se bourrèrent la bouche de carrés qu'ils firent fondre avec de la gnôle locale. Ça valait mieux que le goût de la vinasse au phénol. L'énergie se propagea en eux. Tantor leur octroya une tape fraternelle sur l'épaule, ce qui ne lui ressemblait pas. On supposa qu'il détenait des nouvelles peu réjouissantes pour l'avenir de la compagnie.

Christo et le Teigneux grimpèrent aux échelles, puis roulèrent par-dessus le parapet. Justin et Erwan contemplèrent Tantor qui suivait la progression des deux volontaires. À son regard tendu, ils comprirent que la bataille était imminente. L'adjudant leur fit signe d'y aller. Ils se hissèrent le long des barreaux et plongèrent par-dessus les sacs. Là, plaqués au sol, ils attendirent encore une vingtaine de secondes, le cœur au galop. Alors qu'ils s'apprêtaient à ramper, le capitaine Mariec, le lieutenant Louis Jacquemin et le sous-lieutenant Victor Rocher apparurent. Le capitaine harangua la compagnie. C'était confirmé : les Boches étaient sur le point de lancer un formidable assaut sur plusieurs kilomètres de front et leur objectif principal était de bouter les Bretons hors de Belgique.

Il n'y avait plus un instant à perdre. Justin et Erwan firent jouer leurs coudes et leurs genoux et se faufilèrent entre les mailles des barbelés, contournèrent un amas de ferraille au milieu duquel s'enlisaient des bottes allemandes, des fusils brisés et une carcasse de cheval aux os blanchis. Devant eux, à une quarantaine de mètres, les silhouettes de Christo et du Teigneux progressaient lentement mais sûrement vers les trous d'hommes. Il y avait un entonnoir creusé par un *minenwerfer*. Cette excavation se révélait être un bon abri, à mi-chemin entre les postes avancés et la première ligne. Justin et Erwan se laissèrent glisser à l'intérieur avant de s'aplatir au ras du bord opposé.

– On les couvre d'ici, dit Justin.

– Ouais, c'est du quatre étoiles, répondit Erwan en posant une grenade devant lui.

Le canal était à cent pas, voilé d'un léger brouillard dans lequel des fantômes de corbeaux criards battaient des ailes. Ils virent les bleus quitter les trous d'hommes. Christo et le Teigneux faisaient du bon boulot. Ils se déplaçaient comme des félins sur l'ultime ligne de front. Une mitrailleuse crépita. Des coups de fusil claquèrent sur la rive opposée. Le « flou flou » d'obus de gros calibre se fit entendre au-dessus d'eux.

– Bordel ! Ça commence, jura Justin.

Devant eux, les soldats français se tortillaient sur le sol en s'éloignant de la dangereuse position des petits postes.

« Surtout, ne vous relevez pas ! pensa très fort Justin. Allez, les gars, tenez bon ! Gardez les nerfs solides ! »

Les balles sifflantes cherchaient leur proie. Ils tenaient bon, collaient à la boueuse terre sur laquelle ils traçaient des sillons. Les tirs s'intensifièrent. L'un d'eux craqua. Christo. Il se releva et courut.

– Couche-toi, Christo ! Nom de Dieu ! Couche-toi ! hurlèrent Justin et Erwan au moment où il dépassait l'entonnoir.

Christo n'entendait rien. La panique occultait sa raison. Il courut bien une trentaine de mètres avant de ralentir et de se mettre à marcher comme un funambule sur un fil. Justin et Erwan quittèrent leur abri. Les autres gardaient leur sang-froid et épousaient au mieux les moindres plis du terrain.

– Christo en a pris dans le caisson, dit Erwan.

– Putain !

Ils le rejoignirent en prenant des risques et ils l'atteignirent à l'instant où il tombait à genoux. Des balles l'avaient atteint au dos et transpercé. C'était une passoire. Le sang pissait. Ils l'étendirent. Ils éprouvaient de la rage dans leur incapacité de le soigner.

– J'ai froid, dit-il.

Ce furent ses derniers mots. L'Ankou, d'une main glacée, s'était emparé de son âme tout en raflant d'autres vies sur les milliers de kilomètres de front de cette guerre qui voyait les Chinois, les Japonais, les Turcs, les Russes, les Français, les Anglais, les Autrichiens, les Italiens et maints autres peuples se déchirer pour des idéaux révolus. Pour l'Ankou, c'était une dure journée de labeur et un jour à marquer d'une croix. Parmi les humains désignés pour le trépas, il y en avait un de choix. Il se dilua dans les airs chargés de poudre et d'éclats de fer alors qu'un autre Breton de Guingamp tombait comme une masse dans la tranchée, au milieu des officiers qui encourageaient les soldats à tenir bon. Justin et Erwan dégringolèrent sur eux avec la grappe des rescapés. Justin se précipita vers le blessé que Tantor retournait sur le dos. Il n'avait plus de visage, une balle explosive lui avait éclaté dans le nez, lui arrachant les dents et la langue, lui fracassant le bas des orbites alors qu'il cherchait à repérer son meilleur copain parti avec lui pour cette course insensée. Tantor était une brute et parfois un salopard, mais il ne manquait pas de cran ni de savoir-faire. Justin et lui déplièrent des paquets de pansements dont ils lui enveloppèrent la face en tentant d'arrêter l'hémorragie. En quelques secondes, la tête de chiffons se colora de rouge.

– Courage !

– Agrippe-toi, mon gars, on va t'évacuer.

Leur cri du cœur ne servit à rien. Dans un raidissement de tout son corps, le soldat expira. L'Ankou qui avait la faculté de se démultiplier – venait d'emporter l'âme de leur camarade.

– Tous aux parapets et feu à volonté !

La voix de Mariec porta. Justin et Erwan retrouvèrent Lucien et le Teigneux qui attendaient le choc de la première vague ennemie. Les obus pleuvaient dru. Les canons français ripostaient. Les « ping » rageurs des 75 attisaient le courage des poilus. Les 155 courts entrèrent dans la danse. Le long du canal, des gerbes montèrent, des arbres entiers décollèrent de la glaise et éclatèrent en milliers d'échardes meurtrières. Au bruit de la canonnade se mêla le long cri des Bavarois.

Les redoutables guerriers arrivaient, hérissés de baïonnettes, bardés de grenades. En une minute, l'une de leurs compagnies d'élite prit le pont, mais ne put enlever les redoutes qui le protégeaient sur la rive ouest. Un feu nourri les stoppa sur place. La vague n'était pas unique. Une seconde suivit. Les barbelés et les mitrailleuses à tirs croisés ne suffirent pas à briser l'élan de cette charge teutonique poussée par des officiers qui n'hésitaient pas à tirer sur les retardataires.

Justin tirait à répétition, rechargeait, voyait grossir la masse des assaillants. Son canon de fusil était brûlant. Lucien lança deux grenades qui firent des dégâts sans pour autant briser l'élan des impériaux. Erwan reçut un Allemand sur la pointe de sa Rosalie et le cloua au fond de la tranchée. Ils allaient être submergés quand la langue de flamme se mit à gronder.

Lienblac entrait en action. Il avait attendu le dernier moment. Un rictus aux lèvres, il arrosa les soldats en gris. Les Boches s'enflammaient, hurlaient, retombaient carbonisés. Il créa une trouée et un flottement que Tantor mit à profit.

– En avant ! On les repousse jusqu'au canal !

Mariec reprit l'initiative en devançant son adjudant et en vidant son chargeur sur les fuyards. Lienblac coupa son jet de flammes et les suivit. La compagnie bondissante le dépassa. Chargé comme il était, il avait du mal à la suivre. Il avait l'air d'un cloporte. Justin s'écarta prudemment du Breton qui lui jetait de temps à autre des regards meurtriers.

– T'en fais pas, on l'a à l'œil, dit Lucien en s'élançant tel un cabri sur le terrain accidenté.

Ils rattrapèrent des Bavarois fatigués par la longue course de l'assaut, les lardèrent de coups de lame dans les reins, les abattirent à bout portant. Cette sale guerre n'avait rien de chevaleresque, ils ressemblaient aux écorcheurs des grandes compagnies du Moyen Âge qui ne ressentaient aucune pitié. Les mourants tombaient sur les séchoirs qui pliaient sous leurs poids. Les barbelés les retenaient entre leurs canines de fer aussi sûrement que des insectes pris dans des toiles d'araignées. Là, ils agonisaient longtemps. Les plus résistants entendraient aboyer les chiens sanitaires, verraient apparaître les braves brancardiers à la fin de la bataille. Mais la bataille pouvait durer des jours et des nuits. L'heure était à la contre-attaque. Ce foutu canal était plein de Boches qui pataugeaient et nageaient. Un lieutenant-colonel allemand, debout sur la rive opposée, tuait ses propres soldats en les traitant de lâches. Quand il fut à court de munitions, il hurla de repartir à l'attaque. Le Teigneux lui logea une balle dans le cœur.

– Ça, c'est pour Christo ! gueula-t-il.

Puis ses yeux de fouine s'écarquillèrent. La troisième vague des *feldgrau* du 6e bataillon d'élite prenait son essor. Une clameur la précéda. De plus, les mitrailleuses allemandes se mirent en action. Des milliers de balles filèrent vers le canal où s'entassaient les Français. Quelques explosions sourdes de mortiers achevèrent de couper l'élan du 74e régiment. Mariec jugea la situation perdue et commanda le repli. Tous les capitaines reprirent son ordre et ce fut la débandade.

Hitler, les larmes aux yeux, la rage au ventre, avait vu s'effondrer les deux premières vagues des troupes d'assaut. Les meilleurs avaient cédé à la peur. Un nombre considérable d'uniformes gris jonchaient le paysage ravagé de ces maudites Flandres qu'on avait cru conquérir en une poignée de jours au début du conflit. Hess, plaqué à quelques centimètres de lui, ne manifestait aucune émotion. Il gardait ses sentiments profondément enfouis, son regard de cinglé ne semblait pas attacher beaucoup d'importance à la mort de tous ces héros. Il cachait bien sa douleur ; son nationalisme était mis à mal ; ses idéaux étaient en déroute ; son avenir compromis. Il eut ces mots laconiques :

– Les Bretons contre-attaquent. Tu vas avoir l'occasion de montrer tes talents de combattant.

– Ce n'est pas possible ! grinça Adolf.

– Ils ont des tripes, ces gars-là.

Hitler voyait bien que les Bavarois reculaient et ne parvenaient pas à se reprendre en organisant une ligne de défense. Ces couards jetaient leurs armes, s'empêtraient dans les barbelés, se faisaient massacrer. Cette intolérable reculade, ce manquement à la discipline, au devoir du sacrifice et à l'honneur le révoltèrent. Il se redressa, épaula et tira sur les silhouettes bleues qui pressaient les silhouettes grises. Il était trop loin pour faire mouche. Beaucoup trop loin. Il grimpa, sortit de la tranchée, animé d'une folie que Hess tenta d'endiguer :

– Reste ici ! Tu vas te faire descendre !

– On doit les repousser !

– Attends les ordres !

– Non. Si nous n'agissons pas, ce soir il n'y aura plus personne pour donner des ordres ! Suis-moi, Rudolf ! C'est le moment ou jamais ! Sauvons l'Allemagne !

– Reviens !

Hitler partit vers le canal. Son initiative précipita le mouvement. Un colonel remarqua ce fantassin qui partait à la rescousse des siens. Il ordonna à ses capitaines de lancer toutes les forces en présence. Et la troisième vague quitta le formidable réseau des tranchées renforcé de blockhaus, tandis que toutes les bouches d'artillerie lâchaient leurs grêles de projectiles sur les positions françaises.

Hitler arriva sur le bord du canal et se coucha, mais là encore il ne fut pas satisfait. Il voulait être au plus près, combattre les yeux dans les yeux. Il dégaina la baïonnette de la Garde impériale et la fixa à l'embout du canon en disant :

– À chacun le sien !

À cet instant, la troisième vague sauta dans le canal. Il la suivit, se laissa glisser dans l'eau en tenant son arme au-dessus de la tête. Ce n'était pas profond, des cadavres flottaient, tournoyaient sur eux-mêmes. Il en repoussa un qui avait les yeux grands ouverts et le sourire aux lèvres. Il atteignit rapidement l'autre rive et eut un cri de triomphe en voyant les Bretons détaler comme des lapins. Il eut le réflexe de tirer et d'abattre un homme dans la foulée. La griserie de ce coup magistral balaya toute prudence. Il se sentait réellement dans la peau d'un guerrier du Rhin. Son sang – il en était persuadé – était un mélange de ceux des Cimbres, des Teutons, des Goths, des Vandales, des Alains et des Ostrogoths qui avaient dévasté et conquis l'Empire romain. Il courait avec l'espoir de prendre Boesinghe et, de ce point stratégique, foncer jusqu'à la mer du Nord dans un élan glorieux qui lui vaudrait la croix de fer de première classe et une promotion. On massacrerait les Français et les Anglais sur les plages, on les noierait par milliers, puis ce seraient la prise de Calais, l'effondrement de la Picardie, l'invasion de la Normandie. Il visualisa le crochet des armées sur la carte de France et l'encerclement de Paris. Mais ce rêve triomphal tourna court. La troisième vague se mit à piétiner sous la mitraille et le déluge de feu ennemi. Soudain, le démon parut sur un parapet à deux cents pas de l'endroit où Hitler venait de s'accroupir avec des camarades d'une section de grenadiers.

Lienblac avait fait l'aller-retour : tranchée, canal, tranchée, sans pouvoir se servir de son engin infernal dont la portée n'excédait pas dix-huit mètres. Il n'avait jamais pu être au contact. Il aurait nappé de feu les eaux glauques du canal si ce couard de Mariec n'avait pas ordonné le repli. Sur le chemin du retour, malgré le risque de se faire descendre, il avait eu le temps d'égorger deux blessés allemands. Sa Rosalie réclamait du sang depuis un corps à corps dans les ruines d'un village à proximité de Calais. Il l'avait assouvic, sa lamc chérie; elle gouttait le long de sa hanche.

Après avoir repris son souffle et rempli le réservoir de son Schilt, Lienblac avait choisi une position haute. Les gars du génie avaient construit une motte artificielle, renforcée de moellons et de plusieurs tonnes de sacs de terre, sur laquelle s'étaient installées quatre mitrailleuses. Les servants de ce nid de frelons lui avaient dit de dégager, mais il avait fait la sourde oreille. Maintenant, les mitrailleurs ne se souciaient plus de sa présence maléfique; ils vidaient leurs bandes de munitions en faisant des ravages dans les rangs ennemis; ils se crispaient, retenaient leur respiration. Insensiblement, les Boches gagnaient du terrain.

Lienblac vit la clique de la section sur sa droite : Erwan, Lucien, le Teigneux, Chasteigne, ils étaient tous sains et saufs. Justin aussi. Le Midi, qu'il avait juré d'envoyer devant le tribunal des morts où siégeaient l'Ankou et une ribambelle de serviteurs effrayants, s'en était encore sorti. Il reporta son regard sur les *sturm-truppen* qui ne lâchaient pas prise et se rapprochaient au prix d'énormes pertes. Ces pourritures utilisaient des balles explosives. De rage, animés par la haine, les Bretons leur rendaient la pareille, arrachant leurs balles de leurs étuis et les y replantant la pointe en bas. Ainsi montées, elles faisaient d'effroyables dégâts en touchant leur cible.

Lienblac se concentrait, la main crispée sur la hampe de sa lance incendiaire. Une grenade explosa entre deux mitrailleuses. Un servant s'écroula, un éclat lui avait percé le cœur; les autres se tordirent de douleur sur le sol. Une dizaine d'obus de mortiers français éclatèrent sur la ligne bavaroise. Il y eut un moment d'hésitation chez l'ennemi, ce moment où tout peut basculer d'un côté ou de l'autre. Il aurait suffi d'un héros berlinois se redressant et criant : « En avant! Pour la gloire de l'Allemagne! » Mais le courage du sacrifice les avait quittés.

Ce moment lui appartenait. Lienblac poussa un rugissement, marcha sur les mitrailleurs blessés et se dirigea vers sa section, sauta sur le parapet et enclencha le mécanisme de la machine Schilt. Le trait de feu toucha de plein fouet un sergent teuton à la puissante carrure qui s'apprêtait à lancer une grenade. La terreur s'imprima dans le regard des assaillants. Plusieurs firent demi-tour. Ce fut le signal de la débâcle. Lienblac était sur leurs talons, crachant le feu, carbonisant l'air, la terre, les barbelés, les uniformes et les chairs. Il éprouvait une joie féroce. Sa jouissance était totale. Elle n'atteignait pas de tels sommets lorsqu'il se vidait entre les cuisses ou dans la bouche des putes dans les bordels. Les proies se défilaient. Il relâcha sa main. La lance émit un sinistre gargouillis.

La compagnie menée par Mariec et ses seconds était sortie de la tranchée pour reprendre la rive ouest du canal. L'éternel va-et-vient avec l'Ankou en embuscade qui empilait les pierres blanches en comptabilisant les âmes. Lienblac se mit à courir. Le pétrole faisait floc floc dans le réservoir. Cette fois, il voulait être le premier. Alors qu'il enjambait des foutus fouillis de barbelés entrecroisés sur des queues-de-cochon et des croisillons, il perçut un mouvement à la périphérie de son œil gauche. Il se retourna. Une estafette allemande fonçait vers lui, baïonnette en avant. Un détail le frappa. La lame du Boche n'était pas en dents de scie. Cela le troubla au point de s'empêtrer dans la filasse rouillée hérissée de petits crocs. Il rencontra le regard fanatique de l'homme qui le chargeait. Pour la première fois de son existence, Lienblac eut peur. Ce soldat sortait de l'enfer. Il eut la vision de l'Apocalypse, de cet homme commandant des légions de la mort.

– *Gast!* jura-t-il.

Il n'arrivait plus à remuer les jambes. Ce merdier de barbelés l'immobilisait. Il dirigea sa lance vers l'envoyé du Diable. Son mouvement brusque lui fit perdre l'équilibre. Sa main serra l'enclencheur. Le jet de feu frappa ses pieds, la gerbe remonta, éclaboussa ses cuisses. Il était hypnotisé par cette fleur incandescente dont il était le pistil. Étrangement, il ne ressentait rien. Pas encore. Et il ne relâchait pas la pression sur le déclencheur. Son ventre brûla. Soudain, il se mit à hurler. Le Boche marqua un temps d'arrêt, fasciné par l'horrible spectacle.

Hitler aurait pu l'achever, mais il n'en fit rien. Ce monstre méritait de souffrir. Cette agonie éveilla en lui de fugaces et troubles idées. Ce soldat qui brûlait était un symbole, un signe du destin, quelque chose qui préfigurait son propre avenir. Il réalisa soudain qu'il était seul à l'arrière. Les troupes d'élite franchissaient le canal en sens inverse. Il se replia. La première manche était perdue.

Lienblac avait vu la compagnie refluer à travers un voile de douleur quand le tir de barrage allemand avait commencé. Il était entortillé dans les barbelés qui torturaient ses chairs brûlées. Les tirs s'intensifièrent. C'était du gros, du plus de 200. La boue, soulevée par les explosions, montait à plusieurs dizaines de mètres. Ça secouait la caboche, la tripaille, rendait sourd, fou. Les ondes agitaient le piège qui le maintenait prisonnier ; elles attisaient ses douleurs. Il espéra qu'un obus le fasse éclater en mille morceaux, mais aucun ne l'atteignit. Puis la nuit arriva, la canonnade cessa, les brancardiers commencèrent leurs recherches.

– À moi, râla-t-il.

Quelqu'un l'entendit. Son matelas de ferraille grinça. Lienblac eut la force de redresser la tête et étouffa un cri de terreur. L'Ankou le dominait de sa taille gigantesque, ses yeux luisaient, jetaient des maléfices. Son visage émacié souriait.

– Il est temps de comparaître, Lienblac, dit l'Ankou d'une voix caverneuse.

L'apparition posa sa main décharnée sur la poitrine et l'enfonça. Elle arracha l'âme noire de Lienblac. Dans un autre monde siégeait un tribunal. Là fut pesée son âme, avant d'être jetée en pâture à un monstre. Ainsi se termina l'histoire d'Arsène Lienblac, qui fut cité à l'ordre de la Nation avant d'être enterré à Boesinghe.

XIII

Le prêtre maudit

Deux jours avant le Jour de l'An, alors qu'il était en pleins préparatifs pour son voyage, Saunière avait reçu une lettre d'Émile Le Bloas lui demandant de retarder son départ et de se terrer à Rennes-le-Château. Les propos du druide étaient sans ambiguïté : « Vous êtes en danger de mort; laissez-nous le temps de contrecarrer les projets de ceux qui ont déjà tenté de mettre un terme à votre vie lors de vos premières découvertes. »

Malgré cet avertissement, Saunière s'était rendu à Limoux, chez Bertrand & Fils, couturiers, afin de se faire tailler deux costumes, l'un en tweed classique et l'autre en alpaga. Il avait opté pour des chemises raides à plastron glacé pour le soir, à faux cols empesés, très hauts, droits et à manchettes amovibles, deux cravates de soie et une lavallière. Pour compléter les ensembles, il avait acheté des bottines à boutons pour les sorties mondaines et des souliers bas lacés sur le cou-de-pied pour les occasions décontractées et les balades dans la campagne bretonne. À la vue de cette panoplie digne d'un dandy, Marie avait grincé des dents, se disant que le druide en question devait porter corsage et jupons.

Janvier, février, l'horrible hiver sur le Razès. Durant deux mois, Saunière s'était retranché dans la tour

Magdala avec ses cartes et ses documents. Il avait écouté les mugissements des vents glacés soufflant des Pyrénées, les reproches des fantômes du passé. Tant de gens étaient morts assassinés en cherchant le trésor. Le druide lui avait fait comprendre que la mort de l'abbé Boudet et la perspective d'une défaite de la France face à l'Allemagne avaient réveillé les vieilles sociétés secrètes, les confréries de l'ombre, les charognards de toutes confessions avides de puissance.

Dans l'attente et le désarroi, Bérenger avait alors fait passer par les voies détournées de Londres et de Salzbourg trois messages codés pour le grand maître du Prieuré de Sion. Ce dernier n'était autre que le célèbre compositeur Claude Debussy, qui avait vu sa popularité décliner en France après la tentative de suicide de son épouse, en 1910. Ses frasques amoureuses l'avaient desservi ; en cela, il ressemblait à Bérenger. Claude Debussy était au bord de l'épuisement. Atteint d'un cancer du côlon, il n'en demeurait pas moins actif. Malgré les apparences, il s'était entièrement investi, avec tous les membres de l'ordre et ceux de sociétés alliées, dans l'effort de guerre contre l'Allemagne et l'Autriche. Le Prieuré avait tourné le dos à sa politique des années 1880. Il n'était plus question de porter un Habsbourg à la tête de l'Europe, mais, au contraire, de tout mettre en œuvre pour forcer le Kaiser et l'empereur François-Joseph à abdiquer. On esquissait désormais la possibilité d'offrir le pouvoir temporel et spirituel au brave roi des Belges ou à Alphonse XIII d'Espagne.

Debussy, tout en effectuant ses tournées artistiques, ne cessait de recruter de nouveaux adeptes et de gagner des esprits à l'idée d'une Europe unie et stable, indépendante du pouvoir de l'Église. En 1913, il avait fait le tour de la Russie, puis celui de l'Italie en 1914. On l'avait vu ensuite à Amsterdam, à La Haye, Bruxelles, Londres. Ce diable d'homme se produisait sur scène, réunissait ses partisans. La maladie le rongeait. Il souffrait atrocement. Tout dernièrement, les chirurgiens avaient procédé à une ablation d'une partie de son côlon. Il avait fait l'impasse d'une convalescence pour reprendre la route; il était à présent à Pourville, à cent kilomètres de Calais et du front où il composait avec l'énergie du désespoir et recevait les émissaires de l'Ordre.

Claude Debussy avait tardé à répondre à Saunière. Sa lettre avait mis plus d'un mois pour parvenir à Rennes-le-Château. Elle était signée de la main d'une sœur missionnaire de l'Immaculée conception. Bérenger s'était servi de la grille à décrypter que lui avait remise feu l'abbé Boudet. Le grand maître de l'Ordre comptait sur lui pour alimenter les caisses du Prieuré et permettre l'avènement d'une ère nouvelle. On le contacterait bientôt; il devait se fier totalement à Émile Le Bloas, qui avait fait école avec Émile Hoffet. Ce nom le ramena plusieurs années en arrière, quand, ayant trouvé les quatre parchemins secrets cachés dans le pilier wisigoth de son église, il était parti à Paris pour les faire traduire par ce jeune homme brillant qui fréquentait les milieux occultistes de la capitale et lui avait présenté la cantatrice Emma Calvé.

Émile Hoffet, de la Congrégation des missionnaires oblats de Marie, spécialiste de la cryptographie médiévale, parlant le sanscrit, écrivant en cunéiforme, jonglant avec le grec et le latin, était à présent dans les services secrets de l'armée où il déchiffrait les messages des Allemands. Émile Le Bloas, le druide, lui avait donc succédé au poste de conseiller auprès de Debussy, pourtant Saunière n'avait aucune preuve de l'appartenance du druide breton au Prieuré de Sion.

Un jour, le premier de mars 1916, alors que Saunière s'était rendu au tombeau des Pontils pour relever des points remarquables en vue d'affiner ses recherches, le vagabond était apparu sur le chemin. Saunière n'avait pas été surpris. Il l'avait repéré deux jours plus tôt, rôdant sous le mur fortifié reliant la tour Magdala à la véranda du jardin d'hiver. C'était probablement le messager de Sion ou l'envoyé des johannistes qui enseignaient que l'Égypte était la source de la sagesse de Jésus et désiraient réformer le monde chrétien à leur image.

Les johannistes, ses ennemis de toujours, commandés par Corvetti, dont l'emblème était une tête de loup noir encadrée des quatre croix pattées des chevaliers teutoniques... Saunière n'était pas homme à s'en laisser compter. Il n'avait pas hésité à éliminer personnellement ceux qui s'étaient mis en travers de son chemin. Il plongea la main dans la poche de son grand manteau en poil de chèvre, aux épaules couvertes de flocons. Le revolver *colt navy* à six coups modèle 1861 – que lui avait offert un officier américain de l'ordre de Sion trois ans après l'inauguration de la nouvelle église de Rennes-le-Château – avait la froideur d'une peau de reptile. Il serra la crosse. Il avait armé le chien, prêt à faire feu.

– Tueriez-vous un frère de l'Ordre, mon père? demanda l'homme à la barbe hirsute en plantant son bâton de pèlerin dans la neige.

– Cela dépend de l'ordre auquel vous appartenez, mon fils.

L'homme s'était placé à côté du tombeau, et il avait l'air de l'un des bergers d'Arcadie peints par Poussin.

Son déguisement de clochard était parfait. Des trous béaient dans l'informe houppelande qui l'enveloppait. Son chapeau miteux était affublé d'une plume d'oie. Il puait à plus de cinq pas.

– Je suis du bon côté, mon père.

– Vous connaissez la procédure, mon fils, reprit ironiquement Bérenger en montrant le colt de la marine américaine.

– Je la connais, l'abbé, mais c'est à vous de commencer.

Saunière hocha la tête et délivra les mots de passe qui n'avaient aucun sens :

– « 1858 : tu boues, tu palpites
Sur tes flancs agite
Tes ailes plus vite
Que les ailes du vent ! »

Le bonhomme lui répondit aussitôt en soufflant de la buée entre ses lèvres recouvertes de barbe sale :

– « 1916 : dans ton vol rapide
Sur la plaine aride
Sort un feu livide
De tes naseaux fumants. »

Saunière rangea son arme. Le clochard passa sa main sur la pierre tombale, enlevant une épaisseur de neige.

– Et si le trésor se trouvait à l'intérieur ?

Saunière haussa ses larges épaules en regardant le faux clochard avec condescendance.

– Il n'y est pas, j'ai déjà fouillé. C'est un leurre. Poussin n'est jamais venu sur le Razès. Le tombeau de son tableau se trouve en Italie ; mais il l'a replacé dans ce paysage selon des croquis qui lui avaient été remis par un membre de l'époque. Ce sépulcre est un point de repère, le sommet d'un triangle ou d'une étoile dont le centre marque l'emplacement de ce que nous cherchons.

L'homme hirsute hocha pensivement la tête comme si cette révélation avait un sens pour lui, puis, en regardant Saunière droit dans les yeux, il lui dévoila le motif de sa visite :

– J'arrive de Pourville. Le maître est au plus mal. Ses jours sont comptés. Il ne vivra pas plus d'un an mais, avant de quitter ce monde, il voudrait voir se réaliser nos projets.

Saunière émit un petit rire méprisant.

– Seigneur ! Voir nos projets se réaliser ! Quelle utopie ! La guerre lui survivra et je doute de son issue.

Sans se troubler, le clochard continua, imperturbable :

– Il a demandé à Le Bloas d'estimer le trésor des Celtes de Laniscat. À combien pourrait se monter celui des Wisigoths et du Temple de Jérusalem ?

– Il est inchiffrable.

– Mais encore ?

– Il ne représente rien par rapport aux babioles que j'ai déjà trouvées.

– Et dépensées.

L'abbé eut pour l'homme en haillons un regard méprisant et lui répondit d'une voix sèche :

– Vous avez eu votre part et, que je sache, je n'en ai pas connu la destination. Vos dépenses n'ont eu aucun effet sur la politique européenne.

– N'en croyez rien, elles sont peut-être à l'origine de la déclaration de cette guerre. Donnez-moi un chiffre approximatif, Saunière.

Bérenger ferma les yeux, accumula les renseignements, la somme des documents et des suppositions que lui et l'abbé Boudet avaient engrangés durant trente ans.

– Entre trois cent cinquante millions et quatre cents millions de francs or. Plus, si on fait monter les enchères concernant les objets sacrés.

Le vagabond en resta pantois. Les millions s'entassaient dans sa tête. Il y avait de quoi renflouer les caisses de la France, de l'Allemagne et de la Russie réunies. Il mit du temps avant de réagir.

– Nous négocierons au mieux vos trouvailles. Vous toucherez le tiers des sommes reçues.

– Vous direz à notre grand maître que je veux la moitié. C'est à prendre ou à laisser.

– Vous perdez la raison, Saunière. Que ferez-vous de tant d'argent ? Vous comptez lever une armée et prendre le pouvoir dans le sud de la France, acheter le pape et un titre de cardinal, puis devenir le maître du Vatican au final ? ironisa l'homme.

– J'ai des projets. Ce Sud en effet m'appartiendra et vous verrez s'élever sur ce plateau la Nouvelle Babylone.

Dans les yeux du vagabond, Saunière put lire le doute et sa propre folie. Le clochard le croyait dément, mais il continua de parler d'une voix égale, faisant fi de ses sentiments.

– Les johannistes en ont d'autres. Ils sont plusieurs, dans l'Aude, à observer vos mouvements. Ils savent que vous êtes à nouveau sur la piste d'un trésor avec votre compère breton, Le Bloas, en qui Claude Debussy a une confiance relative. Ce druide nous aide mais il joue pour lui, et vous prenez le même chemin, l'abbé. Un chemin semé de pièges mortels. Voici les ordres du maître : vous prendrez le train dans trois jours à Carcassonne, direction Bordeaux, puis Paris. Ce ne sera pas un voyage de curiste. Les adeptes de Jean ont engagé un tueur, le meilleur, un Grec protégé par le ministre de l'Intérieur, qui ne fait pas partie de nos amis. Adieu, l'abbé, nous ne nous reverrons plus, je dois partir pour l'Espagne afin de convaincre les proches d'Alphonse XIII de nous aider.

– Que Dieu vous garde, répondit Saunière sans conviction.

Il ne croyait plus en la réussite du Prieuré de Sion, mais il avait foi en son destin. Dans une vision grandiose, il vit s'élever la tour de Babel jusqu'aux cieux et une ville immense en marbre peuplée d'érudits et d'artistes. Il ferait de l'ancienne Reddae la capitale du monde.

Sept mois plus tard, Saunière se remémorait l'avertissement du vagabond. Un Grec. Comment repérer un Grec parmi toute cette foule et ces montagnes de bagages ? Saunière avait trois heures à tuer avant de prendre le train pour Paris. Il s'était assis sur une chaise en fer forgé près d'une vieille dame en mantille, qui tricotait un chandail. Un bruit épouvantable emplissait la gare, se répercutait contre les vitres de la verrière noircie par les fumées des locomotives. Des pigeons fous se cognaient aux charpentes métalliques en tentant d'échapper aux tourbillons de vapeur brûlante et à la horde d'humains qui assiégeaient les quais et montaient à l'assaut des trains. À cause de la guerre, on affichait des retards énormes et il y eut une belle empoignade entre des cheminots et des voyageurs. Deux régiments de bleus campaient le long des voies A et B. Ils étaient prioritaires. On avait un urgent besoin de chair fraîche sur le front.

Saunière observait, scrutait, dévisageait. C'était usant de sentir la menace peser en permanence. Il s'angoissait. Pour rien. Personne ne s'intéressait à lui. Tout le monde était obnubilé par le désastre universel de cette guerre, que confirmaient les journaux malgré la censure. La moitié du monde s'offrait au pillage. Tous les malins à qui il trottait dans la tête de s'en mettre plein les poches soupesaient leurs chances et finissaient par assouvir leurs envies en tentant l'aventure. Saunière faisait partie de ceux-là.

Il se contracta sur sa chaise. Un type étrange arpentait le hall en furetant partout. Il avait le teint basané, les traits fins, une barbe courte et bouclée, la démarche féline d'un prédateur en excellente forme physique. « C'est lui », pensa Bérenger en posant la main sur la poche de son pardessus contenant le colt de la Navy. Le regard sombre et incisif du gars l'effleura avant de se reporter sur la grande horloge fixée dans un cercle de feuillage en fer peint en vert. À la vue de la machine marquant le temps, une rougeur monta à ses joues. Il marmonna un juron en consultant un chronomètre de précision qu'il avait dans la paume de sa main gauche, appela un agent en uniforme, lui montra l'horloge déréglée d'une minute. Ce dernier héla deux employés, des réparateurs de voies, et leur donna des ordres. Ils revinrent avec une échelle qu'ils posèrent sous l'horloge. Aussitôt, l'homme au chronomètre grimpa, ouvrit le cadran et régla le mécanisme dans le boîtier.

Saunière se décrispa en ayant un sourire de dérision pour lui-même. Le basané n'était pas le tueur d'Athènes ou de Patras, mais le « père l'heure », l'un de ces nombreux spécialistes de Besançon qui passaient dans tous les établissements de chemin de fer pour réparer, remonter les pendules, les régulateurs de gare où tous les agents devaient venir « prendre l'heure » au début de leur service, mais aussi les horloges des postes d'aiguillage, des quais, des postes d'agents de train, des salles d'attente, des buffets et des luxueux bureaux des directeurs.

Ce n'était donc pas l'heure de mourir d'un coup de couteau dans les reins ou de crever étouffé par la cordelette d'un étrangleur. Les minutes accélérèrent. Le train de Paris était en place. L'aboyeur annonça le départ du convoi quai D. Il chantait comme un ténor à l'Opéra. Sa voix dominait les chuintements, les sifflements, le brouhaha de la populace, le grondement des locomotives et les coups de tampons des wagons sur les toits desquels couraient les acrobates vérifiant les lanternes. Les ordres des chefs fusaient. Les supérieurs menaçaient les atteleurs qui attachaient les wagons les uns aux autres en abaissant les chapes sur les crochets. Chacun jugeait que l'autre n'était pas assez rapide. C'était une course contre la montre, une course contre le temps, comme si leurs vies en dépendaient. Étrangement, Saunière était dans le même état d'esprit que les hommes du rail; chaque seconde lui était comptée et il ne désirait pas en perdre une seule. Il étudia avec soin tous les passagers qui partageaient le même compartiment de deuxième classe que lui. Aucun n'attira son attention. Il y eut un coup de sifflet. Les roues de la locomotive tournèrent quelques instants sur place, puis le monstre s'ébranla en crachant un panache de fumée. La poitrine de Saunière se serra. Il était en route pour Paris. Il se demanda pourquoi le Prieuré avait exigé qu'il passe par la capitale alors qu'il aurait pu écourter le voyage en empruntant la ligne Poitiers-Rennes. Il n'avait pas de réponse à cette question. Le Prieuré avait toujours ses raisons, et il était inutile de les discuter.

Il somnolait dans le taxi Renault pétaradant qui le conduisait à Montparnasse. Le Paris qu'il avait autrefois arpenté en grand seigneur lui était inconnu. Les femmes n'étaient plus aussi élégantes. Les crinolines et les robes à faux cul avaient disparu au profit de vêtements plus simples et plus pratiques. La mode s'était adaptée à l'évolution de la société, aux voitures, au métro. Elle avait cependant du bon, on apercevait les chevilles des belles. Il y avait des veuves sur tous les grands boulevards et des prostituées dans toutes les rues annexes. La capitale fourmillait de soldats. D'immenses convois militaires traversaient la ville, créant des embouteillages monstres. Le taxi s'englua dans cette circulation démente, le chauffeur renonça à poursuivre. Il demanda à son passager de faire le reste du trajet à pied.

Saunière se mit à suivre les trottoirs encombrés de lèche-vitrines. La Ville lumière ne manquait de rien. Les magasins proposaient des produits de toutes sortes. Il s'arrêta devant une bijouterie où brillaient des bracelets de diamants, des colliers en or, des chevalières ornées de tanzanite, de disthène, d'agate de feu, de fabulite. Il songea à s'acheter une lourde bague, histoire d'impressionner les Bretons, mais il n'avait plus assez d'argent. Il haussa les épaules. Dans quelques mois, il serait en mesure d'acquérir la couronne d'Angleterre et la tiare de Benoît XV, ce pape manipulateur qu'il haïssait depuis sa nomination lors d'un consistoire secret farouchement opposé au Prieuré de Sion. Saunière, dans l'une de ses visions mégalomanes, se vit octroyer le chapeau de cardinal-prêtre de la basilique des Quatre-Saints-Couronnés. Si Dieu ou le Diable lui prêtait vie, il parviendrait au sommet. Dans quelques mois, il allait devenir l'un des hommes les plus riches de la planète. Tout à ses plans de conquête, il ne songea plus au danger.

Le Grec l'attendait à la gare. Saunière ne le remarqua pas au milieu des centaines de gens qui se croisaient. L'homme marcha vers lui, comme quelqu'un qui a un but fixé. À la vitesse d'un éclair frappant la basilique, il se représenta tous les avantages que lui vaudrait son acte, l'élimination du prêtre maudit de Rennes-le-Château, toute l'admiration des capitaines johannistes, les cent mille francs en prime... Il écarta de la main un homme âgé qui clopinait en s'aidant d'une canne, puis un jeune homme lisant un journal et une fillette jouant à la poupée. Dans la jungle, il se serait servi d'une machette. Rien ne semblait pouvoir l'arrêter. Il posa ses doigts efféminés sur le manche du poignard qu'il portait caché sous la blouse anthracite, entra dans un état second. Le temps se figea. Il sentait plutôt qu'il ne voyait tous les voyageurs et les soldats amassés sous la verrière, sans qu'un corps bougeât, sans qu'un regard le traversât car il était aussi gris, insipide et inodore que les paperassiers des chemins de fer dont il avait revêtu l'uniforme.

Mais Saunière avait de l'instinct. Il avait maintes fois affronté le danger. Il le perçut. Il vit ce drôle de bureaucrate au regard déterminé marchant à grandes enjambées; il prit le parti de changer de direction et de s'engager dans la partie de la gare réservée aux marchandises. Un quai bourré de caisses et de sacs s'étirait entre deux trains. Il accéléra le pas, atteignit l'extrémité d'un convoi où soufflait une locomotive sans chauffeur. Il n'hésita pas. Il se hissa dans la cabine et trouva l'objet idéal : la pelle à charbon. Il ne comptait pas utiliser son arme à feu. Il sauta de l'autre côté, qui donnait sur un long mur de briques sur lequel « BORDEAUX » apparaissait en grosses lettres blanches. Après quelques pas, il se retourna. Le Grec l'avait suivi. Saunière le considéra comme peu de chose. Ce tueur avait tout juste une trentaine d'années. Un novice. Le prêtre avait autrefois combattu Corvetti en personne, le chef des johannistes, et s'était mesuré au démon Asmodée dans le labyrinthe du Razès. Bérenger s'avança vers son adversaire qui le regarda avec une pointe d'anxiété et dévoila instantanément son poignard. Le Grec n'était pas fier, il tremblait comme un moribond. Saunière lui demanda :

– Est-ce que je peux quelque chose pour toi ?

– Non, tu vas mourir.

– Est-ce que tu as tes parents ?

– J'ai mon père.

– Alors, que ton père me pardonne, dit Saunière en se servant de la pelle comme d'une hache.

Le tranchant de l'outil décapita le Grec avant que celui-ci ne se fende pour percer le cœur de l'abbé. Saunière contempla le corps sans tête qui s'affaissait. Il ne se signa pas, n'eut aucun remords. Il remonta dans la cabine de la locomotive, ouvrit la porte de la chambre à combustion, posa la pelle sur les braises le temps que le sang s'évapore, puis il replaça la pelle où il l'avait trouvée.

À présent, il pouvait se rendre en Bretagne la conscience tranquille.

XIV

Le Diable et la vierge

Septembre 1916. C'était bien la première fois qu'Émile voyait son élève en colère contre lui. Alban ne supportait pas que son mentor l'éloigne volontairement de ses occupations, même si, comme le disait le *diskonter*, c'était pour son bien. Depuis quelque temps, Émile tenait son apprenti à l'écart de certaines de ses relations, les jugeant trop corrompues pour l'esprit encore candide du gamin, bien que ce dernier montre sans cesse la preuve d'une maturité invraisemblable pour son âge.

Dans la chambre située au-dessus de la charcuterie où son père au teint rouge pinard et à la bedaine en tonneau découpait des mètres de saucisses, Alban fulminait, parlant d'une voix étrangement basse pour un jeune adolescent :

– Pourquoi m'écartez vous de vos relations, *diskonter* ? N'auriez-vous plus confiance en moi ? Ai-je fait de nouveau une sottise ?

Émile regarda son disciple avec une affection non feinte, il aimait ce gamin comme un fils.

– Non, petit, tu ne me déçois pas. Je dirais même que chaque jour qui passe me conforte dans mon choix. Tu seras mon successeur… Je te le promets.

Alban se calma. Celui qu'il considérait comme un maître, comme un père spirituel, venait de lui renouveler sa confiance, c'était bel et bon, mais il voulait comprendre.

– Alors, pour quelle raison ne voulez-vous pas que je rencontre cet abbé qui vient de si loin pour avoir vos conseils sur la cachette d'un autre trésor perdu dans le Sud ? N'ai-je pas le droit de savoir… Mieux, de comprendre comment vous, qui êtes si loin du lieu, pouvez résoudre une énigme alors que lui qui habite à côté en est incapable ?

Émile haussa ses épaules étroites et eut un sourire en coin.

– D'abord, je t'interdis de raconter à qui que ce soit que c'est un abbé ; ensuite, personne n'a dit que je savais résoudre l'énigme, je crois simplement savoir pourquoi, malgré tous ses plans, cet ecclésiastique pervers est passé à côté de son but. Mais n'aie crainte, mon jeune ami, je te dirai tout le moment venu. Pour l'instant, je te demande de me faire confiance. Ai-je ta confiance ?

Alban baissa la tête, la releva et regarda Émile dans les yeux. Le bleu de l'océan croisa le bleu de l'azur.

– Vous l'avez, vous l'avez toujours eue, et je crois bien que vous l'aurez toujours… Même si, quelquefois, je ne comprends pas vos raisons.

Émile posa ses longues mains fines sur les épaules du gamin et le secoua affectueusement.

– Merci, mon garçon. Merci… Nous sommes dans une bien triste période ; je ne parle pas seulement de la guerre qui nous enlève nos jeunes gens et fait grogner l'Ankou en raison de sa surcharge de travail, non, je veux parler de tout ce qui se passe dans les coulisses de cette guerre imbécile. Vois-tu, Alban, les hommes sont des charognards qui se disputent les héritages des cadavres à peine froids. Ils profitent que tous regardent vers les frontières, les tranchées et les barbelés pour faire leurs petites affaires mesquines, et celui que je vais rencontrer fait partie de cette engeance. Je veux que tu restes en dehors de tout cela, je ne veux pas qu'il te connaisse, car il se pourrait que j'aie besoin de toi pour lui jouer un tour… Mais je te dirai tout. Promis.

Émile s'en voulait d'avoir menti par omission à l'enfant. C'était vrai, il lui dirait tout, mais pas tout de suite… un jour. Un jour, il lui parlerait de sa rencontre orageuse avec Debussy qui souhaitait l'enrôler dans cette organisation, tentaculaire et malfaisante à ses yeux, que l'on nommait le Prieuré de Sion. Il lui dirait comment il avait envoyé promener le grand maître et grand compositeur, qui pourtant lui conservait sa douteuse amitié. Un jour peut-être, il lui raconterait comment il avait fait la connaissance, bien des années auparavant, de cet abbé mégalomane et dépravé dans un bordel huppé de la capitale. À cette pensée, Émile eut un sourire joyeux : c'était l'abbé qui avait tout payé, la fille, le champagne, la chambre. Tout ! Cette nuit de folie était gravée dans sa mémoire avec autant de précision qu'une succession de gravures érotiques de Jules Pascin. Un jour, il expliquerait à Alban les raisons qui avaient fait se rencontrer et s'apprécier, sans jamais s'aimer vraiment, deux hommes à la double vie : Saunière, un aventurier ambitieux, à la fois cupide et dispendieux, qui se faisait passer pour un prêtre, un serviteur de Dieu, et lui, Émile Le Bloas, rebouteux baroque et guérisseur discret, reconnu par ses « pays », qui était le dépositaire dissimulé d'un savoir remontant à une époque où les hommes conversaient avec les dieux et leur élevaient des monuments titanesques pour abriter leur essence.

Un jour, Alban apprendrait tout cela, il comprendrait qu'il avait été choisi pour perpétuer la lignée d'un ordre sans hiérarchie, chargé par des déités depuis longtemps disparues d'observer et de prévenir, dans la mesure du possible, les éternuements de Gaïa et de veiller au Grand Équilibre de sa nature. Rappeler sans cesse aux hommes que leur grand vaisseau cosmique qui traversait l'espace était un habitat délicat, où même un papillon était un être important, un seul de ses battement d'ailes pouvant provoquer des tornades à l'autre bout du monde. Un travail lui aussi titanesque depuis l'invention de la machine à vapeur et de toute cette panoplie d'engins de mort qui en avait découlé. Sans parler de cette « fée » merveilleuse qui envahissait peu à peu le monde de ses fils électriques, telle une araignée tissant sa toile pour prendre au piège le genre humain. Oui, un jour, Émile le savait, il mettrait en garde son élève contre l'utilisation abusive de ces bienfaits issus du génie humain, que certains détournaient à leur profit personnel. Émile était certain qu'il ne fallait pas que toutes ces techniques nouvelles prennent le pas sur la raison.

– À quoi pensez vous, *diskonter*? Vous avez l'air absent.

Émile s'autorisa un petit rire avant de répondre au gamin.

– Je pensais à l'avenir de l'homme, petit, et je le voyais orageux... Électrique même. Mais laissons cela pour le moment. J'ai besoin que tu m'assistes dans un petit travail... Va voir Thaddée, qui t'aidera. J'ai besoin d'un traité sur l'électricité pour y voir plus clair, tu me feras un résumé sur le sujet, depuis l'électron des anciens Grecs jusqu'à M. Edison.

Alban regarda son professeur, la bouche ouverte. C'était un travail considérable, qui allait lui prendre un bon mois, peut-être plus. Pas un seul instant il n'imagina que le rusé druide lui avait confié cette mission uniquement pour l'occuper et lui faire oublier ainsi l'abbé Saunière. Émile toucha de son pouce le front du gamin dans une sorte de geste de bénédiction.

– *Kenavo*, Alban.

– *Kenavo, diskonter*... À bientôt.

En sortant de la charcuterie, face à la vénérable église de Bourbriac, Émile respira à pleins poumons l'air doux à l'odeur de feuilles sèches d'un mois de septembre exceptionnellement doux. Deux années déjà depuis le début de l'infâme boucherie, deux années que le malheur s'était abattu sur la Bretagne et le reste de la France, que l'Ankou ramassait les âmes à la pelle dans les bourbiers où les restes éparpillés des jeunes gens étaient moins bien traités que ceux des animaux exposés dans la vitrine du père d'Alban. Émile pensa à ses deux neveux morts pour la patrie et à tous ceux qui ne verraient plus jamais un bel automne comme celui-ci. Redressant sa longue silhouette, le *diskonter* dit à haute voix : « Patrie, que d'horreurs ne commet-on pas en ton nom ! » Deux vieilles aux coiffes empesées qui s'en allaient prier à l'église se signèrent en le regardant de travers. Émile sourit, sa réputation de doux dingue resterait intacte.

Le train de midi douze entra en gare de Guingamp avec seulement deux heures de retard, ce qui, par les temps qui couraient, était un véritable exploit. Un flot de poilus à peu près entiers débarqua dans l'allégresse en se bousculant. Derrière les rires et les jurons, Émile pouvait lire, dans les yeux de ces jeunes hommes heureux d'être en vie, toute la misère du monde, toute la souffrance et la folie du genre humain. Un second flot bien plus calme suivit ceux qui avaient eu la chance d'arriver en un seul morceau au pays d'Arvor. Des voiturettes, poussées par des éclopés qui pouvaient encore marcher, charriaient des hommes-troncs, demi-humains, demi-vivants, étonnés de revoir ceux qui les attendaient en pleurant. Derrière cet escadron de cauchemar, clopinant sur leurs béquilles, les unijambistes précédant les manchots et tous ceux qui avaient perdu un morceau d'eux-mêmes quelque part dans la boue. Fermant la marche, venait le troupeau borgne ou aveugle des gueules cassées, visions dantesques de gargouilles sculptées par un dément. Émile sentit monter en lui une vague envie de vomir et il ferma les yeux pour ne plus contempler un tableau digne des délires de Jérôme Bosch. La foule des morts-vivants s'éparpilla, se disloqua dans le brouhaha et les relents de crasse et de pourriture. Sa connaissance de la médecine et son odorat firent savoir au *diskonter* que certains de ceux qu'il venait de voir passer ne fêteraient pas la Noël. Beaucoup de voiturettes qui étaient passées devant lui étaient suivies de l'ombre de l'Ankou.

Quand Émile rouvrit les yeux, un homme de grande stature, était planté face à lui. Saunière souriait. Dandy incongru dans cette marée de vareuses crasseuses et de godillots éculés, l'abbé portait un complet de tweed et des souliers de prix.

– Bonjour, mon ami.

– Bonjour, Saunière.

Les deux hommes se serrèrent la main.

Saunière avait posé sur la banquette de la voiture, tirée par la toujours vaillante Marquise, une serviette-éponge ôtée de son bagage, pour ne pas salir le fond de son pantalon. Émile en avait été vexé : Saunière se comportait comme un Parisien snob en visite chez les bouseux. Puis une autre pensée était venue égayer son visage : comment un curé défroqué pouvait-il se préoccuper d'un fond de pantalon ? Saunière se tenait le dos rigide, les mains posées bien à plat sur ses genoux, et regardait droit devant lui. Un long moment passa avant qu'il ne se décide à parler.

– Dites-moi, Émile, comment avez-vous été informé qu'on voulait attenter à ma vie ?

La voix était belle, grave et sans émotion, l'abbé avait posé sa question comme il aurait pu demander si le temps serait beau demain. Émile claqua de la langue pour encourager le trot de Marquise avant de répondre avec désinvolture :

– Vous, vous faites partie d'un ordre, ou croyez en faire partie. Un ordre composé de gens dangereux et organisés comme des militaires. Moi, je fais partie d'un groupe de gens indépendants mais qui se respectent et se rendent de menus services sans jamais demander de contrepartie. Voyez-vous, Saunière, l'avantage que j'ai sur vous, c'est que tout ce petit monde auquel j'appartiens, tous ces confrères dont je vous parle sont partout, ils peuvent être maçons, rentiers, avocats ou médecins, ou ce que vous voulez, mais nous, nous sommes des gens d'écoute et d'observation. Et si l'ami d'un ami est en danger et que cela vienne aux oreilles de l'un d'entre nous, eh bien, comme je vous le disais, nous rendons service. Oui, Saunière, j'ai un avantage sur vous : vous n'avez que des ennemis, ou presque ; moi, personne ne m'en veut ni ne veut voler mes avoirs ou mes connaissances, car je ne possède presque rien, et bien peu savent que je sais bien des choses.

Saunière haussa ses larges épaules.

– Je me contenterai de cette réponse, mais de toute façon merci de m'avoir prévenu. Et pour parler d'autre chose, votre trésor de Laniscat, il est important ?

– Suffisamment pour satisfaire une poignée de petites gens.

Cette fois, l'abbé partit d'un grand rire sonore.

– Décidément, vous n'avez pas changé, Émile Soit vous ne répondez pas aux questions que l'on vous pose, soit vous répondez par des phrases tellement alambiquées qu'on peut les interpréter comme on veut. Mais *basta*, gardez donc votre secret et parlez-moi de ce que vous avez trouvé concernant *mon* trésor, dont moi, je suis prêt à vous parler, et même à vous en offrir une part, si vous m'aidez.

Marquise attaquait la longue montée menant au bourg de Plésidy. Émile laissa la jument se remettre au pas.

– Merci de votre offre, je saurai m'en souvenir le moment venu. Demain, je vous montrerai où, pourquoi et comment vous vous êtes trompé dans vos savants calculs, vous et votre compère, l'abbé Boudet. En attendant, je vais vous conduire chez mon frère où vous passerez la nuit.

Célestine fit tout son possible pour se montrer aimable avec ce nouvel étranger sous son toit, mais elle n'aimait pas cet homme trop élégant, trop poli pour être honnête. Elle avait l'intuition que ce grand gaillard qui faisait tout son possible pour se montrer sous son meilleur jour n'apporterait que des ennuis dans le village. Il était surtout trop bel homme, cette sorte d'homme qui fait tourner la tête des jeunes écervelées.

Un homme dangereux. La seule vertu qu'elle lui accorda était de connaître la religion aussi bien que Thaddée, ce qui ne manquait pas de la surprendre ; quand il en parlait, on aurait cru qu'il était prêtre. Mais Émile avait présenté « l'étranger » comme étant M. Saunière, une vieille connaissance, avec lequel il avait travaillé sur certains sujets. Célestine avait maugréé et pensé : « Par Jésus et la Vierge, je me doute des sujets sur lesquels vous avez travaillé, mécréants », mais elle avait souri.

Léon, lui, trouvait l'homme plutôt sympathique, et puis son frère avait présenté Saunière comme étant un érudit, une sorte de savant qui étudiait les siècles passés et, pour Léon, l'érudition avait un caractère sacré, elle avait le pouvoir de contredire les sottises répandues par les curés. Aussi n'eut-il aucun mal à faire bonne figure, et il déboucha une de ses meilleures bouteilles de cidre bouché. Tous les quatre conversèrent jusqu'à l'heure où Marie-Louise, accompagnée de Léonie, revint après avoir ramené les bêtes des pâtures. Les deux jeunes femmes entrèrent en riant dans la cuisine, amenant avec elles leur jeunesse et la douceur vespérale d'une belle soirée. Puis elles remarquèrent l'étranger si bien habillé et les rires cessèrent. Un silence gêné, pesant, se fit dans la pièce, jusqu'à ce qu'Émile fasse les présentations. Spontanément, Marie-Louise tendit la main et la regarda disparaître dans l'énorme poing de Saunière. La main était chaude et sèche, mais d'une douceur surprenante pour un tel colosse. Dans un geste élégant, Saunière porta à la hauteur de ses yeux les jolis doigts de Marie-Louise.

– Quelle magnifique bague vous portez là, jeune fille. Elle est très belle et très ancienne.

Marie-Louise minauda en regardant la bague, en fait un anneau d'or torsadé dont les deux mains qui le fermaient enchâssaient un rubis.

– C'est mon fiancé Justin qui me l'a offerte avant de repartir au front.

Saunière se tourna vers Émile et dit doucement :

– C'est un bien beau bijou, et bien rare. On dirait une bague divinatoire celte, une Fichell, non ?

Émile se contenta de hocher la tête. Puis Saunière se tourna vers Léonie avec un sourire charmeur. Sa voix coula comme du miel pour articuler : « Mademoiselle. »

Léonie se fendit d'une petite révérence bien sage, mais ses joues s'empourprèrent. Le souvenir de sa promesse faite des mois plus tôt à Yves lui revenait en mémoire. Les mots, prononcés comme une menace, vinrent l'envahir avec une précision diabolique : « Si, avant ton départ, tu ne m'as pas dit oui, sache que le premier étranger qui passera dans le village aura mon pucelage. » C'était lui, le premier étranger à passer dans le village, et le Diable avait bien fait les choses : l'étranger était beau, visiblement riche, et parlait d'une belle voix, si envoûtante qu'on avait envie de l'entendre encore et encore. Durant quelques secondes, Léonie s'imagina des chuchotements interdits au creux de son oreille. Une étrange chaleur envahit son ventre et elle choisit la fuite, prétextant que ses parents devaient l'attendre pour manger. « Dommage », murmura Saunière. Léonie entendit ce regret plein de sous-entendus et son visage vira carrément au pourpre. Un ouragan fait de jupe, de corsage et de gilet traversa la cuisine en faisant claquer ses sabots, puis le tourbillon franchit la cour en soulevant la poussière derrière lui, avant de disparaître sur le chemin. Émile regarda Saunière en faisant discrètement « non, non » de la tête, l'autre eut un sourire désarmant en haussant ses larges épaules, comme pour dire : « Je ne suis pas responsable. »

Le repas fut animé. Saunière fit étalage de sa culture, de son sens de l'humour et de la repartie, s'attachant surtout à séduire Célestine en qui il avait deviné une possible antagoniste. Saunière aimait qu'on l'aime, même s'il ne payait pas souvent de retour. Bien après le repas et quelques bouteilles, alors que la pleine lune éclairait les ardoises en leur conférant un aspect de plaques d'argent sombre, Saunière accompagna Émile jusqu'à la voiture. Il l'aida à atteler Marquise, puis le *diskonter* grimpa sur le siège et claqua de la langue. La jument prit spontanément le bon chemin.

– Demain 8 heures, Saunière. Demain, vous saurez pourquoi vous n'avez pas trouvé ce que vous cherchiez.

Dans son for intérieur, Émile espéra que cette phrase allait empêcher le défroqué de dormir.

Saunière leva la main pour saluer, puis partit faire une promenade à pied, prenant le petit chemin empierré qui faisait le tour du village. Sous ses pas, les paillettes de quartz reflétaient l'argent de la lune. Entre la ferme des Le Guilloux et celle des Le Floc'h, distantes d'une centaine de mètres, il s'arrêta pour évacuer le trop-plein de cidre en contemplant les étoiles et un filet doré éclaboussa les genêts. Alors qu'il baissait la tête, il la vit. Elle était là, à quelques mètres, contemplant sa haute silhouette et sans doute l'objet de ses secrets désirs. Saunière se mit à rire.

– Eh bien, mademoiselle, vous voilà bien curieuse. On ne regarde pas les messieurs en train de faire pipi !

Léonie ne bougea pas, ne répondit pas, elle était devenue statue de sel, femme de Loth qui avait regardé l'Interdit, ses pensées étaient figées ou tourbillonnaient, elle ne savait plus. Alors, Saunière prit le temps de ranger son attirail, se rebraguetta, puis il s'approcha doucement de la jeune femme pour ne pas l'effaroucher et la prit par la main.

– Venez, jeune fille, vous ne pouvez pas rester là à me contempler comme si j'étais le Diable en personne.

Il ajouta plus bas :

– Je ne suis pas le Diable, mais je ne suis pas un saint non plus.

Comment elle se retrouva, plus tard, troussée et haletante dans un champ, écartelée dans une meule de foin, sous les assauts puissants du colosse devenu tendre, elle était bien incapable de s'en souvenir. Ce qu'il restait de sa lucidité en ces instants lui disait qu'elle était maintenant femme, qu'elle était le réceptacle de ce puissant piston qui faisait tourbillonner les étoiles au-dessus de sa tête et les faisait éclater en une pluie d'étincelles. Saunière était affectionné et prévenant et fort, mais avisé et méthodique. Il employait des gestes qui avaient fait leurs preuves durant sa vie de séducteur. Il parlait de sa voix de miel et prononçait des mots jolis comme ceux des poèmes que lisait parfois Léonie, il disait aussi ces mots interdits qui fouettent les sens. En ce domaine, Saunière était un grand artiste, alors Léonie explosa comme le bouquet final d'un grand feu d'artifice et, avant de se dissoudre dans le cosmos, elle pensa : « C'est quand même mieux que mon doigt ».

Les amants restèrent longtemps main dans la main à contempler les étoiles, en fait jusqu'à ce qu'elles pâlissent, peu avant que les coqs ne réveillent le village.

– Bien le bonjour, Saunière, vous avez une petite mine ce matin. Auriez-vous mal dormi ?

En regardant le défroqué, Émile jubilait. Il était visible que Saunière avait eu une courte nuit : ses yeux étaient cernés, son teint blafard, même sa silhouette, habituellement droite, était voûtée. Émile était heureux : il avait empêché le grand gaillard de dormir tout son soûl. Le *diskonter* descendit de l'attelage et entraîna Saunière dans la maison pour boire le breuvage chaud et insipide que les Bretons nomment café. En les regardant entrer, Célestine ne put s'empêcher de comparer les deux hommes si dissemblables. Ils étaient à peu près de même taille, pour autant qu'Émile fût droit. L'un avait les épaules larges et droites d'un athlète, l'autre les épaules tombantes comme les branches d'un saule. L'un était aussi costaud que l'autre paraissait frêle... Deux hommes que tout semblait séparer. Et pourtant, Célestine ne put éviter de penser que quelque chose d'étrange les faisait se ressembler : leur regard, il y avait quelque chose de similaire dans leur regard. Une lueur de folie, ou de génie, Célestine n'aurait su le dire. Un feu intérieur les habitait tous les deux, mais à y regarder de plus près, ce n'était pas exactement le même feu. Dans les yeux de Saunière, Célestine vit les flammes de l'enfer se tordre de souffrance ; dans ceux de son beau-frère, elle discerna un feu de solstice d'été dispensant des flammèches de lumière sacrée. L'un était un diable de l'ère nouvelle, l'autre un dieu des temps révolus. La vision de Célestine s'estompa. Elle se signa discrètement en se dirigeant vers la cuisinière ou frissonnait le café depuis deux heures.

Ils arrivèrent à Lanleff en fin de matinée. Durant le trajet, Émile n'avait cessé de saisir tous les prétextes pour empêcher Saunière de sommeiller, lui désignant ici un menhir entouré de fougères, là un dolmen ou un calvaire et lui narrant leur histoire. Fourbu, l'abbé opinait et faisait de son mieux pour paraître intéressé. C'était juste avant le bourg de Lanleff que Saunière avait posé la question qui lui brûlait les lèvres :

– Dites-moi, Émile, cette jeune femme, Léonie, est-elle mariée ?

Émile avait levé les yeux au ciel et répondu avec l'accent de la fureur :

– Non, espèce de salaud, elle ne l'est pas. Et je vous avais demandé de ne pas la toucher.

Saunière n'avait pas relevé le ton mordant et, sans être le moins du monde gêné, avait répondu :

– Ce n'est pas moi qui ai provoqué la situation, Émile, c'est elle la demanderesse. Je vous jure que je dis la vérité.

– *Gast-bihan.*

Saunière avait pris un air sérieux.

– Non, Émile, ce n'est pas une petite putain, c'est juste une jeune fille délaissée qui ne supportait plus, justement, son état de jeune fille. Ne la rejetez pas, Émile, aidez-la.

Émile avait bougonné un vague « On verra », puis ils étaient arrivés au temple de Lanleff et, devant le bâtiment vieux de six siècles au moins, aux murs extérieurs envahis de verdure, Saunière était resté muet de saisissement.

– Oui, Saunière, vous avez devant vous un modèle réduit du Saint-Sépulcre de Jérusalem, sans aucun doute élevé par les Templiers. Pour se souvenir de l'original? ou bien s'en servir comme d'un réceptacle ésotérique ? Pour ma part, je dirais que les deux points de vue sont réalistes et sans doute mêlés. Suivez-moi.

Les deux hommes passèrent la première enceinte circulaire, concentrique de la seconde, et pénétrèrent dans le temple proprement dit. Émile, les bras levés, fit un tour complet sur lui-même dans un geste de prophète illuminé.

– Voyez, Saunière, voyez ce que les dépositaires du secret le mieux gardé depuis la mort du Christ ont fabriqué pour donner à ceux qui savent lire les indications nécessaires à la continuation de leur œuvre.

Émile leva son bourdon paré d'une pierre bleue et désigna le ciel dans lequel musardaient quelques gros cumulus paresseux.

– Autrefois, il y avait un toit au sommet de la voûte, comme dans l'original. Aujourd'hui, ce n'est plus qu'un vieux monument en ruine qui n'intéresse que les gens comme vous qui chassez les trésors, ou comme moi... qui chasse... le passé. Voyez cette merveille, ancien abbé, elle se compose de deux enceintes circulaires et concentriques, dont l'une fait 10 mètres, et l'autre 19,50 mètres de diamètre. L'enceinte intérieure, autrefois transformée en cimetière, comme je l'ai déjà dit, n'a plus de voûte; cette dernière a été emportée, d'après les anciens récits, par un arbre qui a trop grandi sous l'œil indifférent des chrétiens. Ses murs s'élèvent à une hauteur de 10 mètres. Admirez les douze arcades en plein cintre, merveille d'équilibre et mémento pour initiés. Voyez les colonnes qui flanquent les piliers et portent des chapiteaux décorés de motifs de la période romane la plus reculée. Admirez, admirez, Saunière, vous êtes au centre de la mémoire de ceux qui vous ont fait tant courir.

Emporté par l'élan mystique d'Émile, Saunière avait tourbillonné jusqu'à s'en donner le tournis.

– C'est admirable!

– Et vous n'avez pas tout vu. En fait, vous n'avez rien vu de ce qui vous intéresse.

Émile avait tiré l'abbé par la manche jusqu'à un pilier dont il désignait le chapiteau d'un index noueux.

– Et là, que voyez-vous ?

Saunière était resté muet.

– Rien. Vous ne voyez rien. C'est pour cette raison que vous passez à côté des choses importantes. Vous êtes de ceux dont votre Christ disait : « Ils ont des yeux, mais ils ne voient pas. » Ce n'était pas un imbécile, votre Jésus, pour autant qu'il ait existé. Bien des hommes ne savent pas regarder. Mais putain, regardez mieux !

Étonné par la soudaine véhémence du *diskonter*, Saunière s'était rapproché et avait passé sa main sur le chapiteau.

– C'est vrai, il y a une sorte de bas-relief gravé… On dirait… on dirait un homme, ou une tête d'homme prolongée par une main… Une main à quatre doigts !?

Émile se mit à applaudir.

– Bravo ! À quatre doigts. Je vous fais grâce de l'autre bonhomme qui a lui aussi quatre doigts. Avez-vous déjà vu les gisants templiers ?

Saunière était de plus en plus perplexe devant l'attitude un rien énervée du *diskonter*.

– Quelques-uns, oui, et alors ?

Émile se calma et se mit à parler à l'abbé comme s'il s'adressait à un idiot du village.

– Alors, certains, notamment les proches des grands maîtres, sont représentés avec la jambe gauche repliée et passant sur la droite. Regardez.

Du bout de son bâton, il dessina dans la poussière un homme stylisé, allongé dans la position qu'il venait de décrire.

– Ces jambes vous évoquent quoi ?

– Le chiffre 4 ?

Émile, les poings sur les hanches, sourit d'un sourire malicieux.

– Eh oui, l'abbé, quatre. Deux jambes formant un quatre : huit. Deux mains à quatre doigts : huit... Vous et votre compère, je serais prêt à parier que vous avez fait tous vos relevés de plan en base 10, pas vrai ?

Saunière, qui avait la bouche ouverte, en profita pour éructer un « nom de Dieu ! » sonore, ce qui amusa beaucoup son compagnon.

– Vous pensez qu'il faut tout calculer en base 8 ?

Émile haussa les épaules.

– C'est ce que moi j'aurais fait, en tout cas. Vous êtes mieux placé que moi pour savoir que ces vaillants moines guerriers avaient le chic pour inventer des choses tordues et laisser des indices illisibles pour les profanes. Et puis, rappelez-vous qu'en ces temps-là, les Arabes étaient assez mal vus, et ce sont quand même eux, les propagateurs du système décimal. Moi, si j'avais été Templier, rien que pour leur causer de la peine, j'aurais trouvé un autre système pour compter mes doigts : j'aurais oublié le pouce. Pouce qui, je vous le rappelle, est opposé aux autres doigts. Opposé, Saunière, pas absent : opposé, ou antagoniste si vous préférez, donc soustrait.

Saunière regarda le *diskonter* avec une admiration non dissimulée. Pour lui, cette espèce d'épouvantail était un observateur génial... ou un affabulateur... Non, il avait raison, tout cela se tenait. Depuis le début de sa quête, il était toujours passé à un doigt de la réussite... non, deux doigts. Émile avait trouvé la clé. Soudainement, Saunière s'aperçut que toute fatigue l'avait quitté, il se sentait prêt à soulever des montagnes. Celles de son pays, celles qui recouvraient des trésors invraisemblables. Il avait hâte de regagner Rennes-le-Château, ses documents et tous les plans trouvés ou dessinés de sa main et de celle de l'abbé Boudet. Émile avait raison, forcément ; et comme il avait raison, la fortune était au bout de ses doigts. Il toucha la pierre gravée et ressentit un tourbillon d'émotions violentes venant du passé. Il chancela, étourdi. Il comprenait maintenant pourquoi le *diskonter* n'avait pas voulu lui révéler par courrier sa découverte. Il devait voir de ses yeux, toucher de ses doigts la clé, sentir avec tous ses sens le mystère de ce Temple pour contempler la réalité de sa solution. Comprendre cette dernière devait être une expérience mystique. Saunière l'avait comprise, ressentie dans toutes les fibres de son être. Il l'avait pénétrée, charnellement. Saunière, prêtre mécréant, aventurier sous la bannière de Dieu, était désormais le détenteur des clés qui ouvraient les portes du fabuleux trésor de Salomon et de ses successeurs.

Trois jours plus tard, Saunière bouclait ses valises sous les yeux rougis d'une Léonie en larmes. Les nouveaux amants s'étaient fait, comme il se doit, mille serments, tous plus beaux les uns que les autres. Saunière avait promis qu'il reviendrait bientôt, dès qu'il aurait terminé sa tâche, une tâche qui ne pouvait attendre, une tâche grandiose, extraordinaire, qui le rendrait célèbre pour les siècles à venir, mais le danger était si grand qu'il ne voulait pas qu'elle le suive, il l'aimait trop pour la perdre. Il avait juré qu'il reviendrait chercher sa belle et qu'il l'installerait dans une maison magnifique qu'il ferait construire pour elle. Il lui avait décrit sa future demeure, un palais oriental où elle aurait des domestiques, presque des esclaves, à ses pieds. Elle serait parée des plus beaux bijoux de la terre et serait à jamais sa compagne. Il l'avait promis. Et, emporté par l'exaltation de la découverte et les promesses d'avenir qu'elle représentait, il avait cru à ses propres serments.

Léonie, étourdie par les mots merveilleux de son amant, avait juré qu'elle attendrait son retour, avait juré son amour et sa foi. Léonie était devenue folle d'amour.

Marie-Louise brodait à la lumière d'une lampe Pigeon. La pluie, portée par un froid vent de noroît, frappait les vitres des fenêtres étroites de la cuisine en un staccato léger à la rythmique complexe. L'horloge marquait de son tic-tac sonore la fuite du temps. Novembre, mois maudit des trépassés, était en fin de vie. Le gris avait repris ses droits sur le pays d'Arvor, mais Marie-Louise ne trouvait plus sa vie grise. Elle attendait son Justin, sans peur ni angoisse. Pour une obscure raison, elle *savait* que son amour rentrerait vivant. Elle savait que ce ne serait pas le cas de tous, beaucoup ne reviendraient pas, mais elle avait deux certitudes : Justin et Erwan rentreraient entiers au pays, c'était écrit dans l'avenir, sur les tablettes de l'Ankou. De l'autre côté de la longue table, Léonie, Poule Blanche installée confortablement sur ses cuisses, lisait *Le Petit Journal* daté du dimanche 26 novembre 1916. La couverture coloriée montrait deux jeunes ouvrières parisiennes, le sourire aux lèvres, œuvrant pour l'effort militaire. L'image faisait bien ressortir la fierté qu'elles ressentaient en travaillant pour la patrie. Elles ressemblaient à Marie-Louise et à Léonie, elles étaient jeunes et jolies. La brodeuse leva les yeux de son ouvrage.

– Alors, quelles sont les nouvelles ?

Léonie reposa le journal sur la table, prit une longue inspiration, puis dit à son amie :

– Je suis enceinte.

Poule Blanche, la tête posée contre le ventre de Léonie, semblant écouter la nouvelle vie qui prenait forme, confirma la chose :

– Cot ! Cot, cot, cot.

XV

Le naufrage du *Kléber*

27 juin 1917. Yves Le Bloas regardait s'éloigner les côtes d'Afrique, pays qui l'avait à la fois envoûté, écœuré, rendu malade et atteint dans son intimité. L'Afrique était un pays ensorcelant, aux odeurs nouvelles, aux couleurs agressives, certes, mais également violent, parfois fruste et, surtout, souvent cruel. Dans ce coin du monde, hommes et animaux ne se faisaient pas de cadeaux. L'Afrique l'avait rendu malade, de chaleur tout d'abord, mais aussi des intestins. Il avait failli en claquer et avait perdu une dizaine de kilos dans les tinettes du *Kléber*. Enfin, l'Afrique l'avait atteint dans son intimité au travers d'une blennorragie carabinée qu'il avait contractée à Dakar, dans le vagin torride d'une liane d'ébène.

Quand il se regardait dans un miroir, Yves ne reconnaissait plus le jeune homme un peu rondouillard, et aux contours mous, qu'il avait été avant de rejoindre la marine. Il était devenu sec et musclé, et il lui semblait avoir grandi. Lorsque le miroir était assez grand pour refléter son double en pied, il se trouvait plutôt bel homme. Les femmes aussi, surtout lorsqu'il était dans son magnifique uniforme d'officier avec ses deux barrettes d'or cousues sur les manches. Yves était devenu à vingt-quatre ans un véritable officier de marine. Il était de plus respecté des matelots, qui voyaient en lui un officier issu du rang, sévère mais juste, n'ayant pas peur de se colleter dans un bar louche avec un mac, de payer sa tournée et de lever une pute.

Quelquefois, dans l'étuve de la petite cabine qu'il partageait avec un autre lieutenant, il pensait à Pélagie, à sa peau blanche et à sa radieuse bonté. Elle apportait un peu de fraîcheur dans le local surchauffé par un soleil africain qui pilonnait comme un forcené tout ce qui se trouvait sous lui. Quand il pensait à Pélagie, Yves n'arrivait pas à la déshabiller, elle paraissait tellement innocente qu'elle faisait baisser la température ambiante. Pourtant, il était sûr et certain de l'aimer, mais il n'arrivait pas à la désacraliser, à l'imaginer dans son état de femme pourvue de glandes mammaires élastiques, au pouvoir magnétique, et d'une entaille accueillante débordant de saveurs marines exotiques. Elle devenait peu à peu pour lui une icône, une sorte de statue animée de la Vierge. Et on ne déshabille pas une statue de la Vierge, elle doit demeurer pudique sous ses voiles blancs et bleus et ne rester qu'un amour platonique qui vous regarde d'un œil bovin mais bienveillant. Yves avait bien du mal à comprendre les raisons tordues qui lui faisaient apparaître Pélagie sous cet aspect judéo-chrétien : Pélagie ne s'était pas présentée à lui sous la bannière de Jésus, telle une Jeanne d'Arc illuminée. Elle lui avait bien précisé qu'elle ne faisait pas partie du troupeau des bigotes. Alors, que lui arrivait-il ? Yves n'en avait aucune idée. Quand il était étalé sur son étroite couchette, dans l'état semi-comateux du militaire fantasmant sur sa femelle restée au loin, il jurait sur son impuissance comme un charretier, en maudissant Thaddée et ses semblables qui, durant son enfance, lui avaient interdit de penser aux « choses sales » qu'on pouvait faire avec les petites filles et l'avaient obligé à idolâtrer une Mère la Pudeur trônant dans chaque église, chaque chapelle, dans une attitude niaise, et à l'hymen aussi blindé que la coque de son bateau.

Maintenant que l'Afrique n'était plus qu'une ligne bleu sombre délimitant à l'horizon le ciel azur et l'Océan bleu-vert, accoudé au bastingage de la proue du vieux navire promis à la retraite, Yves songeait à la liane couleur ébène qui s'était vouée à lui corps et âme et l'avait entraîné dans des explorations qui donnaient le vertige. Elle avait été sa maîtresse presque un mois, durant son séjour à Dakar. Il s'était amouraché de cette beauté dans un bar fréquenté par les colons, où elle servait les alcools forts et faisait des gâteries aux buveurs pour quelques sous. Cette fille de dix-sept ans ne ressemblait pas aux femmes de la capitale de l'A.O.F. aux vingt-cinq mille habitants : elle avait les traits fins et un petit nez droit, des cheveux noirs et longs qui ne frisaient pas et, contrairement aux filles de cette région, son intimité ne ressemblait pas à un triangle noir semé de grains de café, mais possédait une vraie toison douce, presque blonde, qu'Yves pouvait délicatement peigner de ses pouces en lui dessinant une coiffure avec la raie au milieu. Quand il la regardait après l'amour, alanguie et brillante de sueur, il ne pouvait s'empêcher de penser qu'il contemplait une reine antique. Ainsi Salomon avait-il dû lorgner la reine de Saba. En bref, Yves était charnellement amoureux d'une prostituée noire et il lui avait promis – comme tant d'hommes avant lui avaient promis à tant de prostituées – de la délivrer de son état pour en faire une femme affranchie. Quand il lui disait ces mots de serment, la fille avait un beau rire cristallin, lui tendait les bras et ouvrait les jambes. Une autre partie de lui-même était également amoureuse d'une icône avec laquelle il souhaitait faire sa vie.

Maintenant que l'Afrique s'éloignait doucement au rythme du brassage des hélices, Yves changeait de fantasme. Il n'était pas loin de s'imaginer vivre avec ces deux femmes si différentes, mais complémentaires. D'ailleurs, il avait parcouru les travaux de M. Freud, qui expliquait parfaitement ses envies : il ferait de Pélagie une mère, et de Liane sa pute. Il ne lui en voulait même pas de lui avoir refilé cette cochonnerie dont le joli nom, il le savait, venait du grec *blennos*, visqueux, et du radical *rheo*, écoulement, qui lui avait fait pisser du feu des jours durant. Le médecin-chef du bord, qui appelait ça la « goutte du militaire », ne s'était même pas moqué de lui, habitué qu'il était à voir défiler l'équipage dans son local avec la goutte au long nez. Il lui semblait bien avoir examiné les 567 autres attributs que comptait le navire. Le toubib lui avait fait boire trois jours de suite un breuvage dégoûtant, dont Yves avait oublié le nom compliqué – il se souvenait vaguement que le médecin lui avait parlé de benzène. Pour faire bonne mesure, l'homme de l'art lui avait fait tremper son engin, qualifié d'amarrage sur les quais, dans une solution de méthylène. Ce jour-là, Yves avait souhaité de tout son cœur que la jolie couleur de son appendice ait disparu à son arrivée à Brest et il avait compris la signification de l'expression « bleu-bite ».

Toujours accroché à la main courante de la proue du *Kléber*, Yves regarda une dernière fois la nuit tomber sur ce continent mystérieux puis, après s'être restauré, il regagna ses quartiers. Il rêva de la reine noire, pas de la sainte, et eut du mal à dormir sur le ventre.

Le *Kléber* était à mi-chemin de son dernier voyage Dakar-Brest, avant sa mise à la retraite, au large de Ténérife, quand le père Neptune se mit en pétard, et son fils Océan suivit le mouvement. Le croiseur cuirassé de 131 mètres de long et d'un peu moins de 18 mètres de maître bau entama une danse chaloupée des plus désagréables. Bien que n'étant pas de service, Yves se dirigea vers la passerelle ridiculement exiguë. Il n'y avait là qu'un lieutenant et un homme de barre qui avait bien du mal à garder le cap, les lames arrivant par le travers. En tant que chef de quart, Yves donna l'ordre de modifier la trajectoire de quinze degrés ouest pour aborder les vagues sous un angle plus propice à la pénétration dans l'eau et réduire ainsi le roulis. Il fit également abaisser la vitesse à treize nœuds pour éviter de cogner dans la vague. Le quartier-maître qui tenait la roue lui adressa un regard de remerciement, et le lieutenant de quart pinça les lèvres en disant :

– J'allais donner cet ordre, lieutenant.

Yves se montra des plus polis.

– Oui, bien sûr ! Veuillez m'excuser, La Salle, un mauvais réflexe de ma part.

Le lieutenant La Salle, subordonné d'Yves et surnommé « la salle à manger », tant son attrait pour la table était grand, daigna hocher la tête et faire un sourire. De toute façon, il ne pouvait pas dire grand-chose, il n'était qu'enseigne de vaisseau de 2e classe et Yves, lui, était de 1re classe, et qui plus est bien vu du pacha qui l'avait déjà inscrit au tableau d'avancement. Le gros navire cessa de danser la mazurka et de se tortiller, pour entamer un langoureux tango à quatre temps. La vie à bord redevint plus supportable, y compris pour le navire qui cessa de craquer.

Le *Kléber* avait été mis à flot le 20 septembre 1902 et terminé en 1904. Il était équipé de trois machines à vapeur à triple expansion aux vingt-quatre chaudières de type Belleville, qui lui fournissaient une puissance de 17 000 chevaux-vapeur lui permettant d'atteindre une vitesse honorable de 21 nœuds. Tout ce bazar étant alimenté par les 1 200 tonnes de charbon embarqués, et 568 hommes se trouvaient à bord pour le servir. Yves avait fini par les rejoindre en septembre 1916, à Dakar, et ne le regrettait pas, car non seulement il était maintenant « deux barrettes » et officier reconnu, mais de plus le commandant Lagorio était fort sympathique. Yves se rappelait parfaitement de sa première rencontre avec cet homme débonnaire et compétent, et une partie de leur première conversation le faisait encore sourire chaque fois qu'il se la remémorait. Après s'être salué réciproquement, Lagorio, un peu tête en l'air et pensant sans doute à autre chose, lui avait demandé son nom et d'où il venait. Yves, un peu surpris par la question dans la mesure où le matelot qui venait de le faire pénétrer dans la cabine du pacha l'avait présenté dans les règles, avait répondu d'une seule traite et sans mettre de virgules :

– Yves Le Bloas de Kervoaziou.

Lagorio avait hoché la tête, visiblement satisfait.

– Ah, un nobliau de province… Ça va me changer de toute cette noblesse parisienne, plus snob que des lords anglais… Bienvenue à bord, mon garçon. Et bienvenue dans cette saloperie d'Afrique qui tue les plus faibles… Vous n'êtes pas un faible au moins, lieutenant Le Bloas de Kervoaziou ?

Yves, se retenant de sourire, avait fait non de la tête.

– Je crois être solide, commandant, tout comme mon père.

– Et que fait monsieur votre père ?

– Eleveur de chevaux, commandant.

Lagorio avait tapé dans ses mains comme un enfant ravi.

– Parfait, parfait, j'adore les chevaux. Dès que possible, vous me présenterez à votre père.

Depuis, le jeune lieutenant était en excellents termes avec son commandant, qui voyait en lui un officier plein d'avenir.

Sur le *Kléber*, Yves avait donc acquis un titre de noblesse bretonne et était dorénavant relativement bien accepté par les « vrais » officiers. Il chassa les souvenirs pour jeter un coup d'œil au baromètre anéroïde : il venait de passer sous la barre des 1 000 millibars et semblait bien vouloir continuer sa dégringolade vers pluie et vent. « Merde », pensa le jeune homme, puis il descendit au mess.

En fin d'après-midi, le fils de Poséidon ou d'Hippotès – sur cette filiation les spécialistes se disputaient depuis Apollodore –, Éole, continua d'ouvrir son outre des vents, et l'anémomètre enregistra des rafales de cinquante nœuds. Le *Kléber* dut encore modifier sa route. Dans la timonerie, Yves, le capitaine Provost et le commandant Lagorio regardaient s'enfoncer puis remonter en lents mouvements la proue du navire. L'étrave projetait des paquets de mer qui balayaient le pont en emportant tout ce qui n'était pas encore solidement fixé par les matelots qui peinaient toujours sur les planchers glissants. Lagorio demanda à Provost et à Yves d'aller donner l'ordre aux hommes d'assurer tout ce qui pouvait l'être dans le navire. Le capitaine et le lieutenant descendirent l'étroit escalier de fer et eurent juste le temps de se faire tremper avant de pénétrer dans l'accès central donnant dans la coursive principale. Là, les deux officiers décidèrent de se séparer, Provost s'occupant de la partie avant et Yves celle de l'arrière. Tels des duellistes comptant leurs pas avant de s'affronter, les deux hommes partirent dos à dos, marchant d'un pas d'ivrogne. Dix pas plus tard, une lame plus violente ou plus vicieuse que les autres provoqua une embardée terrible du navire qui prit une gîte soudaine de vingt degrés tout en piquant de la proue. Yves rebondit comme une balle contre la cloison, et, se rattrapant à la main courante de la coursive, en se retournant, il eut juste le temps de voir disparaître le capitaine Provost au travers de la porte des poulaines qu'il venait de défoncer bien malgré lui. Le vol plané fut accompagné d'un fort chapelet de jurons en breton de l'Armor, modèle brestois. Les mots orduriers furent brusquement interrompus par le bruit qu'aurait pu causer une côte de bœuf jetée contre une cloison de tôle.

– Ça va ? gueula Yves.

Le navire eut encore deux mouvements de roulis impressionnants qui firent aller et venir la porte de fer comme un éventail géant, puis soudainement les mouvements erratiques se calmèrent. Yves, toujours cramponné à la main courante, parcourut la quinzaine de mètres qui le séparaient de la porte des toilettes maintenant grande ouverte. Quand il passa la tête dans l'ouverture, un étrange spectacle s'offrit au lieutenant : trois tinettes sur les six qui s'alignaient contre la cloison du fond étaient occupées. Une par un matelot, cramponné aux poignées de sécurité, qui avant les embardées était occupé à déféquer ; une autre par un homme qui vomissait tripes et boyaux, et qui maintenant baignait dans ses vomissures. Et, encadré par les deux matelots qui se vidaient chacun par un bout, le capitaine Provost, recroquevillé sur la chiotte à la turque en position fœtale, égrenait des rafales de : « *Gast!* », « Putain! Mon bras! » Yves, sans être particulièrement versé dans la chose médicale, put constater qu'en effet le bras droit du capitaine Provost, lieutenant de vaisseau sur le *Kléber*, s'était enrichi d'une troisième articulation, incongrue, au milieu de l'avant-bras. Avec précaution, Yves souleva son capitaine et l'emmena à l'infirmerie où cinq ou six hommes de grades divers attendaient de soigner différentes plaies et bosses. Plus durement atteint et de grade plus élevé, Provost passa devant tout le monde.

En sortant de l'infirmerie, Yves donna l'ordre à deux seconds maîtres de poursuivre les arrimages des objets qui pouvaient se transformer en armes volantes. Les seconds maîtres, à peine condescendants, lui affirmèrent qu'ils n'avaient pas attendu les ordres pour procéder à la mise en sécurité de tout ce qui pouvait devenir dangereux. Rasséréné, il remonta vers la timonerie où le commandant Lagorio se trouvait encore. Yves lui fit un rapport circonstancié sur la mise en indisponibilité de son supérieur. Le commandant regarda le jeune homme en avançant les lèvres comme s'il allait émettre un son vulgaire, puis en souriant il dit :

– Eh bien, mon jeune ami, considérez-vous comme dès maintenant lieutenant de vaisseau, nous régulariserons tout cela à notre arrivée. Vous voilà capitaine et officier de pont. Quant à vous, La Salle, je vous bombarde chef de quart... Vous, vous pourrez remercier le capitaine Provost de votre promotion. Vous, capitaine Le Bloas, allez vous reposer un peu. Ce soir, vous dînerez à ma table et nous officialiserons votre position auprès de vos collègues.

Dans sa cabine, Yves n'arrivait pas à dormir et passait en revue sa fulgurante carrière. En un peu plus de trois ans, à la suite d'opportunités de toutes sortes, dont une guerre, il était passé de l'état de fils d'éleveur à capitaine, et sans doute parmi les plus jeunes de la marine – si, bien sûr, on exceptait les « fils de », qui étaient déjà capitaines avant même d'entrer dans l'armée. Yves était à la fois fier et habité de doutes. Certes, l'oncle Émile, Aristote et ses scoliastes avaient beau certifier que tout ce qui arrivait était une suite logique d'événements dans lesquels le pur hasard n'avait pas sa place, le tout nouveau lieutenant de vaisseau se demandait si ce qui lui arrivait était bien mérité. Puis, se reprenant, il se persuada que oui ; finalement, ce n'était pas lui qui avait déclaré cette guerre immonde mais jusqu'à présent elle l'avait bien servi, et dorénavant son avenir était tout tracé dans la Royale. Il eut le temps de penser que si Thaddée avait raison et que Dieu existait, c'était pour le moins un sacré farceur, puis il s'endormit comme une masse.

Ce fut, cette fois, Pélagie qui envahit ses rêves. Elle était pendue à son bras dans la roseraie de la grande demeure familiale des Kermadec, à Guingamp, et ils regardaient tous les deux danser Liane, nue au milieu des roses, serpent noir ondulant sur fond de taches rouges et blanches. Au-dehors de la serre retentissaient les tambours de l'Afrique, ils étaient curieusement rythmés et leurs bruits étaient sourds, une sorte de mélange entre bruits de bielles et chocs d'eau contre un mur. Pélagie avait les joues rosies et se tortillait comme une anguille en singeant les mouvements de la liane d'ébène, et Yves la trouvait parfaitement ridicule, inadaptée à la situation érotique qui se dégageait dans la roseraie, car elle était vêtue d'une longue robe blanche faite de dentelles qui entravait ses mouvements. Elle voulait être lascive. Yves trouva qu'elle se tenait mal pour une pure jeune fille. De plus, Pélagie n'arrivait pas à la cheville de Liane pour ce qui était de danser. Soudain, dans son rêve, Yves entendit prononcer son nom et Pélagie se mit à le fouetter avec le bouquet de roses subitement apparu dans sa main tout en le traitant de goujat. Entre deux eaux, émergeant d'un mauvais sommeil, Yves entendit de nouveau prononcer son nom.

– Lieutenant Le Bloas… euh, je veux dire : capitaine Le Bloas. Il est l'heure, le pacha vous attend pour le souper.

Dans la petite salle à manger privée du pacha où Yves fut intronisé dans son grade, ils étaient six convives qui avaient bien du mal à viser leur assiette avec leurs couverts. Le *Kléber* roulait de tous côtés, comme la bille du jeu de la grenouille un jour de fête à Plésidy. Le matelot qui les servait semblait danser le tango à chaque apparition, faisant un pas en avant puis deux en arrière, ou l'inverse, cramponné à ses plats et autres soupières. Le steward s'était transformé en habile jongleur et les convives en culbutos. Le maître à bord après Dieu les informa qu'arrivé à Brest, il serait affecté à d'autres fonctions, sans toutefois préciser lesquelles, et assura ses officiers qu'ils pourraient toujours compter sur lui et s'en recommander. Les officiers levèrent leur verre et portèrent un toast au commandant Lagorio, puis à leur nouveau camarade. Yves venait d'entrer officiellement dans le cercle fermé des officiers de marine.

La tempête dura trois jours et le seul blessé relativement grave à déplorer fut le capitaine Provost qui, beau joueur, félicita son ancien subordonné. Aucun incident notable ne vint plus altérer la routine des jours suivants. Arriva le petit matin du 27 juin 1917.

Yves n'était pas de service, mais il s'était levé tôt pour profiter de l'arrivée de son navire dans le goulet de Brest et se tenait accoudé au bastingage du pont principal. Il consulta sa montre, héritage d'un cuistot mort pour la France. Il était 5 h 22 et, au loin, le jeune capitaine pouvait distinguer le feu des pierres noires. Bientôt, il foulerait le sol de sa Bretagne. Bientôt, il pourrait faire la fête avec ses compagnons, peut-être même qu'il irait rendre une petite visite à Marthe, la putain généreuse. Yves était joyeux. Le cri d'une des vigies le ramena brusquement sur le *Kléber*. Le mot tant redouté venait d'être hurlé : « Mine ! »

– Merde ! jura Yves. C'était trop beau.

Il courut à la timonerie. Sur place, l'officier de quart et un matelot tendirent le doigt : sur bâbord, on apercevait nettement une mine dérivant dans les eaux noires de l'aube. Quelques secondes plus tard, le commandant Lagorio rejoignit la passerelle et, redoutant qu'un U-boat soit encore dans les parages, donna l'ordre de se mettre aux postes de combat et de réduire la vitesse. Les servants des huit canons de 164 mm, des quatre de 100 mm, les hommes des dix de 47 mm et les mitrailleurs rejoignirent leurs postes dans des délais presque raisonnables pour un équipage revenant d'Afrique et devenu légèrement languide. Le dernier venait à peine de refermer le trou d'hommes d'une des tourelles que la mine que personne n'avait vue explosa à tribord sous la ligne de flottaison, à hauteur de la chaufferie arrière, et souffla la cuisine. Le navire fut secoué comme si Neptune venait de lui donner une gifle.

– Putain de merde ! jura Yves. Pas maintenant, pas si près.

Lagorio le regarda en haussant un sourcil.

– Reprenez-vous, capitaine… Et démerdez-vous pour trouver quelqu'un capable de faire un rapport d'avarie.

Yves n'eut pas à chercher bien loin. Dans la coursive principale, il se heurta à un officier machine qui courait vers la passerelle.

– Le Bloas, dites au commandant que nous prenons l'eau et que le feu s'est déclaré dans la soute à charbon. Nous pouvons étaler l'eau qui rentre avec les pompes, mais nous allons avoir du mal avec le feu.

– Il y a des victimes ?

– Oui, mais personne n'a eu le temps de compter pour le moment.

Yves retourna vers la passerelle au pas de course. Dans l'étroit local, tous scrutaient la mer et quelqu'un cria en désignant un point au loin : « Périscope ! » Tous les yeux se tournèrent vers l'endroit désigné, dans l'attente d'un nouveau choc qui ne vint pas. Puis, quelques minutes plus tard, celui qui avait détecté la saloperie de perfidie sous-marine cria :

– On dirait qu'il s'en va ! Oui, il s'en va !

En effet, tous purent constater que le submersible fuyait lâchement, refusant le combat. L'homme de barre éructa son mépris.

– Putain de Boche, tu chies dans ton froc, hein ? T'as peur de te faire couler !

Ce qui, dans les circonstances présentes, eut pour résultat de détendre un peu l'atmosphère, et personne ne remit le matelot à sa place. Yves descendit sur le pont, à la fois pour détendre ses nerfs mais aussi pour voir s'il ne pourrait pas se rendre utile. Tout le monde semblait savoir ce qu'il avait à faire et Yves se retrouva là en observateur, évitant de gêner ceux qui couraient avec les tuyaux. Vers 8 heures du matin, le croiseur était enveloppé d'une épaisse fumée, prenait de la gîte, et le commandant Lagorio s'était résigné à demander des secours tout en faisant son possible pour éviter le naufrage. Un peu plus tard, les pompes privées d'électricité s'arrêtèrent. Dans une manœuvre désespérée, avec la poupe enfoncée dans la mer et la pression de plus en plus basse dans les machines, Lagorio tenta de s'approcher suffisamment de la côte pour s'échouer mais, bien que la canonnière l'*Inconstant* ait tenté de le remorquer jusqu'au Goulet, il lui fallut bientôt se rendre à l'évidence : le *Kléber* était perdu.

Quand il entendit l'ordre d'abandonner le navire, Yves pensa : « Et de trois... Encore combien pour que je devienne amiral ? »

Plusieurs bateaux encerclaient déjà le navire à l'agonie et récupérèrent la plus grande partie de l'équipage. Comme à son habitude, puisqu'il fallait bien nommer habitude la manie qu'avait Yves d'embarquer sur des navires voués à couler, il fut parmi les derniers à abandonner le *Kléber*. Depuis l'*Inconstant*, il assista au sauvetage de son commandant, qui avait été projeté à la mer en une gracieuse parabole quand le croiseur chavira.

Le lendemain, les rescapés du *Kléber* apprirent que trente-huit des leurs ne réembarqueraient plus jamais : l'Ankou avait emporté dans sa charrette leurs âmes détrempées par l'Océan et les pleurs de leurs proches.

Quelques semaines plus tard, Yves et ses collègues eurent l'occasion de rendre service à leur commandant.

Pour une raison inexplicable – où peut-être parce que l'officier supérieur n'appartenait pas à la petite ou à la fausse noblesse et était plutôt respecté que craint par ses hommes –, Lagorio fut traduit devant un tribunal pour y répondre de la perte du *Kléber*. Tous les officiers sans exception lui apportèrent leur soutien et parmi les plus véhéments se trouvait Yves, qui tenait à sa troisième barrette autant qu'à la prunelle de ses yeux. Aucune charge ne fut retenue contre le commandant Lagorio, Yves eut sa promotion et l'ensemble de l'équipage fut médaillé pour son courage et son sang-froid.

XVI

Artilleurs, à l'attaque !

Décembre 1917. Germain Le Provost enviait le sergent fourrier. Il aurait aimé tenir les écritures de la compagnie, à l'exception des punitions et du livret ordinaire, tâches dévolues à un officier. Il l'avait dit à Émile Le Bloas avant de partir pour la guerre : « Quand je reviendrai, tu m'apprendras à améliorer mon breton et mon français, et on lancera la gazette du pays d'Arvor. » Le druide lui avait topé dans la main, scellant un pacte pour l'avenir de la Bretagne. Hélas ! toutes ces années de beuveries lui avaient lessivé la cervelle. Germain ne parvenait pas à aligner deux phrases bien construites lorsqu'il écrivait à Émile, en tirant la langue et en creusant ses méninges au vocabulaire appauvri. Il s'était mis en tête de composer des poèmes sur Plésidy et la région, des récits sur les légendes celtes, aussi lisait-il tout ce qui lui tombait sous la main pour enrichir le dictionnaire de ses neurones ravagés.

Germain aimait être soldat de 2e classe dans la 3e compagnie du 7e régiment d'artillerie. À quarante-huit ans, on le prenait pour un vétéran qui n'avait pas eu de chance dans l'avancement. Il s'était laissé pousser une moustache en forme de crocs recourbés et relevés. Cette coquetterie poivre et sel sur son visage émacié lui donnait un air d'intellectuel, voire de noblesse. Il avait bien changé, le Germain. Il avait perdu trente-sept kilos et, surtout, il ne buvait plus que de l'eau ou du lait. Il avait l'alcool en abomination et éprouvait de la peine lorsqu'il voyait ses camarades descendre des hectolitres de *gwin ru*. La Malhorru, la Malédiction rouge, n'embrasait plus ses chairs. Émile, le druide, et Inna, la sorcière, l'avaient chassée en lui faisant subir mille tourments.

Le vrai changement de vie, il le devait à Émile Le Bloas, qui, étant intervenu auprès du colonel Louis-Joseph de Kermadec, avait réussi l'exploit de le faire accepter par l'armée. La guerre, ce n'était pas ce qu'il croyait ; il faut dire qu'il ne s'y était jamais véritablement intéressé. Il l'avait découverte dans toute son horreur. Elle ne ressemblait en rien à celle décrite et glorifiée dans les journaux soumis à la censure. La censure que les caricaturistes épris de liberté dessinaient ressemblait à Inna. On l'appelait Anastasie. Elle avait l'apparence d'une vieille femme en noir dotée de grands ciseaux. Cette mégère furieuse coupait aveuglément dans le contenu des articles, enlevait les photos compromettant la propagande, traquait les entrefilets et les épitaphes tendancieux dans la rubrique nécrologie. Anastasie avait été créée en 1900 dans le monde des arts, du théâtre et des lettres. Mais cette vieille tordue édentée au regard de folle ne pouvait guère cacher la vérité aux bleus.

Dès sa mutation dans le secteur de Verdun, Germain avait perdu toutes ses illusions. Il avait été de corvée de cimetière en compagnie de gars complètement soûls qui maniaient les cadavres comme des sacs d'avoine. Le cabot, le caporal Ardoiset, lui avait fait comprendre que c'était une faveur, vu que Germain était pistonné par un colonel, et qu'il valait mieux enterrer des macchabées qu'être enterré vivant sous des tonnes de boue soulevées par les *minenwerfer*, les torpilles et les obus des grosses Bertha.

Germain, la figure enveloppée d'un chiffon mouillé, avait fait consciencieusement son boulot de fossoyeur en réprimant ses larmes et son envie de vomir. Au cours d'une de ces journées de croque-mort, il avait appris son premier poème : « La ballade à tibias rompus » que les poilus aimaient réciter avec amertume et dérision. Depuis, ces vers écrits par René Dalize trottaient dans sa tête chaque fois qu'il voyait un mort. Cette dernière semaine, il avait passé son temps à entasser des munitions jusqu'à ce qu'on ne puisse plus en caser une seule dans le redoutable périmètre tenu par le 7e d'artillerie. Il n'avait plus rien à faire. À quand la fameuse attaque décisive que tout le monde supputait? Il s'ennuyait. Il fit signe à ses copains.

– Je vais me dégourdir les jambes.

– Ne t'éloigne pas trop, lui dit Ardoiset.

– Ne vous en faites pas, mon caporal. S'il y a le coup de feu, je rapplique en vitesse. Je vais jusqu'au poste d'observation.

Germain contourna les mortiers de 370 Falloux et les Rimailho de 155 pour se rendre au sommet de la cote 387. On était en octobre, mois boueux et pluvieux par excellence, mois propice à des manœuvres hardies avant l'arrivée de l'hiver. Germain frissonna, il faisait deux fois plus froid qu'en Bretagne en automne. Mais son frisson n'était pas seulement dû à la baisse de la température. L'état-major avait décidé de reprendre la ligne des forts de Verdun. Douaumont n'était qu'à douze kilomètres. Là-bas, on s'entre-tuait allègrement. Il y avait comme des arcs électriques à la surface des collines basses qui se succédaient. Les Allemands résistaient et donnaient tout ce qu'ils avaient dans le ventre. Le Kronprinz jouait son avenir et celui de la famille impériale. Les intellos parlaient d'abdication de l'empereur en cas de défaite majeure et de l'établissement d'une république démocratique, mais les poilus demeuraient sceptiques : les Allemands resteraient les Allemands, une race faite pour la guerre.

Germain observait les lueurs explosives sur les lignes françaises. Sa gorge se noua. Il pensa à tous les gars qui tombaient. L'Ankou entraînait derrière lui des légions de morts. Les mots du poème de Dalize se formèrent dans son esprit tétanisé par la vision du combat titanesque que se livraient un million d'hommes. Ces mots avaient valeur de prière. Un Notre Père ou un Je vous salue Marie lui aurait paru bien fade en regard de ce grand malheur :

> Je suis le pauvre macchabée mal enterré,
> Mon crâne lézardé s'effrite en pourriture,
> Mon corps éparpillé divague à l'aventure
> Et mon pied se dresse vers l'azur éthéré.

Les mots quittèrent le silence de sa tête et il se mit à les réciter à voix haute :

> Plaignez mon triste sort.
> Nul ne dira sur moi : « Paix à ses cendres ! »
> Je suis mort
> Dans l'oubli désolé d'un combat de décembre.
> J'ai passé un hiver au chaud
> Malgré les frimas et la neige :
> Un brancardier m'avait peint à la chaux.
> Il n'est point d'édredon mieux protégé.

(...)
Depuis je gis à l'abandon
Le régiment de la relève
M'a ceint de fils de fer, créneaux et bastidons
Un majestueux rempart autour de moi s'élève.
(...)
Depuis ce temps, le crâne retourné,
De mon œil, mon pauvre œil, mon œil unique
L'autre, un rat me l'a mangé,
Je subis à nouveau la ronde mécanique.

Une ombre le recouvrit. Germain se retourna et eut droit au sourire émaillé de plomb de Sylvestre Choupard, un camarade du Croisic avec qui il s'entendait bien. Choupard était toujours d'humeur égale, enclin à l'optimisme et prêt à rendre service.

– Gégé, tu broies du noir ? lui demanda Sylvestre.

– Non, je pense à ces pauvres gars, là-bas, sous le feu de nos ennemis. Tous ces morts pour la Patrie. Je leur parle, c'est une façon de leur rendre hommage.

– Ah... souffla Sylvestre en s'allongeant près de lui et en reprenant à son compte le poème :

Mais le zéphyr, ce soir, perce mes oripeaux
Court en frissons subtils sous ma défunte peau,
Éveille en mon cœur mon oubliée luxure,
Et rompt les harmonies de ma feue chevelure.

Germain, ému jusqu'aux larmes, joignit sa voix à celle de son ami :

Aujourd'hui, vieux macchabée vertueux,
Je ne veux plus aimer de mes fiancées aucune
Que celle à l'œil vitreux
Et au sein flou couleur de lune.
Satané vent ! Le coryza m'a pris.
Mes pieds humides vers l'azur éthéré

Se dressent incompris.
Je suis le pauvre macchabée mal enterré.

Ils demeurèrent silencieux durant plusieurs minutes, hypnotisés par le cataclysme en marche. Au loin, la ville ruinée de Reims était aussi sous l'averse des obus, des pans entiers de maisons s'effondraient et le squelette de la cathédrale criblé de shrapnels résistait aux vents hurlants des souffles explosifs. Ils sentaient gronder la terre sous leurs corps. Devant les forts s'étendait un immense voile de deuil. L'horizon n'était que flammes et fumée. Choupard déglutissait toujours, avalant des litres de salive. Et si les lignes françaises craquaient ? Et si les Boches, en une formidable charge héroïque, parvenaient jusqu'ici ? Il palpa le bas de son sac, dégrafa la gourde. Elle était pleine d'un cognac de vingt ans d'âge, une merveille au palais, un baume pour le moral. Ses parents tenaient une épicerie fine et le gâtaient. Il recevait des colis tous les deux jours. Il s'envoya une rasade d'alcool ambré.

– Tu en veux ?

– Non, je ne bois pas, tu le sais bien, répondit Germain.

– T'es pas breton, pour sûr.

– Les Bretons n'ont pas inventé la gnôle et le vin.

– *Gast !* Ce n'est pas de la gnôle mais du cognac, et du bon. On devrait même le déguster en fumant le cigare.

– N'insiste pas ! Je veux garder les idées claires.

Les mâchoires de Germain se crispaient. Il se souvenait du temps proche où il était imbibé jusqu'à la moelle des os, où il prenait les dolmens pour des dinosaures, où sa pauvre mère revenue des enfers le persécutait sans merci.

– Je retourne aux batteries, dit-il.

Germain était l'un des servants d'un mortier de 370 Falloux enterré dans une fosse à contre-pente. Ces calibres étaient si lourds qu'il fallait plusieurs jours pour les déplacer de trois à quatre kilomètres. Le caporal Ardoiset supervisait l'équipe chargée du palan. Germain et Choupard guidaient l'obus géant maintenu par une double chaîne. On devait le présenter au-dessus de la bouche du fût bourré de gargousses. C'était un travail d'esclaves. Beaucoup d'hommes se blessaient lors de ces manipulations.

Les généraux, Mangin en tête, avaient décidé de frapper dur. On se préparait à une offensive d'envergure, à une poussée des forces armées jamais égalée. Toutes les feuilles de calcul de tirs avaient été distribuées. Toutes les aiguilles des montres avaient été ajustées.

L'heure, la minute et la seconde se rejoignirent. La déflagration, le big-bang se produisit à l'instant I.

Germain leva la tête. Les flou-flous, c'était ainsi que les nommaient les poilus, des projectiles des 400 et des 420, tirés par les monstrueux canons de la marine montés sur rail, traversèrent le ciel. Quelques secondes plus tard, un tremblement de terre secoua la ligne des forts tenus par les Allemands.

Quelques officiers avaient crié « Feu ! » avec un souffle de retard. Les 370 et les 155 du 7e régiment vomirent à leur tour leur trop-plein de munitions. Germain avait mis ses mains sur les oreilles pour faire barrage à l'onde. Il fut sonné malgré cela. Ses tympans bourdonnaient, sa poitrine était pareille à la caisse de résonance d'un tambour. Autour de lui, les hommes, hébétés, titubaient. Le canonnage était total. Quelques ordres menaçants rétablirent la discipline chez les servants. Germain reçut un coup à l'épaule.

– Reste pas planté là ! Grouille !

Le cabot hurlait. Germain grouilla avec les autres. Les hommes s'affairaient comme des zombies autour de la petite grue qui soulevait les obus. Il s'attela à une manivelle. Le mortier avait faim d'acier et de poudre. Sa gueule fumait. Ils la remplirent de nouveau. Durant des heures, le déluge de fer et de feu s'abattit sur les tranchées et les redoutes qui formaient la défense des forts. L'armée épuisa ses munitions. Les fûts étaient surchauffés. Un canon de 400 marine se fendit. Un autre de calibre 274, monté à l'avant d'une locomotive, explosa, tuant quatre hommes et en blessant une dizaine d'autres. Pendant cette phase, les canons de cote 240 avaient été acheminés à grands risques au plus près des deuxièmes lignes françaises qui subissaient un feu sporadique. Ils entrèrent en action. Leurs tirs courbes permettaient de faire mouche sur les objectifs cachés et leur puissance suffisait à détruire les cibles les mieux protégées. Ils réalisaient des effets d'écrasement et de pénétration avec une efficacité inégalée. Alors que la bataille d'artillerie atteignait son paroxysme, Germain reçut un choc violent sur le casque. Il regarda, stupéfait, tomber à ses pieds le message lesté qu'avait balancé un avion observateur. Le cabot s'en saisit, le lut, le porta au capitaine. L'observateur donnait la position exacte d'une batterie de grosses pièces d'artillerie que les Boches avaient dissimulées dans un ravin. On rectifia aussitôt les angles de tir.

– T'aurais pas eu droit à une médaille si ta caboche avait été fracassée par le lest du message, plaisanta Ardoiset tout en manipulant le palan.

– *Gast !* Tué par un aviateur français, quelle déveine ! Mais pourquoi n'utilise-t-il pas la T.S.F. ? demanda Germain.

– C'est pas au point sur ces machins volants. Et on n'a pas trouvé le moyen de dérouler des fils téléphoniques aériens entre nous et les avions.

Germain essaya de visualiser mentalement le tableau. Une vraie toile d'araignée mouvante dans le ciel. Les lignes téléphoniques entre les postes d'observation terrestres et les batteries d'artilleurs, on en avait posé des milliers tout le long du front. Il y avait des gars qui les réparaient sans cesse. Germain pensa aussi aux ballons ; pour rien au monde, il n'aurait voulu être à bord d'un de ces engins ballottés par les vents, attaqués par des essaims d'aéronefs. Il préférait avoir les deux pieds solidement ancrés dans l'argile.

– Plus de munitions ! annonça le sergent Ficelle.

On l'appelait Ficelle à cause de sa grande taille et de sa maigreur. Ficelle avait l'air d'un épouvantail désolé. Sa capote flottait dans le vent humide. Peu à peu, les bouches des 370 se turent. Le capitaine hocha la tête. Les feuilles de calcul ne servaient plus à rien. Si l'attaque réussissait, dans quelques jours il faudrait démonter ces foutues pièces et les acheminer vers de nouvelles positions protégées. Mais on n'en était pas encore là. Tous étaient cependant optimistes. Des brèches avaient été ouvertes, les défenses ennemies désorganisées n'offriraient guère de résistance. Le fort de Douaumont luimême laissait apparaître des plaies béantes dans ses flancs. Ses fossés avaient été en partie comblés. Toutes les tourelles des mitrailleuses anéanties offraient l'aspect de bubons éclatés.

– Nom de Dieu ! s'exclama Sylvestre Choupard, qui

avait eu la bonne idée de se faire envoyer une paire de jumelles anglaises par ses parents.

Dans le double champ de sa vision rapprochée, il aperçut des légions de fourmis bleues sortant des tranchées. Des soldats par milliers montaient à l'assaut du fort.

– Sainte Vierge ! Les Boches résistent au fond de leurs trous.

– Passe-les-moi, demanda Germain.

Germain ajusta l'optique. Le paysage lui sauta aux yeux. Il découvrit l'incroyable attaque. Des régiments entiers composés de troupes d'élite se ruaient sur les fortifications, les submergeaient, les éclaboussaient de leur sang. Tous convergeaient vers les fissures d'où partaient des feux nourris. Des lance-flammes nettoyaient les galeries ouvertes par les obus et les enfilades de couloirs. Il vit des torches humaines courir dans tous les sens, des soldats grimper sur les tourelles de 75 et de 155, et tomber les uns après les autres sous les balles des tireurs d'élite planqués dans les ravins opposés. Des grenades éclataient dans les réduits, criblaient de fer les défenseurs. Des zouaves, reconnaissables à leur uniforme, chargèrent à la baïonnette. Des territoriaux les suivirent. Les vagues se succédaient. Le fort ressemblait au Vésuve le jour où il détruisit Pompéi et Herculanum. Une épaisse nuée sourdait de ses flancs et s'échappait par les nombreuses crevasses pratiquées sur sa tête. Elle se mêla à la nuit qui tombait. Les combats au corps à corps se poursuivirent dans l'obscurité totale.

Germain et Sylvestre ne trouvèrent pas le sommeil. On leur avait signifié qu'en cas de besoin ils iraient donner un coup de main à l'infanterie avec la réserve d'un régiment de la 22e division commandée par le général Mordrelle.

Quand l'aube se leva, il n'y avait plus aucun mouvement, plus un coup de feu. Le fort de Douaumont était entre les mains des Français. On était le 25 octobre et le drapeau tricolore flottait en signe de victoire au sommet de la grande carcasse fumante.

Le 26, cinq compagnies du 7e furent désignées pour occuper le fort et tirer parti des infrastructures demeurées intactes. La 3e compagnie de Germain reçut l'ordre de partir en reconnaissance. On acheminerait des canons plus tard, si les conditions le permettaient.

– *Gast* de merde !

Ce mélange ordurier franco-breton claqua dans la bouche de Choupard. Il s'était encore empêtré dans une meule de barbelés sur laquelle pendaient des quartiers de viande et des morceaux d'uniformes gris. Horrifié, il n'osait plus faire un mouvement. Germain le tira de cet étal de boucherie en bénissant la basse température. La barbaque humaine était encore fraîche et ne sentait pas la pestilence.

– Regarde où tu mets les pieds !

– C'est difficile, je ferme les yeux, répondit Choupard.

– T'es plus dans ton épicerie de riches, maugréa Germain.

Les lèvres pincées, Sylvestre aurait donné ses économies, qui se montaient à 11 000 francs sur la Caisse d'Epargne, pour se retrouver en pantalon et gilet rayé parmi les vins fins, les spiritueux, les berlingots, les calissons, les nougats, les jambons de Bayonne et les foies gras, souriant à de jolies clientes au visage poudré. Hélas, il pataugeait dans la mélasse avec ses compagnons d'infortune. Ils dégringolèrent dans un large fossé où des types du génie installaient des voies de 60. Les gars travaillaient dans les pires conditions : sans eux, impossible d'acheminer les grosses pièces d'artillerie et les tonnes de munitions quand le front changeait de physionomie. Partout, on réorganisait le chaos, on luttait contre l'entropie destructrice de cette guerre, on construisait des routes en rondins, on creusait de nouveaux abris, on élevait des remparts de sacs. Germain et Sylvestre rejoignirent Ardoiset et l'escouade de reconnaissance à l'entrée du fort.

– Baïonnette au canon ! commanda le caporal.

– Pourquoi ? demanda un bleu. Les Allemands l'ont abandonné et se sont repliés sur celui de Vaux.

– On ne sait jamais. Ce sont des vicieux. Quelques-uns ont pu se planquer pour nous tendre un piège à retardement.

L'explication d'Ardoiset leur fit froid dans le dos. Ils pouvaient être faits comme des rats dans ce labyrinthe, sous l'action de désespérés et de fous se faisant sauter avec des grenades. Germain coiffa le canon de son fusil d'une Rosalie flambant neuve. Il n'était pas préparé à un combat rapproché. Aucun d'eux ne l'était. Ils étaient artilleurs, pas fantassins. Ils n'avaient jamais vu l'ennemi les yeux dans les yeux, sauf lorsqu'ils ramassaient des cadavres. Des soldats du 2e régiment des tirailleurs les regardèrent passer avec nonchalance et incompréhension. Ils bivouaquaient dans le merdier des fossés, jouant aux cartes, tout en bâfrant les vivres pris aux Boches.

– Vous n'avez rien à craindre, les gars, leur dit un sous-lieutenant qui astiquait son pistolet d'ordonnance près de l'entrée. Tout a été nettoyé dans le coin.

– On n'a pas fait de détail, renchérit un sergent-chef qui tétait une bouffarde et rejetait la fumée par les narines.

Du tuyau de sa pipe, il désigna des entonnoirs en contrebas. Deux étaient remplis à ras bord de morts. Trois autres étaient bourrés de prisonniers allemands. En deux jours, les Français avaient capturé 6 000 soldats et 140 officiers, pris 15 canons, 51 *minenwerfern* et 140 mitrailleuses. Les victimes, on ne les comptait plus. Germain et Sylvestre entrèrent dans le fort. Une odeur nauséabonde leur colla aussitôt aux narines. Il était presque impossible de progresser tant il y avait de détritus amoncelés, de meubles fracassés et renversés, d'armes abandonnées. Les chambrées étaient des pétaudières. Pire que des cachots. Durant des mois, les soldats avaient fait leurs besoins où ils pouvaient, dans l'urgence, entre deux attaques. La peur liquéfiait les tripes.

Choupard se mit à vomir en pénétrant dans une vaste salle remplie de cadavres. Beaucoup avaient été passés au lance-flammes. D'autres avaient été criblés d'éclats de grenades et de balles. La plupart avaient leur masque à gaz sur le visage. Certains étaient épinglés comme des papillons de collection sur les murs de béton, perdant leurs entrailles, leurs poumons, leur cervelle. Un capitaine prussien gisait au milieu de ce tas, agrippé à une caisse de boîtes de conserve, le couteau à la main. Il paraissait vivant. Il les contemplait de ses grands yeux bleus vitreux. C'était insoutenable. Ardoiset le fit tomber d'un coup de pied. Germain prit Sylvestre par le bras et le ramena dans le couloir.

– Putain de guerre ! gueula dans leur dos Ardoiset pour contenir le dégoût qui l'envahissait.

Deux autres escouades, puis la totalité de la compagnie les rejoignirent pour dresser l'état des lieux. Le capitaine et ses subalternes prirent des notes, constatant que le fort, malgré le puissant bombardement, avait dans l'ensemble bien résisté. Depuis Vauban, on construisait du solide, des bâtisses à l'égyptienne, faites pour durer jusqu'au Jugement dernier. Toutefois, il n'était pas possible de réutiliser ces infrastructures dans l'immédiat. On devrait nettoyer, aseptiser, consolider, apporter des pièces d'artillerie. Sur ce dernier point, les difficultés seraient de taille. Ils continuèrent à progresser dans les boyaux et parvinrent dans la partie nord-est, où un important groupe d'observateurs scrutait le terrain à travers les meurtrières des casemates et les ouvertures des tourelles. Il y avait partout des huiles en bottes cirées. Les artilleurs se tinrent sur leurs gardes en reconnaissant les chefs suprêmes du secteur. Ceux qui avaient le droit de vie et de mort sur des divisions entières discutaient ferme. Il y avait là les généraux Muteau, Guyot de Salins, Garnier du Plessis, Passaga et Mordrelle, accompagnés d'une kyrielle de colonels buvant leurs paroles et acquiesçant à tout bout de champ.

– On reprend le fort de Vaux sans tarder, dit Guyot de Salins. Ils sont mûrs, ils vont tomber. Ne leur donnons pas la chance de se ressaisir. Vous avez lu les derniers rapports des renseignements. Les Allemands vont acheminer des troupes du front russe jusqu'ici. Ça bouge à Saint-Pétersbourg et à Moscou. Les Rouges poussent à la révolution et l'armée du tsar est à bout de souffle.

– Et les ravins ? demanda Passaga.

– Nous les prendrons après.

– On devra utiliser l'artillerie rapprochée, dit Mordrelle d'un air dubitatif.

– Oui, continua Guyot de Salins. Les petites pièces devront aller au plus près des positions ennemies.

L'artillerie rapprochée, la petite artillerie, la pire saloperie de matériel que les hommes redoutaient d'employer. La grosse avait fini d'écraser le fort de Vaux que les frisés avaient abandonné sans combattre. Maintenant, les grosses batteries devaient être déplacées pour être efficaces et cette opération demanderait une quinzaine de jours. Trop long pour les généraux, pressés de se rendre célèbres par une victoire décisive. Tout se compliquait. Il pleuvait. Cette eau du ciel n'avait rien de commun avec le crachin breton. Les gouttes serrées étaient d'un bon calibre ; elles pénétraient les capotes, les vareuses, mouillaient les caleçons. Ces pluies froides de novembre annonçaient les fièvres, les pneumonies et toutes sortes de maladies. Germain se méfiait des toubibs qui n'avaient pas le savoir d'Émile le druide et d'Inna la sorcière.

On courait au désastre.

Germain, Sylvestre et tous les gars de la compagnie se faisaient du mouron. Ils regrettaient leurs batteries lourdes, peu exposées aux attaques, et le relatif confort de l'arrière, les siestes entre deux canonnades et les promenades dans les villages épargnés. À présent, ils étaient en première ligne. Depuis trois jours, ils attendaient que des décisions soient prises en haut lieu. L'imminence de l'assaut final se mesurait à la fébrilité des officiers et à l'apport des troupes fraîches que les trains déversaient à quinze kilomètres de la ligne des forts. Les artilleurs cohabitaient avec des territoriaux, des zouaves, des tirailleurs, des sapeurs et des chasseurs montés à quelques encablures de la forteresse de Vaux, occupée par le dernier carré des troupes d'élite du Kronprinz. Ce surplus de soldats entassés sur une bande étroite de plusieurs lieues avait provoqué un tel embouteillage dans les tranchées que les ravitailleurs mettaient un temps infini à se déplacer d'un point à un autre. Les roulantes ne pouvaient pas approcher, malgré les efforts des hommes du génie qui posaient les routes de rondins. La soupe, le café, les fayots leur parvenaient froids dans les gamelles. De plus, ordre avait été donné de ne pas distribuer le courrier avant la fin de l'offensive. Aucun « facteur des armées » n'aurait pu retrouver les destinataires des missives et des colis dans ce fouillis d'unités.

Tout en mâchant les haricots mal cuits qu'un vague jus de viande figé rendait tout juste comestibles, Germain pensait aux crêpes de sa mère. Ernestine Le Provost les préparait avec du beurre et du sucre roux. Il essayait de se souvenir d'une petite enfance heureuse, d'une chère et douce maman qui se serait tordu les mains d'impuissance en le voyant avaler cette platée de cocos. D'autres plats fumants défilèrent dans sa tête : le porc au chou, le lapin aux raves, la poule au pot, la soupe aux lentilles. Il les inventait, ces mets maternels avec lesquels il se pourléchait les méninges.

Tout autour de lui, les poilus mangeaient en silence en tentant d'oublier la pluie. Un tremblement venu de loin leur rappelait qu'ils n'étaient pas en pique-nique sur les vertes rives de la Somme et que les Allemands bombardaient la ville de Verdun. En position accroupie dans la fange, la tête prise par les souvenirs heureux et les perspectives d'un malheur programmé, Sylvestre Choupard pensait aux jolies demoiselles du Croisic, à Sixtine, la fille de Nivaisier, patron d'un bel hôtel sur le bord de mer, et à Nicole Vayssière, dont les parents possédaient mille hectares de terres et un sloop. Il n'envisageait pas d'être bouffé par les vers sous six pans de boue dans les fossés du fort de Vaux, mais de donner son nom à une riche héritière.

Assis près de lui, Ardoiset était avec sa femme et ses deux jeunes bambins. Lui espérait tout simplement passer Noël en famille. Au fond de son cœur, Germain était indigné. Il en voulait à cette stupide hiérarchie, à ces absurdes institutions militaires, à tous les politiciens et spéculateurs qui sacrifiaient la jeunesse française. Il était cependant devenu trop patriote pour se rebeller ouvertement. Il obéirait quoi qu'on lui demande d'exécuter; il irait prendre l'un de ces maudits ravins dont les noms évoquaient de futurs cimetières : ravins des Houyers, du Fond-du-Loup, du Hassoulé, du Helly, dont l'entaille profonde et invisible courait entre le bois du Chauffour et le bois Albain. Chacune de ces crevasses était dominée par des observatoires dont les cotes s'étageaient entre 347 et 388 mètres. Le général Mangin s'était vu confier la direction de cette bataille décisive par les généraux Pétain et Nivelle, mais on ne verrait jamais Mangin sur un cheval blanc menant les divisions à l'assaut, relevant le porteur du drapeau. Mangin ne se battrait jamais au corps à corps avec le Kronprinz dans un duel au sabre qui déterminerait l'issue de la victoire.

Germain avait idéalisé la guerre. Quand il reprenait des forces chez Émile Le Bloas, il avait ouvert de gros livres à la tranche dorée et vu des gravures napoléoniennes, des images où les princes, les ducs, les comtes et les maréchaux, vêtus d'habits chamarrés, traçaient en de glorieuses charges des lignes de sang au sein des bataillons ennemis. D'autres livres montraient des batailles plus anciennes, et Germain s'était identifié au héros combattant parmi les nobles chevaliers bretons, grimpant à l'échelle, l'écu au-dessus de la tête casquée, une hache à la main. Ailleurs, dans un dernier carré de guerriers assaillis de toutes parts, il parait les coups destinés à son chef couronné.

En se perdant dans ces moyenâgeux combats, au milieu des enchevêtrements d'hommes et de bêtes gravés ou peints sur les pages enluminées, il lui était venu l'idée de s'engager et de servir la France. Cette noble vocation avait décidé le druide à agir. D'un coup de baguette magique, Germain l'ivrogne avait cédé la place à Germain le chevalier de Plésidy. Il contempla d'un œil conquérant les boursouflures du terrain. Oui, il prendrait l'un de ces maudits ravins.

– Qu'est-ce qu'on attend ? demanda-t-il à Sylvestre.

– D'abord que le temps s'éclaircisse. Ensuite qu'on nous ramène notre artillerie.

– C'était à nous de démonter nos pièces !

– Ils nous ont placés en première ligne avec les fantassins. Ils doivent avoir leurs raisons. Mangin a sa stratégie, mais il a besoin que nos avions et nos espions rapportent des renseignements concernant les positions exactes des Boches.

Germain observa le ciel obscurci et frissonna. Alliés de l'ennemi, les nuages roulaient leurs vagues du nord au sud. Ils venaient de Hambourg, de Dresde, de la Baltique. Ce satané vent qui les poussait avait des dents. Les abris étaient en cours de construction. Le 7e régiment n'avait pas eu le privilège d'occuper les forts, sauf les officiers et les services de liaison. On se pelotonnait dans les capotes et les couvertures, grelottant, aussi démotivé que possible, sans aller jusqu'à la désertion. Jusqu'à ce jour, aucun d'eux n'avait traîné les pieds pour venir se terrer sous la ligne des fortifications. Pas un n'avait tiré au flanc, n'avait prétexté une fièvre, une infection. Quelque chose d'insaisissable, une sensation diffuse au fond d'eux leur disait que c'était crucial, qu'il fallait réussir ce coup-là. Beaucoup de conséquences en dépendaient, plus qu'ils ne pouvaient l'imaginer. S'ils gagnaient, peut-être que l'empereur entamerait les pourparlers de paix.

Germain reporta son attention sur les ravins. Des arbres déchiquetés grinçaient et craquaient. Le vent couinait, sifflait, mugissait. Deux corbeaux battaient des ailes au-dessus des futaies crayonnées par un artiste névrosé. Ces oiseaux de mauvais augure se sentaient à l'aise dans ce tableau. L'esprit pouvait sans peine se rappeler que des milliers d'hommes avaient été immolés ici et que des milliers d'autres les rejoindraient. Germain les entendait gémir dans le vent et sous la pluie, implorer vainement pitié pour leurs âmes qui ne parvenaient pas à quitter ce paysage d'horreur. Si cette guerre perdurait, tous les corps brisés allaient se lever pour se venger des vivants.

Germain faisait mine d'être un héros. Il ne put s'empêcher de trembler et de s'accrocher de toutes ses forces à son fusil. L'arme le rassurait. Il n'était pourtant pas bon tireur. Son adresse avait été mise à mal par vingt-cinq ans d'alcoolisme.

Les deux corbeaux firent des cercles et vinrent se poser près de lui. Ils le regardèrent de leur œil ténébreux. Il les prit pour des messagers de l'Ankou. Son heure approchait.

XVII

L'orpheline

Un vent mauvais soufflait sur l'Arvor en ce treizième jour du mois de décembre 1917. Il venait de quelque part très loin vers le nord, peut-être bien du Spitzberg ou du pôle. Il avait rebondi sur les îles Shetland, traversé à toute allure l'Écosse puis l'Angleterre et s'était chargé d'humidité en mer avant d'arriver sur les villages transis du centre de la Bretagne. Il avait apporté avec lui la neige, et tout était blanc ou gris.

Dans le village, rien ne bougeait. Tout semblait figé, et seules les fumées grises qui s'échappaient de toutes les cheminées de granite gris et montaient obliquement vers le ciel bas et gris empêchaient de croire qu'un mauvais sort d'immobilité avait été lancé contre le village de Kervoaziou. Dans la première maison – celle qui avait un jour appartenu à Ernestine Le Provost puis, en quelques mois, successivement à Germain, au notaire véreux de Bourbriac, pour enfin finir dans les mains de Mme de Kermadec, qui l'avait revendue à Léonie –, un feu d'enfer brûlait dans la grande cheminée devant laquelle deux femmes, un bébé et une poule blanche se réchauffaient.

L'orpheline de six mois tétait goulûment le sein généreux de Léonie, tandis que Marie-Louise regardait la scène botticellienne avec des yeux qui recelaient une certaine envie. Elle rêvait de pouvoir faire la même chose, mais n'avait jamais eu l'audace de céder à Justin durant l'une de ses permissions. Ou était-ce Justin qui n'en avait jamais eu l'audace? Marie-Louise n'arrivait pas à le déterminer. Une seule chose était certaine : elle, elle voulait un grand mariage officiel avec tralala, rubans, danses et binious avant que son amoureux ne la culbute et ne lui fasse un petit. Marie-Louise attendait cet instant avec une certaine délectation; il lui semblait qu'y penser longtemps augmenterait d'autant le plaisir de se donner; c'était pour elle une préparation mentale à cet acte décrit comme délicieux. Et elle travaillait à la mise en pratique de cette formation, de plus en plus souvent lorsqu'elle se trouvait seule dans sa chambre.

La petite Bérengère cessa sa succion et se mit à couiner comme un furet. Léonie remballa son sein gonflé, humide de lait et de salive, posa l'enfant emmailloté comme une momie égyptienne sur son épaule, et lui tapota le dos jusqu'à ce qu'elle entende un rot aussi puissant que celui d'un bédouin après un bon repas. Les deux jeunes femmes rirent du même rire cristallin qu'ont les femmes quand elles contemplent, ravies, un nourrisson. Poule Blanche, qui dormait tout près de l'âtre au risque de se brûler les plumes, ouvrit un œil puis, constatant que rien d'important ne se passait, se rendormit.

– Elle est belle.

Léonie acquiesça de la tête avant de répondre :

– Son père aurait été fier d'elle.

Elle se mit à pleurer. Secouée par les sanglots, Bérengère accompagna sa mère dans son chagrin et se mit à vagir. Dans neuf jours, il y aurait onze mois que son père, Bérenger Saunière, avait cessé de vivre, emporté par une crise cardiaque que personne, surtout pas lui, n'attendait. C'était Émile qui avait apporté la triste nouvelle dix jours après le décès, alors qu'elle s'arrondissait doucement : l'enfant, avant même sa naissance, était orphelin. Léonie s'était effondrée et Émile avait dû lui concocter une potion lénifiante pour la calmer. De temps à autre, Léonie retombait dans sa neurasthénie et ses crises de larmes.

Marie-Louise, comme à son habitude, consola la veuve de son mieux. Léonie renifla, mais arrêta de pleurer, et la petite en fit autant.

– Tu vois, elle sent quand sa mère est triste, cesse de penser à Bérenger comme à un mort. Les hommes comme lui ne meurent jamais, ils restent parmi nous. Je suis certaine que ton Saunière vous regarde toutes les deux, et il n'aimerait pas te voir ainsi avec tes yeux aussi rouges que ceux des lapins albinos.

Léonie renifla encore, hocha la tête et essuya ses larmes du dos de la main.

– Tu as raison, je sais qu'il est là, je le sens. Quelquefois même, je le vois la nuit, quand je suis assise près de la cheminée et que je donne le sein à la petite. Si tu ne te moques pas de moi, je te dirai un secret… Jure…

Marie-Louise jura solennellement à son amie qu'elle ne se moquerait pas. Alors, Léonie prit une grande inspiration, comme lorsqu'elles étaient gamines et allaient patauger, toutes nues, à Pont de Belek, et jouer à celle qui resterait le plus longtemps sous l'eau.

– Le jour où Bérenger a eu sa crise cardiaque, le 22 janvier, mon cœur s'est serré comme si la main de Dieu l'écrasait dans son poing, et j'ai eu mal, si tu savais comme j'ai eu mal ! J'ai cru que j'allais mourir. La petite s'est mise à bouger en moi et j'ai cru qu'elle aussi allait mourir. Puis, soudain, tout s'est arrêté. La douleur et les mouvements de la petite dans mon ventre, et j'ai ressenti un grand froid, comme si l'on venait d'ouvrir la porte pour laisser entrer le vent du nord. Un froid immense. Alors un chagrin énorme comme une vague de tempête m'a emportée et je me suis mise à pleurer sans pouvoir m'arrêter, car j'ai su qu'un malheur venait d'arriver. J'ai eu la certitude que le père de ma fille avait cessé de vivre et j'ai su au même instant que le bébé était une fille, il venait de me le dire. J'en ai parlé à Émile le lendemain, il est devenu blême et à aucun moment il n'a essayé de me rassurer ou de me dire que j'étais folle... Tu vois, toutes ces sortes de choses que l'on raconte pour rassurer une fille qui vient de décider bêtement que son amour est mort. Non, lui, il est devenu tout blanc et m'a dit : « Je vais m'occuper de ça » puis il est sorti en courant presque. Tu te souviens que personne ne l'a revu durant dix jours ?

Marie-Louise fit oui de la tête.

– Pendant ces dix jours, je me suis persuadée que ce que j'avais ressenti n'était que l'angoisse d'une femme enceinte et esseulée, et puis j'avais aussi à supporter le regard de mon père et celui des gens qui disaient : « Regarde, c'est Léonie la putain, celle qui a couché avec un prêtre défroqué. » Alors, j'ai fini par me convaincre que j'avais eu comme une sorte de maladie et j'ai repris le dessus. Puis Émile est apparu et m'a annoncé la nouvelle.

– Je me souviens, j'étais là... Tu es tombée dans les pommes. Quand l'Émile t'a réveillée, tu étais hystérique.

Léonie eut un pâle sourire.

– Oui, je n'étais vraiment pas bien.

Un long silence se fit dans l'ancestrale demeure qui, si l'on en croyait l'inscription qui figurait sur le linteau de la porte, datait de 1697. C'était dorénavant la maison de Léonie qui, si elle le souhaitait toujours le moment venu, s'appellerait bientôt Léonie Le Guilloux.

Les fiançailles avaient été célébrées à la va-vite deux mois plus tôt, grâce aux manigances d'Émile et avec la complicité du curé. Chacun était d'accord, Léonie comprise, pour dire que la petite ne pouvait pas grandir sans père, et que la mère était une veuve bien trop jeune pour ne plus servir. Et puis, il y avait le regard du village, du bourg et surtout celui du père de la jeune femme, qui refusait de voir en sa fille une fille mère : cela ne se faisait pas dans la respectable famille Le Floc'h. Ils avaient tous cherché un moment, mais le seul disponible sous la main était le fils Le Guilloux, rentré du front à peu près intact grâce à Justin qui lui avait sauvé la vie. « Celui-là ou un autre… De toute façon, je resterai fidèle à mon Bérenger », avait dit Léonie quand le *diskonter* lui en avait parlé.

Le lendemain du jour où Léonie avait eu sa crise mystique et avait cru mourir, Émile s'était rendu à Rennes-le-Château ; là, il avait eu confirmation du lien mystérieux qui avait uni les deux amants en se rendant sur la tombe toute fraîche de Bérenger Saunière, au fond du cimetière. Il s'était recueilli un moment devant le caveau en fixant le mur du domaine jouxtant la tombe. Une sorte de transe s'était emparée du *diskonter* et le mur s'était mis à danser devant ses yeux, les pierres avaient pris une vague forme de lèvres et le mur s'était mis à lui parler. Sans savoir si la voix qu'il entendait était réelle ou si elle n'était que le produit de sa cervelle en surchauffe, Émile avait écouté attentivement, en habitué qu'il était des manifestations surnaturelles. Plus tard, il avait fouillé dans les papiers du prêtre déchu, sous l'œil atone de Marie, et avait trouvé ce qu'il cherchait. Il avait passé une nuit et deux jours, sans la moindre minute de repos, à faire des copies de certains papiers, toujours sous le regard indifférent de l'ancienne maîtresse de Saunière, qui lui avait apporté à manger et à boire sans qu'il n'eût jamais rien réclamé. La deuxième nuit, le *diskonter* s'était écroulé de fatigue dans le lit du défunt et avait passé une nuit sans rêves. Au matin, il avait soigneusement mis ses documents dans sa besace et rendu les originaux à la pauvre Marie qui semblait bien ne plus avoir toute sa raison. Puis il était revenu au pays et avait annoncé la triste nouvelle à Léonie.

Deux jours plus tard, Émile s'était rendu chez Thaddée et lui avait proposé un marché que le curé avait fini par accepter : Léonie et Saunière avaient bel et bien été mariés secrètement par le curé de Plésidy. Conséquemment, la pauvre petite était veuve et attendait un enfant. Le dimanche suivant, l'ensemble de la commune avait été mis au courant du grand malheur qui avait frappé la jeune femme, grâce à un vibrant sermon où il était question d'amour bénit par Dieu en personne, d'union entre un chevalier du Seigneur et une quasi-sainte, et autres invraisemblances. Théo, assis au premier rang, avait bombé le torse, Léontine Le Floc'h avait laissé couler une larme et l'ensemble des villageois plaignit Léonie qui n'en demandait pas tant.

Quand le nourrisson eut atteint l'âge de quatre mois, Émile l'avait déclaré viable et avait arrangé, pour le début du printemps suivant, le mariage de la jeune femme avec le fils Le Guilloux, jeune homme pas trop laid, un peu sot et grincheux notoire, mais ayant l'avantage d'avoir été engendré par des parents cupides. Ces derniers avaient accepté sans se faire prier la somme qu'Émile avait proposée en plus de la dot de la jeune femme, composée d'un trousseau complet, de quatre vaches données par le père et de cinquante francs or. En contrepartie, le père Le Guilloux avait dû accepter de reboucher le puits qu'il avait creusé sans l'aval des villageois. Grâce aux magouilles d'Émile, le village avait retrouvé son unité.

Dehors, la neige redoublait de violence et le peu de jour qui pénétrait par la fenêtre diminua. Léonie déposa dans son berceau le nourrisson repu, qui ronflait légèrement, alluma une lampe Pigeon et regarda autour d'elle. La petite maison avait bien changé depuis l'époque de Germain. Elle était dorénavant propre et coquette, les murs avaient été chaulés, une cloison de bois peinte en bleu azur isolait la chambre de la cuisine et les jolis meubles donnés par Mme de Kermadec étaient bien cirés et reflétaient la chaude lumière de la lampe. La fosse à purin qui jouxtait auparavant la fenêtre de la cuisine avait été comblée et l'on pouvait dorénavant ouvrir les fenêtres sans risquer la suffocation par inhalation de vapeurs d'ammoniac. Léonie se sentait bien chez elle, et elle eut un léger soupir de satisfaction en s'asseyant de nouveau devant l'âtre. La seule chose qui l'ennuyait était qu'elle devrait bientôt partager son havre de paix avec un mari benêt et largement moins cultivé que le potager du jardin. Mais, comme le serinait Thaddée, « le bonheur parfait n'est pas de ce monde » et, comme disait sa mère, « quand on n'a pas ce que l'on aime, il faut aimer ce que l'on a ». Ayant sans doute lu dans les pensées de son amie, Marie-Louise demanda :

– Et avec ton futur, tu penses que ça va bien se passer ?

Léonie haussa les épaules.

– Faudra bien. Il est un peu bébête, mais depuis qu'il est rentré de la guerre, il est devenu gentil. Il paraît que voir l'Ankou sans être emporté par lui change la façon de voir les choses. Ça ne l'empêche pas d'être grincheux, remarque, mais il souffre tout le temps de son dos, rapport à sa blessure, alors on ne peut pas lui en vouloir.

Marie-Louise sourit, cependant la réponse ne l'avait pas satisfaite : ce n'était pas des humeurs de Raymond qu'elle voulait entendre parler, c'était de choses plus secrètes, des choses qui ne se disent qu'entre filles et émoustillent leurs pensées. Aussi elle reprit son interrogatoire.

– Oui, c'est triste, mais il n'y a pas que le dos dans la vie... Tu n'as pas peur de faire des comparaisons entre ton ancien... mari et le nouveau ?

– Tu veux dire au lit ?

Marie-Louise rosit légèrement. De trois ans sa cadette, elle se sentait vraiment comme une pucelle demandant à sa grande sœur : « Alors, comment c'était ? » Léonie haussa de nouveau les épaules et reprit :

– Je ne suis pas certaine de le savoir. D'après Émile, le Raymond a des problèmes de ce côté-là. Son fusil à un coup partirait trop vite, si tu vois ce que je veux dire.

Marie-Louise, qui n'était pas encore au fait de la multitude de soucis propres à certains mâles humains, fit semblant de comprendre et hocha la tête avec conviction. Encouragée, Léonie continua.

– De toute façon, même s'il arrive à me faire valser, jamais Raymond ne sera à la hauteur de mon Bérenger, lui savait s'y prendre avec les femmes… Je veux dire avec moi… Tu sais, sous lui, j'ai vu danser les étoiles… Je suis montée au ciel… J'ai perdu jusqu'à la mémoire de mon nom. Oh, mon Dieu, comme je le regrette… Mais je vais te dire un autre secret. Je me suis fait dire l'avenir par Inna.

Marie-Louise était suspendue aux lèvres de son amie.

– Et alors ?

– Alors, Inna m'a dit de ne pas m'inquiéter.

– C'est tout ?

Léonie sembla soudain mal à l'aise, hésita, puis, comme si elle était gênée, cessa de regarder Marie-Louise pour se concentrer sur ses mains posées sur ses genoux. Avant qu'elle ait pu répondre, Poule Blanche sauta dans son giron et lui picora les avant-bras avec virulence.

– Cesse, Poule Blanche, Marie-Louise ne dira rien, elle sait garder les secrets. De toute façon, je lui dirai, alors…

Comme si elle avait compris, la poule cessa son manège et s'installa sur les genoux de la jeune femme qui reprit :

– Non, ce n'est pas tout. Inna s'est mise à tripoter son collier de pierres bleues, tu sais les pierres magiques comme celle du bâton de ton oncle. Elle a fermé les yeux, les a rouverts, ils étaient devenus tout blancs, on ne voyait plus ses iris. Avec une drôle de voix, elle m'a dit : « Bientôt viendra le fléau venu du ponant qui fauchera certains et en épargnera d'autres. Empêché par les esprits de deux que tu aimes, le mal t'épargnera, mais emportera celui-là qui t'aime. »

Marie-Louise fit avec la bouche un bruit que certains font avec leur fondement, avant de répondre :

– C'est du charabia. Tu sais, il ne faut pas trop faire attention à ce que raconte Inna, elle devient gâteuse.

– Ce n'est pas ce que dit ton oncle Émile.

– Cot ! ajouta Poule Blanche, outrée.

Léonie se leva de sa chaise et des gouttes de sang tombèrent sur le sol de terre battue. Marie-Louise les désigna de l'index.

– *Malhorru !* Mes règles ! J'en mets partout !

Poule Blanche, comme devenue folle, se mit à tourner autour des jupes de la jeune femme, puis, soudain, les yeux de Léonie s'exorbitèrent. Elle montra les gouttes de sang qui constellaient le sol et, dans un sanglot, se mit à bredouiller :

– Le sang... le sang a encore coulé... Le sang d'un du village... Le sang de celui qui habitait cette maison a coulé. Sainte Marie mère de Dieu ! Le sang de Germain !

Elle s'effondra dans les bras de Marie-Louise et Poule Blanche cessa son manège.

Le silence revint dans la maison.

– *Gast an erh*, jura Émile en cognant ses croquenots pleins de neige contre le chambranle de la porte, avant d'entrer dans la maison du curé de Plésidy.

Son frère venait de le déposer devant le jardin tout blanc, et le *diskonter* se demandait si la neige lui laisserait le loisir de rentrer chez lui. Il chassa le souci du même geste qu'il chassait une mouche importune. Il dormirait là où il pourrait arriver et, au pire, Thaddée l'hébergerait pour la nuit. À l'instant où il allait tambouriner à la porte, elle s'ouvrit et Thaddée lui tendit la main.

– Quand donc cesseras-tu de jurer, Émile ? Et puis traiter la neige de putain, ce n'est pas très poétique. Et ton jeune... apprenti, il n'est pas avec toi ?

– Nan, curé, il apprend comment fonctionne l'électricité.

En faisant entrer Émile, Thaddée murmura :

– Quelle drôle d'idée ! À quoi cela peut-il bien servir ?

Ils s'installèrent dans la cuisine, chacun d'un côté de la table où la bonne préparait les repas. La pièce était bien plus chaude que la salle à manger, et Émile se débarrassa de son long manteau et de son chapeau, tous les deux aussi noirs qu'une nuit sans lune. Thaddée remplit deux bols d'un café éventé qui devait séjourner depuis le matin sur le bord de la cuisinière à bois qui réchauffait la pièce et les deux petites chambres du premier étage. Émile envia le prêtre qui dormait dans un lit chaud et sec toute l'année. Avec toute cette pluie qui était tombée avant la neige, cet hiver, sa chambre n'était sûrement pas aussi confortable que celle de Thaddée. « Je me fais vieux, si je me mets à craindre l'humidité », pensa-t-il.

– Alors, où en es-tu, Émile ?

Le ton du curé était guilleret. Si Émile était passé malgré ce sale temps, c'est qu'il avait découvert quelque chose.

– J'ai terminé, curé. J'ai refait tous les plans de notre bon abbé Saunière en appliquant la méthode que je lui avais indiquée et qu'il avait visiblement bien du mal à suivre. Saunière n'était pas très doué en arithmétique.

Avec à peine quelques minutes de décalage, Thaddée posa la même question que Marie-Louise avait posée à Léonie.

– Et alors ?

Émile haussa ses maigres épaules.

– Et alors ? Et alors, il faut aller sur place pour voir si j'ai raison.

Thaddée, décontenancé, regarda Émile avec des yeux de veau.

– Tu as l'intention d'aller là-bas pour faire des fouilles ?

– Ne dis pas de bêtises, curé. Je ne peux pas m'en aller entreprendre des recherches à Rennes-le-Château. En deux jours, j'aurais aux fesses tous les amis du grand chef de tous ces fous. Tu oublies que Debussy et d'autres me connaissent. Déjà, en me rendant trois jours à Rennes-le-Château, à la mort de Bérenger, j'ai pris des risques. J'imagine que des gens surveillent l'endroit. Non, curé, je n'ai nullement l'intention de continuer le travail de Saunière.

Thaddée regarda Émile de plus en plus dubitativement.

– Qu'allons-nous faire ?

Émile eut un sourire en coin en regardant le prêtre.

– Rien, mon ami… Nous n'allons rien faire… Pour le moment. Aussi vrai que la guerre finira un jour, l'attention des gens pour Rennes-le-Château finira. C'est seulement lorsque tout le monde aura oublié le trésor de Saunière que nous pourrons faire quelque chose.

Thaddée fit la moue.

– Ça peut prendre des années.

– Tu as besoin d'argent rapidement, curé ?

Thaddée eut un long soupir à fendre l'âme.

– Tu le sais, Émile, pas pour moi. Mais tant de choses sont à faire dans notre commune et dans notre Arvor. La chapelle Saint-Yves n'est plus qu'une ruine, les autres chapelles ne valent pas mieux. Le toit de l'église prend l'eau et l'eau n'arrive plus au lavoir. Hormis ta famille et ceux qui gravitent autour de toi, les gens de ce pays deviennent de plus en plus pauvres et retournent au Moyen Âge. Oui, Émile, j'ai besoin d'argent et ce que tu m'as déjà donné ne suffira pas pour entreprendre tout ce qui me tient à cœur. Je veux aider ces gens.

Émile hocha la tête et tapota l'épaule du curé.

– N'aie crainte, mon vieil ami, je n'ai pas oublié ce que je t'ai promis. Tu auras bientôt de quoi faire tes bonnes œuvres, bien qu'avec certains je trouve que tu perds ton temps. Mais je sais aussi que Thaddée signifie « celui qui a du cœur ». Je ne suis pas et ne serai jamais de ton bord, curé, et je n'aime pas ton Dieu qui, s'il existe, possède pour le moins un sens de l'humour contestable, mais cela ne veut pas dire que je ne respecte pas l'homme que tu es et ses croyances imbéciles.

– Émile !

Le *diskonter* se mit à rire gaiement, comme s'il venait de faire une bonne farce. Après un long silence, Thaddée demanda :

– Je te le redemande, Émile, qu'allons-nous faire ?

L'interpellé farfouilla dans la grande sacoche de cuir qui ne le quittait jamais et en retira une dizaine de feuillets et deux longs rouleaux de papier, qu'il déposa sur la table.

– Voilà le résultat de mes cogitations et les plans que j'ai refaits à partir de ceux de Saunière. Je te les confie... Cache-les bien, mets-les dans un abri sûr où personne ne pensera à venir les chercher. Tu deviens le gardien de ce foutu fantasme, ou de cette dangereuse réalité.

– J'ai une idée, si je les cachais...

Émile coupa brusquement le prêtre.

– Nan, curé. Je ne veux pas le savoir. Personne ne doit le savoir, pas même moi.

– Mais... mais... s'il m'arrive quelque chose?

Émile se gratta le menton.

– J'y avais bien entendu réfléchi. Alors, quand tu auras décidé de la cache, confie une clé codée à Alban. C'est un malin.

Le prêtre s'empara des papiers, s'absenta quelques minutes, puis vint se rasseoir devant Émile.

– Dis-moi, tu ne m'as jamais dit qui t'avait prévenu de la mort de Saunière.

Émile plissa les yeux et fixa Thaddée avec une telle intensité que le curé, mal à l'aise, se tortilla sur sa chaise, laquelle grinça comme une vieille girouette.

– Toi et les tiens avez oublié bien des choses, Thaddée. Des choses que vous possédiez avant de les remplacer par des croyances que vous prenez pour des vérités. Et ces croyances vous empêchent de voir ce que vous avez sous les yeux ou dans le cœur... Pas moi. C'est Léonie qui m'a prévenue de la mort de Saunière. Vois-tu, curé, certains liens se créent entre des êtres qui ont des sentiments exceptionnels l'un pour l'autre. L'amour que se portaient ces deux-là leur servait de téléphone... De plus, je soupçonne Léonie de posséder quelque don des temps anciens.

Thaddée ne répondit pas. Il ne voulait pas polémiquer avec Émile, car au fond de lui restaient ancrées les certitudes de l'âme celte. Thaddée ne le disait pas, mais jamais il n'avait réussi à se séparer vraiment de tout ce qui avait construit les hommes du pays des légendes. De l'index, il désigna le long bourdon d'Émile, coincé contre la pierre de l'évier.

– Parle-moi de ta pierre bleue. Elle est vraiment magique?

Émile partit d'un grand éclat de rire.

– Pas toi, curé ! Pas toi. La magie n'existe pas. Le mot « magie » a été inventé par ceux qui s'estimaient savants mais n'arrivaient pas à expliquer certains phénomènes. Non, ces pierres ne sont pas magiques. Elles recèlent un pouvoir que l'on ne peut encore comprendre. Peut-être qu'un jour un savant le découvrira et dira : « Je peux expliquer pourquoi les pierres bleues des collines peuvent ne pas avoir la même température que l'air qui les entoure. » Moi, je ne sais pas pourquoi elles ont cette étrange propriété, mais quelquefois je peux interpréter ce qu'elles veulent me dire. Souvent, ce n'est que de la logique – le « *logos* » de la philosophie platonicienne.

Thaddée hocha la tête. Il pensait comprendre. La philosophie d'Émile ressemblait à la sienne : interpréter les manifestations de l'invisible. Émile se pencha vers le prêtre et continua sur le ton de la confidence :

– Quand j'étais à Rennes-le-Château, devant la tombe de Saunière, le mur s'est mis à me parler. Là non plus, Thaddée, ce n'était pas de la magie. C'est ma propre cervelle qui m'a dicté sous une forme ésotérique ce que ma raison voulait me confier.

– Et que t'a dit… le mur ?

– Le mur m'a dit : « Ne cherche pas le trésor de Saunière. Il doit rester celé à la vue des rapaces encore longtemps. Le temps n'est pas venu. Il ne doit pas tomber entre les mains de gens malveillants. » Voilà ce que m'a dit le mur, mon cher Thaddée. Bien. Je devrais aller bientôt chercher ce que je t'ai promis, mais pas ce soir. Peux-tu m'héberger ? Je n'ai pas le courage de faire ces six foutus kilomètres à pied pour rentrer chez moi.

– Évidemment, grand con, tu es mon invité.

XVIII

Le jour de gloire

Le 13 décembre 1917 pointa son museau chargé de frimas sur le plateau 304, appelé Le Mort-Homme. Les spécialistes avaient annoncé du beau temps pour la semaine à venir. Personne ne s'en réjouissait. Beau temps signifiait gros bombardement et grand massacre. Verdun, la ville martyre, subissait des tirs destinés à la réduire en poussière ; Bar-le-Duc recevait aussi sa part. Il semblait que les hommes étaient décidés à effacer deux mille ans d'histoire.

Le capitaine de la 3e compagnie d'artillerie fit passer le mot à 7 h 44 : « Le matériel est arrivé. » On était bon pour le feu. L'escouade suivit le caporal Ardoiset à travers le lacis des boyaux reconstitués. Il ne pleuvait plus mais les tranchées étaient aussi glissantes que des peaux de serpent. Un avion ronronna dans le ciel blême de l'aube ; des ballons furent lâchés et se mirent à dériver paresseusement. Rien n'indiquait qu'on était à quelques minutes ou à quelques heures de l'apocalypse.

Germain et Sylvestre s'attendaient à retrouver leurs affreux chouchous de 370, bien calés sur leur socle d'acier de plusieurs tonnes, entourés de piles de munitions usinées par les courageuses ouvrières des arsenaux.

Leur déconvenue fut grande. Les gros calibres, faute de voies de 60 installées en nombre suffisant et de routes carrossables, n'avaient pu être acheminés à travers le merdier visqueux. Le régiment héritait d'une vingtaine de 75, de sept canons de 105, de quatre obusiers de 150 et d'une flopée de petits calibres réquisitionnés dans les dépôts et les casernes.

Les soldats échangèrent des regards consternés. Les petits calibres obligeaient les servants à être au contact avec l'ennemi. Ils exigeaient des mouvements, des initiatives, des attaques simultanées avec les fantassins. En détenir un, c'était s'exposer en permanence au danger.

– *Gast!* On va être intégrés dans les compagnies mixtes, conclut Choupard.

– Il est là ! s'exclama un bleu qui n'en menait pas large et zieutait du côté des feuillées.

Germain tourna la tête et se renfrogna. Il était bien là, le lieutenant Ernest Crottoix. Il apparaissait toujours quand on affectait les hommes à l'artillerie légère, quand tout allait mal. Il avait son jeu de cinquante-deux cartes à la main. Non pas cinquante-quatre. Les deux jokers avaient été retirés dès la première distribution.

Ils le saluèrent sans enthousiasme.

– Soldats, le moment est venu de vous distinguer. Nous allons botter le cul aux Allemands et faire honneur à la France qui vous regarde. Organisez-vous par paires !

Les paires étaient naturelles. Les meilleurs copains s'associaient selon le principe des phalanges macédoniennes et mouraient souvent ensemble. Germain et Sylvestre se rapprochèrent. Crottoix, deux fois médaillé, quatre fois cité, une fois blessé à la tête par un éclat, ne payait pas de mine. Blond de cheveux, les yeux d'un bleu délavé, il avait l'air d'un petit rentier rondouillard déguisé en officier. Dans la vie, il exerçait le métier de commissaire-priseur et on ne lui connaissait pas de famille. L'armée l'avait adopté, la guerre l'avait révélé et il se sentait parfaitement à l'aise dans son rôle valeureux. Il s'avança vers un couple de soldats originaires de Mûr-de-Bretagne. Les deux éleveurs de porcs n'avaient d'yeux que pour le paquet qu'il venait de mélanger. Il tira une carte.

– Dame de cœur, dit-il d'un ton laconique.

Les deux éleveurs soupirèrent d'aise. Cette dame, comme tous les cœurs, leur attribuait un Taupier, sorte de petit mortier formé d'un double canon très court qui tirait des projectiles selon des courbes prononcées. Ils n'auraient pas à le déplacer dans l'urgence si les troupes gagnaient rapidement du terrain. Planqués dans un trou, ils attendraient la fin des événements.

– 4 de trèfle ! lança Crottoix en se plantant devant deux nouveaux bleus qui allaient recevoir un mortier Benoist n° 1 lance-bombes, calibre léger facile à transporter et à installer.

Encore deux chanceux.

– On va avoir droit à du pique, se lamenta Choupard.

– Tais-toi !

Germain regarda le lieutenant dont la tête rose, à laquelle il manquait du persil dans les narines et de la gelée autour du cou, n'exprimait aucun sentiment. Il distribuait les cartes comme un professionnel du jeu. Il se campa face aux deux compères et leur montra le valet de pique.

– Je le savais, se lamenta Choupard. En plus, on a droit à l'Ankou, le valet de la Mort.

Le lieutenant ne commenta pas la réflexion pessimiste du 2e classe Sylvestre Choupard. Il se contenta de dire :

– Canon de 37 sur affût.

La galère. Le chemin de croix. La poisse totale. Cette pièce d'artillerie, on se la coltinait à deux en peinant comme des mulets.

La carte d'état-major, avec toutes ces lignes de cotes, ces ruisseaux, ces points remarquables, ces hameaux et ces millions d'hommes représentés par des chiffres et des lettres le long des entailles et des forts constituant les défenses, avait été repliée. Le capitaine avait fait son baratin de patriote en rappelant que le terrain à conquérir se trouvait dans une région difficile, creusée de ravins, obstruée de bois, et que les Allemands avaient organisé à loisir leurs ingénieux retranchements. Puis il avait distribué les postes. Chacun avait localisé sur la carte les croix et les ronds rouges dévolus à la 3e compagnie. Plus ardu était de les visualiser dans la zone du front. Germain avait à peu près repéré l'endroit où il devait se rendre. Il était debout sur la banquette réservée aux tireurs d'élite, mémorisant le parcours du combattant jalonné de cadavres.

Là-bas, l'ennemi les attendait sans trembler. Les tranchées étaient solides, garnies d'abris profonds, flanquées de blockhaus. Des galeries souterraines avaient été creusées et renforcées par de solides matériaux venus de la Ruhr. À vue, on distinguait d'épais réseaux de fils de fer barbelés renforcés de chevaux de frise, de piquets, de rails d'acier, de blocs de béton. Ces ferrailles, pareilles à des porcs-épics ou des oursins, s'étiraient en chapelets et protégeaient d'imprenables positions, masquant les dépôts de munitions et les réserves placés sur les pentes raides des ravins en angles morts impossibles à atteindre par les tirs des canons classiques.

Il en était autrement avec la petite artillerie, capable de se faufiler à travers tous ces pièges et de tirer à vue, presque à bout portant. Germain et Sylvestre pensaient encore aux heureux bénéficiaires des mortiers Benoist n° 1 et aux servants des lance-bombes qui n'auraient pas à ramper sur les pentes glissantes des ravins avec leur matériel sur le dos. Eux tireraient en cloche, bien à l'abri derrière les crêtes.

– On va nous envoyer en enfer, murmura Choupard.

Les obus ennemis tombaient çà et là, émiettant les sections de soixante-cinq hommes du génie qui continuaient à améliorer les voies de communication dans des conditions épouvantables. En trois semaines, plus de trente kilomètres de routes et dix kilomètres de voies de 60 avaient été réalisés pour faciliter l'acheminement des troupes, des vivres et des munitions. C'était insuffisant mais mieux que rien. Le front d'attaque s'étendrait de Vacherauville – village qu'il était impératif de capturer – au défilé de Vaux. Tous les noms qu'oublieraient très vite les acteurs de cette boucherie s'alignaient dans la tête de Germain : Vacherauville, Louvemont; Ferme des Chambrettes, bois le Chaume, Bezonvaux…

– Si Dieu m'entend, qu'il me donne un filon, pria Choupard en baisant la croix de communiant qu'il portait autour du cou.

– Rêve pas. C'est du pilon que tu vas recevoir. Au mieux, tu perdras tes deux jambes et tu resteras planté derrière la caisse de ton épicerie jusqu'à la fin de tes jours.

– Merde, Germain ! Tu es trop pessimiste. Moi, j'y crois au « filon ». Si tu le demandes avec foi, c'est comme un miracle.

Germain ne poursuivit pas cette conversation stérile et stupide. Le « filon », c'était la bonne blessure, celle qui, sans handicaper méchamment le soldat, lui permettait de se retirer à l'arrière et de vivre peinard dans un camp sanitaire.

– Allez, les gars, remuez-vous les fesses ! lança le caporal Ardoiset. On déménage.

La section, menée par le sous-lieutenant Gaston Triport-Gaffier, arriva au bout d'une voie de 60 pleine de wagonnets sur lesquels s'entassait le matériel. Des guérites et un petit entrepôt avaient été érigés. Ils formaient une gare occupée par les services de l'intendance. Deux drapeaux effilochés pendaient à des hampes fichées dans le sol. Ils faisaient peine à voir ; ils symbolisaient la défaite. Germain en avait vu de semblables sur des tableaux montrant la débâcle de 70. Quelque chose se produisit ; il ne souffrait pas de voir les drapeaux abandonnés à l'arrière. Il en détacha un, le plia et mit au chaud sous sa vareuse.

– Le Provost ! intervint le sous-lieutenant. Pourquoi prenez-vous ce drapeau ?

– Pour le montrer aux Boches, mon lieutenant, si notre cœur flanche.

– Vous vous croyez à Waterloo, soldat ?

– Non, à Austerlitz.

– Nous n'avons nul besoin de héros, Le Provost. Contentez-vous de tirer au canon.

– Je n'y manquerai pas, mon lieutenant.

Personne ne pipa mot. Beaucoup considéraient Le Provost comme un simple d'esprit. À son âge, il aurait pu rester tranquille à cultiver des choux en Bretagne ; il avait choisi de s'engager et de monter au front. Il lui manquait réellement une ou deux cases dans le cabochon ; il n'y avait pas d'autre explication.

– On se grouille ! beugla un sergent.

La mort dans l'âme, Germain et Sylvestre se dirigèrent vers le 37 flambant neuf qui était fait de deux pièces : le canon et l'affût. Germain, plus costaud que son copain, ne tergiversa pas. Il se saisit de l'affût triangulaire bien plus lourd que le fût. On le portait la pointe vers l'avant, comme si on poussait une charrue. Il pesait quatre-vingt-dix kilos. Sylvestre adressa un sourire de remerciement à son camarade et mit le canon sur son épaule. La balade des bagnards commença. On leur avait assigné un point d'attaque sur une éminence, juste sous la Côte-du-Poivre qui résistait depuis le mois de mai 1916. De là, si tout se déroulait bien, ils se déplaceraient vers la Ferme des Chambrettes.

L'effort à fournir était surhumain. La 2e compagnie avait été chargée d'approvisionner la 3e. Les gars feraient plusieurs fois l'aller-retour dans cet environnement piégé avec des caisses de munitions. Quatre hommes de la 2e les suivaient. Ardoiset prit le commandement de la section dès que le sous-lieutenant rejoignit le bureau de liaison. Il placerait les servants des petits calibres au fur et à mesure de la progression.

Germain reprit sa respiration. Sortir l'affût de la fosse où aboutissait la voie fut un calvaire. Il était lesté comme un scaphandrier. Il pataugea sur la pente. Les imprécations et les jurons de Choupard ne leur remontaient pas le moral. Le jeune Sylvestre ployant sous la charge du fût, ahanait quand ils abordèrent la partie chaotique du champ de bataille. La section s'enlisait jusqu'aux genoux. Les entonnoirs étaient à éviter. Germain vit une touffe de cheveux émerger de l'un de ces trous marécageux. Des types s'y noyaient en disparaissant sous la boue mouvante.

Au bas d'une pente, Ardoiset assigna des positions aux mortiers. Ils ne furent que deux paires d'hommes et leurs porteurs de munitions à continuer : les servants des 37. Ils grimpèrent sous le feu d'une loterie boche où les gagnants se trouvaient sur la trajectoire d'un obus. Les projectiles tombaient au hasard. Des gerbes noirâtres fleurissaient dans le magnifique paysage cancéreux et les éclaboussaient de boue.

– Je n'en peux plus ! cria Sylvestre.

Ardoiset se retourna et contempla d'un œil furibond cette petite nature qui rampait à quatre pattes en tirant la langue. Il se rendit auprès de lui et le soulagea du poids du canon sur les derniers mètres.

– Ici ! commanda le caporal en déposant le canon sur un terrain surélevé, garni d'un parapet bien amoché par les explosions.

Germain et Sylvestre se laissèrent tomber sur le sol et reprirent leur souffle tandis que les soldats déposaient les caisses de munitions autour d'eux. Les pourvoyeurs ne s'attardèrent pas et repartirent aussitôt en sens inverse.

– Ils vont vous approvisionner à trois reprises. Ne tirez qu'à coup sûr. On est un peu maigres en munitions.

Germain grommela un « ouais » plein d'amertume. Il ne sentait plus ses jambes et ses bras. Son dos en marmelade méritait au moins cinq livres de cataplasme préparé par Inna la sorcière, et trois séances de massage entre les mains d'Émile qui valait les meilleurs rebouteux de Bretagne. Mais, au milieu de cette mélasse de glaise et sang, personne n'était là pour lui remettre les os, les nerfs et les muscles en place. Il y avait pourtant de nombreux soldats et officiers dans le coin. Les deux comparses réalisèrent qu'ils étaient parmi les valeureux poilus du 112e régiment de la 126e division commandée par l'inflexible général Muteau. Les plus proches de ces braves les accueillirent spontanément en leur proposant des cigarettes et du saucisson.

« Putain ! On est en première ligne ! » se dit Germain. Sylvestre devait penser la même chose car il regardait les soldats d'un air inquiet. C'était la faute à ce foutu valet de pique associé au canon de 37. Avec ce cracheur de mini-obus, on tirait à vue sans feuille de calcul. Et cette vue était imprenable. La Côte-du-Poivre tenue par les Teutons était mieux cuirassée qu'un navire amiral anglais.

Germain et Sylvestre n'en revenaient pas. Depuis trois jours, des mortiers français de 220 et de 370 écrasaient les blockhaus et les redoutes, tandis que les monstrueux canons sur rails pilonnaient les postes d'observation ennemis. Ces pièces n'étaient pas celles du 7e. Un autre régiment que le leur avait eu la possibilité de prendre des positions avantageuses. Ardoiset passa la consigne. On devait attendre l'attaque générale menée par la 126e division d'infanterie.

Ils attendirent encore et encore. Le génie avait fait des miracles. Le 14 décembre, des artilleurs s'installèrent près du fort de Vaux. Eux non plus ne portaient pas les insignes du 7e. Pour la première fois depuis deux semaines, il y eut des tirs de 120 et de 155. Quelques centaines d'obus envoyés au petit bonheur à travers la limpidité de l'atmosphère glaciale égratignèrent les défenses boches.

Le 15, à 9 h 15, le commandement ordonna de tout lâcher. Les bouches d'acier dégueulèrent des milliers de projectiles. Germain serrait les dents. Jamais il n'avait entendu pareil orage. Les coups de départ résonnaient dans les poitrines, les oreilles bourdonnaient. À ses côtés, Sylvestre tremblait et répétait sans cesse : « Saint Yves, protège-nous ! »

Quelqu'un cria : « Feu à volonté ! » Les mitrailleuses entrèrent en action. D'un geste automatique, Germain chargea le 37 que Choupard avait pointé sur un rempart de sacs à quatre cents mètres. Le canon claqua. Le projectile traversa l'obstacle et explosa. Ils répétèrent les gestes appris par cœur à l'exercice. Dans leur ventre, il n'y avait plus de place pour la peur; dans leurs regards fixes, toute trace de pitié et d'humanité avait disparu.

– À l'attaque ! cria un colonel qui brandissait un sabre.

C'était de la folie. Les essaims d'obus passaient au-dessus des soldats du 112e régiment d'infanterie pour éclater à moins de cent mètres devant eux. Les fantassins se ruèrent, en une nuée de quatre vagues, vers le sommet de la Côte-du-Poivre et de Vacherauville. Les explosions se succédaient en un roulement continu qui gagnait du terrain au fur et à mesure de la progression française. Les hommes couraient sur cette terre boueuse où flottaient des débris de frises et de barbelés. Beaucoup tombaient. Germain et Sylvestre cessèrent de tirer. Ils ne voulaient pas prendre le risque de tuer des camarades. La pente grouillait de bleus. Les Allemands ripostaient à coups de grenades et de mitrailleuses.

– On avance !

L'ordre d'Ardoiset les terrorisa. Ils auraient voulu disparaître dans le sol. Le caporal avait l'air d'un diable. Les yeux injectés de sang, l'uniforme déchiré, légèrement blessé à la main gauche par un éclat, il désignait la Côte-du-Poivre de la baïonnette fixée sur l'embout de son fusil.

– Démontez le canon et grimpez !

– Mon caporal, pour les munitions, comment on fait ?

– Vous vous démerdez. Portez une caisse. À deux, vous pouvez y arriver. Je vous accompagne. Il faut prendre et consolider cette putain de position ! Faites pas ces gueules de rats, je vais vous aider.

Ardoiset se baissa, empoigna la corde d'une caisse qu'il balança sur son dos comme un sac de ciment. Choupard mit le canon à l'épaule, Germain souleva l'affût qui avait pris racine dans la glaise. Des tonnes, il pesait des tonnes. Les yeux leur sortaient de la tête, leur cœur ruait contre leurs côtes. Ils progressèrent comme des limaces dans la mélasse en traçant des sillons. Ils marchaient sur des corps sans sourciller. La côte et le plateau étaient parcourus de reflets électriques, piquetés de fleurs de feu, et l'odeur de la mélinite était plus forte que la puanteur des macchabées en décomposition. Les obus pleuvaient toujours devant eux avec une régularité chronométrique. Le feu roulant des irremplaçables 155. Des centaines de bébés d'acier et de cuivre bourrés d'explosifs, pesant chacun cinquante-huit kilos, achevaient leur courte vie en ravageant le sol français. Germain avait des hallucinations. Il les voyait naître, ces bébés, dans les ventres des femmes qui travaillaient à la chaîne dans les vastes ateliers des pyrotechnies. Ces mamans asservies à l'Ankou nourrissaient le front. Des visages juvéniles, et d'autres ridés, lui sourirent. Les mains agiles lui firent des signes, puis continuèrent à confectionner les gargousses destinées à contenir la poudre des gros calibres ; elles cousaient les sacs d'un fil de laine jusqu'au traçage, puis utilisaient les machines pour la double couture en fil de soie. Tout à ses drôles de visions, Germain marchait comme un opiomane; l'affût oscillait entre ses mains, il faillit lâcher la corde de la caisse à munitions qui lui cisaillait la main droite. Il tomba à genoux. Crevé.

– Reprends-toi, Le Provost!

Qui le tançait?

– *Gast!* Relève-toi et amenez-vous, tous les deux, avec vos engins!

C'était Ardoiset qui gueulait comme un putois en cage. Sa silhouette se découpait sur la côte à quinze pas. Il dressa à peine un sourcil lorsque les 240 reprirent leur pilonnage sur les Boches qui ripostèrent avec des calibres équivalents. L'ennemi abattait ses dernières cartes. Germain reprit ses esprits et arracha l'affût à la fange. Il cria :

– On arrive!

Au fil des mois, Ardoiset était devenu l'exemple à suivre. Des exemples, il y en avait à foison. Ça grouillait de héros qui avaient exalté leur courage en se brûlant la gorge et l'estomac avec la gnôle distribuée avant l'attaque. Germain et Sylvestre atteignirent leur position au milieu des combats. Ardoiset avait laissé tomber la caisse de munitions; il envoya au tapis un *feldgrau* d'un coup de crosse. Partout, on s'étripait, on se taillait en pièces, on se déchirait à la baïonnette et au couteau. Les fantassins du 112e régiment prirent rapidement le dessus face à des troupes exténuées par les pilonnages et le manque de sommeil. Ils se ruèrent sur Vacherauville avec une telle impétuosité que l'ennemi abandonna la place sans résister. Le combat se poursuivit hors des ruines. Les bleus laissaient des traces de sang. Germain,

Choupard et Ardoiset n'avaient jamais vu autant de blessés et de cadavres. Par miracle, une « autochir » pétaradante entra dans le village. Elle était équipée d'une salle d'opération mobile à deux tables avec matériel de stérilisation et de couchage nécessitant trois camions. Les lourds véhicules criblés d'éclats la suivaient. Aussitôt, les deux chirurgiens et les vingt-cinq infirmiers se mirent au travail, récupérant les blessés. Les hommes des deux camps gémissaient, hurlaient, se traînaient sur leurs moignons vers les camions frappés de la croix rouge. Impuissants, Germain, Sylvestre et Ardoiset mirent un certain temps à réaliser l'ampleur de l'holocauste. Et ce n'était pas fini. On était au début de l'opération de la reconquête.

– Installez le canon devant l'église. Vous aurez la route toute droite à couvrir, ordonna le caporal. Je vais rameuter le reste de la section.

– Devant l'église ! C'est de la folie, mon caporal. Sainte Marie mère de Dieu ! Vous voulez qu'on se fasse tirer comme des lapins ! s'écria Sylvestre, plus blanc que la Vierge de marbre du Croisic qu'il invoquait.

– Tu vas la fermer avec tes bondieuseries ! Le chambardement n'en est qu'à ses débuts, et si tu te prends une balle dans le bide, tu n'auras qu'à te rendre à l'autochir.

Le frêle épicier roula des yeux et essaya de se rapetisser derrière la pile de sacs éventrés qui marquait l'élévation du terrain, mais le caporal intransigeant avait une force incroyable. Il le remit debout avec son canon sur le dos.

– On va mourir, glapit Sylvestre.

– Choupard, tu vas mourir si je t'envoie devant le peloton d'exécution. Bordel ! T'as de l'eau de lessive dans les veines ? Ce sont les nôtres qui se font massacrer à l'entrée de ce village. Donnez-leur un coup de main. Envoyez quelques obus sur les Boches, et tout rentrera dans l'ordre.

– On va se battre et gagner, dit Germain d'une voix calme. Nous sommes des hommes d'honneur.

Quand Ardoiset lâcha Choupard, ce dernier ne s'affaissa pas comme une poupée de chiffon. Il suivit Germain sous ce ciel et sur cette terre d'enfer. Le Germain soufflait, tel un animal de trait tirant un tombereau. Il arriva le premier sous le porche de l'église et plaça l'affût face à la route parsemée de soldats immobiles.

La Côte-du-Poivre était un vieux souvenir. Elle avait été entièrement occupée quelques heures auparavant. Depuis, la progression avait repris. Le canon de 37 pointé vers la Ferme des Chambrettes avait épuisé ses munitions. Dans les tranchées et les réduits de la cote 378, plus personne ne se souciait du vacarme des explosions. Sauf Sylvestre qui, la tête dans la lune, rongeait ses ongles. Germain mâchait de la couenne tout en grignotant un quignon aussi dur qu'une pierre. Les soldats reprenaient des forces. La bataille avait fait des ravages dans les deux camps. Lors de la précédente attaque, Germain avait vu tomber le commandant Nicolas, qui avait eu l'honneur de conquérir Douaumont à la tête de son 8e bataillon du régiment colonial du Maroc. Le corps du héros, tué d'une balle entre les deux yeux, avait été ramené. Il reposait sur une couverture à quelques pas d'eux, en attendant d'être enterré en grande pompe à l'arrière par ses supérieurs. Un général lui attribuerait peut-être la Légion d'honneur, mais cette médaille ne le ramènerait pas à la vie. Cette dernière valait-elle le coup d'être vécue ? Germain se posait des questions sur le sens de cette existence en faisant le maigre bilan de la sienne. Il n'avait pas l'impression de se rendre utile dans cette épopée. Il était un pion, corvéable à merci, interchangeable, un animal promis à une mort certaine. Que pensait Dieu de tout ce merdier ? Que faisaient les saints ? Ils étaient des milliers à se la couler douce dans les chapelles, les églises et les cathédrales. Et la Vierge de la Miséricorde, voyait-elle souffrir ces pauvres hommes ? Plusieurs soldats avaient les pieds gelés. Le froid poursuivait son long travail de sape et il y avait quelques extralucides dans les rangs qui prédisaient une nouvelle plaie envoyée par le Tout-Puissant. En attendant la calamité annoncée, on acheminait les pauvres bougres gangrenés vers les scies des chirurgiens.

Choupard sortit de sa torpeur morbide en reconnaissant des visages amis. Le capitaine et les copains de la 3e compagnie arrivaient avec armements et munitions. Ils furent accueillis joyeusement par les cinq cents fantassins du 4e régiment.

– Ça va chauffer, annonça l'adjudant Audiard.

À peine eut-il prononcé ces mots que la tornade s'abattit sur eux. Brisés par une formidable salve d'obus allemands, les parapets cédèrent en partie, puis les vagues ennemies déboulèrent. Germain et Sylvestre nourrirent la bouche de leur petit 37 et tirèrent dans le tas. Leurs obus traversaient des rangs de soldats avant d'exploser. Quatre cents mètres, trois cents, cent, cinquante. À un moment, ils distinguèrent nettement les regards furibonds des Boches. Un coup de sifflet retentit. Les zouaves, qui faisaient feu à volonté, sortirent des tranchées et heurtèrent de plein fouet la première vague des assaillants.

– Prenez vos fusils ! hurla le lieutenant.

Ce fut son dernier ordre. Une grenade éparpilla ses chairs. Quelques artilleurs firent dans leur caleçon. Croiser le fer avec les Allemands ne leur avait jamais effleuré l'esprit. Ils avaient été formés pour soulever des obus, ouvrir des culasses, actionner des manivelles et désembourber des roues de canons, pas pour dépecer des hommes en dansant la gigue de la mort les yeux dans les yeux. Le premier à réagir fut Germain ; il se releva et partit avec les zouaves.

Sa baïonnette était toujours vierge. Celle de Sylvestre aussi. Germain avait bien tiré quelques balles, mais il était presque certain de n'avoir jamais fait mouche. Son affreux tableau de chasse, il le devait au 370 Falloux et à son 37, mais il préférait ne pas se faire une idée du nombre des victimes.

Les heures s'écoulèrent sans qu'ils fussent en contact direct avec l'ennemi. Ils avançaient dans un décor imaginé par un paysagiste dément qui semblait avoir une préférence pour les éboulements et les cratères. À un moment, ils réalisèrent que les gars de la 3e compagnie s'étaient volatilisés.

– Hé, les artilleurs ! Qu'est-ce que vous foutez ici ? leur demanda un capitaine quand ils se précipitèrent au fond d'un large trou bourré d'hommes.

– On s'est perdus, avoua Germain. On était avec le 4e régiment des zouaves en direction de la Ferme des Chambrettes.

– Nous sommes où ? demanda Sylvestre d'une voix inquiète.

– Pas au bon endroit, répondit un sous-off goguenard.

– On pourrait même dire qu'ils sont aux portes de l'enfer, railla un autre soldat.

Le capitaine foudroya les deux hommes du regard avant de répondre :

– Si vous aviez continué sans nous voir, vous vous seriez fait hacher menu par l'élite du 6e grenadier impérial qui occupe les abris fortifiés du ravin du Helly.

Germain et Sylvestre déglutirent. Le ravin du Helly. La position imprenable par excellence. L'horreur absolue. Des milliers de bleus y avaient laissé leur peau.

– *Gast*, souffla tout bas Choupard.

La lune à moitié pleine avait émergé d'un nuage et révélé l'identité des soldats agglutinés dans la glaise. Ils appartenaient au premier bataillon du 2e régiment de tirailleurs de marche, commandé par le lieutenant-colonel de Saint-Maurice. On les classait parmi les unités d'élite qui ne reculaient jamais. Ce fleuron de l'armée française s'était distingué à plusieurs reprises depuis le début du conflit, en capturant un nombre considérable d'Allemands. Se retrouver parmi eux, c'était la garantie d'obtenir des galons supplémentaires, de décrocher la croix de guerre ou de perdre une jambe, voire deux, et de partir dans une caisse de sapin.

– Vous resterez ici jusqu'au point du jour, dit le capitaine. Quand il fera clair, vous vous repérerez à l'église de Douaumont, elle est bourrée de casques à pointe; vous n'aurez qu'à lui tourner le dos pour rejoindre les secondes lignes.

– Notre compagnie doit être aux Chambrettes, répondit Sylvestre.

– À votre place, je me replierais vers nos arrières. La Ferme des Chambrettes n'est peut-être pas encore définitivement entre nos mains, rétorqua le capitaine d'un ton avisé.

Les deux compères acquiescèrent. Ils avaient bien l'intention de tourner le dos à la Maison de Dieu. Surtout Germain. Les églises ne lui avaient jamais porté chance.

L'ordre était venu d'en haut. On restait sur place. L'ennemi ne devait pas repérer les troupes. Aucun mouvement n'était toléré. De plus, comme l'avait supposé le capitaine, la Ferme des Chambrettes n'était toujours pas française. Une violente contre-attaque allemande avait refoulé les bleus. Germain et Sylvestre avaient donc été priés de demeurer avec les tirailleurs.

L'aube blanchissait le sol lunaire. Le brouillard accompagnait la lente montée d'un soleil étique, drapant l'église de fantomatiques oripeaux. Germain la contemplait. Son destin était lié à ce clocher que devaient prendre les tirailleurs. Sylvestre attendait l'attaque avec impatience. Dès la sortie de la première vague, il filerait vers l'arrière.

À 9 h 50, un ordre venu d'en haut précipita les événements. Les capitaines appelèrent « À l'attaque ! » d'une même voix. Le premier bataillon quitta les trous et une longue tranchée de départ. Aussitôt les tac-tacs retentirent. Cinq mitrailleuses nichaient dans l'église transformée en fortin. Elles fauchèrent deux dizaines de poilus en pleine course, mais ne brisèrent pas l'élan collectif.

– Germain, on file, c'est le moment, dit Sylvestre qui tournait déjà le dos à l'église.

Germain ne broncha pas. Il avait le regard fixé sur un grenadier cassé en équerre sur le parapet.

– Germain ! Viens ! C'est pas notre affaire.

Sylvestre le tira par la vareuse. Le Provost était ailleurs, personnage peint dans un tableau à la gloire des armées des temps passés, des épopées napoléoniennes, brave parmi les braves à Austerlitz, garde impérial dans le dernier carré à Waterloo. S'arrachant à la prise de son copain, il retourna le cadavre du grenadier, le délesta de ses grenades et grimpa sur le parapet.

– Mais qu'est-ce que tu fous, bordel ? s'écria Sylvestre.

– Mon devoir ! répliqua Germain en partant à l'assaut de l'église.

Il se mêla à une section de sapeurs et de grenadiers couverts par des fantassins. Les balles sifflaient, s'enfonçaient dans la terre, ricochaient sur des ferrailles, s'étiolaient en étincelles, perforaient des casques… Aucune n'atteignit Germain, qui lança sa grenade dans un nid. Les servants furent criblés par les éclats, un second projectile les fit tressauter. Sylvestre, qui contemplait la scène, se dit que son ami avait perdu la tête. Germain continuait à dégoupiller ses œufs d'acier. En moins de trois minutes, les tirailleurs s'emparèrent de l'église, puis continuèrent à charger, dégringolant sur la pente du ravin du Helly.

Après un chapelet de jurons en breton et en français, Sylvestre se décida à rejoindre ce cinglé de Le Provost. Il voulait le ramener de force, quitte à l'assommer d'un coup de crosse et à le traîner par les pieds jusqu'au cantonnement du 7e régiment.

Germain se sentait dans la peau d'un archange. Il volait au-dessus des réseaux de barbelés, des morceaux d'arbres dressés comme des épieux, des trous des marmites où s'entassaient les macchabées. Il rattrapa les survivants de la première vague, cloués au sol face au formidable dispositif de la défense allemande. Le

6e grenadiers s'était retranché dans des abris à dix mètres sous terre et tenait un véritable labyrinthe de boyaux et de conduits totalement bouleversé par des jours de bombardement. Des tirailleurs tombèrent à quelques pas de Germain.

– On se replie ! ordonna un sous-lieutenant.

– Non ! fit Germain en se saisissant du drapeau qu'il portait sous la vareuse, et il ajouta : *Kentoc'h mervel eget bezan saotret.*

– Qu'est-ce que tu baragouines ? demanda le sous-lieutenant.

Gonflant la poitrine, fièrement, Germain précisa au benêt incapable de comprendre une si belle langue :

– C'est la devise de notre belle Bretagne : « Plutôt la mort que la souillure. »

Un flottement se produisit. Les hommes hésitaient entre l'attaque et la retraite. Germain attacha le drapeau à son fusil tout en criant :

– Regroupez-vous ! Avec moi !

Tous virent l'artilleur agiter le bleu, le blanc et le rouge. Tous entendirent son dernier appel :

– Tirailleurs ! Pour la France et la Bretagne !

Il n'y avait pas de Bretons parmi eux. Seul Sylvestre sentit son cœur battre plus fort. Au nom de la Bretagne, il était prêt à suivre le paysan de Plésidy. L'épicier vit Germain bondir et entraîner derrière lui une centaine de courageux poilus. À son tour, il chargea alors que les lance-flammes entraient en action et arrosaient l'intérieur des abris. Les positions tombèrent les unes après les autres. À présent, un millier de tirailleurs participaient à la conquête. Seule une tranchée résistait. Elle était tenue par le colonel von Kaisenberg, entouré d'un major, de deux capitaines, de trois médecins et d'une poignée de grenadiers et d'infirmiers. Ils avaient dressé un barrage de sacs et de rondins derrière lequel crépitait une mitrailleuse servie par von Kaisenberg. Le regard du colonel croisa celui du soldat qui brandissait le drapeau tricolore.

– Maudit Français ! gronda-t-il en dirigeant son arme sur Germain.

Ce dernier sentit les balles le traverser. Il n'en continua pas moins sa course en vidant son chargeur sur l'officier.

Sylvestre vit tomber Germain et le colonel ennemi. Il se précipita vers son ami tandis que les tirailleurs achevaient les résistants.

– Germain ! Germain !

C'était fini. Le jour de gloire s'achevait. Sylvestre pleura en étreignant le corps du héros. Du 21 février 1917 à la fin de ce mois de décembre glacial, les pertes françaises dans le secteur s'élevèrent à 535 000 tués, blessés ou disparus. Il y en avait autant du côté allemand.

XIX

La fontaine de Lanleff

Le *diskonter* avait choisi la date de son anniversaire pour effectuer son escapade nocturne. Non pour une raison précise mais par jeu. Ce 19 février 1918, il fêtait ses cinquante-cinq ans et, comme chacun sait, 55 est un nombre triangulaire se rapportant au *triskell*. De plus ce choix ravirait sans doute Thaddée, puisque ce nombre est également celui de la Vierge Marie : cinquante-cinq années séparent l'Annonciation de l'Assomption de la Vierge. Le cercle formé par le chapelet de Marie est composé de cinquante-cinq grains. Pendant cinquante-cinq heures, elle supporta les souffrances de l'agonie de Jésus au Golgotha, jusqu'à sa résurrection. Le nombre 55 est aussi vu comme l'union des cinq plaies physiques de Jésus avec les cinq plaies mystiques de Marie.

Assis, au milieu de la nuit, sur un talus situé à cent mètres du Temple, Émile ricana suffisamment fort pour faire sursauter Alban, à côté de lui.

– Que se passe-t-il, *diskonter* ?

– Je pensais aux conneries que déblatèrent les curés à tous les crédules. J'ai cinquante-cinq ans aujourd'hui, Alban. Que représente le nombre 55 pour toi?

Alban se gratta la tête en faisant une grimace. Il trouvait que le milieu de la nuit était peu propice à l'arithmétique.

– Euh... C'est le nombre constitué de la somme des carrés des entiers de 1 à 5?

– Bien! Encore?

– Un nombre heptagonal.

– Et puis?

– Un nombre triangulaire, et le 3 s'associe au *triskell*, symbole des trois éléments... Et puis... je crois qu'il est vénéré par les adorateurs de Marie.

Émile frictionna la tête du garçon en un geste affectueux.

– C'est bien, mon garçon, tu fais passer le rationnel avant l'irrationnel.

Dans le noir, Émile distingua les yeux fixés sur lui et les sourcils levés en une interrogation muette.

– Je voulais simplement dire que ta réflexion est organisée. C'est tout. Un maître d'école n'aurait donné que les réponses mathématiques, et une bonne sœur celles concernant la Vierge. Toi, tu as répondu sur les deux plans en commençant par ce qui est tangible pour terminer par le symbolique. Bien, mais nous ne sommes pas là pour parler de mon âge. Je crois que tu vas devoir y aller. C'est la deuxième heure de cette journée qui commence. Une journée historique pour moi car c'est la première fois que j'ai cet âge... Deux heures, l'heure à laquelle même les vieux insomniaques perclus de douleurs dorment comme des bûches. Tu as peur?

Alban resta muet. Bien sûr qu'il avait peur. Mais il ne voulait pas le dire. Dire oui, c'était avouer sa faiblesse à son mentor. Dire non, c'était mentir, et l'on ne pouvait mentir au *diskonter* ; sous ses yeux, les âmes se mettaient à nu.

– Je sens l'odeur de ta peur, garçon. Savais-tu que la peur à une odeur particulière ? Un mélange d'effluves de beurre rance et d'exhalaisons de lait caillé. Presque tous nos sentiments ont une odeur plus ou moins agréable. Un jour, dans le lit d'une femme, tu en feras l'apprentissage. Il est normal d'avoir peur, Alban, la nature nous a donné la peur comme moyen de survie. Ce qui ne l'est pas, c'est de se laisser dominer par elle. Rappelle-toi cela : tu vas devoir affronter *tes* démons, pas *le* démon. Va, mon garçon, mon successeur. Va affronter ta peur.

Alban se leva et s'en alla crânement en direction du Temple.

Émile sourit en regardant partir le gamin qui avait grandi et se mettait à lui ressembler en maigreur. Il lui avait confié le secret quelques jours plus tôt et l'avait chargé de prendre ce qu'il avait promis à Thaddée. Quand le *diskonter* lui avait fait cette révélation, les yeux d'Alban s'étaient arrondis de surprise. Non pas à cause de ce qui venait de lui être révélé, mais parce qu'il avait eu raison de soupçonner Émile de détenir des richesses et de ne pas s'en servir pour lui-même. Il lui était revenu en mémoire le rire et la phrase dite par Émile : « Et tu crois que je vivrais entre le Garzmeur et Kervoaziou si je possédais de telles richesses ? » Il se souvenait aussi très bien de sa propre réponse : « Je vous en crois bien capable. » Voilà, il avait eu raison : Émile pouvait à sa guise puiser dans des richesses celées, mais il continuait de vivre chichement et s'habillait en épouvantail. Et maintenant lui aussi devrait vivre avec cela et suivre le chemin de la raison sans jamais s'en détourner.

Émile lui demandait beaucoup, mais il avait promis, et sur le chemin de la fontaine Alban savait qu'il ne trahirait jamais l'un des engagements de la confrérie à laquelle il appartenait désormais. Un engagement en forme de promesse : Ne jamais posséder pour soi des richesses qui appartiennent à tous. Cette phrase n'avait rien à voir avec la nouvelle doctrine marxiste, car elle concernait l'univers dans son ensemble. Les richesses de tous, c'était, dans l'esprit de la confrérie, l'air, l'eau, la lumière, la planète… Et accessoirement les trésors de Salomon, ceux des Templiers ou des Wisigoths. Alban venait de comprendre pourquoi un homme comme Saunière ne pouvait pas appartenir à la confrérie : il était bien trop voyant, il attirerait les concupiscences comme la lumière attire les papillons.

Alban longea le mur extérieur du Temple en direction de l'église, le cœur battant, les oreilles à l'affût du moindre bruit. Dans la nuit froide et sans lune, l'air autour du Temple paraissait dense et tiède, consistant comme de la gélatine. Alban avait du mal à respirer. Il lui fallut quelques minutes avant de réaliser qu'il tentait d'inhaler comme un asthmatique à s'en faire éclater les poumons. Suroxygéné, son esprit perdait les pédales. Pour vaincre ce premier démon, il dut réguler sa respiration. Il se chuchota :

– J'ai seize ans (il se reprit), j'ai presque seize ans ; je suis l'élève du plus rusé et du plus érudit de tous, qui me surveille de loin et me fait confiance. Je ne crains rien, mon maître est là, qui attend de moi que je fasse quelque chose qui n'est même pas dangereux. Je ne veux pas être pleutre. Mais, par l'Ankou que je ne veux pas rencontrer, ce que j'ai peur !

Sa respiration s'apaisa, et l'air redevint ténu et froid. Le garçon descendit dans la fontaine. Pour se calmer, il s'amusa à faire apparaître les traces des pièces maudites sur la margelle et fit ce qu'Émile lui avait recommandé.

Un grincement, tout droit sorti des enfers, se fit entendre dans son dos et les cheveux de sa nuque se hérissèrent. Alban resta tétanisé, n'osant se retourner, s'attendant à chaque seconde à voir apparaître un Templier armé de sa lourde épée, prêt à le décapiter. Il compta jusqu'à 20 et se retourna. Rien. Pas de chevalier, pas d'Ankou, pas de fantôme. Rien, pas même un chat. Alban émit un gros soupir qui se transforma en un petit nuage blafard. Il songea : « Je ne suis encore qu'un jeune dragon à l'haleine de vapeur d'eau, il me faudra bien du temps avant de cracher des flammes. » Il sortit de la fontaine et compta le nombre de pas voulu dans la direction que lui avait indiquée le *diskonter*. Devant lui était apparu un trou, un trou qui ressemblait à l'entrée d'un tombeau. De fait, c'était bel et bien une tombe ancienne, dont la dalle servant de fermeture s'était un peu encastrée dans le sol. Alban se pencha sur l'ouverture : le rectangle obscur semblait solide tellement sa noirceur était dense, mais le trou puait. Odeurs mélangées de moisi, de champignons, de poussière et de vieux ossements. Le cœur d'Alban s'emballa : il devait descendre dans ce maudit trou qui ne faisait pas plus de cinquante centimètres dans sa longueur et moins de quarante dans sa largeur. Une pensée lui vint à l'esprit : « Comment un homme, qu'il soit chevalier ou non, pouvait-il passer par cette étroite ouverture ? » Les battements de son cœur ralentirent. Et une autre des phrases sibyllines du *diskonter*, prononcée sur le chemin de Lanleff, remonta à sa mémoire : « Tu pourras bientôt constater que, comme le dit la légende, seul un cœur pur peut s'emparer du Saint Graal. » Eh oui, un cœur pur, c'est un enfant. L'angoisse d'Alban s'envola. Quel genre de démon pourrait sortir du trou pour s'attaquer à un enfant ? Seul Baal en était capable. Alban s'empêcha de rire du mauvais calembour – trou de Baal – qu'il venait de faire. Résolument, il s'engagea dans l'étroit passage. Il dut se contorsionner pour faire entrer ses épaules et, s'accrochant des deux mains aux bordures de l'ouverture, il se laissa pendre dans le vide. Baissant la tête, il constata qu'il était aveugle ou, du moins, s'il ne l'était pas devenu, il n'y voyait goutte. « Pas plus que dans le trou du cul d'un nègre », disait Lucien dans son langage imagé. Impossible de se hisser, pendu comme il l'était. À haute voix, Alban dit d'une voix essoufflée.

– *Gast* de putain ! Si c'est le trou qui conduit chez Hadès, je suis mort.

Il se lâcha, chut de moins de trente centimètres sur un sol de pierre et eut un rire nerveux en touchant le sol.

– Émile aurait quand même pu me prévenir. Non, il ne devait pas. Je dois vaincre mes démons seul, si je veux être un jour aussi fort que lui.

Alban sortit la bougie et les allumettes de sa poche, et fit jaillir une lumière qui, après tout ce noir, l'éblouit comme si le soleil venait de s'allumer devant ses yeux. Il mit un instant avant de distinguer ce qui l'entourait. Quand ses yeux se furent accommodés, il poussa un cri strident : à moins d'un mètre de lui se tenait un chevalier enserrant des deux poings une épée dont la pointe reposait entre ses pieds. Le garçon pensa : « Sûr, sûr, je vais m'évanouir » et, dans le même temps, sa raison remarqua que le chevalier était de pierre. Une fort belle statue de sa taille, environ un mètre soixante-cinq, adossée à la paroi est de la petite salle à la voûte en plein cintre dans laquelle il venait d'atterrir.

– Je vais finir par faire dans mon froc !

Se reprenant, Alban promena la bougie autour de lui : il se trouvait dans un tombeau comportant six niches abritant des sarcophages ornés chacun d'un gisant. Aucun des cercueils de pierre n'était gravé. Ceux qui dormaient en cet endroit n'avaient pas de nom. Ces rescapés des bûchers avaient préféré l'oubli, même dans la mort. Tel Ulysse répondant au Cyclope, ils affirmaient tous : « Je suis Personne. » Le gamin approcha sa bougie de chacun des visages. Eux aussi étaient anonymes, ils se ressemblaient tous, comme si le sculpteur avait mélangé les caractéristiques de six visages différents pour n'en graver qu'un seul. Se sentant soudainement fort dans l'antre sans monstre ni démon, Alban retourna vers la statue et, les poings sur les hanches, singeant sans s'en douter la gestuelle et la morgue de son mentor, il s'adressa à elle d'une voix redevenue ferme :

– Bon, me voilà chez les chevaliers templiers anonymes, d'accord, mais, chevalier sans nom, je ne suis pas ici pour discuter, tu voudras bien m'excuser, mais j'ai un travail à faire.

Alban se dirigea vers le mur ouest de la crypte et vit ce qu'il était venu chercher. Dans une niche, une bourse de cuir de la taille et la forme d'une grosse patate l'attendait sagement. Il s'en empara.

Un grincement lugubre se fit entendre. Alban cria et laissa tomber sa bougie. L'apprenti avait trop peur pour pleurer, trop peur pour appeler, trop peur pour bouger. Il commença à se pisser dessus.

Une ombre se découpa derrière Émile, toujours assis sur son talus. Le *diskonter* ne se retourna pas, il savait qui venait le voir et pourquoi l'ombre était là.

– Bonsoir, *diskonter.*

– Bonsoir, compagnon.

Compagnon avait bien un nom, mais Émile ne l'employait jamais. Au fil du temps, le barbu était devenu simplement « Compagnon ». Compagnon le barbu était le gardien privé de l'île de Gavrinis, de son tumulus et des ruines de l'ancienne abbaye fondée par les Templiers. C'était lui qui devait surveiller ceux qui faisaient des recherches officielles et protéger ceux qui, comme lui-même, le docteur de Closmadeuc ou Émile et quelques autres, en faisaient de discrètes. Et surtout, Compagnon était l'un des cinq qui rapportaient à ceux de la confrérie de France, l'intronisation d'un nouvel arrivant. Son rôle n'était pas de juger de la valeur de l'impétrant, il se bornait à constater qu'un maître avait élevé au rang d'assistant son apprenti. Ensuite, au bon vouloir du maître, l'assistant deviendrait autonome et formerait à son tour un apprenti qui deviendrait assistant, et ainsi de suite. La confrérie, pour ce que Compagnon en savait, comportait un peu moins de dix mille initiés supérieurs répartis en Europe, aux Amériques et en Australie ; et tous apprendraient, où qu'ils se trouvent, qu'un dénommé Alban était devenu assistant de maître Le Bloas, initié supérieur, si évidemment le dénommé Alban, présentement prisonnier d'une crypte, ne succombait pas à une crise cardiaque.

Compagnon vint s'asseoir à côté d'Émile, bourra un brûle-gueule, craqua une allumette et faillit allumer sa barbe fournie en même temps que la courte pipe.

– Alors, ami, où en est ton jeune élève ?

Émile eut un petit rire farceur.

– À l'heure qu'il est, le gamin doit chier dans ses braies. Il a pris le porte-monnaie, j'ai entendu la dalle se refermer. Attendons qu'il trouve le moyen de la rouvrir.

Émile sortit de sa besace une gourde en fer-blanc et la tendit à Compagnon.

– Tu veux un coup de gnôle ? C'est de la rude. C'est notre confrère polonais Kucqzerepa qui me l'a envoyée.

Compagnon prit la gourde et s'en envoya une généreuse rasade. Les larmes lui montèrent aux yeux.

– *Malhorru, gast.* Ah oui, da, C'est de la rude ! Elle a un goût de patate !

– *C'est* de la patate, confirma Émile.

D'un revers de manche, le barbu s'essuya les yeux et évacua des stalactites de morve en se mouchant avec les doigts, ce qui provoqua sans doute une association d'idées dans son cerveau.

– Tu ne crois pas que tu en demandes un peu trop à ton morveux ?

Émile fit non de la tête avant de parler.

– Alban devra être encore plus résistant que nous ne le sommes nous-mêmes, toi et moi. Il va vivre dans une époque bien plus difficile que celle que nous traversons. À mon sens, tous les nouveaux initiés devront être de solides gaillards n'ayant peur de rien. Ils devront s'adapter à un monde fait de dureté, d'égoïsme, d'ignorance teintée de scepticisme et de stupidité… et que sais-je encore… Les nouveaux devront, en plus des connaissances de nos anciens, devenir des savants de ce nouveau monde pour pouvoir faire la part des choses, trier le peut-être du certain et ne pas succomber au clinquant de la vie que nous préparent ceux qui nous dirigent… Enfin, ceux qui pensent nous diriger. Alban sera de ceux-là. Je le sais. Tu vas voir, dans quelques minutes, il sera dehors.

Dans un effort de volonté étonnant, Alban serra ses sphincters. Dans son esprit résonna une phrase dite par

Émile dans le tumulus de Gavrinis : « Tu devras toujours te rappeler qu'il y a plus à craindre des vivants que des morts. » Cette fameuse nuit il en avait fait l'expérience, et il se souvint qu'il n'avait pas eu peur, alors qu'il n'était encore qu'un mouflet. Alban serra les mâchoires pour ne plus entendre claquer ses dents, serra les poings pour qu'ils ne tremblent plus… et continua de serrer les fesses. Quand tous ses nerfs se remirent en place, il se mit à chanter à tue-tête :

Gwir Vretoned, Tud a galon, war zao!
Da gana gloar da Vreizh, hor Bro,
Ha da ziwall tenzor he bugale :
Ar yezh, ar peoc'h hag ar frankiz! War zao! war zao!
Da gana bouez-penn :
Breizh da virviken, Breizh da virviken!

Ce qui donne approximativement en français :

Vrais Bretons, gens de cœur, debout!
Pour chanter la gloire de la Bretagne, notre pays,
Et pour protéger le trésor de ses enfants :
La langue, la paix et la liberté! Debout, debout!
Chantons à tue-tête :
Bretagne à jamais, Bretagne à jamais.

Alban n'avait jamais particulièrement apprécié ce chant un peu trop bretonnant à son goût, mais il lui avait semblé approprié car il parlait de cœur, de vaillance et de trésor. Sa voix le rassura, il cessa de trembler, ramassa à tâtons sa bougie, la ralluma et réfléchit. Il passa en revue ce qu'il avait fait depuis qu'il était entré dans cette crypte. En quelques secondes, la solution lui apparut, tellement simple qu'il se mit à rire, puis, calmé, il s'adressa à la statue du chevalier :

– Con que je suis! Émile voulait me faire peur et le bougre a réussi, mais je vais lui montrer que son élève est malin, car c'est ce qu'il veut que je devienne, un malin sans peur, et pas seulement un érudit à la peau et aux manières de donzelle pour avoir trop longtemps étudié enfermé dans une soupente. J'ai compris la leçon, mon maître. Je serai ce que vous voulez que je sois.

Alban trouva la pierre qu'il cherchait à la pointe de l'épée du chevalier. Elle était approximativement du même poids que la bourse de cuir. Il alla déposer le gros caillou dans la niche, à l'emplacement où il avait trouvé ce qu'il était venu chercher. Cette fois, le grincement ne lui hérissa pas le poil, il ne sursauta pas quand le courant d'air provoqué par l'ouverture de la dalle éteignit sa bougie. Il sortit de son trou et retourna à la fontaine de Lanleff pour faire la manipulation qui referma la trappe. Sur son talus, le *diskonter* murmura à Compagnon :

– Je te l'avais dit !

Alban fut un peu surpris de trouver deux silhouettes assises sur le talus. Il tendit la bourse à Émile, qui la prit sans commentaires.

– Tu reconnais Compagnon ?

Alban hocha la tête.

– Il a quelque chose à te dire.

Compagnon se leva, mit la main sur l'épaule du jeune homme et parla d'une voix qu'il voulait solennelle mais dont les effluves empestaient l'alcool :

– Moi, messager de la confrérie, je constate ce jour que maître Le Bloas, initié supérieur, fait de toi son assistant. Tu as désormais le droit de discuter avec lui de ses décisions, mais tu as le devoir de toujours les appliquer. Et cela jusqu'à ce que maître Le Bloas décide de ton indépendance. Je porterai à la connaissance de tous cette nouvelle… Émile, tu nous refiles un coup de gnôle pour fêter ça ?

Compagnon était reparti en direction du sud dans un tombereau tracté par un vieux canasson gris. Émile et Alban se dirigeaient sud-sud-ouest dans la voiture à deux roues tirée par Marquise. Alban se tenait tout raide, les mains posées à plat sur les genoux.

– Quelque chose te tracasse, assistant ?

Émile avait appuyé sur le mot « assistant ».

– Deux choses, en fait... Émile ?

– *Ya da*, je me nomme bien Émile.

– La première, comment se fait-il qu'un trésor soit si mal caché ? Car enfin, avec un peu d'astuce, on arrive à ouvrir l'entrée de la crypte.

– Et la seconde question, assistant ?

– Pourquoi mon... intronisation s'est faite comme cela, en pleine nuit ? Je m'attendais à un peu de décorum... des gens, une organisation ! ?

Émile tendit sa gourde au garçon.

– Tiens, bois un coup, il fait froid. Ton cerveau tourne au ralenti, mais après tout, après une nuit pareille, tu as droit à mon indulgence. Je pensais que tu ne me poserais que ta seconde question. La première, tu aurais dû y répondre seul. Il n'y a jamais eu de trésor dans cette crypte qui n'a jamais servi que de dortoir à six preux chevaliers ; je m'en suis servi pour tester ta vaillance. Rassure-toi, le trésor, ou du moins une toute petite partie du trésor des Templiers, n'est pas loin d'où nous venons. Mais l'heure n'est pas encore arrivée de te révéler l'endroit. J'y suis allé chercher ces quelques pièces d'or que nous devions à Thaddée, pour qu'il puisse faire les restaurations de ses chers monuments inutiles... mais beaux, j'en conviens... Puis j'ai dissimulé la bourse dans la crypte pour m'amuser un peu à tes dépens. Non, ne me crois pas, ce n'était pas pour m'amuser, assistant. Tu t'en es bien tiré.

Émile laissa passer un long moment avant de continuer son monologue, tandis qu'Alban ruminait ce qu'il venait d'apprendre. Vers Saint-Gilles-les-Bois, Émile se remit à parler.

– Tu veux encore un coup de gnôle ?

Alban fit oui de la tête et s'empara de la gourde que lui tendait le *diskonter*, but une grande lampée et toussa.

– Pour ta deuxième question, garçon, la réponse est simple : nous sommes une confrérie, pas une organisation. Nous n'avons pas de chef, de sous-chefs et tout le tremblement. Chaque initié supérieur est l'égal de l'autre, chaque assistant est le compagnon des autres assistants. Il y a très longtemps, la confrérie a voulu se choisir un grand maître, mais cela a fichu une telle pagaille qu'on y a renoncé. Imagine, tout le monde voulait devenir celui qui dirigerait les autres. Il y a eu des morts. Depuis, plus de chef. Il n'y a que lorsque nous souhaitons utiliser un peu de nos richesses que nous portons notre demande à cinq d'entre nous, qui eux-mêmes la rapportent chacun à cinq autres. Quand nous avons cinquante-cinq accords, eh bien, c'est d'accord…

– Mais enfin, il faut bien que quelqu'un surveille ! Que se passerait-il si un des membres trahissait ses vœux ? voulait s'emparer des richesses cachées ? ou révélait leur existence ?

Émile eut un geste désinvolte, un geste qui disait « cela n'a pas d'importance », puis il détourna la tête du chemin pour regarder Alban dans les yeux.

– D'abord, cela ne peut arriver. Qui est suffisamment fou pour s'emparer de quelque chose sans l'aval de ses pairs ? Il ne pourrait pas s'en servir, cela se saurait immédiatement.

Alban insista.

– Mais quand même, si cela arrive ?

– Tu as appris tout à l'heure qu'il y avait cinq rapporteurs en France, eh bien sache qu'il existe aussi cinq assassins que nous pouvons mander.

Alban sursauta puis murmura :

– Je peux encore avoir de la gnôle ?

XX

Le Chemin des Dames

Il s'en était passé, des choses, en quelques mois ! Le 74e régiment breton n'avait jamais autant voyagé et fait autant de gras, sauf quand on l'avait envoyé, pendant toutes les nuits, du 24 juin au 17 juillet 1917, construire des routes au Chemin des Dames. Le jour, les territoriaux de la région de Guingamp avaient cantonné dans les villages en ruine, entre Soissons et Reims, en résistant aux bombardements.

Puis il y avait eu le départ poignant du colonel Chauvel, frappé par la limite d'âge. Le bon officier avait été remplacé par le lieutenant-colonel Joyeux, qui n'avait rien, contrairement à ce que son nom laissait entendre, d'un rigolo. L'hiver s'était passé sans trop de problèmes et, le 31 mars 1918, le régiment recevait l'ordre d'occuper la première ligne du Chemin des Dames, entre les points du Courteson et la position au nord de Braye-en-Laonnois.

Bon Dieu, tout était presque beau, le printemps était radieux. Mais les hommes, habitués à se fondre dans le terreau, hésitaient à contempler le paysage trompeur. Justin et le Teigneux étaient les plus confiants. Du moins avaient-ils l'instinct que ce n'était pas l'heure de leur départ pour l'autre monde, que l'Ankou ne les avait pas cochés sur ses listes. La curiosité les démangeait ; ils émergèrent, tels des charançons poussés par la faim. Ils contemplèrent ce bout de Champagne que les ouragans remodelaient régulièrement. Toute végétation y avait été arrachée et emportée en fumée et en poussière. Pourtant çà et là, la verdure reprenait timidement ses droits et maquillait les horreurs humaines. À la pointe de leurs regards attentifs, il y avait le profil maigre des ruines d'un village et, plus loin encore, une élévation dont les extrémités étaient noyées dans le brouillard. Erwan les rejoignit. Il était à présent reconnu comme le savant de la compagnie. Les ruines, leur expliqua-t-il, appartenaient au village de Chavonne ; l'élévation dont on n'apercevait qu'une portion de tronçon portait le nom magique de « Chemin des Dames ». D'autres soldats, gagnés par la confiance que leur inspirait le trio, montèrent sur la banquette et écoutèrent Erwan. Son érudition fit merveille. Il raconta l'histoire des dames Adélaïde et Victoire, filles de Louis XV, et parvint à emmener par la parole ses camarades jusqu'au château de la Bove, où la duchesse de Narbonne, Lara, donnait des fêtes.

– Aux beaux jours, les princesses se rendaient avec leurs courtisans chez la duchesse et se pâmaient en écoutant les opéras de Lully. Je ne peux pas croire aujourd'hui que là-haut on jouait *Acis et Galatée*.

Justin y crut, lui. Il vit des belles en corset baleine et coiffées « à la Fontange », les hommes en culottes enrubannées, les dentelles extravagantes, les velours cramoisis et les soies saumon. De Lully, il ignorait tout ; des modes vestimentaires, il en savait autant que les autres pour avoir vu des gravures et des tableaux d'époque à Signes. À présent, tout avait été remplacé par des uniformes gris. Comme pour étayer cette pensée, Erwan conclut :

– C'est fini, tout ça. Le château ne doit plus exister, et, s'il existe encore, ces cochons d'Allemands ont dû le changer en blockhaus.

Ces paroles prononcées avec amertume balayèrent la fragile féerie imaginée par les soldats. Les couleurs terreuses et les tons rouillés de l'environnement envahirent alors leur vue, et ils se dirent qu'ils iraient rejoindre bientôt les fantômes des dames Adélaïde et Victoire.

Ils n'avaient pas encore rejoint les Dames pour la fête éternelle, au son des violons et des clavecins. Erwan, Lucien et Justin mâchonnaient des brins d'herbe, allongés sur le dos, la tête dans les nuages où s'effilochaient leurs rêves d'après-guerre. Erwan et Lucien avaient annoncé leur intention de s'expatrier au Mexique et d'y élever des chevaux avec l'argent du trésor de Laniscat ; Justin prendrait en main la destinée du patrimoine des Le Bloas, fonderait une grande famille avec Marie-Louise. Il était d'autant plus confiant en cet avenir que Carla Lepenven, la folle de Quintin, avait fait le nécessaire pour l'adopter. Dans ses nombreuses lettres, elle l'appelait son « cher fils », elle le désignait comme son héritier. Elle lui décrivait dans les moindres détails les propriétés, où « ce pauvre Félix Ost », majordome de son état, homme à tout faire, ne parvenait plus à gérer correctement les ateliers et les fermes. La main-d'œuvre masculine était sur le front et les femmes ne suffisaient pas à la remplacer.

Les trois amis se sentaient à l'abri sous la protection des 5 350 canons de tous calibres, du 75 au 400, qui étaient entrés en action. Ça chauffait du côté des Allemands, mais ce n'était pas le vent chaud et agréable qu'on appelait le fœhn dans les Alpes bavaroises et autrichiennes. Les bourrasques brûlantes provoquées par les explosions vidaient les poumons et renversaient les tanks. Dans la tranchée, plus personne ne faisait cas de la tempête, on s'habituait au vacarme des bouches à feu, aux tremblements de terre, aux horizons nocturnes couronnés de lueurs, d'éclairs et d'incendies. Chacun effectuait ses corvées avec une lasse habitude, sous les regards blasés des officiers.

– Et dire que Germain Le Provost est mort non loin d'ici, dit Lucien. Qui aurait pu croire que ce déchet se comporterait en héros au ravin du Helly ?

– Oui, il avait bien changé, le Germain. On aurait pu le marier avec ta sœur, poursuivit Erwan.

Le visage de Lucien s'assombrit. Sa sœur Léonie avait mis au monde une fille ; elle avait frayé avec un inconnu, ami d'Émile Le Bloas. Un vieux bellâtre, paraît-il, qui avait cassé sa pipe peu de temps après dans le sud de la France. Lucien se sentait déshonoré.

– Ne t'en fais pas, Lucien, dit Erwan, on lui trouvera un mari, à ta sœur. On pourrait même faire coup double et la marier en même temps que la mienne avec son Provençal.

Erwan se tourna vers Justin qui rosissait. Parfois, il lui semblait que ce jour de noces ne viendrait jamais, et il lui arrivait de penser au jour de ses funérailles, à son corps refroidi promené dans le cercueil décoré d'un bouquet de fleurs sur lequel serait épinglée la croix de guerre. Cependant, l'optimisme d'Erwan l'emportait toujours. Le Breton continua sur un ton enthousiaste :

– Pour les mariages, nous revêtirons nos plus beaux costumes et, avec l'argent du trésor, on louera des automobiles pour se rendre à l'église.

– T'oublies les caisses de champagne, intervint Lucien qui avait déjà oublié que Léonie avait perdu sa virginité sur un tas de foin.

Le sergent Chasteigne pointa son nez rougeaud et désigna des gars. Les malchanceux devaient repérer des passages vers les lignes ennemies et couper des barbelés. Étrangement, personne ne maugréa contre ses ordres ; il y eut même des volontaires. Le nouveau lieutenant Louis Jacquemin s'imposa pour mener l'escouade. Cet officier s'exposait toujours au danger ; il était de tous les coups de main, n'hésitait pas à narguer les Boches en se faufilant au milieu des trous d'hommes qu'ils détenaient. Tout le monde se demandait pourquoi il flirtait avec la mort et s'acoquinait avec l'Ankou, mais personne n'était en mesure de fournir une explication rationnelle.

Des obus « *made in Germany* » arrachèrent un morceau de parapet.

– À l'abri, dit Justin sans s'affoler.

La section se serra dans un réduit à douze mètres sous terre, renforcé par des madriers et des planches. Chasteigne arriva dix minutes plus tard et fit sensation en exhibant un jambon cuit et deux saucissons. On s'empressa de découper cette charcuterie et de la dévorer avec du pain dur. Quand Lucien lui demanda comment il avait fait pour se procurer ces délicieuses cochonnailles, le rusé sergent se contenta de répondre :

– Cadeau d'une admiratrice.

Ils s'en étonnèrent. Les bourgeoises volages et les veuves rentières en manque de mâles étaient à plus de vingt kilomètres à l'arrière des lignes. Il était douteux que les pauvres fermières du coin cédassent leurs précieuses provisions en échange de galipettes à la sauvette.

La charcuterie de François Chasteigne n'était pas le fruit d'un amour coupable. Chasteigne et son copain le Teigneux avaient des combines. Tous deux étaient dans le collimateur de l'adjudant Tantor, qui essayait de les prendre en flagrant délit de vol. Mais les deux lascars bénéficiaient de la protection du capitaine Mariec depuis que le sergent avait paré une baïonnette bavaroise destinée au cœur de son supérieur. Mariec les tenait en grande estime, et il n'était pas rare de voir les trois hommes discuter à voix basse à l'écart de la section.

Cette histoire de jambon et de saucissons les travaillait tant que, la nuit suivante, alors qu'ils étaient pelotonnés les uns contre les autres sous les couvertures, Lucien et Erwan réveillèrent Justin. Ils avaient l'intention de se rendre dans l'un des villages épargnés et de trouver coûte que coûte des victuailles. Il ouvrit aussitôt les yeux.

– Tu ne dormais pas ?

– Non, ça tire trop dehors, *li canoun s'encagna* un peu plus d'heure en heure. Je n'aime pas ça. Je le dirai jamais assez : les munitions se fabriquent plus vite que les hommes.

– Le canon s'acharne peut-être, traduisit Erwan, mais Chasteigne et le Teigneux ont encore filé en douce.

– Eh bien, demain nous aurons du jambon, des saucisses, du pâté et des fromages, répondit Justin.

– Je me suis dit qu'on pourrait les pister et connaître leur secret, insista Lucien.

– Non, écoute, il tombe dix à quinze obus à l'hectare, rétorqua Justin.

– *Gast!* C'est vrai. Ils mettent le paquet dans les deux camps. T'as raison, avoua Lucien, les munitions se fabriquent plus vite que les hommes.

– Et dire que ce sont les femmes qui mettent au monde les deux ! C'est un paradoxe, vous ne trouvez pas ? demanda Erwan.

Justin ne sut quoi répondre. « Paradoxe » ne figurait pas dans son vocabulaire. Il fallait avoir son bac pour comprendre le sens de ce mot. Erwan perçut l'embarras de son ami et vit à la trogne de son cousin que ce dernier n'en savait pas plus sur ce mot savant. Il poursuivit :

– Un paradoxe, c'est une chose, un fait qui heurte le bon sens. Une absurdité, si vous préférez.

– Comme trouver du jambon et des saucissons dans ce monde de désolation, dit Justin en profitant de la perche que venait de lui tendre son ami.

– Ha, ha… Ça, ce n'est pas un paradoxe, mais un avantage en nature réservé aux débrouillards et aux planqués. Cette garce de guerre, elle, est un paradoxe. Voilà deux ans qu'on piétine dans ce merdier autour de Verdun, où sont tombés plus d'un million d'hommes, et qu'on nous dit qu'il faut continuer à en baver pour l'honneur de la France ou, quand on est de l'autre bord, pour celui de l'Allemagne. Cela n'a aucun sens !

– Bordel de merde ! La ferme ! lança un soldat enroulé dans une couverture aux pieds de Lucien.

– Nouvel exemple de paradoxe, continua Erwan sans se soucier de la tension qu'il provoquait. Il entend nos voix mais pas les milliers de détonations et d'explosions.

Ils se turent. Tous ces paradoxes leur trottaient dans la tête. Ils pensèrent de nouveau à Germain et à tous les gars qui étaient peut-être morts pour rien. Des pentes de la Champagne, les survivants avaient vu la Victoire escalader les défenses ennemies et couronner Douaumont, Vaux, la Côte-du-Poivre, les Chambrettes, puis user ses ailes sur la crête du Chemin des Dames. Le champ de bataille n'avait rien à offrir aux artistes peintres romantiques. Qu'avaient-ils vu et retenu du spectacle, eux, le Provençal et les deux Bretons rescapés de tous les carnages ? De grands espaces vides parsemés de trous d'obus et coupés de longs sillons qui marquaient la terre comme les rides marquent le visage d'un vieillard ; des colonnes de fumée qui montaient, pareilles aux panaches lugubres des bûchers de l'Inquisition ; des bandes d'ombre qui épousaient le sol en suivant les rivières scintillantes des barbelés, puis disparaissaient dans les restes des villages ruinés jusqu'aux caves où se terraient des habitants hébétés ; les barrages des tirs qui s'allumaient comme des rampes de théâtre et laissaient dans l'incertitude et la peur les acteurs costumés en bleu ou en gris.

La vraie partie se jouait dans les postes de commandement, dans les imprenables casemates ressemblant aux tombeaux égyptiens creusés dans le roc, où aboutissaient les fils téléphoniques, les rapports des signaux optiques, les renseignements transmis par les pigeons, portés par les agents de liaison. Les généraux perdaient parfois les pédales. On venait de décorer un pigeon de la croix de guerre. C'était à devenir fou.

À présent, il y avait le Chemin des Dames. Cette hauteur défiait les stratèges français. Elle était précédée d'un paysage de ravins et de collines. Chaque jour, leurs yeux cherchaient en vain à distinguer l'ennemi, mais la brume épaisse attachée au fameux chemin se dissipait rarement. Elle n'était pas inerte, elle était remuée, travaillée par le passage incessant des obus, par le souffle des explosions ; elle était pareille à la cape d'un Ankou géant dans laquelle s'engluaient les âmes. L'artillerie semblait écraser les positions teutonnes. Semblait… L'expérience avait démontré que les Boches resurgissaient toujours aussi nombreux après les pilonnages monstrueux qu'ils subissaient durant des jours et des nuits.

Putain de paradoxe !

Justin, Erwan et Lucien écoutèrent les cinq mille voix des canons qui donnaient le plus formidable concert du siècle. En comparaison, la musique de Wagner était une musique de chambre pour midinettes. Les trois copains cherchèrent à décomposer cette savante partition, de la plainte stridente et sèche des 75 aux basses profondes des obusiers sur rails.

Attaquerait-on dans une heure ? Demain ? Dans une semaine ? Rejoindrait-on Germain en enfer où, depuis la bataille des Thermopyles et le sacrifice des Spartiates, et bien avant si on y réfléchissait, les héros de tous bords se retrouvaient ?

Dans cette attente, une inquiétude peu à peu les gagnait, celle de l'annonce de l'affrontement, de la clameur des officiers appelant à l'assaut. Inconsciemment, ils priaient pour l'ajournement de l'opération finale, pour le report d'un plan minutieusement préparé, avec son quota de morts et de blessés et les marges horaires d'une victoire mille fois annoncée par la propagande.

Il y avait une loupiote à l'entrée de l'abri.

– Venez avec moi, leur dit Erwan.

Ils se déplacèrent dans le noir, marchèrent sur des dormeurs, eurent droit à des chapelets de jurons. Certains soldats crurent que l'heure de sortir de la tranchée était venue. Erwan les calma. La loupiote éclairait l'étroit passage qui menait à la surface; ils s'accroupirent sous ce halo de misère.

Lucien et Justin se demandèrent ce qu'Erwan avait en tête. Ce dernier sortit de sa poche l'ancien ordre du jour du général Passaga, celui-là même qu'avaient eu Germain et son copain Sylvestre Choupard. Erwan le gardait sur lui comme sa mère gardait son missel ou Justin sa pierre bleue. Cet ordre avait le don de le mettre en colère. Quand il le lisait, son taux d'adrénaline montait, sa rébellion grondait. Il le digérait parfois avec dérision. L'ordre de demain serait de même nature. Il ne l'avait jamais communiqué à ses compagnons. C'était le moment choisi pour leur en dévoiler le contenu, afin d'en finir avec cette idée inconcevable du paradoxe de la guerre mondiale.

– Pourquoi tu traînes toujours ce papier avec toi? lui demanda Lucien.

– Il me nourrit, répondit Erwan. Il me dit que je ne dois pas me prendre pour un héros, que je dois tout faire pour revenir entier au pays et transmettre la vérité sur cette guerre à mes enfants. Je ne me sacrifierai pas pour que nos généraux deviennent maréchaux et que nos banquiers s'engraissent sur mon cadavre.

– Tu parles comme un rouge, dit Justin.

– Non, comme un Breton libre. Écoutez plutôt comment parlent nos chefs et comment ils parviennent à faire de nous des marionnettes :

Officiers, sous-officiers, soldats,

Il y a près de huit mois que l'ennemi exécré, le Boche, voulait étonner le monde par un coup de tonnerre en s'emparant de Verdun. L'héroïsme des poilus de France lui a barré la route et a anéanti ses meilleures troupes.

Grâce aux défenseurs de Verdun, la Russie a pu infliger à l'ennemi une sanglante défaite et lui a capturé près de 400 000 prisonniers.

Grâce aux défenseurs de Verdun, l'armée de Salonique, celle des Balkans battent les Bulgares et les Turcs.

Le Boche tremble maintenant devant nos canons et nos baïonnettes, il sent que l'heure du châtiment est proche pour lui.

À nos divisions revient l'honneur insigne de lui porter un coup retentissant qui montrera au monde la déchéance de l'armée allemande.

Nous allons lui arracher un lambeau de cette terre où tant de héros reposent dans leur linceul de gloire.

À notre gauche combattra une division, déjà illustre, composée de zouaves, de marsouins, de Marocains et d'Algériens ; on s'y dispute l'honneur de reprendre le fort de Douaumont.

Que ces fiers camarades sachent bien qu'ils peuvent compter sur nous pour les soutenir, leur ouvrir la porte et partager leur gloire !

Officiers, sous-officiers, soldats,

Vous saurez accrocher la croix de guerre à vos drapeaux et à vos fanions ; du premier coup, vous hausserez votre renommée au rang de celle de nos régiments et de nos bataillons les plus fameux.

La Patrie vous bénira.

Un long silence s'écoula avant que Justin s'exprimât en ces termes amers :

– On prend les mêmes, on y ajoute le 74e régiment des Bretons et quelques autres, et on recommence alors que les Russes ont abandonné la partie et que les Turcs nous ont battus. Pute borgne ! Je me fous de la bénédiction de la Patrie ! Je veux retrouver Marie-Louise... entier, précisa-t-il.

Il préférait crever que de devenir une « gueule cassée » sur une chaise roulante.

– Bah, on le prendra ce Chemin des Dames, dit pensivement Lucien.

– Et après ?

– Après, on s'emparera du Rhin et ce sera la capitulation allemande. Avec tous ces Américains, ces Anglais, ces Canadiens et ces Africains dans nos rangs, nous finirons bien par épuiser l'ennemi. Nous sommes largement supérieurs en hommes.

– Faut voir. Je n'en suis pas si sûr, avec toute cette propagande, répondit Justin.

L'intensité de la canonnade monta d'un cran. L'abri trembla sur ses bases. De la terre se détacha du plafond, les rats avaient déserté les lieux depuis longtemps, les brancardiers se massaient en seconde ligne. Ce n'étaient pas des signes encourageants.

Les trois amis se décidèrent à rejoindre la surface, laissant leurs camarades à leurs ronflements et à leurs cauchemars. Malgré les inquiétantes fulgurations et l'insoutenable bruit, ils retrouvèrent l'air libre avec soulagement. À l'intérieur, il régnait une odeur de bouc, et les parasites, puces dévorantes, morpions suceurs, poux affamés y faisaient preuve d'une activité débordante. Dehors, au froid, les démangeaisons devenaient supportables. Ils s'accroupirent sous le parapet.

Erwan offrit une cigarette anglaise à Lucien – Justin ne fumait toujours pas – et s'en alluma une. Les deux cousins prirent plaisir à gonfler leur poitrine à la première bouffée. Fumer était devenu pour eux un acte d'homme libre. Erwan était cependant préoccupé ; cela n'échappa pas à Justin à la lueur des explosions.

– Qu'est-ce qui te tracasse, Erwan ?

– Je pense au trésor de Laniscat, à tout cet or qui risque de ne pas nous profiter. Sans cette guerre, nous serions déjà au Mexique et nous aurions une hacienda et deux mille chevaux. Pas vrai, Lucien ?

– Oui, on ferait la fête à Mexico avec des filles brunes aux petits tétons et aux cuisses fermes. On boirait ces alcools qui t'arrachent le gosier et te trouent l'estomac. Erwan, aide-moi, c'est quoi les bibines mexicaines ?

– La tequila et le mescal.

– Mais pourquoi le Mexique ? demanda Justin.

Cette question le turlupinait depuis longtemps. Ce pays n'était pas des plus stables et les Français y avaient laissé des cicatrices du temps de l'empereur Maximilien.

– On a des amis là-bas, répondit Erwan. Enfin, disons plutôt des relations, les associés de notre oncle Émile.

– Émile a des associés au Mexique ?

Justin ouvrit grand ses prunelles. Il n'imaginait pas cet escogriffe efflanqué autrement entouré que de pierres levées, de dolmens et de mystérieuses statues païennes, bien qu'il ait fait ses preuves parmi les bourgeois et les nobles de Bretagne. Qu'il fût reconnu dans sa région était un fait, mais qu'il ait des amis sur le nouveau continent dépassait l'entendement.

– Pas qu'au Mexique, précisa Lucien, mais aussi aux États-Unis, au Panama, en Suède, au Portugal, en Espagne, en Irlande et en Russie. Il a même fréquenté autrefois l'aventurière Helena Blavatsky, qui fonda la Société théosophique. En fait, c'est un secret.

Justin fut intrigué par le ton solennel de Lucien et le regard entendu qu'il échangea avec Erwan. En un instant, les deux cousins s'étaient transformés. Ils n'étaient plus les deux lascars de Plésidy qui se déguisaient en

Ankou pour effrayer les habitants du village, les madrés des tranchées qui flairaient toutes les combines ou les gouailleurs des bordels jouant aux étalons. Leur cigarette au coin des lèvres, ils ne bougeaient plus, comme s'ils avaient gelé sur place. Ils étaient à l'épreuve face à leur ami, un peu prostrés, mais ils rayonnaient d'une aura à laquelle on ne pouvait pas échapper. Ils laissèrent passer dix ou douze rafales d'obus, puis Erwan reprit la parole d'une voix basse d'outre-tombe :

– Tu es de la famille, Justin. Tu es plus qu'un frère. Tu as plus d'une fois honoré la Bretagne et je suis fier pour Marie-Louise, fier pour les Le Bloas. Lucien pense comme moi. Nous ne devons rien te cacher, nous devons t'ouvrir nos consciences. Je ne sais pas de quoi sera fait demain, mais je doute des ordres que les généraux nous préparent. La leçon de Nivelle n'a pas suffi ; il y aura d'autres désastres. Depuis quelques jours, j'ai de mauvais pressentiments. Tu sais, le genre de truc qui te passe dans le ventre et la tête, et te laisse croire que ta dernière heure approche.

– Dis pas de bêtises ! T'es pas Inna, que je sache !

– C'est pas des bêtises, et si je ne suis pas Inna la sorcière, je suis assez doué pour sentir ces choses-là. Tous les Bretons le sont un peu, mais moi, j'appartiens à une lignée qui a donné beaucoup de druides. C'étaient des devins, ces gaillards, comme l'est Émile, des hommes puissants organisés en confréries secrètes et ils le sont toujours. Et c'est grâce à eux que toutes les portes s'ouvriront au Mexique. Notre avenir est assuré, crois-moi. Dès que nous débarquerons à Veracruz, nous serons accueillis et intronisés au sein de l'organisation dont Émile fait partie.

– Des francs-maçons ! s'exclama Justin.

– En quelque sorte, bien que nous n'ayons rien en commun avec eux.

Un obus tombant dans la tranchée lui aurait fait moins d'effet. Justin était stupéfait, sonné comme un boxeur ayant encaissé une série de coups. Dans son entourage, au village de Signes, on parlait souvent des francs-maçons et des sociétés mystérieuses qui tiraient les ficelles de la politique et des finances. On les considérait comme des engeances démoniaques, et le curé ne manquait jamais de rappeler à ses ouailles que le pape Léon XIII avait confirmé leur excommunication par la bulle *Annum ingressi* en 1902. Erwan et Lucien allaient rejoindre les rangs de ces puissances occultes défiant l'Église et les gouvernements.

– Fais pas cette tête de hibou effrayé, dit Erwan.

– Mais vous risquez la prison !

– Ne sois pas stupide. La plupart de nos dirigeants appartiennent à des associations plus ou moins secrètes qui sont à l'origine de nos révolutions et de la fondation de la IIIe République. Personne n'a jamais été arrêté, et aucun soupçon ne pèse sur nous.

Erwan se voulait rassurant. Justin fourra la main dans sa poche et empoigna la pierre bleue. Elle ne chauffait pas. Elle n'annonçait pas de funestes événements. La froideur du talisman le fit soupirer. Il repoussa ses craintes. Les cigarettes s'étaient éteintes aux bouts des doigts. Ils grimpèrent avec prudence sur la banquette pour observer le chaos éclairé par les explosions. Justin eut alors ces mots :

– Vous êtes ce que vous êtes, mais, foi de Brignole, même si je dois me battre contre l'Ankou et le Diable, je vous ramènerai sains et saufs en Bretagne.

Les trois compères n'avaient eu aucune envie de retourner dans le dortoir à vermine. Ils avaient évoqué la nouvelle maladie qui frappait le monde, cette grippe espagnole qu'aucun médecin ne savait traiter. Pour l'heure, elle tuait du côté de l'Atlantique et dans le sud de la France ; elle n'était pas encore apparue en Champagne. On avait au moins la certitude que ce n'était pas une nouvelle arme diabolique fabriquée dans les laboratoires de Berlin.

Les deux cousins avaient grillé le contenu du paquet de cigarettes ; ils en étaient à la moitié du second quand ils furent surpris par le sergent Chasteigne, qui venait de sauter le parapet arrière. La grande gueule mangée de barbe du sous-off ne s'ouvrit pas pour les renvoyer sous l'abri. Il posa fraternellement une main sur l'épaule d'Erwan :

– Passe-moi une clope.

– Ça va pas, sergent ?

– L'ordre est arrivé. On va y aller.

Un froid s'abattit sur leurs épaules. Ils avaient tant espéré le report de cet ordre. Mais la machine à broyer les hommes ne s'arrêtait jamais. Personne n'avait compris la leçon, les politiques en tête. Poincaré, président de la République, les ministres et les secrétaires d'État n'ignoraient pourtant pas que la baisse du moral des troupes prenait sa source dans les incertitudes du haut commandement et l'incapacité des généraux du front. Des mesures avaient été prises pour redonner du nerf aux hommes et de l'espoir à la Nation. On avait éloigné Nivelle le boucher, Mangin le massacreur, rétrogradé Micheler. Les perdants de l'Aisne étaient désormais considérés comme dangereux pour la France. Pétain, le vainqueur de Verdun, avait-il nommé des gagnants à leur place, des hommes qui ne sacrifieraient pas les régiments inutilement ?

Le froid descendait toujours. Le souffle de l'Ankou leur glaçait les entrailles. Malgré le raffut des batteries, ils entendaient battre leur propre cœur. L'adjudant Tantor fit sortir les hommes des abris. On se massa dans la tranchée. L'adjudant fit distribuer des bidons de vin. Quatre années de guerre n'avaient pas entamé sa détermination.

– Pas la peine de paniquer, mes p'tits gars. Si vous me collez aux basques, vous vous en sortirez sans trop de casse. J'ai repéré un chemin entre les barbelés et une ruine solide, à l'entrée de Chavonne. Tenir ce tas de pierres est notre objectif. Il vous suffira de courir jusque là-bas quand la première vague aura nettoyé les positions avancées des Boches.

Ils ne faisaient pas partie de la première vague. C'étaient quelques minutes de gagnées sur le trépas. Leurs battements de cœurs s'accélérèrent à l'idée de la distance à couvrir : six cents mètres. Courir avec le barda et passer au travers des volées de balles. La belle affaire ! On ne s'y habituait jamais. À l'arrivée, il y aurait des copains en moins. L'Ankou les attendait quelque part dans les grands creux souillés et sur les collines dévastées de la terre champenoise. Les régiments enfiévrés se hérissèrent de baïonnettes.

– Vaut mieux ça que la grippe espagnole, plaisanta le Teigneux.

Il ne fit rire personne. La grippe espagnole était le nouveau fléau envoyé par Dieu pour accabler l'humanité. Comme si cette sale guerre ne suffisait pas ! À l'arrière, les civils dégustaient, face à un ennemi invisible. Des troupes américaines avaient été touchées les premières en débarquant à Brest et à Calais. On se demandait comment elles avaient pu attraper cette terrible maladie qui faisait des ravages en Espagne. Les journaux parlaient de millions de morts au pays de don Quichotte. On disait même que le roi Alphonse XIII et les membres de sa famille avaient perdu la vie. Il était impossible de démêler le vrai du faux. Le 74e n'avait pas encore été touché par ce microscopique et implacable adversaire.

Le Teigneux avait raison. Il valait mieux affronter les Allemands que cette putain de grippe qui rappelait les affreuses pandémies de la peste et du choléra.

Tous les abris étaient vides. Deux mille braves s'alignèrent sur trois rangs dans les tranchées. Deux mille visages aux traits tirés et pâles à l'écoute des explosions. Il était 3 h 30 du matin. Les Dames invitées par l'Ankou sortirent de leurs tombes et prirent le Chemin pour se rendre au spectacle.

XXI

Correspondances

Bien que n'ayant pas obtenu d'affectation permanente depuis son dernier naufrage, Yves ne s'était plus rendu à Plésidy depuis juin 1917. Cela ferait bientôt une année qu'il assurait des remplacements d'officiers, malades ou blessés, de navires divers et variés. Cela lui convenait parfaitement et lui permettait d'effectuer de petites missions qui complétaient sa formation d'officier. Et puis aussi, cela lui fournissait une bonne excuse, car il redoutait de rencontrer le vieux pour lui annoncer qu'il ne deviendrait jamais éleveur de chevaux, qu'il ne voulait plus vivre dans ce trou de l'Arvor, plus fréquenter des bouseux. Comment annoncer à son père qu'il voulait continuer de voyager, voir des pays exotiques, montrer aux catins et aux dames du monde les galons dorés de ses beaux costumes ? Comment expliquer qu'il avait pris goût aux griseries du champagne, des bons alcools et des danses de salon avec des créatures avenantes ? Comment lui faire comprendre que, dans la marine, il était quelqu'un, qu'on lui donnait du monsieur ? Il existait. Dans l'Arvor, il n'avait jamais été que « le fils » Le Bloas ; dans la Royale, il était « capitaine Le Bloas ». De plus, il y avait l'Avenir : s'il passait au travers des obus, il pouvait même espérer obtenir le commandement d'un gros navire après cette putain de guerre, au vu des pertes d'officiers et de matelots subies par la Royale. Avec un peu de chance et de piston, il lui serait loisible de prétendre à un poste de pacha en second sur un des nouveaux bateaux que la France devrait bien mettre en chantier, si elle gagnait cette saloperie de guerre qui ne voulait pas finir. Quel pouvait être son devenir à Kervoaziou ? Éleveur en second en attendant la mort du père ? Yves ne se sentait pas la vocation d'un Œdipe, il souhaitait longue vie à son vieux et ambitionnait d'épouser sainte Pélagie un jour ou l'autre, seule fille d'officier supérieur qu'il connaissait qui n'avait pas repoussé le plouc roturier qu'il était. Il ne voulait pas épouser sa mère après avoir trucidé son père : la pauvre vieille avait eu son content de malheurs. Depuis des mois, le jeune capitaine ressassait toutes ces pensées égocentriques, limite morbides.

Yves était au bordel du *Dauphin bleu* en compagnie de son ami Pierre de Berthois qui, lassé des ministères, de la vie de famille et d'un mouflet braillard, avait demandé à être réaffecté dans le service actif. Sans avoir besoin de couler des bateaux, car pistonné par son oncle, le lieutenant de vaisseau Rivet, Pierre avait fini par obtenir lui aussi le grade de capitaine et se trouvait à Brest entre deux affectations. Les deux hommes avaient passablement picolé au bar de l'établissement cossu et réservé aux officiers, quand Yves avait confié son dilemme à son collègue. Pierre, tout en regardant d'un œil distrait les filles disponibles, avait répondu :

– Si tu n'oses pas parler à ton père entre quat'z-yeux pour ne pas lui faire de peine, écris-lui. Présente-lui ça de façon à ce qu'il soit fier de toi. Mais si j'ai un conseil à te donner, évite de lui dire que les chevaux t'emmerdent et que c'est un plouc.

Pierre avait tapé sur l'épaule de son ami en ajoutant :

– Et surtout, garde pour toi que tu vas soigner tes états d'âme chez les putes, ça, ça fait mauvais genre ! À ce propos, que penses-tu de celle avec des tout petits seins ? Ma femme en possède des gros et j'aime le changement.

« Mouais », avait fait Yves, et Pierre était parti avec la fille à la silhouette androgyne. Un peu plus tard, il avait préparé, dans son esprit en ébullition, la missive qu'il comptait envoyer à ses parents, alors qu'une rousse incendiaire très douée pour les langues officiait entre ses jambes.

Assis à son petit bureau dans sa chambre, Yves chargea le magnifique stylo-plume Waterman *Regular* qu'il s'était offert et entreprit de rédiger une lettre alambiquée mais lisible.

Brest, le 5 avril 1918

Ma chère maman, mon cher père, et toi aussi, ma chère Marie-Louise,

Encore une fois, je suis dans l'obligation de vous donner de mes nouvelles par lettre, faute de pouvoir vous annoncer ma venue prochaine et d'avoir le plaisir de vous serrer dans mes bras. Il me faudra encore attendre.

Mais voilà, ma situation d'officier n'a pas que de bons côtés, elle m'oblige à être avant tout au service de notre pays. Comme vous le savez sans doute au travers des journaux, nous n'avons jamais été aussi près de la victoire et l'état-major nous demande de pousser les feux et de harceler le Boche par tous les moyens. Aussi, je suis sans cesse demandé. Ce qui pourrait prouver que je fais bien mon travail, mais qui n'est pas forcément une bonne nouvelle en soi.

Hier soir encore, je me trouvais en compagnie du capitaine Pierre de Berthois (le neveu du commandant Rivet dont je vous ai déjà parlé), ainsi qu'avec d'autres personnages tout aussi importants, dans un endroit discret où certaines choses se disent. Là, il m'a été rapporté que même après la guerre, on demandera à certains d'entre nous de rester encore un peu dans l'armée, le temps de remplacer le personnel d'encadrement. J'ai bien peur de faire partie de ceux qui seront choisis.

Aussi, mon cher père, ne compte pas trop sur moi pour prendre rapidement ta succession et relever notre élevage, puisqu'il paraîtrait que me voici devenu indispensable à la bonne marche de notre armée. Mais je ne me fais pas de souci, tu es encore vaillant, et je sais que quelques mois de travail supplémentaires ne te font pas peur.

Pour le reste, j'espère que tout va bien pour vous et que ma missive vous trouvera en aussi bonne santé que je me porte. Pour que vous soyez fiers de moi, mes chers parents, je joins à ma lettre une photo de votre fils en grand uniforme avec toutes les médailles auxquelles il a, paraît-il, droit.

Saluez pour moi l'oncle Émile et embrassez de ma part mon amie Léonie et tous ceux que j'affectionne.

Votre fils qui vous aime de tout son cœur,

Yves

Yves relut deux fois la lettre et la trouva ampoulée mais suffisamment diplomate pour ne pas heurter son père. Bien sûr qu'il se sentait lâche, mais au moins il gagnait du temps. Puis, pendant qu'il se sentait encore des dons politiques, il s'attaqua à un deuxième billet.

Brest, le 5 avril 1918

Ma très chère Pélagie,

Comme vous me manquez ! Comme j'aimerais être auprès de vous pour continuer nos conversations dans votre si beau jardin !

Aujourd'hui, lorsque, trop rarement, j'aperçois une rose, c'est à vous qu'elle me fait penser, à votre parfum, à votre délicieux visage. Je vous revois suspendue à mon bras et ma raison s'échauffe.

Dans tous les moments de solitude, je pense à vous avec angoisse. Comment vous portez-vous ? Comment supportez-vous toutes les atrocités qui défilent chaque jour sous vos si beaux yeux ? Comment vos mains délicieuses peuvent-elles supporter le malheur des chairs qu'elles réparent ? Comment votre nez délicat peut-il soutenir les odeurs affreuses du sang et de la pourriture ? Dites-moi, comment les délicieux bijoux que sont vos oreilles peuvent-ils n'être pas blessés par tous les cris affreux des blessés agonisant sous des tentes malsaines ?

Oui, Pélagie, voilà toutes les questions que je me pose quand je suis seul, la nuit, sous les étoiles, au milieu de l'immensité de l'Océan.

Une seule pensée m'obsède : maintenant que je suis capitaine de marine, monsieur votre père m'autorisera-t-il à vous revoir ? Car il se dit dans l'armée que les officiers de cavalerie prennent les marins pour des planqués. Rassurez-le, Pélagie, trois fois déjà j'ai failli perdre la vie, et puisque je n'étais pas mort, j'en ai été récompensé ; et ma veste est tellement festonnée de médailles que je fais du bruit en marchant.

Voilà tout ce à quoi je pense, ma chère Pélagie. Et j'attendrai avec patience votre réponse à cette question : serai-je autorisé à vous revoir et pourrai-je vous persuader de mes sentiments à votre égard ?

Votre tout dévoué,

Yves Le Bloas

Yves lut et relut la lettre. Ce n'était pas vraiment une demande en mariage, mais cela y ressemblait fort. Tant mieux, au moins il n'y aurait plus d'ambiguïté. Pour le reste, seul l'avenir y répondrait, car Yves ne savait toujours pas s'il oserait déflorer une sainte. Autant il arrivait à imaginer sans peine Mme Pélagie Le Bloas à son bras dans les salons, autant la pensée d'une Pélagie haletante, les jambes ouvertes, le perturbait. Et si elle disait oui ? Yves eut un ricanement vulgaire en pensant : « Eh bien, je l'embrocherai comme le faisaient nos parents : elle restera en chemise de nuit équipée d'un trou à la bonne hauteur et je penserai à Liane. » Il se leva de son bureau et se rendit dans le cabinet de toilette pour uriner. En se regardant dans le miroir au-dessus du lavabo, il se parla d'une voix aigre :

– Je me demande parfois si tu n'es pas devenu un pourri, Yves Le Bloas. Tu te sers des gens qui t'entourent pour parvenir à tes fins... Ouais... Mais es-tu certain de savoir de quelles fins il s'agit ?

Le miroir ne lui répondit pas.

Un mois et demi plus tard, il reçut deux réponses. Yves commença par celle de sa mère.

Mon cher fils,

Nous sommes tous bien heureux ici de recevoir de temps à autre de tes nouvelles, et très fiers de ton avancement, même si cela ne ravit pas ton père de savoir qu'il lui faudra attendre pour pouvoir bénéficier de ton aide. Mais ne te fais pas trop de souci à ce sujet, car je sens qu'au fond de lui il sait que plus jamais il ne retrouvera la force de redevenir ce qu'il était. Mon pauvre Léon s'étiole, fils, et il est bien plus souvent en compagnie de certains que je n'aime pas qu'avec nous autres. Je sauterai ces lignes qui suivent en lui lisant ma lettre avant de te l'envoyer et je te dis : ne te préoccupe pas trop de nous, vis la vie que tu dois vivre suivant tes envies, car jamais plus notre village ne sera comme avant. Plus aucun grand élevage ne se tiendra sur nos terres. Le monde a changé et changera encore. Pense à toi, mon fils. Chéris-nous comme nous te chérissons. Mais ne te préoccupe pas de l'avenir de tes parents : ils n'en ont plus.

Marie-Louise attend avec sérénité le retour de son Justin et répète à l'envi les détails de son mariage jusqu'à nous soûler. De ces temps-ci, ton oncle Émile est de plus en plus mystérieux, mais nous réjouit toujours autant par ses récits à la veillée. Nous avons reçu des nouvelles d'Erwan et il assure qu'il va bien et qu'il est loin du front. Je ne sais pas s'il dit la vérité, mais ses lettres me rassurent, car au moins je sais qu'il est vivant. La petite Bérengère grandit et ravit sa mère Léonie, et aussi ta sœur qui passe le plus clair de son temps avec son amie. Le mariage de Léonie avec le fils Le Guilloux est prévu pour le printemps, j'espère que tu pourras venir. Thaddée bénira cette union étrange et me demande souvent pour quelles raisons ce n'est pas toi qui seras uni à Léonie. Je ne sais que lui répondre.

Voilà, mon fils, quelques nouvelles de notre Bretagne. Je me languis de te voir avec ou sans ton bel uniforme, et je prie souvent pour toi,

Ta mère qui t'aime.

P.-S. Tous se joignent à moi pour t'embrasser très fort.

Yves resta un long moment songeur. Entre les lignes, il comprenait que le vieux n'allait pas bien et qu'il avait dû se mettre à fréquenter le café de l'église en compagnie de tous ces ploucs alcooliques qui le tiraient par les pieds pour qu'il sombre avec eux. Quelle revanche pour tous ces connards de faire passer Léon Le Bloas du statut de riche paysan à celui de poivrot ! Tous ces abrutis en seraient fiers. Et cette salope de Léonie qui prétendait l'aimer et s'était fait engrosser à peine avait-il eu le dos tourné. Et Thaddée, pourquoi n'aidait-il pas son vieux ? Yves jura à haute voix et se mit à soliloquer :

– *Gast* et putain ! Vous ne me méritez pas, tous autant que vous êtes… Pas toi, ma mère, ni toi, Marie-Louise, vous, je vous aime. Et toi aussi, mon oncle, je t'aime bien. Plus le temps passe et mieux je comprends pourquoi tu restes seul si souvent.

Il ouvrit la seconde missive qui était pour le moins succincte et étrange :

> *Mon cher capitaine,*
>
> *J'ai ouvert par mégarde votre belle lettre, car elle est arrivée au milieu d'autres et je n'ai pas fait attention. Ma fille est au front et n'en bouge pas. Je vous promets de lui faire parvenir votre demande en mariage le plus tôt possible et, bien que ma fille ressemble plus à son père qu'à moi, je vous promets d'appuyer cette demande. Même s'il m'est pénible de vous mettre en garde, mon honnêteté m'y oblige ; en quelques mots, soyez vigilant, ma fille n'est pas une sainte, mais je comprends l'amour que vous lui portez.*
>
> *Bien à vous,*
>
> *Cunégonde de Kermadec*

Yves resta sidéré un bon moment. Quelle sorte de mère pouvait dire du mal de sa fille ? Si jamais il se trouvait marié à Pélagie, les dîners de famille promettaient d'être joyeux entre un colonel rigide, une belle-mère qui n'aimait pas sa fille et une épouse qui promettait de se révéler être une sainte Salope !

En ce 26 mai 1918, Yves décida de devenir commandant et de se méfier de ses sentiments.

XXII

Le grand massacre

27 mai 1918. Deux mois s'étaient écoulés dans l'enfer d'un front de quatre kilomètres, au nord de Braye-en-Laonnais, Beaulne et Chiry. Ils tenaient le Chemin des Dames. Ils pieutaient à l'endroit même où les princesses et comtesses promenaient leurs dentelles et leurs bijoux, sous les arbres centenaires, en écoutant chanter les oiseaux.

Des arbres, il n'en restait plus un seul. Les derniers chicots de la forêt avaient été arrachés un an plus tôt, lors des bombardements roulants ordonnés par le général Nivelle. Les positions tenues par les Français étaient précaires. Les hommes, épuisés, n'avaient plus l'allant nécessaire pour déloger l'ennemi. Atteindre les rives du Rhin était devenu une utopie. Au contraire, on s'attendait à voir un jour ou l'autre les Allemands sur les bords de la Seine. Prendre Paris faisait toujours partie d'un plan très réaliste, concocté à Berlin dès 1914. Plus personne ne songeait à fouler le sol de la patrie de Bismarck.

Justin, Erwan et Lucien tournaient souvent leurs regards nostalgiques vers l'ouest. La Bretagne, ils l'avaient goûtée à trois reprises, lors de permissions trop courtes. Ils avaient l'air de soldats d'argile. La crasse les recouvrait comme une seconde peau. Leurs uniformes rapiécés étaient ceux d'une armée au bord de la débâcle.

– Saloperie, que font les ravitailleurs ? On est presque à bout de munitions, dit Lucien qui venait de nettoyer son Lebel.

Ses compagnons n'en rajoutèrent pas. Les ravitailleurs viendraient ou ne viendraient pas. La mécanique militaire obéissait à des lois aléatoires depuis que la Russie s'était retirée de la guerre, que nos armées avaient été battues en Turquie et que des régiments s'étaient ouvertement rebellés contre l'état-major. Des Français avaient fusillé d'autres Français. Le malaise était grand. Les dieux de la guerre n'en continuaient pas moins à réclamer leur lot de victimes.

Toutes les baïonnettes étaient au canon. Elles brillaient comme les pointes d'une herse au soleil levant. Deux heures passèrent. Les informations s'accumulaient dans les bureaux de liaison où les officiers planchaient sur des cartes cent fois raturées, mais les bleus entassés dans les boyaux n'avaient nul besoin d'en connaître le contenu. Ils savaient. L'ennemi préparait une attaque d'envergure avec gaz et obus asphyxiants à l'appui. Un putain d'assaut à la prussienne, précédé d'un bombardement apocalyptique. Les canons allemands avaient été ravitaillés, eux ! Depuis une semaine, ils larguaient des myriades de bombes, d'obus et de torpilles, éventrant les défenses françaises, réduisant à néant les têtes de pont tenues par le 19e régiment d'infanterie placé devant le 74e.

La gnôle apparut par miracle. Cette généreuse et non réglementaire largesse de l'armée ne trompa pas les vétérans de Guingamp. Les fantassins et les grenadiers avaient déjà ingurgité le vin en grande quantité. Ce surplus d'eau-de-vie allait les rendre forts, insensibles au danger, féroces et haineux. C'était ce que pensaient les cadres. Il n'en était rien. Justin et Erwan en burent une gorgée ; Lucien et le Teigneux se remplirent la panse. Ça titrait au moins soixante-cinq degrés, ça descendait dans le larynx comme une traînée de feu avant de brûler l'estomac, puis de monter en une chaude vapeur à la tête pour se répandre en filaments de sang dans les regards. Tantor n'y toucha pas. L'adjudant se faisait du souci pour les sections. La distribution des masques à gaz, l'apparition de types appartenant aux compagnies des lance-flammes Schilt, tous des Lienblac en puissance, accentuèrent le malaise général. Les gars se rappelèrent les pires moments vécus en Picardie.

Justin avait le nez contre les planches de la paroi de la tranchée et faisait de son mieux pour repousser la peur qui rôdait à la périphérie de sa conscience. On n'entendait plus un mot. À sa gauche, un jeune sous-lieutenant arrivé tout droit de l'école militaire ne luttait plus. Il avait fait dans son pantalon et puait la merde. À sa droite, Erwan et Lucien paraissaient calmes. Tous les soldats se contractèrent quand le capitaine cria :

– On tient bon !

Des poilus du 19e arrivèrent sur eux comme s'ils étaient poursuivis par l'Ankou.

– Regroupez-vous avec nous ! leur hurla Mariec.

Les fuyards, hébétés, terrorisés, ne l'entendirent même pas. Ils grimpèrent sur l'autre bord de la tranchée et poursuivirent leur course folle vers l'arrière. Des Bretons furent tentés de les imiter, mais les officiers avaient le revolver au poing et leur interdisaient l'abandon de poste. On devait tenir. Chacun se prépara mentalement au choc.

Le colonel Joyeux fit sa virée et l'on écouta le message délivré par le commandement : « L'heure est venue, confiance et courage, vive la France ! »

Pas un mot de plus. Rien de la creuse grandiloquence habituelle qu'on leur servait depuis le début du conflit. Cette phrase avait pété en trois courtes rafales, les soudant les uns aux autres. Les têtes se relevèrent.

Mais l'heure venue n'était pas française. Elle était allemande. La première vague boche avait repoussé les bataillons qui tenaient le centre du Chemin des Dames. La deuxième et la troisième, comme poussées par un violent mistral, déferlaient sur eux. Les baïonnettes en dents de scie étincelaient, les bottes martelaient le sol. Les Allemands grossissaient à vue d'œil. Les mitrailleuses ne suffisaient pas à ralentir leur charge héroïque. Une compagnie du 74e, conduite par un officier ayant perdu la raison, se lança dans une contre-attaque perdue d'avance. Les soldats s'entrechoquèrent en poussant d'épouvantables cris. Un Breton se fit sauter avec deux grenades tandis que les lance-flammes entrés en action grillaient amis et ennemis sans distinction.

– Putain ! fit Erwan en abattant un *feldgrau* à bout portant.

Pas de juron pour Lucien, qui perçait le flanc d'un grenadier de Hanovre. Justin para un coup violent et reçut tout le poids du fantassin criblé de balles. Il fut pris d'un vertige. Des images tourbillonnèrent. Tantor leur lança un « Tenez bon, les gars ! » tonitruant. La mêlée était totale. Les soldats résistaient avec la peur et la rage au ventre. Autour d'eux, les explosions se succédèrent et on ne savait plus si c'étaient des obus français ou allemands qui pleuvaient sur le secteur. Une explosion secoua la tranchée.

– Le Teigneux !

Le cri de Justin se perdit dans la confusion générale. Le Teigneux avait été coupé en deux. Halluciné, il vit Tantor se traîner parmi les mourants. Le dos de l'adjudant grésillait et fumait. Un gros éclat s'était logé dans ses chairs. La moitié de la section avait été soufflée par l'éclatement de l'obus. Tantor s'immobilisa. On ne pouvait plus rien pour lui. Son âme était dans la charrette de l'Ankou.

– On fout le camp ! cria Justin.

Lâchant son fusil, il aida Lucien, qui était en loques et perdait du sang par de multiples plaies sans gravité. Erwan non plus n'était pas au mieux : il était blessé à la hanche. Un coup de baïonnette. La lame avait ripé sur l'os. Tant bien que mal, ils quittèrent la tranchée où le carnage se poursuivait. Tout autour d'eux, les soldats s'enfuyaient, sautaient par-dessus les barbelés, disparaissaient dans la tourmente. Les obus creusaient des trous dans leur sillage et vomissaient des nappes de gaz jaunâtre.

Les trois fantômes progressaient au milieu des barbelés qui frissonnaient et grinçaient sur leurs croisillons. Ils tombèrent sur Chasteigne, que les petites dents de fer maintenaient prisonnier. Le sergent râlait. Il semblait sérieusement atteint.

– On va te sortir de là, lui dit Justin en sortant son couteau.

Il découpa l'uniforme, la chemise et les deux tricots pendant qu'Erwan démêlait les barbelés. Justin se figea lorsqu'il découvrit l'énorme déchirure au ventre. Dans cette plaie béante, les viscères avaient été déchiquetés par des éclats d'acier.

– *Gast !* fit Erwan.

Lucien n'eut aucune réaction. Il était pâle, au bord de l'évanouissement. Le sergent avait encore assez de lucidité et de force pour leur parler.

– Vous voyez bien que je suis foutu, balbutia-t-il.

– On va te ramener à l'infirmerie, assura Justin, qui désespérait de ne pas avoir de bandages.

– Non, les p'tits gars, vous me laissez ici. Ils ont besoin de vos fusils à l'arrière. Terminez-la, cette putain de guerre, et, quand la paix sera revenue, promettez-moi d'aider ma femme et mes enfants.

– On te le promet. Ils ne manqueront de rien, dit Erwan. Sergent ! Nom de Dieu !

Chasteigne eut un sursaut. Ses yeux se ternirent. Justin et Erwan demeurèrent désemparés jusqu'à ce qu'un gémissement attire leur attention. C'était Lucien. Le cousin s'était mis à ramper ; il était pareil à un ver qui cherche à rentrer sous terre. Ils se jetèrent sur lui pour le redresser.

– Reprends-toi, Lucien. Tu n'as aucune chance de t'en sortir si tu tournes de l'œil. Dans cinq minutes, il tombera un obus par mètre carré, gueula Justin. Debout !

– Je peux pas.

– Tu peux !

Ils le secouèrent, le retournèrent, le giflèrent. Lucien couina comme un jeune chiot. Une gifle assenée avec plus de force le calma instantanément.

– *M'a fach veni lou sacrebiou*[1] *!* gronda Justin. Tu marches avec nous, on te soutient.

Il se remit en marche sans rechigner. Quelques balles de mitrailleuses miaulèrent à leurs oreilles et se perdirent vers l'Aisne. Les rescapés suivirent la même direc-

1. Tu m'as fait venir la colère !

tion. Ils sautèrent dans une tranchée qui avait été tenue par des zouaves. Toute une compagnie anéantie au gaz en tapissait le fond. Ils s'extirpèrent à grand-peine de ce charnier et gagnèrent la protection d'une ferme en ruine derrière laquelle quelques hommes regroupés autour du capitaine Mariec organisaient une défense.

– Vous en avez mis, du temps ! dit le capitaine. Allez, au boulot, on renforce ces murs avec tout ce qu'on peut trouver.

– Tu m'as fait venir la colère !

Justin faillit envoyer son poing dans la gueule de son supérieur, mais il refréna son envie. Il y avait d'autres priorités.

Les Allemands avaient atteint la rive droite de l'Aisne. Au soir, par miracle, tous les convois de trains d'intendance et de combat des trois régiments se regroupèrent à la ferme du Bruys, sous la protection des survivants du 74e et du 73e régiment d'infanterie territoriaux. Justin, les deux cousins blessés et leurs camarades plus ou moins éclopés tinrent la position du 27 au soir à la nuit du 29. Les Boches ne cessaient d'attaquer. À croire que les morts ressuscitaient. Leurs canons continuaient à lâcher des salves meurtrières. L'ennemi avait réellement l'intention de mettre la France à genoux et de défiler sur les Champs-Élysées. S'il ne réussissait pas ce coup de maître, il perdait la guerre.

Les Bretons, commandés par le colonel Joyeux, tirèrent leurs dernières cartouches. L'ordre de repli arriva à temps. Les soldats en haillons traversèrent la Marne. On se serait cru à la retraite de Russie. Beaucoup se noyèrent dans les eaux vertes de la rivière. En trois jours de combat, le régiment avait perdu 1 600 hommes et 35 officiers.

Erwan et Lucien trépignèrent de joie en voyant Justin. Ce dernier avait passé plus de deux heures dans l'immense camp sanitaire d'où montaient les gémissements par milliers. Des blessés, il en arrivait tous les jours depuis ce fatal mois de mai qui avait vu disparaître les meilleurs combattants de l'armée. Les cousins ne se plaignaient plus ; ils étaient remis de leurs blessures et aidaient les infirmiers, surtout les infirmières, à soulager les plus touchés, ceux que les scies et les trépaneuses démobilisaient.

Ils l'étreignirent, le pincèrent, comme pour éprouver sa réalité.

– *Gast!* Ça fait du bien de te revoir vivant ! s'écria Erwan.

– J'ai dansé avec l'Ankou mais il n'a pas voulu de moi.

Les deux compères de Plésidy se portaient à merveille. Ils avaient pris du poids. Ils le reperdraient vite : ils étaient programmés pour réintégrer le régiment que le grand quartier général avait décidé de reconstituer en raison de sa bonne tenue.

– Mais t'es sergent ! s'exclama Lucien en voyant les galons neufs cousus sur les manches du Provençal.

– Ouais, et il y a de fortes chances pour que Mariec vous donne le commandement d'une section. C'est même sûr.

– Tu parles d'une chance, fit Erwan en secouant négativement la tête.

Ils se turent quelques instants en pensant à tous leurs camarades disparus. Leur promotion, ils la devaient au grand massacre, à l'hécatombe des cadres du 74e. Justin reprit la parole et raconta comment il avait survécu pendant un mois et demi dans le chaos d'un front qui changeait sans arrêt de place sur les cartes.

– Ici, le danger vient de la grippe espagnole, dit Erwan. Il y a eu quelques cas. On évacue les malades vers l'arrière. Y en a même qui sont renvoyés chez eux. Te rends-tu compte du filon ?

Justin en doutait, de ce filon. La grippe espagnole ressemblait au choléra et à la peste. Elle était apparue en avril et il y avait fort à parier qu'elle allait faire des ravages.

Le soir même, alors qu'il rejoignait Crouy-sur-Ourcq où avait été organisée la défense, il fut pris de frissons. La fièvre le gagna. Le toubib de la compagnie le confirma : il avait la grippe. Une heure plus tard, on le renvoyait en Bretagne.

Le wagon sanitaire était bondé de malades venant de tous les corps d'armée. Les médecins et les infirmiers, débordés, ne savaient plus où donner de la tête. Ils craignaient le pire. Ils en savaient plus que les bleus et les poilus. La mortalité importante était due à une surinfection bronchique bactérienne, mais aussi à une pneumonie virale. Étrangement, elle touchait les jeunes adultes, épargnant la plupart des vieux. Depuis Hippocrate, qui avait décrit les symptômes de cette maladie dès 412 avant J.-C. et que les Anciens appelaient orion ou folette, les recherches piétinaient. Il était aujourd'hui impossible de déterminer les causes de cette grippe qui avait déjà frappé en 1781-1782, de 1829 à 1833 et lors de l'hiver 1889-1890.

Justin incubait. Il écoutait distraitement ses voisins se plaindre. Un voltigeur de Paimpol, qui suait et frissonnait, raconta que la maladie venait des boîtes de conserve importées d'Espagne dans lesquelles les agents allemands avaient introduit des microbes.

Le train s'arrêta dans des gares où des équipes d'ouvriers, engagées par les préfectures, vaporisaient des antiseptiques. À Rennes, on conduisit le troupeau infecté vers d'immenses entrepôts où, là encore, des bataillons de sœurs de la Croix-Rouge répandaient des solutions d'eucalyptus. Des centaines de soldats allongés sur des grabats réclamaient des médicaments. La panoplie des potions s'enrichissait chaque jour de nouvelles trouvailles. On essayait d'enrayer la contagion en appliquant des lotions à base de menthol ou d'acide salicylique. Justin eut droit à des pommades antiseptiques labiales et nasales. Ses forces déclinaient peu à peu. On le força à se gargariser avec des produits à l'odeur écœurante. Il en eut rapidement assez, car il constatait qu'autour de lui la santé des patients ne s'arrangeait guère. On les avait parqués pour mieux les achever, se dit-il. Ne respectant pas la consigne, il quitta sa paillasse et découvrit avec terreur que les médecins s'appliquaient à utiliser des chimiothérapies empiriques, des traitements barbares issus de l'expérience de la syphilis ou de la tuberculose.

« Puteborgne ! Bordel de merde ! Que je sois damné si je dois en passer par là », marmonna-t-il dans sa barbe qui poussait. Les savants en blouse blanche bourraient d'arsenic des pauvres types, administraient des solutions d'argent et d'or colloïdal par voie intraveineuse. Tout était bon pour mâcher le travail de l'Ankou. Les vaccins fabriqués par l'armée et l'Institut Pasteur – dont un fameux vaccin mixte anti-pneumocoque, streptocoque, bacille de Pfeiffer et staphylocoque doré – étaient testés à grandes échelles. Les hommes en crevaient.

Justin vit passer des corps recouverts de linceul qu'on expédiait directement dans des fosses creusées non loin. L'agonie des soldats lui fit prendre une décision qui pouvait être grave de conséquences. Il décida de quitter ce mouroir et de se rendre à Plésidy. Revoir Marie-Louise… L'amour n'était-il pas le meilleur des remèdes ?

Quand il parvint au cœur de la Bretagne en titubant, quand l'église de Bourbriac tangua devant lui, il puisa dans ses dernières forces et se rendit au café où il se fit servir un grog. Le troquet était presque vide. À Bourbriac comme dans tous les villages alentour, la psychose s'était répandue et les habitants restaient cloîtrés chez eux, appliquant le traitement miracle que les journaux locaux avaient publié en caractères gras : « Aspirine, citrate de caféine, cryagémine Lumière ; benzoate de soude, terpine, tisanes d'orge, de chiendent, de queues de cerises, le tout arrosé copieusement de rhum. »

Il y avait au comptoir un paysan qui, suivant les recommandations du corps médical, avait surtout abusé de l'alcool de la Martinique bien que ne souffrant d'aucun symptôme de la grippe espagnole. Ce dernier consentit à emmener Justin sur sa charrette jusqu'au hameau où vivait le clan des Le Bloas. Tout au long du parcours, Justin toussa et cracha, ignorant qu'il servait la cause de l'Ankou.

XXIII

La pourvoyeuse de l'Ankou

Marie-Louise était folle de joie. Justin était de retour. Peu importait qu'il soit malade, il était là. Son amour était de retour et elle l'avait sous la main pour toujours, puisque l'armée n'en voulait plus. Elle avait fait des pieds et des mains pour installer Justin dans la chambre d'Erwan, contre l'avis de sa mère et surtout d'Émile, qui voyait d'un très mauvais œil ce réceptacle à microbes habiter chez son frère. Rien n'y avait fait, Marie-Louise était inflexible : son fiancé devait être soigné sous le toit de sa belle-famille, pas ailleurs, et c'était là son argument massue : il n'avait pas d'autre endroit où aller.

Quand Émile entra dans la chambre mansardée, il crut étouffer tant l'atmosphère était dense et la chaleur insupportable. Le soleil de la fin juillet tapait sur les ardoises comme autrefois le marteau de Thor sur les boucliers ennemis. Marie-Louise était assise sur un tabouret au chevet de Justin et lui passait un linge humide sur le front. Le jeune homme suait comme un bœuf, toussait et tremblait comme un de ces déments atteints de la danse de Saint-Guy qui venaient autrefois demander la clémence de saint Briac en son église. Il avait rejeté ses couvertures et sa chemise de coton collait à sa peau, faisant saillir ses côtes. Émile gronda :

– Ma parole, tu veux faire cuire ton galant? Petite sotte, veux-tu bien sortir d'ici tout de suite! Tu ne sais donc pas que ton amoureux est aussi dangereux qu'un cheval emballé? Fiche-moi le camp de cette chambre, si tu ne veux pas tomber malade.

Marie-Louise sursauta, elle n'était pas habituée à ce que son oncle lui parle de cette façon.

– Mon oncle, il est malade…

– Suffit, jeune idiote. Fais ce que je te dis si tu veux que ton homme vive. J'ai dit dehors.

Surprise de la violence du ton, Marie-Louise sortit de la chambre en pleurant. Ses larmes étaient provoquées autant par son angoisse de laisser Justin que par les paroles dures de son oncle. Sur le pas de la porte, elle se tourna vers le *diskonter* en murmurant :

– Tu vas le sauver, hein, mon oncle? Tu vas le sauver…

Radouci, Émile répondit :

– Bien évidemment, sotte que tu es, mais uniquement si tu fiches le camp d'ici et si tu vas me chercher un seau d'eau bouillante. Tout de suite!

Émile ouvrit la fenêtre en grand. Un peu d'air relativement plus frais entra dans la chambre. « Éliminer les miasmes », murmura le *diskonter*. Il retourna vers le lit où reposait Justin. Le jeune homme était brûlant, la fièvre le consumait; à cette allure, il n'aurait jamais assez de forces pour lutter longtemps contre l'ennemi invisible qui était entré en lui. Émile, tout comme ses prédécesseurs, savait que cette maladie sournoise pouvait tuer; sa confrérie avait eu affaire à ce mal depuis la plus haute Antiquité et, depuis la nuit des temps, elle avait conçu quelques breuvages qui, s'ils ne tuaient pas le mal, aidaient du moins le patient à lutter contre lui.

Ceux de son ordre, qu'ils soient appelés *clinicus*, druides, chamans ou docteurs, faisaient de même. Soudain impatient, Émile se précipita vers la porte et cria dans l'escalier :

– Alors, elle vient cette eau chaude ?

Enfin, dix minutes plus tard, Marie-Louise apporta le seau fumant sur le seuil.

– Tu l'as laissée bouillir au moins ?

La jeune femme hocha la tête précipitamment. Avant qu'elle ait eu le temps de poser la moindre question, Émile lui claqua la porte au nez. Retournant au chevet de Justin, il l'aida à enlever la chemise qui collait à sa peau. Nu, Justin faisait peur à voir tant il était maigre ; les privations puis la maladie avaient rongé ses réserves, plus une once de graisse à brûler. Sortant des herbes de sa musette, le *diskonter* fit infuser une décoction de bourrache et remplit un broc d'eau chaude. Quand la tisane fut prête, il souleva la tête du jeune homme et lui fit avaler le breuvage amer. Justin faillit s'étrangler, et Émile dut le forcer à avaler la totalité de l'infusion. Ensuite, il intima au malade de se laver avec un linge humide. Justin demanda :

– Partout ?

– Oui, mon gars, partout, mais commence par ton visage avant d'attaquer tes couilles et ton cul. Allez, dépêche-toi, pas de pudeur inutile, si tu savais le nombre de gens que j'ai vus tout nus… Et quelquefois ce n'est guère agréable.

Justin procéda à sa toilette sous le regard goguenard d'Émile qui ne put s'empêcher de faire une allusion salace.

– Ma nièce a bien de la chance, mon joli, t'as de beaux outils ; j'espère pour elle que tu sais t'en servir.

Le jeune homme eut un sourire gêné et haussa les épaules, tout en continuant ses ablutions avec précaution, comme s'il avait été en sucre.

– Allez, gnangnan, mets-y du cœur à l'ouvrage, tu ne vas pas t'user !

Émile s'en alla fermer la fenêtre, intima à Justin l'ordre de retourner se coucher et empila sur lui toutes les couvertures qu'il trouva dans la chambre. Inquiet, Justin dit dans un souffle râlant :

– Mais je vais mourir, c'est pas la grippe qui va me tuer, c'est la chaleur.

– Mais non, grand con, avec ce que je t'ai fait avaler, tu vas suer et avec ta sueur vont s'en aller quelques-uns de ces microbes qui t'attaquent. Dans une heure, tu recommenceras à te nettoyer, puis tu prendras le bol que je vais te préparer. C'est de l'écorce de bouleau pillé, c'est contre la fièvre. Après, tu avaleras une boulette de cette préparation, elle contient de la belladone, de la valériane… et un peu d'opium. Tu feras ce traitement dans cet ordre : le lavage, la suée, le lavage, la potion et une boulette de mixture trois fois par jour durant cinq jours. Et tous les soirs, tu prendras un médicament qui va te plaire : dans un verre, tu mettras un tiers d'eau très chaude qui aura bouilli, deux tiers de rhum, deux cuillères de miel et un dé à coudre de cette poudre blanche que je te laisse, elle te fera dormir. Dans six jours d'ici, tu pourras aller danser un *an dro* avec ta belle. Et n'embrasse personne, hein ? Tiens-toi éloigné de tous et plus tu les aimes, plus ils devront se tenir loin. Vu ?

– Hon, hon, fit Justin depuis son lit devenu tanière.

Émile referma la porte et descendit répéter son ordonnance à Marie-Louise et Célestine. Arrivé dans la cuisine, il trouva les deux femmes et Léon en grande conversation. À son entrée, ils cessèrent de parler et, dans un ensemble de chœur grec, demandèrent :

– Alors ?

– Alors, dans six jours, il sera remis.

Marie-Louise sauta dans les bras de son oncle et l'embrassa sur les deux joues.

– Merci, oncle, merci.

Léon eut un violent éternuement qui fit sursauter tout le monde. Émile s'inquiéta :

– Tu te sens bien, Léon ?

– Sûr, sûr. J'ai autant de chances d'attraper cette saloperie espagnole qu'un menhir.

Maître Simon Morvan était dépité, il n'avait pas prévu de se déplacer ce jeudi 25 juillet 1918. Bien d'autres affaires l'occupaient. En premier lieu, le décompte de ce qu'il avait amassé grâce à l'emprunt d'État dont il était un des récipiendaires agréés. Et puis aussi, il avait prévu de se rendre chez le médecin à cause de cette fièvre qui le tenaillait depuis la veille et qui lui donnait des frissons irrépressibles. Il appela son clerc. Charles de Laermor, cauteleux comme à son habitude, pénétra dans le bureau de son patron avec une rapidité qui donnait à penser qu'il se tenait en permanence entre les deux portes rembourrées qui séparaient son bureau de celui du notaire. Assis derrière sa table de travail, l'homme rougeaud à la trogne de bon vivant fixa son second aux allures de *clergyman*. Une image traversa la cervelle du notaire, celle d'un cobra regardant une mangouste. Il pensa : « Ne te fais pas d'illusion, vilain serpent, c'est toujours la mangouste qui gagne, et la mangouste ici, c'est moi. » Le temps passant, Morvan n'aimait plus vraiment son clerc, car ce dernier, à son contact, était devenu presque aussi retors que lui. Une autre pensée fugitive lui traversa l'esprit : « Il faut que je me sépare de ce bonhomme avant qu'il ne me plante un couteau dans le dos. » Le cobra s'impatientait.

– Maître ?

– Excusez-moi, Charles, je rêvassais. Notre excellente cliente, Mme de Kermadec, née comtesse de La Ferrière, a demandé à me voir afin de modifier son testament. Il semblerait qu'elle veuille faire bénéficier une personne que je ne connais pas au détriment de sa fille, c'est étrange... Enfin, ce n'est pas notre affaire, n'est-ce pas, Charles ? Bien, je vais donc me rendre immédiatement à Guingamp, car au vu de la fortune de cette dame et de nos honoraires, il serait malséant de la faire attendre. Vous reccvrcz donc mes deux rendez-vous de cet après-midi.

Si Charles avait été boche, il aurait claqué des talons. Obséquieux et raide comme un maître d'hôtel anglais, il inclina la tête avec un sourire en coin.

– Très bien, monsieur.

Dans son cabriolet tiré par un hongre noir, Simon Morvan réfléchissait à la manière dont il allait se séparer de Charles et n'en trouvait pas qui le satisfasse. Ses idées s'embrouillaient de plus en plus et il sentait monter sa fièvre. À l'entrée du bois de Kerauffret, des frissons le parcoururent et il se mit à grelotter. Vers le milieu de la forêt, il fut pris d'une violente crise d'éternuements. L'un d'eux, plus fort que les autres le cassa en deux et lui fit tirer violemment sur la rêne droite, et le hongre au grand trot, obéissant, fit ce que son maître lui demandait : il tourna à droite et sauta par-dessus le profond fossé qui bordait la route. Maître Simon Morvan décrivit une gracieuse parabole, tandis que le cabriolet, les brancards cassés net, effectuait un looping complet. Simon fut le premier à retomber : bien à plat sur le ventre dans une position imitant la nage de la grenouille. Il eut à peine le temps de comprendre ce qui lui arrivait que la roue de la voiture lui retomba sur les reins. Il ressentit une violente douleur en même temps qu'il entendait un sinistre bruit de grosse branche brisée, puis il ne sentit plus rien, plus rien du tout. Il vit le cheval et l'attelage continuer de pénétrer dans le sous-bois, chacun de son côté, puis s'arrêter à une vingtaine de mètres. Le cabriolet, renversé dans les hautes fougères, disparut presque complètement et, depuis sa position, Simon ne voyait plus que l'arc d'une roue. Quelques minutes plus tard, le hongre noir disparut lui aussi de sa vision, happé par la noirceur du sous-bois. Il essaya de ramper, de bouger. Sans succès. À cause de sa posture, il ne pouvait pas même crier, à peine chuchoter en broutant les fougères. Les heures s'étirèrent et le notaire perdit la notion du temps qui passait. Une seconde, une heure ou dix ans après que la roue lui eut brisé l'échine, le bruit du pas d'un cheval se fit entendre et il se crut sauvé. « S'il vous plaît », murmura-t-il et, dans le délire qui commençait de le submerger, il se crut entendu. L'attelage s'arrêta à sans doute moins de cinquante mètres du lieu de l'accident, car le notaire entendit très distinctement le bruit caractéristique d'une abondante miction et la voix d'un homme jeune qui chantait :

Al laboused a gan,
An heol a zo laouen,
Pegen kaer ar meziou
Gand o bleuniou melen !

Les oiseaux chantent,
Le soleil est joyeux !
Que la campagne est belle,
Avec ses fleurs d'or.

La suite de la chanson se perdit avec le bruit des sabots qui décroissait. Le notaire pleura sur son sort ignoble et se mit à insulter Dieu, la Vierge, et tous les saints qu'il avait en mémoire, ce qui lui demanda un certain temps.

Maître Simon Morvan agonisa dix heures avant d'être emporté par quelque vicieuse hémorragie interne. Dix heures durant lesquelles il resta à plat ventre dans les fougères basses. Dix longues heures où il put compter les nombreux rongeurs venus le contempler, mais pas les innombrables insectes parcourant son corps inerte. Le soir tombait sous la futaie quand, au travers de ses larmes, il vit la haute silhouette noire qui s'approchait de lui. Il était sauvé. Dans un souffle, il murmura :

– Émile ? Émile Le Bloas ?

Un horrible ricanement, semblable à des dents de scie à ruban rencontrant des clous dans la planche, se fit entendre, puis une voix qui charriait des odeurs de champignons et de purin lui répondit :

– Eh non, Simon, je ne suis pas ce vieux roublard d'Émile. On ne reconnaît plus le valet de la Mort ? Tu dois être bien abîmé ! Allez, mon vieux, viens, tu as fait assez de saloperies comme ça sur cette terre. Viens, notaire.

Un froid polaire emplit le sous-bois, et une douleur phénoménale enveloppa le gisant.

– Ankou ! dit Morvan dans un dernier spasme létal.

Marie-Louise aidait Justin à s'asseoir sur le banc de pierre attenant à la maison. À l'ombre des épais murs de granite, la cour était presque fraîche. Justin allait bien mieux. En fait, il n'avait pas du tout besoin de l'épaule de la jeune femme pour se déplacer, mais en aucun cas il ne le lui aurait dit : ce contact était bien trop délicieux pour qu'il le fasse cesser. Délicieux de sentir le sein de Marie-Louise peser sur ses côtes. Délicieuse, la sensation de la cuisse de Marie-Louise contre sa cuisse. Justin était aux anges. Il bénissait les Espagnols et leur grippe de l'avoir ramené auprès de sa belle. Une fois de plus, Émile avait eu raison, il s'était bien passé six jours avant qu'il ne soit remis. Justin n'avait plus de fièvre, il ne toussait plus ou presque. Il n'y avait que ses jambes qui flageolaient encore et il se sentait aussi faible qu'un veau venant de tomber du cul de sa mère; mais, après une semaine de bonne nourriture bien grasse, il était certain que tout cela ne serait plus qu'un mauvais souvenir. Noisette vint lui faire la fête et le jeune homme lui caressa affectueusement la tête. Il se sentait bien, en harmonie avec le monde. Il n'y avait plus de guerre, puisqu'il ne la voyait plus. Plus de tonnerre des canons ravageant les chairs et les terres, il ne les entendait plus. Plus de staccato de mitrailleuses ni de sifflements de leurs balles, puisqu'il n'y avait que le bruit agréable du chant des oiseaux. Il n'y avait plus que Marie-Louise qui lui parlait de sa voix de sirène, mais pas celle des alertes, celle qui avait détourné Ulysse du droit chemin.

– Tu sais, les gendarmes ont retrouvé maître Simon Morvan dans une forêt. Il paraît qu'il était mort depuis au moins deux jours quand ils l'ont retrouvé. Ça veut dire qu'il a eu l'accident le jour où Émile est venu te voir pour te soigner.

– Et il est où, ton oncle, que je le remercie ?

Marie-Louise haussa les épaules en signe d'ignorance.

– Je ne sais pas, on ne l'a plus revu depuis. Et ça m'ennuie, car le père tousse et a de la fièvre, mais il refuse de prendre les médications du *diskonter*. Il dit qu'une grippe soignée dure une semaine et qu'une pas soignée dure sept jours.

Justin se mit à rire.

– Ton père est un roc, pardon, un menhir, jamais il ne tombera vraiment malade, ne sois pas inquiète. Si demain il ne va pas mieux, je me rendrai chez Émile, il y est peut-être.

Marie-Louise sourit à son homme.

– Oui, mon Justin, et j'irai avec toi.

Puis elle eut une série d'éternuements qui fit peur à Noisette. Justin remarqua qu'elle avait la chair de poule et que ses yeux étaient larmoyants. Il s'affola.

– Tu es malade, mon Dieu, à cause de moi tu es malade !

Entre deux éternuements, Marie-Louise fit un sourire à son amoureux.

– Mais non, mon aimé, j'ai seulement préparé tout à l'heure une bonne soupe au chou pour toi, avec plein d'oignons et poivrée à souhait.

Émile grelottait sous les couvertures empilées sur le lit. Il était dans cet état depuis trois jours, soit six jours depuis qu'il s'était rendu chez son frère pour soigner Justin. Trois jours qu'il se soignait énergiquement en employant non seulement les médications qu'il avait prescrites au jeune homme, mais en y ajoutant certains remèdes ancestraux censés le remettre sur pied dans des délais plus brefs. Il n'allait pas mieux. Au contraire, le *diskonter* se sentait dépérir, sa fièvre ne tombait pas, ses poumons s'engorgeaient et il avait du mal à respirer. D'une voix d'asthmatique, il ronchonna :

– *Gast* de *gast* de putain d'Espagnols qui nous ont envoyé cette merde ! Mes poumons sont touchés, je crois bien que je fais une pneumonie. Il faut que je boive, et beaucoup.

Enroulé dans une couverture, Émile fit chauffer de l'eau et se prépara deux litres du breuvage imposé à Justin : deux tiers de rhum et un tiers d'eau. Essayant de ne pas trop claquer des dents, il en éclusa un bon demi-litre puis retourna se coucher en emportant avec lui le broc fumant et un bol.

Enfoui sous ses couvertures empilées, le *diskonter* se remit à suer abondamment. De plus en plus essoufflé, il grogna :

– Je ne devrais pas laisser refroidir mon breuvage.

Prenant sur son chevet le broc encore chaud, il y but directement. Longuement. Reprenant sa respiration à grandes goulées comme un homme qui se noie. Il venait d'ingurgiter deux litres de liquide, dont un litre un tiers de rhum ! Le soir tombait quand Émile jura :

– Par Seth, dieu des Égyptiens et de la pisse, il faut que je me sorte de ce lit avant de me retrouver baignant dans une marre.

Le *diskonter* se leva, pantelant, ses longues jambes maigres aussi peu stables que des roseaux. Il ne grelottait plus, l'alcool semblait avoir eu le pouvoir de compenser ses mouvements erratiques et incontrôlés. En se dirigeant vers le pas de sa porte, enroulé dans une couverture qui commençait à sentir le rance d'avoir absorbé trop de sueur malsaine, il eut un ricanement d'ivrogne qui se termina en quinte de toux. Il ouvrit la porte et manqua de se faire renverser par Noisette qui jappa comme une folle.

– Ta gueule ! Laisse-moi pisser.

Émile commença à uriner longuement devant la maison, sous l'œil de Noisette, assise sagement sur le seuil. Le *diskonter* marmonna :

– Par Marie-Madeleine, cheftaine des putains, que voilà un des petits plaisirs rares de l'existence !

Ayant terminé, il se dirigea vers sa chambre en titubant et se remit au lit non sans peine, le rhum envahissant son cerveau en l'anesthésiant. Depuis sa couche qui maintenant tanguait comme un doris pris dans la tempête, il s'adressa à la chienne :

– Je me doute bien pourquoi tu es là, ma fille, mais vois-tu, je ne peux plus bouger ou presque. Je suis comme ton maître, malade comme un chien et soûl comme un Germain. Laisse-moi tranquille un moment et je te promets que j'irai voir ton maître dès que je le pourrai.

Noisette parut comprendre, émit un bref jappement et partit s'installer près de la cuisinière. Tandis que les ombres nocturnes envahissaient les bocages et les maisons, Émile sombra dans un demi-sommeil fiévreux.

Un horrible grincement et un courant d'air froid lui firent ouvrir les yeux. Le *diskonter* se remit à frissonner. Une voix qui semblait sortir d'une tombe emplit la pièce :

– *Nozvezh mad*, l'Émile.

– Salut, l'Ankou. Alors comme ça, c'est mon heure ?

Émile n'était pas effrayé, et la longue silhouette noire était bienveillante. Leur ton était celui d'une conversation de salon.

– Normalement oui, mon ami, mais souviens-toi, je vous avais promis une vie, à toi et à la sorcière, pour avoir sauvé Germain. J'ai intercédé auprès de la Mort. Ton passage sur cette terre n'est pas terminé, Émile Le Bloas, mais quand je t'appellerai de nouveau, tu devras venir me voir de toi-même. C'est le pacte. Je ne viendrai pas te chercher, je t'appellerai et tu viendras me retrouver de la manière qui te conviendra. *Kenavo, diskonter*… Prends soin de toi.

– *Kenavo*, Ankou. À un de ces jours.

Émile sombra dans un sommeil éthylique.

Un chaud soleil réveilla le *diskonter* d'un rayon tombant sur son visage. Émile s'ébroua. Il avait une migraine carabinée. Il s'assit sur son lit et repoussa les couvertures. À part son mal de tête, il se sentait bien. Faible, mais bien. Un chrétien aurait crié au miracle, un musulman à la clémence d'Allah, un athée aux bienfaits du rhum. Une personne sensée aurait pensé à un cauchemar dû à la combinaison de l'alcool et des médicaments. Pas Émile. Il se leva et se courba face au soleil devant la fenêtre de sa chambre et murmura.

– Merci, valet de la Mort. Je respecterai notre pacte.

Puis il s'habilla et appela Noisette qui battait de la queue frénétiquement.

– Viens, ma belle, nous allons soigner ton ami et maître.

Avant d'arriver à Kervoaziou, il croisa Marie-Louise et Justin, affolés. La jeune fille était sens dessus dessous.

– Mon oncle, vite ! Le père ne va pas bien du tout. Il faut que tu viennes… vite.

– Que crois-tu donc que je suis en train de faire ?

Il désigna la chienne :

– Noisette est venue me prévenir avant vous, et dès que j'ai pu me lever…

– Tu as été malade ?

– Évidemment que j'ai été malade, sinon je serais déjà là !

Marie-Louise regarda son oncle et lui trouva effectivement une sale mine. Il n'avait jamais autant ressemblé à un épouvantail.

– Mais tu as réussi à te soigner, savant que tu es.

Émile eut un mouvement de dénégation.

– Non, pas cette fois. C'est l'Ankou qui m'a épargné. Allons, dépêchons-nous !

Le trio fut accueilli sur le pas de la porte par une Célestine dans tous ses états, qui ne fit que répéter que le Léon était au plus mal et qu'il avait refusé de se soigner. En entrant dans la maison, le diskonter murmura :

– Mon frère, pourquoi me fais-tu cela, bourrique obtuse ?

Il se rendit au chevet de Léon. En s'approchant du lit clos, Émile sut tout de suite qu'il arrivait trop tard : la pièce sentait déjà la mort. Il ne pouvait plus qu'aider le mourant à échapper à la souffrance. Le peu de souffle qui restait à l'éleveur de chevaux le faisait grimacer à chaque inspiration. Avec peine, Léon, à demi assis contre ses oreillers, dodelina de la tête en voyant arriver Émile.

– Mon frère, aide-moi.

– Idiot, je suis là pour ça ! Je vais te remettre sur pied.

Léon souffrait de parler, ses poumons encombrés faisaient un bruit incongru, le même que celui d'un soufflet de forge. Il fit signe à son frère de s'approcher pour lui parler à l'oreille.

– Non, aide-moi à ne plus avoir mal. Je m'en vais rejoindre nos dieux. Et c'est bien comme ça. Je suis fatigué de vivre… Aide-moi pour passer de l'autre côté.

Émile s'essuya les yeux. Il y avait bien longtemps qu'il n'avait pas pleuré de cette manière. Il prépara une potion à base d'opium, une dose importante, et la fit boire à son frère. Avec difficulté, le mourant avala la totalité du bol.

– Merci, mon frère, je te bénis. Occupe-toi de ma femme et des enfants qu'il me reste. Promets...

Émile promit. À trois pas derrière lui, Célestine et Marie-Louise sanglotaient ; sans rien avoir entendu des paroles échangées, elles savaient que c'était fini.

Léon tomba rapidement dans un sommeil comateux. Il expira à la fin de la nuit, à l'heure où le coq attend que tous ceux qui doivent trépasser trépassent, afin de ne pas réveiller indûment les agonisants qui doivent partir en paix.

Le soir, la grande pièce était pleine de ceux qui venaient rendre les honneurs au disparu. Léon reposait dans son lit clos, vêtu de ses plus beaux atours. Célestine avait ôté les oreillers, il avait enfin le droit de se tenir allongé sur sa couche, car en cet endroit de Bretagne seuls les morts ont le droit de reposer à plat.

Les vieilles récitaient des Ave Maria à la chaîne ; tous, sauf Émile et Thaddée, qui se tenait tout raide, avaient oublié que Léon emmerdait bien fort les curés et leur religion. Un courant d'air en jupes, qui tenait un nourrisson et était poursuivi par une poule caquetante, entra dans la pièce. En voyant le mort, Léonie tint le bébé de son bras gauche pour pouvoir se signer et, s'approchant d'Émile, elle lui parla d'une voix énervée :

– *Diskonter*, viens vite ! Mon promis est en train de claboter.

Émile, suivi à cinq pas par Thaddée, se précipita vers la maison un peu en retrait, de l'autre côté du chemin, qui abritait la famille Le Guilloux. Sentant que quelqu'un le suivait, le *diskonter* stoppa brusquement et se retourna. Thaddée le heurta en pleine poitrine.

– Qu'est-ce que tu fous là, curé ?

– ... Ben, s'il est mourant...

– Ta religion est une religion de charognards, Thaddée. Vous êtes comme les vautours sur la branche qui attendent que le blessé trépasse afin d'avaler quelque chose.

Thaddée, tête basse, ne répondit pas et se contenta de suivre Émile dans la maison. Là aussi cela sentait la mort, mais cette fois le prêtre eut le temps d'administrer les derniers sacrements. L'Ankou, poliment, attendit que le curé ait terminé ses liturgies latines avant d'abattre sa faux. Léonie se mit à pleurer à gros sanglots, et Émile, un peu étonné, lui demanda :

– Tu l'aimais donc ?

Léonie renifla, s'essuya le nez d'un revers de manche avant de répondre à son oreille :

– Pas vraiment, *diskonter*, mais c'est quand même la deuxième fois que je suis veuve avant de me marier. Alors, je pleure sur ma malchance.

XXIV

Mariage, rubans et falbalas

Samedi 21 juin 1919.

Une fébrilité inaccoutumée régnait sur le village de Kervoaziou et le bourg de Plésidy. Depuis trois jours, on répétait le protocole du mariage de Marie-Louise avec Justin. Comme dans la plupart des cas, l'union devait se célébrer dans la commune de la jeune fille, ce qui convenait parfaitement à Justin, qui se sentait maintenant totalement breton, bien qu'ayant encore quelques difficultés avec cette langue si particulière. Et puis, où aurait-on bien pu faire cette célébration ? Avec sa mère, Justin avait enterré sa vie en Provence.

Depuis une dizaine de jours, les demoiselles et garçons d'honneur, choisis après de rudes batailles, mettaient au point les détails de la cérémonie. On avait discuté pied à pied le protocole, et qui serait à côté de qui aux repas et à l'église, on avait bataillé sur le déroulement des défilés, sur les arrêts pour les aubades de danses, et surtout sur le déroulement des repas. Rien ne devait être laissé au hasard pour cette cérémonie qui allait unir une fille d'éleveur ruiné à un jeune héros de la guerre, futur grand propriétaire à Quintin par legs inattendu. Toutes les filles à marier enviaient Marie-Louise pour son union avec un si beau gars plein d'argent.

Quant aux jeunes gens rescapés de la sanglante boucherie qui venait de s'achever, ils étaient passés entre les microbes de la grippe espagnole en évitant ainsi deux fois la faux de l'Ankou, ils enviaient sans doute Justin pour sa chance, mais ils ravalaient leurs remarques et lui faisaient bonne figure : L'homme était un sacré costaud, et le bougre savait se battre. Un seul avait osé le traiter de moricaud au bistrot de l'église le lendemain de son arrivée. Calmement, le provençal s'était retourné vers lui et lui avait collé une telle gifle que l'homme avait cru que sa tête allait se dévisser. En une seule claque, Justin lui avait réglé son affaire. Il n'y avait pas eu bagarre, Erwan et Lucien n'avaient pas eu à intervenir, leur ami était devenu ce jour-là un villageois craint et respecté, car il s'était comporté en vrai Breton.

Justin ne se faisait pas vraiment à son nouveau statut de riche héritier de Carla Lepenven. Lui qui avait commencé sa vie misérablement sur les hauteurs de Provence avait des difficultés à imaginer qu'il avait tellement d'argent que, s'il le désirait, il n'aurait plus jamais besoin de travailler. Quand il repensait à sa mère, jetée dans un trou sans fond dans l'indifférence générale, il sentait les larmes lui monter aux yeux; puis il se disait que, de là-haut, elle le voyait et lui souriait tendrement. Le jeune homme sentait littéralement la chaleur de ce sourire, aussi chaud que le soleil de sa Provence. Il en était certain, il le savait au fond de ses tripes, elle était fière de lui, fière de ce qu'il était devenu. Quand il ressentait cette chaleur, alors il se tournait vers le ciel et faisait un clin d'œil en murmurant : « Moi aussi, maman, moi aussi. »

Justin s'était promis d'emmener son épouse dans son pays pour lui faire sentir les parfums subtils de la garrigue, lui montrer les oliviers centenaires, les cyprès, ces menhirs naturels et élancés de son pays. Il voulait qu'elle découvre les falaises immenses de la Sainte-Baume et que le gris pouvait devenir une couleur éclatante pour peu que le soleil et la nature s'épousent. Il lui avait raconté comment le mistral décoifferait son abondante chevelure après lui avoir arraché sa coiffe légère, puis soulèverait ses jupes pour dévoiler ses trésors. Et puis Justin lui avait demandé solennellement de l'accompagner au trou des bergers, afin de la présenter à l'âme de sa mère, qui hantait le lieu. Marie-Louise avait dit oui à toutes les merveilles promises et au pèlerinage. Il était si beau, il parlait si bien… Enfant du pays des légendes, habituée à fréquenter les esprits de la lande malgré les enseignements de Thaddée, elle n'avait pas été surprise que son futur mari lui demande d'aller se présenter à sa mère, même si cette dernière n'était qu'un fantôme. En pays d'Arvor, on les fréquente depuis la petite enfance, on leur parle ; alors, quoi de plus naturel que de rencontrer le spectre de sa belle-mère ? Et puis, elle était si heureuse. Elle se répétait sans cesse : « Bientôt, je serai *Madame* Justin Brignole. » Puis elle pensait à son père, qui ne serait pas là pour la conduire à l'église, et s'en allait verser des larmes sur l'épaule de Célestine qui lui disait invariablement :

– Ne pleure pas, ma fille, il nous voit de là-haut ; il est aux côtés de Notre Seigneur Jésus et de la Vierge. Il te voit. Pense très fort à lui et tu le verras te sourire.

Marie-Louise se calmait et tentait de voir son père heureux, mais le vieux n'avait pas le sourire facile et cela lui causait à chaque fois des difficultés. Enfin, elle s'en accommodait et se rappelait que son père l'avait aimée.

Une piqûre ramena Marie-Louise sur le tabouret où

elle se tenait debout. Une aiguille lui était entrée dans la hanche. La cousette, une fille de Plésidy, s'excusa.

– Excuse-moi, mademoiselle, mais tu n'arrêtes pas de bouger.

Célestine, qui supervisait la finition du costume de sa fille, abonda dans son sens.

– C'est vrai, ma fille, tu te tortilles comme si des buzucs t'étaient entrés dans le fondement. Comment veux-tu que ta robe soit terminée pour demain, si tu t'agites ainsi ?

Marie-Louise se calma et laissait la couturière terminer son ouvrage quand Émile entra et claironna :

– Bonjour, l'assemblée.

Célestine, toute rouge, se tourna vers son beau-frère.

– *Malhorru* sur toi, misérable ! Tu ne sais donc pas que les hommes sont interdits chez moi ce jour ?

– Hé ho, belle-sœur ! Je viens ici en tant que *diskonter*, afin de vérifier que la promise est bien vierge !

Le silence se fit dans l'assistance. Marie-Louise était devenue raide comme une statue de sel, la cousette tenait son aiguille en l'air, les demoiselles d'honneur restaient figées. Toutes les femmes réunies dans la pièce semblaient frappées par un sort d'immobilité lancé par Émile. Même l'horloge semblait hésiter à égrener son tic-tac. Enfin, d'une toute petite voix, Marie-Louise demanda :

– Cela se fait encore ?

Émile partit d'un grand rire avant de répondre, les yeux larmoyants d'avoir trop ri :

– Femmes de Bretagne, quand comprendrez-vous que la vie n'est que plaisanterie ? Bien sûr que non, je ne viens pas examiner ton joli minou, ma nièce. Justin le fera à ma place. Je viens te demander l'honneur de tenir ton bras dans les processions… vu que Léon s'est désisté. Mais avant que ta mère ne me le demande, je te promets que je serai le plus élégant de tous les hommes de l'Arvor, je te ferai honneur.

C'était le grand jour, le Dieu de Thaddée et ceux d'Émile avaient pactisé pour offrir aux époux une journée splendide. À peine quelques gros cumulus épars flottaient-ils paresseusement dans le ciel lumineux. Le mariage se présentait sous les meilleurs auspices. Ni Marie-Louise ni Justin n'avaient dormi cette nuit-là, mais aucun ne ressentait de fatigue, chacun attendait de son côté le grand moment. Dans la maison de Célestine, c'était l'effervescence : le rituel commençait. Dehors, la cour était pleine des parents, amis, invités et curieux qui se bousculaient pour voir la sortie de la jeune femme.

Dans la grande pièce, les demoiselles d'honneur mettaient la dernière main à la toilette de Marie-Louise. La jeune femme, naturellement jolie, était d'une beauté à couper le souffle dans ses atours d'apparat. Son gilet à encolure carrée mettait en valeur sa poitrine et soulignait sa taille d'une finesse à rendre jalouse une guêpe. Le long tablier blanc brodé de fleurs, blanches elles aussi, lui descendait jusqu'aux chevilles en cachant le devant d'une robe somptueuse, brodée de fils d'or et d'argent. Les escarpins à talons carrés, épais d'un doigt, étaient d'une élégance de Parisienne. Marie-Louise était devenue princesse. Célestine tapa dans ses mains pour réclamer le silence, et le brouhaha cessa. Alors, elle dit les mots rituels : « Ma fille, c'est l'heure », puis disparut dans les escaliers. Léonie, première demoiselle d'honneur, s'approcha de la promise et lui ceignit par-dessus la coiffe une couronne de fleurs d'oranger, respectant ainsi l'antique tradition du *couronnement du diadème*. Poule Blanche, du haut de l'armoire, surveillait la scène avec curiosité. La seconde demoiselle d'honneur, une chanteuse de la chorale de Plésidy, entonna le chant de la mariée :

Où est donc ma vieille mère,
Que mon cœur aime tant ?
Comme j'aimerais la voir,
À mon couronnement !

Célestine apparut au pied de l'escalier et mit à sa fille les boucles d'oreilles en perle qui appartenaient à la famille depuis quatre générations. La troisième demoiselle d'honneur entonna alors, d'une voix moins sûre que la précédente :

Où est donc bonne marraine,
Que mon cœur aime tant ?
Comme j'aimerais la voir,
À mon couronnement !

Ce fut au tour de Léontine Le Floc'h de s'approcher pour faire don à sa filleule d'un livre de messe à la couverture recouverte d'une pellicule d'ivoire où avait été gravée en bas-relief une croix. Quand ce fut fait, la mariée et ses demoiselles entonnèrent avec entrain et un peu d'impatience le troisième et dernier couplet du chant rituel :

Où est donc mon époux,
Que mon cœur aime tant ?
Comme j'aimerais le voir,
À mon couronnement !

L'évènement tant attendu se produisit enfin : Justin, cornaqué par Erwan, tomba littéralement du haut des escaliers et présenta à Marie-Louise un bouquet de fleurs d'oranger ficelé de neuf rubans multicolores. Enfin, le cortège quitta la maison sous les hourras et les applaudissements qui furent rapidement couverts par le grand biniou du père Leroux et la bombarde de Lucien qui ouvraient la marche. Délaissant les chars à bancs, le choix de se rendre à pied à la mairie puis à l'église avait été fait et, durant le trajet, le cortège s'agrandit pour finir par ressembler à un long ruban coloré. La cérémonie dans la mairie, trop petite pour contenir tant de monde, fut rapidement bâclée. Ensuite, ce fut l'entrée solennelle dans l'église où Thaddée célébra l'union avec une ferveur quasi mystique. Quand les deux « oui » furent échangés et les alliances en place, Célestine se mit à pleurer, puis regarda en direction de son beau-frère, de l'autre côté de la travée. Émile avait le visage levé vers le ciel et marmonnait des paroles inaudibles; Célestine comprit qu'une autre cérémonie avait eu lieu en parallèle à l'officielle : le *diskonter* avait marié les jeunes gens à la façon des anciens. Elle pensa en souriant au travers de ses larmes : « Bah, cela ne peut nuire! Peut-être après tout que les dieux d'Émile servent encore à quelque chose. » Elle regarda de nouveau vers les jeunes mariés et une idée soudaine lui traversa l'esprit: c'était Émile qui avait insisté auprès de Thaddée pour que l'union ait lieu ce jour-là, et ce jour-là était le samedi 21 juin 1919, jour de solstice. Elle regarda son beau-frère qui avait cessé ses litanies et qui lui souriait. Elle articula muettement en exagérant le mouvement de ses lèvres :

« Vieux fou, tu es un vieux fou incorrigible, mais je t'aime bien. »

Émile lui fit un clin d'œil et lui répondit à haute voix, sans se soucier de ce qui se passait vers l'autel :

– Moi aussi, belle-sœur, je t'aime bien.

Les mariés sortirent de l'église les premiers, suivis des proches parents, des garçons et des demoiselles d'honneur, vint ensuite le flot des derniers rangs, qui poussait ceux arrêtés en haut des marches, menaçant de faire chuter les mariés. Une grande cohue régna jusqu'à ce que le photographe, excédé, ne menace les noceurs de ne pas immortaliser les protagonistes de cette journée pourtant exceptionnelle. Il fallut plus de dix minutes au photographe, aidé de Thaddée et d'Émile, pour organiser la multitude de ceux qui voulaient devenir immortels par l'intermédiaire de la grosse boîte de bois et son œil de cyclope. Beaucoup s'interrogeaient sur le processus alchimique qui permettait de faire tenir un si grand nombre de gens dans une boîte qui transformait les personnes et les choses en images. Tout ce micmac dépassait la plupart des villageois et était encore considéré par les plus vieux comme de la magie blanche et noire à la fois. Après avoir lutté longtemps contre l'anarchie, l'homme magicien de l'art photographique parvint enfin à organiser l'assemblée et ordonna le silence et le calme. Tous se figèrent dans des postures solennelles frisant le ridicule.

Au bas des marches et au centre se tenaient, tout roides, les mariés. À la droite de Marie-Louise, la haute silhouette d'Émile, avec son bourdon, cachait en partie un des garçons d'honneur qui gardait la tête penchée pour être reconnu, tandis qu'à la gauche de Justin, la frêle Célestine se tenait bien droite au côté de son gendre qui la dépassait d'une bonne tête. Sur la première marche, Erwan, Lucien, Yves et Léonie, coincés au centre, étaient les seuls à sourire, les demoiselles et garçons d'honneur paraissaient souffrir de constipation chronique. Sur les deux marches suivantes s'étageaient les parents et amis, et enfin, tout en haut, entre les portes de l'église, tout seul, trônait Thaddée, sérieux comme un pape surveillant son troupeau.

L'homme de l'art enleva le cache de l'objectif en criant :

– Ne bougeons plus !

Tellement préoccupé qu'il était par son activité, le photographe ne s'aperçut pas qu'aux pieds des jeunes mariés, exactement entre eux, Poule Blanche s'était figée dans une posture avantageuse.

À leur arrivée au village, les époux furent accueillis avec un vin d'honneur qu'ils devaient boire seuls en saluant les invités. Puis ce fut l'heure du premier repas. Pour l'occasion, on avait sacrifié une génisse, deux cochons, trois tonneaux de cidre et trois de *gwin ru*, pour satisfaire les deux cent quatre-vingt-douze convives qui allaient ripailler deux jours durant. Comme dans chaque mariage important, la famille avait fait appel à une tripotée de cuisinières et chaque famille avait dû prêter de la vaisselle. Les préparatifs avaient duré six jours. Six jours durant lesquels Célestine avait été un chef d'orchestre magistral.

Quand tous furent assis autour des longues tables dressées dans la cour, une vieille dame distinguée, que personne n'avait remarquée dans la foultitude bigarrée, se leva et réclama le silence. Justin, Erwan et Lucien, assis à la grande table où était réunie la proche famille, se figèrent : ils venaient de reconnaître Mme Carla Lepenven, qu'ils appelaient irrespectueusement entre eux « la folle de Quintin ». Voyant que le silence tardait à venir, Justin se leva à son tour et tonitrua un « Silence, nom de Dieu ! Écoutez la dame », qui surprit même les plus agités. Un surprenant calme se fit dans la cour. Deux cent quatre-vingt-douze paires d'yeux fixèrent Carla Lepenven qui jaugeait en retour les convives. Quand elle eut fait le tour des tables, en femme habituée à être écoutée, elle parla d'une voix tranquille :

– Vous tous, écoutez-moi. Je suis Carla Lepenven et je profite de ce jour du mariage de mon fils, où vous êtes tous réunis, pour lui remettre tous les documents officiels qui font de lui mon légataire universel. Par ailleurs, me trouvant seule dans mon domaine suite à la mort accidentelle de mon régisseur – l'imbécile n'ayant toujours pas compris, après vingt ans, qu'on ne passe pas derrière un étalon en rut dans un box –, étant seule dans une trop vaste demeure, disais-je, j'invite les épousés à habiter au château, puisqu'il est maintenant le leur. Voilà ce que j'avais à vous dire. Vous pouvez commencer vos bombances.

Elle se rassit et se servit une bolée de cidre. Le silence persista de longues secondes, puis des conversations chuchotées commencèrent un peu partout à chaque tablée.

– C'est son fils ? Je croyais qu'il était orphelin.

– Oui, il l'est. C'est une folle qui est persuadée qu'il est son fils.

– En tout cas le voilà riche, le salaud !

– Il est beau, il est marié avec une fille racée comme une pouliche de concours, et maintenant le voici aussi riche qu'un banquier juif. Il n'y a pas de justice en ce bas monde.

À la table des jeunes épousés, assis en face du marié, Lucien, rigolard, interpella son ami :

– Moi, je trouve que si elle est folle, c'est une folie bien agréable pour vous autres. Je vais lui demander si elle ne veut pas m'adopter !

Justin regarda Lucien. Il avait les larmes aux yeux quand il répondit.

– La pauvre, s'il te plaît, Lucien, ne te moque pas. Tu imagines combien elle a dû être malheureuse d'avoir perdu ses fils pour tomber ainsi dans la folie ? La guerre est une saloperie qui n'épargne personne. Ceux qui ne meurent pas vivent avec la mort des autres, qu'ils tirent comme un boulet. Non, ne te moque pas, Lucien, je ne te le permets pas.

Erwan s'interposa.

– Allez, arrêtez, vous deux. Lucien ne pensait pas à mal, il plaisantait. Ne sois pas triste un si beau jour. Pense à Marie-Louise. Oublie tout le reste, prends la vie du bon côté. Ta mère adoptive, eh bien, on veillera sur elle comme si elle était de la famille. Pas vrai, Lucien ?

Lucien agita vigoureusement de la tête de haut en bas.

– Promis, Justin, je ne plaisanterai plus sur le sujet… À propos, monsieur le baron, tu nous inviteras dans ton château ?

Le nouveau riche se leva et ferma le poing. Lucien le regarda avec des yeux ronds… et reçut le poing de Justin dans l'épaule en une bourrade amicale.

– Bien sûr, imbécile, tu es mon ami, Erwan est mon beau-frère, et toi mon frère.

Puis il se tourna vers sa femme :

– Et toi, ma princesse, tu es maintenant une vraie châtelaine.

La tablée des mariés, qui commentait toujours l'étrange discours de la folle de Quintin, prit conscience qu'une rumeur enflait pour finir dans une sorte d'ovation bon enfant. Une voix avait commencé, puis deux, puis dix, cent, et tous hurlaient maintenant en un chœur dissonant :

– Vive Carla Lepenven ! Vive Justin ! Vive la mariée !

L'arrivée des entrées et des bouteilles de cidre, servies par une nuée de gamins et gamines sous la supervision du cambusier, mit fin aux hourras. Chaque convive sortit alors de sa poche ses propres couverts et attaqua. Les véritables ripailles commencèrent.

Elles durèrent six heures pleines, puis, vers 18 heures, les invités se préparèrent aux premières danses. La chaîne se forma, composée de jeunes, de vieux, d'enfants. Tous, plus ou moins titubants, frappaient le sol en cadence, faisant monter la poussière qui se collait à la sueur ; les mains, unies par le petit doigt, dessinaient dans l'espace des spirales compliquées, les galoches et les sabots vernis martelaient le sol, sans arriver à couvrir le son aigre des bombardes et des binious. Yves tenait le petit doigt de Léonie quand il remarqua l'arrivée de trois jeunes femmes habillées comme des dames de la ville. L'une d'elles était Pélagie et l'autre, sa mère. La troisième était une jolie blonde élancée qu'Yves aurait souhaité connaître. Il lâcha la main de la danseuse, qui reprit immédiatement celle de son voisin, et quitta la chaîne pour se précipiter vers Pélagie. Arrivé devant elle, l'officier qui, pour la circonstance, avait tombé la veste et dont la chemise collait à la peau, prit conscience que l'on ne se présentait pas ainsi devant une fille qu'on allait demander en mariage un jour ou l'autre. Il s'en excusa gauchement et Pélagie minauda en le regardant de ses yeux loucheurs.

– Ne vous excusez pas, capitaine Le Bloas. Nous avons été invitées aux noces, mais nous n'avons pu arriver plus tôt. Le train d'Isabelle Van Brueck avait du retard.

Désormais habitué aux situations protocolaires, Yves baisa la main de la nouvelle venue sous les yeux étonnés et curieux des quelques vieux qui les regardaient en pensant que les gens de la ville avaient d'étranges manières.

– Je suis ravi, mademoiselle.

– Moi aussi, capitaine. Pélagie m'a beaucoup parlé de vous.

La voix était grave, sûre d'elle. Presque masculine dans ses intonations. Yves les guida jusqu'à une table et offrit des verres de cidre. Puis, à son grand étonnement, Pélagie entraîna son amie vers les danseurs. Elle protesta qu'elle ne savait pas danser ce genre de danse. Pélagie rit et continua de la tirer vers le cercle. Les deux femmes s'y insinuèrent. Yves interrogea Mme de Kermadec.

– C'est une Belge, l'amie de votre fille?

Cunégonde fit un sourire contraint à Yves.

– Oui, mon cher, *l'amie* de Pélagie est belge, nous aurions pu tomber plus mal.

Yves regarda sa future belle-mère sans comprendre, un peu outré par cette présentation.

– Je ne saisis pas bien ce que vous voulez dire, madame…

Avec cette fois un mauvais sourire en coin, Cunégonde répondit à Yves :

– Rappelez-vous, jeune homme, ce que je vous ai écrit un jour dans un petit billet : ma fille n'est pas une sainte… C'est une adepte de Sapho, monsieur l'officier. Et, à moins d'un revirement soudain mais improbable, votre mariage est compromis. Je préférais vous avertir avant… votre demande?

– Vous voulez dire que Pélagie et... cette fille sont... ensemble ?

– Oui, mon cher, ma fille est une lesbienne patentée, et ces deux-là que vous voyez là-bas se la donnent bonne.

Yves chercha du regard une bouteille de *lambig*, forte gnôle de cidre, en trouva une à demi vide, en dégringola un bon quart et repartit, sans un mot, raide comme la justice, rejoindre les danseurs.

Vers dix heures du soir commença le *fest noz*, et l'on se remit à table avant de danser. Thaddée entraîna Marie-Louise, Yves Pélagie, et Émile Cunégonde, qui semblait ravie et légèrement soûle.

Erwan et Lucien regardaient les danseurs qui soulevaient en cadence, par la taille, les danseuses et les faisaient virevolter, laissant voir ici ou là un mollet rond et blanc ou un genou fin. Célestine rejoignit les deux jeunes gens.

– Vous ne vous amusez pas, les petits ?

Ce fut Erwan qui, après un grand soupir, parla à sa mère.

– Si mam, mais je voulais t'annoncer une nouvelle. Les parents de Lucien sont déjà au courant et je ne voulais pas que ce soient eux qui te le disent.

Célestine regarda alternativement les deux jeunes gens.

– C'est si grave ?

Erwan secoua négativement la tête.

– Nan, mam, mais c'est un peu difficile à dire.

– J'écoute, fils. Tu sais, après ces dernières années, je me demande ce qui pourrait encore m'affecter.

Erwan s'éclaircit la gorge puis se lança.

– Lucien et moi partons après la noce. Au Mexique.

Le conseiller d'un certain Zapata a besoin d'hommes comme nous et nous allons le rejoindre.

– Longtemps ?

– Je ne sais pas, mam, un an, peut-être deux.

Célestine regarda son fils avec une tendresse infinie.

– Et vous allez remettre vos vies en danger ?

Erwan et Lucien partirent en même temps d'un rire clair.

– Bien sûr que non, mam ! Le Mexique est un pays tranquille. Nous partons là-bas pour assister le futur président. C'est un pays de chevaux, alors, des gens comme nous, forcément les Mexicains en ont besoin pour les conseiller dans l'élevage. On nous attend avec impatience et nous serons reçus comme des rois. Je te promets de t'écrire toutes les semaines, et peut-être bien que je te ramènerai une jolie Mexicaine, qui sait ?

Célestine regarda son fils et hocha la tête en répétant doucement :

– Comme des rois, une Mexicaine… Jésus, Marie et saint Yves, protégez mon petit !

La fête dura deux jours et deux nuits. On ne dénombra qu'une dizaine de blessures légères, dues principalement à des chutes et à quelques rixes. Beaucoup dormirent dans des fossés ou, pour les plus lucides, dans le foin. Certainement quelques enfants furent conçus ces jours-là.

Quelques journées plus tard, au coin de la cheminée, Célestine Le Bloas trouva soudainement sa maison bien grande et bien calme aussi. Elle n'entendait que le tic-tac de l'horloge au balancier hypnotique, que le Léon avait achetée à la foire de Guingamp. Il y avait combien de temps de cela, dix ans ? cent ans ? Une éternité en tout cas. La maison familiale resterait désormais vide de jeunesse. Reparti en mer, son Yves. En route pour un lointain pays de sauvages, son Erwan. Envolée dans son château, sa Marie-Louise. En repos dans son cimetière, le Léon. Disparus dans la boue d'un plat pays, ses fils Émile et Jules. Même Noisette ne serait plus là pour lécher ses mains tavelées.

Plus jamais elle ne verrait courir ses beaux chevaux bretons dans les prés. Aucun de ses fils ne reprendrait le flambeau, et seul Justin restait en Arvor ; Breton de fraîche date et éleveur néophyte, il ferait courir ses bêtes dans les basses collines de Quintin. Elle se sentit très vieille, très lasse, le nom des Le Bloas se mourait, tout comme le feu dans l'âtre.

Épilogue en forme d'annuaire

Alban
Né en 1901, Alban, fils de charcutier et élève d'Émile Le Bloas, le médecin rebouteux et probablement druide, fut l'un des premiers ingénieurs diplômés de l'École d'électricité et de mécanique industrielles (connue plus tard sous le nom d'École Violet). Élève de cet établissement privé grâce aux subsides d'Émile, il obtint brillamment en 1926 son ingéniorat qui, par décret ministériel en date du 25 janvier de la même année, avait été reconnu par l'État français. Il consacra son existence à la fée Électricité, tout en formant à son tour un élève dans le droit-fil des enseignements d'Émile. Alban décéda en 1994 sans révéler le nom de celui qu'il avait formé.

Ankou (l')
Se fit de plus en plus discret à partir des années 1960. Peu de Bretons restaient aux aguets derrière leurs volets clos, principalement à cause des transistors, dont la musique métallique couvrait les grincements de sa charrette. Aujourd'hui, les villages de Bretagne ne sont plus visités qu'exceptionnellement par le noir personnage et

son équipage grinçant; seulement lorsqu'il lui faut emporter les âmes des quelques vieillards rescapés de la dernière guerre mondiale, qui rendent l'âme dans la tradition. Bientôt, faute de zélateurs, le valet de la Mort rejoindra les fées, korrigans et autres licornes au panthéon des légendes celtiques. Cela importe peu car, dans certains lieux tenus secrets, il se dit que l'Ankou avait de toute façon décidé de prendre sa retraite à cause de la surcharge de travail apportée par tous les engins modernes. Surtout depuis Hiroshima et Nagasaki.

Bérengère
Après une scolarité chaotique et sans éclat, la fille d'un des plus grands aventuriers chasseurs de trésors ouvrit une crêperie dans un ancien moulin à eau des bords du Trieux, qui finit par acquérir une belle réputation. Elle resta très proche de sa mère, ne se maria jamais, n'eut aucune descendance et on ne lui connut pas de liaisons. Atteinte d'une phobie des voyages, elle consentit à aller voir la mer, dans l'automobile d'Yves, pour la première fois en 1955, à l'âge de trente-sept ans. Elle décéda d'avoir vécu dans l'humidité, percluse de rhumatismes, en 1990. Elle avait soixante-douze ans.

Carla (Lepenven)
Mourut d'une crise cardiaque en 1922 dans un hôpital de Rennes spécialisé dans le traitement des maladies mentales. Elle fut parmi les premiers cobayes à tester les originelles synthèses de phénothiazine. Dans son cas, les résultats ne furent guère probants. Deux personnes seulement assistèrent à ses obsèques discrètes : Justin et Marie-Louise.

Célestine (Le Bloas)
Décéda dans les bras de sa fille Marie-Louise en 1964, au bel âge de quatre-vingt-quatorze ans. Elle participa activement à promouvoir le pays d'Arvor auprès de l'État français, bizarrement frappé d'amnésie quant à la participation de la Bretagne à la guerre de 1914-1918 et au lourd tribut payé à cette boucherie imbécile. Célestine publia sur cette période quelques essais qui obtinrent un succès d'estime. Pour la petite histoire, son village, Kervoaziou, fut l'un des derniers de France à être relié au réseau électrique E.D.F., et ce malgré tous les appuis d'Alban.

Charles (de Laermor)
Une semaine après le décès de maître Simon Morvan, le clerc du notaire disparut de Bretagne sans laisser de traces, justifiant ainsi la traduction de son nom : « le pirate ». On s'aperçut un mois après la signature de l'armistice qu'il avait emporté avec lui une fortune assez considérable en billets de banque, louis d'or, bons du Trésor, titres au porteur, colliers et autres bijoux, qui aurait dû normalement se trouver dans le coffre de l'étude. Malgré les plaintes et diverses poursuites judiciaires, jamais personne ne revit Charles de Laermor, bien que des voyageurs eussent assuré l'avoir croisé au Panama, et d'autres encore au Venezuela et en Inde.

Compagnon
La seule chose dont on est certain concernant ce personnage, c'est qu'il creusa lui-même sa tombe sur l'île de Gavrinis et qu'on le retrouva raide mort dans son trou en juin 1948, ses mains crispées sur le manche de la pelle dont il s'était servi. Homme sans âge, sans nom

certain ni parents, ceux qui le découvrirent, ne sachant qu'en faire, remblayèrent le trou, car il commençait à sentir fort mauvais, et mirent une grosse pierre au milieu de la terre retournée. Un homme jeune venu de Nantes et extrêmement érudit dans les choses anciennes habita la maison aux masques africains dès le mois de juillet de la même année et donna de nombreuses conférences sur les mégalithes de Carnac et de Saint-Just.

Cunégonde (de Kermadec)
Après le décès de son mari, Mme de Kermadec vécut une vie de petite-bourgeoise provinciale à Guingamp, partageant son temps entre les œuvres de charité et la gestion de son patrimoine. Peu de gens ont fait le lien entre une certaine comtesse de La Ferté, qui possédait un hôtel particulier à Passy et allait faire des fêtes endiablées à Paris, et la veuve du colonel de Kermadec. Elle resta longtemps la maîtresse attitrée d'un banquier parisien fort connu, et eut probablement une liaison scandaleuse avec un homme d'État célèbre. Cependant, à la lecture de rares lettres retrouvées, il est à peu près certain que son amant de cœur resta Émile Le Bloas. Elle décéda en 1942 à l'âge de soixante-douze ans.

Émile (Le Bloas)
Continua de pratiquer « sa » médecine jusqu'à la fin de la Seconde Guerre mondiale, et sans doute jusqu'à sa mort, les rites ancestraux des croyances qui étaient les siennes. Les rumeurs colportent qu'il demeura l'amant attitré de Mme de Kermadec jusqu'à un âge avancé grâce à certaines de ses médications. Il reste pour certains l'un des personnages les plus énigmatiques et les plus farfelus du centre de la Bretagne. Quelques-uns de

ses échanges épistolaires avec des personnages célèbres de l'Histoire ont été retrouvés à la fin des années 1990. Émile fut retrouvé mort au printemps 1961, adossé à un menhir, non loin du village du Garzmeur. Le médecin constata un décès naturel et fit abstraction de la petite fiole que le *diskonter* tenait à la main quand il fut découvert. À la décharge du médecin, il faut dire qu'Émile affichait quatre-vingt-dix-sept printemps au compteur et que jamais il n'avait parlé de son pacte avec l'Ankou à qui que ce soit.

Erwan (Le Bloas)
Arriva trop tard au Mexique pour participer activement à la révolution mexicaine sous la bannière de Zapata. Grâce au « contact » d'Émile dans ce pays et avec l'aide de Lucien, qui organisa un nombre impressionnant de coups tordus, Erwan devint l'un des plus gros propriétaires terriens et éleveurs de chevaux du Mexique. Il ne revint jamais dans sa Bretagne natale, mais entretint une correspondance suivie avec Émile Le Bloas jusqu'à la mort de ce dernier. La date et les circonstances du décès d'Erwan restent incertaines, mais sa dernière lettre envoyée à Marie-Louise depuis la Floride date du 9 mai 1968.

Germain (Le Provost)
Germain reçut la croix de guerre à titre posthume. Lors d'une permission, Sylvestre Choupard la remit à Émile Le Bloas en racontant comment Le Provost avait honoré la Bretagne. Germain devint ainsi un personnage légendaire, et pendant longtemps on évoqua sa bravoure pendant les veillées ; lors des discours officiels, les édiles successifs de Plésidy en firent un exemple à suivre pour la jeunesse.

Inna
Avec sa chèvre Gwenhwyfar, elle disparut sans laisser de traces en 1951. Personne n'entendit plus jamais parler d'elles. On ne retrouva aucun document officiel concernant Inna, ce qui fait qu'il fut impossible de déterminer son âge et son véritable nom. Inna entra de plain-pied dans la liste des personnages mythiques de la Bretagne profonde et, dans les histoires des veillées, elle passa progressivement du statut de sorcière à celui de fée. Pour certains, elle fait partie des quelques immortels en contact avec les dieux, chargés de leur rendre compte des progrès de l'humanité. Cette hypothèse pourrait expliquer sa disparition soudaine pour cause de lassitude.

Léonie (Le Floc'h)
Finit par accepter sa situation de double veuve. Si elle renonça à se marier, elle ne renonça pas aux plaisirs que procure un tempérament volcanique. Il est à peu près certain qu'elle fut la maîtresse d'Yves durant de nombreuses années. À cause de ses fréquentes visites chez Émile, on leur prêta également une liaison, mais il est plus probable qu'elle se rendait chez le *diskonter* pour obtenir de lui des potions contre la grossesse, car elle n'enfanta que Bérengère.

Louis-Joseph (de Kermadec)
Fut envoyé en 1923 à Djibouti, toujours avec le grade de colonel. Malgré toutes ses tentatives de persuasion, sa femme Cunégonde refusa obstinément de le rejoindre dans ce « pays de sauvages ». Devenu alcoolique mondain et coureur d'épouses d'officiers, il fut tué lors d'un

duel au pistolet en 1929. L'affaire fut étouffée par les autorités françaises et son corps ne fut pas rapatrié, car personne n'en fit la demande.

Lucien (Le Floc'h)
Mériterait à lui seul une biographie complète. Il fut successivement colonel et compagnon de Gilardo Magana Cerda, l'avocat qui succéda à Zapata, puis général dans l'armée régulière mexicaine. On sait qu'il resta associé à son cousin Erwan en tant qu'éleveur et qu'il posséda un bordel de luxe réputé, situé sur les bords du Rio Grande, dont la clientèle était composée presque exclusivement de diplomates et d'hommes politiques des deux côtés de la frontière. Un grand nombre d'accords secrets entre le Mexique et les États du sud de l'Amérique furent probablement préparés dans les discrets salons cossus de l'établissement. Lucien fut retrouvé mort, en 1963, dans l'arrière-cour d'un bar d'Orlando, en Floride, tué de deux balles dans la tête. Il avait soixante-huit ans.

Noisette
La chienne ne survécut qu'une semaine à Léon ; ce fut Thaddée qui la trouva après les vêpres, couchée morte sur la sépulture encore fraîche de Léon, et qui attendait que l'on remette en place la pierre tombale prévue pour deux personnes. Mettant de côté tous les préceptes enseignés par son Église, Thaddée enterra lui-même la chienne au pied de la croix qui surplombait la tombe. Seule la famille Le Bloas fut tenue au courant et tous jurèrent le silence sur cette affaire peu catholique.

Pélagie (de Kermadec)
Devint l'une des premières femmes aventurières du XXe siècle. Elle s'initia à la photographie et, en compagnie de son amie belge, elle parcourut un grand nombre de pays d'Afrique noire, d'Afrique du Nord et du Moyen-Orient. On lui doit de nombreux clichés révélant les horreurs des guerres tribales, ainsi que des carnets de voyages qui font référence chez les historiens de l'Afrique noire. Après le décès de sa compagne, en 1943 dans le Sahara, elle revint s'installer dans la propriété de Guingamp, unique bien dont elle hérita. Le reste de la fortune de sa mère fut réparti entre diverses associations caritatives. Pélagie de Kermadec décéda dans la misère, oubliée de tous, en 1960. Elle avait soixante-sept ans.

Poule Blanche
L'animal de compagnie de Léonie mourut brusquement en 1924 sur les genoux de son amie ; ce qui, d'après les calculs de la jeune femme, lui attribuait l'âge de quatorze ans. Poule Blanche fut inhumée en grande pompe, sous une pierre des anciens, à proximité du mur est de la chapelle Saint-Yves, et resta longtemps dans les mémoires des vieux comme le réceptacle de l'âme torturée d'Ernestine. Durant ses quatorze années de vie, personne – abstraction faite des deux fois où Germain tenta de lui tordre le cou –, pas même les enfants, n'osa s'en prendre à Poule Blanche.

Thaddée
Le curé « qui a du cœur » resta le berger du troupeau de la commune de Plésidy jusqu'à sa mort, en 1956, consécutive à une mauvaise grippe résolument française. Grâce à lui, deux chapelles et le lavoir furent entière-

ment restaurés ainsi que nombre de calvaires. Avec l'aide des maires successifs, il fonda et finança une association destinée à améliorer l'hygiène dans les campagnes. Curieusement, et à l'étonnement de certains, il fonda également une association bretonnante très active, pour la sauvegarde et la mise en valeur du patrimoine culturel du Centre-Bretagne. Ce qui incluait aussi bien les chapelles, églises et autres lieux saints que les dolmens, les menhirs et les tumulus. Il légua à la commune un magot qui surprit bien du monde.

Yves

Choqué par l'abandon de Pélagie et la révélation de son homosexualité, Yves refusa obstinément de se marier. Il fréquenta avec régularité les bordels, retrouva un temps Liane à Dakar et, l'obligeant à cesser son activité de petite sœur des cœurs, il l'entretint une année complète en tant que maîtresse officielle, ce qui fit jaser la communauté coloniale. Son départ pour Brest mit fin à leur liaison et il se tourna vers Léonie, qui lui ouvrit ses bras et son lit. Il continua sa carrière militaire avec une certaine constance teintée d'abnégation, si l'on prend en compte que, durant la Seconde Guerre mondiale, il sombra deux fois à quelques mois d'intervalle. La première, avec le cuirassé *La Bretagne* le 3 juillet 1940, naufrage qui fit 900 morts. La seconde, le 23 septembre 1940 avec l'*Audacieux*, durant les combats de Dakar où 81 marins périrent. L'Ankou, ce jour-là, le loupa de peu, mais il conserva sur le torse la longue cicatrice de son coup de faux. Il mourut d'avoir trop vécu en 1961, avec le grade de capitaine de vaisseau. Il avait soixante-huit ans. À son enterrement, Léonie murmura : « Jamais deux sans trois. » Elle le suivit dans la tombe sept ans plus tard, à l'âge de soixante-quatorze ans.

Table

Cet ouvrage a été composé
en avril 2010 par

FIRMIN-DIDOT

27650 Mesnil-sur-l'Estrée

Cet ouvrage a été achevé d'imprimer sur Roto-Page
par l'Imprimerie Floch, à Mayenne
pour le compte de S.N. Éditions Anne Carrière
104, boulevard Saint-Germain
75006 Paris
en mai 2010

Imprimé en France
Dépôt légal : mai 2010
N° d'édition : 634 – N° d'impression : 76617